내가 키운 S급들

근서 장편소설

내가 키운
S급들

CONTENTS

1장　　　낮의 도시　　　7p

2장　　　알파　　　73p

3장　　　형 왔다　　　101p

4장　　　한유현의 세계　　　159p

5장　　　진짜와 가짜　　　241p

6장　　　북쪽 바다 (1)　　　339p

1장 낮의 도시

1장
낮의 도시

위이이이이잉— 위이이잉—

요란한 사이렌 소리에 화들짝 눈을 떴다. 뭐야, 근처에서 던전이라도 터졌… 뭐야, 여기가 어디야?

'…아, 참.'

눈앞을 가로막는 건물 외벽에 깜짝 놀랐다가 겨우 어젯밤 일을 떠올렸다. 여기 던전 속이었지.

정확히는 이미 멸망한 세계 속이다. 정보만 남은 거짓된 세상. 여기 들어와서 성현제와 닮은 사람을 만났고… 생각하니 또 열받네.

일단 자리에서 일어나 기지개를 켰다. 찬 바닥에서 노숙했더니 몸이 찌뿌듯하구만. 스탯 F급이었으면 전신이 쑤셨을지도. 사이렌 소리는 아직도 들려오고 있었다. 날이 밝았는지 희뿌연 빛이 건물 틈새로 스며들어 왔다.

무슨 일인지 확인해 볼까. 은신 스킬을 쓰고 조심스럽게 건물 틈을 빠져나갔다.

드드드득.

차도 위로 커다란 기계가 움직이고 있었다. 기계가 지나갈 때마다 부서지고 금이 간 도로가 깔끔하게 고쳐진다. 저래 봤자 몬스터가 튀어나오면 금방 부서질 텐데, 싶어 주위를 둘러보았지만 밤과 달리 조용했다.

'저렇게 요란한 소리를 내는데 왜 아무것도 나타나지 않는 거지?'

의아해하는 사이 도로를 고치는 기계가 저만치 멀리 사라져 갔다. 그리고 잠시 후 사이렌 소리가 멈추며.

철컹, 철크덕.

건물의 입구와 창문을 막고 있던 두꺼운 차단막들이 열리기 시작했다. 건너편에 있는 상점에 불이 들어오고 가게 주인이 문을 활짝 연다. 마치 밤새 아무 일 없었다는 듯 가게 앞을 청소하기 시작하는 모습이 당혹스러웠다.

가게만이 아니라 길에도 사람들이 하나둘씩 나타나기 시작했다. 차도에 승용차들이 나타나고 버스로 보이는 차량까지 등장했다.

"SS급 몬스터가 근처에 나타났었다던데 여긴 멀쩡하네."

"5-B 거주구역은 피해가 컸대요."

"그래도 다친 사람은 없는 모양이니까. 아, 파익 씨. 해 지기 전에 정리 끝내야 하니까 빨리 움직이자고요."

몬스터에 대한 이야기가 섞여 있었지만, 사람들은 평화로워 보였다. 그냥 평범한 거리 풍경이었다.

대부분의 사람들은 비각성자였고 드문드문 F~E급이 섞여 있었다. 그 FE급들은 모두 마나량이 적었다. 잠시 멍하게 거리를 바라보다가 다시 골목 틈새로 들어가 은신 스킬을 풀었다. 혹시나 싶어 물을 꺼내 가볍게 세수한 뒤 밖으로 나갔다.

몇몇 사람이 나를 바라보긴 했으나 아주 잠깐 시선을 두었을 뿐이었다. 그냥 행인을 보고 지나치는, 평범한 눈길이었다.

'…낮에는 몬스터가 안 나오나?'

그렇게밖에 생각되지 않는 분위기였다. 너무 두리번거리지 않도록 조심하며 천천히 걸음을 옮겼다. 버스 정류장에 버스가 서고 사람들이 우르르 내리고 탄다. 상가들이 입간판이며 가판대를 내놓았다. 커다란 빌딩에 직장인들이 줄을 지어 들어간다. 빌딩 바로 옆의 테이크아웃 음료 가게가 직장인들의 주문을 받느라 바빴다. 커피인가 싶었는데 투명한 컵에 들어간 음료는 붉은색 또는 초록색이었다. 커피 향 대신 달달하고 상쾌한 향이 맡아졌다.

정말로 평범하고, 평화로웠다.

'이런 분위기면 정보를 얻기는 쉽겠네.'

그리고 일단, 뭐 좀 사 먹을까. 배고프다. 돈은 없지만.

현재 수중에 있는 돈은 1,000L이었다. 서브 퀘스트 몇 개 더 생겼던데 돈 나올 구석 있는지부터 살펴보기 위해 다시 골목 안으로 들어갔다. 이거 꽤 귀찮네. 하지만 허공 쳐다보며 손짓하고 있으면 이상하게 생각될 테니까.

서브 퀘스트
상점에서의 첫 구입
가드로의 첫걸음
상점에서의 첫 구입 2
첫 번째 외출
오늘의 아르바이트생

상점에서의 첫 구입이 하나 더 생겨나 있었다. 첫 번째 구입 퀘스트는 포인트 상점 구매였고 두 번째 것은 일반 상점 구매였다. 각각 1,000P와 500L, 500P와 1,000L이 보상이었다.

그럼 우선 포인트 상점에서 물건을 사 볼까. 포인트 상점창을 열어 저렴한 아이템을 살펴보았다.

'섬광탄 350P. 이걸 살까. 와이어도 있네, 예비용 있으면 좋긴 한데 비싸다…….'

포인트는 최대한 아껴서 그때그때 필요한 아이템을 사는 게 나을 것이다. 하지만 지금도 장비 부족한데. 짝퉁 성현제 때문에 단검도 하나 잃어버렸잖아. 제일 싼 단검이 1,000P다. 독 저항 S급이니 독 아이템도 정말 유용할 텐데. 하지만 등급 높은 독환은 일회용임에도 더럽게 비쌌다.

폭탄류도 있어. 사고 싶다. 헉, 저격총. 트랩 세트! 앗, 이 길리수트 은신 스킬 중복 적용되는 거잖아. 침낭, 침낭도 가지고 싶어. 텐트까진 아니어도 침낭이라도. 차고 딱딱한 맨바닥 맨몸 노숙은 사절하고 싶다.

'이거 다 인벤토리 들어가는 던전 아이템일 텐데 별의별 게 다 있네.'

아, 진짜 사고 싶은 게 너무 많은데 돈이, 포인트가 없다. 던전 밖에선 돈 많은데. 현금으로 포인트 못 삽니까. 현질하게 해 줘, 제발. 게임이면 현금 받아먹는 건 기본 아니냐고. 통장을 바치겠습니다, 바치게 해 주세요. 돈이 있는데 왜 쓰질 못하냐.

안타까움에 가슴을 치며 일단 섬광탄을 하나 구입했다. 보아하니 여기 몬스터들은 밤에 주로 나오는 모양이니 강력한 빛에 약할 가능성이 높았다. 섬광탄 터뜨리고 은신 스킬 연계하기도 좋고.

상점에서의 첫 구입 퀘스트를 완료하고 다른 퀘스트도 살펴보았다. 가드로의 첫걸음은 미뤄 놓고.

첫 번째 외출
도시 밖으로 나가 봅시다! 방어벽 바깥은 위험하니 준비를 단단히 해 주세요. 통행증은 필수입니다. 길을 따라 다른 도시에 도착해 보세요.
보상: 10,000P, 80,000L, 지도

보상을 보아하니 정말 위험한 듯했다. 몬스터가 드글거리나? S급까지는 은신 스킬로 피할 수 있겠지만.

'아까 사람들 대화 들어 보니 여긴 SS급 몬스터도 나타나는 거 같으니.'

짝퉁 성현제 등급도 SS급이었고, 아무래도 우리 동네보다 전체적인 평균 등급이 높은 듯했다. 이 도시에 누군가 한 명이라도 있어야 할 텐데. 아마 여기서는 다들 SS급으로 올라갔지 싶으니 합류만 하면… 성현제 나쁜 새끼야.

오늘의 아르바이트생
낮의 일을 구해 봅시다! 도시에서는 다양한 아르바이트를 구할 수 있습니다. 노동의 즐거움을 느껴 보세요!
보상: 500P, 구인전단지

…정말 어쩌라고다. 돈이 필요하긴 하지만 한가하게 알바나 뛰고 있을 군번이냐. 하지만 구인전단지가 신경 쓰였다. 보상이 아이템이니까 퀘스트를 깨야만 할 거 같은 기분이 들잖아. 설마 평범한 구인전단지는 아니겠지.

어쨌든 지금 할 수 있는 퀘스트는 아니라 상점구입2를 공략할 겸 배도 채우기 위해 다시 거리로 나갔다. 지금 가진 돈은 총 1,500L. 돈의 가치를 알 수 없어서 일단 편의점처럼 보이는 가게로 들어갔다.

"어서 오세요!"

카운터에 앉아 있던 서른 안팎의 여자가 밝은 목소리로 인사했다. 여기도 컵라면 같은 거 파나. 한쪽에 테이블과 의자 그리고 TV까지 놓여 있었다. 잘됐네. 끼니 때우면서 정보도 얻을 수 있겠다.

TV에서는 드라마가 나오고 있었다.

[도시를 빠져나가자니, 어떻게요?]

[내 전 재산을 털어 S급 가드를 고용했어. 은신 적용된 수송 트럭도 준비됐고.]

역시 도시 밖은 위험한 모양이었다. 은신 적용된 트럭이라, 비싸겠지. 어떻게 탈취 못 하려나.

편의점에는 다양한 음식이 있었다. 다만 컵라면으로 보이는 건 없었고 한쪽에 놓인 기계도 낯설었다. 전자레인지 역할 하는 거지 싶은데, 어디로 여는 건지도 모르겠네.

하는 수 없이 데울 필요 없는 샌드위치를 집어 들었다. 구운 포아 샌드위치, 250L. 3천 원쯤 된다고 치면 천L은 만이천 원 정도려나. 이거 사고 보상받으면 대충 이만 칠천 원 있는 셈이네.

이대로라면 오늘 밤도 노숙이다. 젠장.

"안녕하세요."

샌드위치를 들고 카운터로 가 최대한 상냥하게 미소 지어 보였다. 수상한 사람 절대 아니고요, 뭐 좀 물어보기만 할 겁니다.

"네, 안녕하세요."

가게 주인 또한 친절한 미소로 답해 왔다. 생각 이상으로 호감 어린 표정이었다.

"어젯밤에는 난리도 아니었다지요."

"맞아요. 이번 SS급 몬스터는 거의 한 달 만에 나온 거였으니까요. 한동안 평화로웠지요. 그래도 금방 처리되어 다행이에요. 저번에는 지하 쉘터까지 피해를 입어서, 정말 큰일이었죠."

지하 쉘터라. 일반 시민들은 밤에는 지하로 피신하는 모양이었다. 몬스터는 밤에만 나타나고 가드들이 밤사이 몬스터를 처리하고 나면 낮에 지상으로 나와 일상생활을 하는, 그런 패턴이구나.

샌드위치와 함께 카드를 내밀자 익숙하게 결제 처리를 한다. 250L 결제되었습니다. 기계음이 들려왔다.

"혹시 상급 가드 중에서 화염 관련 스킬을 쓰는 사람을 알고 계시나요?"

이 세계로 들어오면서 스킬이 변형될 수도 있다지만 기본적인 속성은 같지 않을까. 나를 제외하고는 원래 이 세계에 있는 사람에게 빙의되는 식이라고 했으니 S급 이상의 화염 스킬 지닌 가드가 유현이일 가능성이 높지 싶었다.

"화염 스킬 가드라면 역시 아카테스 시의 알파죠."

"알파요?"

"모르세요?"

가게 주인이 의아해하며 되물었다. 한국 살면서 유현이나 성현제 모른다는 소리 들은 것과 비슷하려나. 최대한 자연스럽게 웃어 보이며 입을 열었다.

"지금은 모른다고 해 두고 싶네요. 자세히 알려 주시면 안 될까요?"

아는 건데 당신한테 듣고 싶어요, 투의 말에 속으로 무척이나 쪽팔렸다. 하지만 가게 주인은 괜찮게 받아들인 모양이었다. 마주 웃으면서 설명을 해 준다.

"알파는 아카테스 시의 SS급 가드예요. 우리 솔렘니스 시의 시그마 님처럼요. 각성한 지 4년 된 스물여섯 살의 젊은 남자고, 화염 스킬이 주력이죠. 어리고 경력도 짧은 편이지만 능력은 뛰어나다고 들었어요."

유현이일 거 같다. 딱 유현이한테 맞는 아바타 아니냐. 문제라면.

'다른 시에 있다니.'

결국 도시를 벗어나야 한다는 뜻이잖아. 게다가 말하는 투로 봐선 SS급 가드는 각 도시마다 한 명꼴로 있는 모양이었다. 일행 다 모으려면 도시 투어 해야 하나. 원반 설치 지역도 어쩐지 도시에 하나씩 있을 거 같은데.

…신입아! 초보자한테 탈것이라도 지급해라! 피스야, 어딨니. 네가 필요해. 설마 몬스터로 오인당해 공격당한 건 아니겠지. 애가 몬스터 맞긴 한데.

'솔렘니스 시의 시그마, 가 짝퉁 성현제를 말하는 거겠지. 본명은 아닌 듯하고 각 도시의 SS급 가드는 도시 이름에 따라 호칭이 붙는 건가?'

내가 속한 메드상 시는 엠… 음, 뭐지. 알파 베타 델타 세타는 아는데. 메타인가.

"또 궁금한 거 있으세요?"

가게 주인이 생글거리며 물었다. 되게 친절하시네. 아니면 혹시… 나한테 호감이 있는 건가? 그러고 보니 스탯 C급으로 올랐잖아. 얼굴 보정 받았나? 키도 약간 큰 거 같기도 하고… 아닌 거 같기도 하고.

어쨌든 잘됐다. 이 기회에 자세한 정보나 얻자.

"도시 방위청이요. 일반 시민 견학 같은 것도 가능하려나요? 가드 역사나 각인 등에 대해서 안내문 같은 거 본다든지. 재미는, 별로 없겠지만요."

"낮에는 민원 시설 일부만 열지만 근처 공원은 산책하기 좋아요. 여기서 멀지도 않고."

민원 시설만 연다면 등급 높은 가드가 있을 확률은 낮겠구나. 낮에는 가 봐도 괜찮겠다.

[잠시 도시 방위청에서 긴급 방송이 있겠습니다.]

그때 TV에서 드라마가 방영 중지되며 딱딱한 목소리가 흘러나왔다. 고개를 돌려 바라보자 화면이 바뀌며 익숙한 얼굴이 나타났다.

"어? 시그마 님이시네. 웬일이지."

밝은 데서 보자 확실히 내가 알던 성현제보다 머리색이 짙었다. 화면

속의 그가 희미하게 미소 지었다.

[솔렘니스 시민 여러분.]

목소리를 듣자 또다시 짜증이 치솟았다. 다른 놈일 수도 있지만 역시 너무 닮았다.

'살벌한 병아리반 선생님은 여기 사람 대상으론 쓸 수 없다니까 그걸로 확인해 볼 수 있겠지만.'

딴 놈이면 차라리 다행이지, 저게 멍청하게도 기억 잃은 성현제라면 바로 거부해 버릴 테니 날 잡아가십쇼, 하는 짓이나 다름없다. SS급의 거부면 바로 기절행이지.

역시 어떻게든 아카테스 시로 가서 유현이와 합류부터 해야.

[어젯밤 새롭게 제 소속이 될 예정이었던 미등록 각성자가 탈출하였습니다.]

…뭐? 설마? 불길한 예감에 가슴이 서늘해졌다.

[흑발 흑안의 C급 남성 각성자로 붉은색 이어링을 착용하고 있습니다. 등급 대비 평균 신장에 흰 피부, 이십 대 초중반의 곱상한 외모입니다. 도시의 방위를 위해 발견 즉시 빠른 신고 부탁드리겠습니다.]

…시발, 잠깐만. 이어 성현제가 화면에서 사라지고 결정적인 신고 시 5백만 L을, 생포 시 1억 L을 보상금으로 지급한다는 자막이 흘러나왔다.

야, 이 성현제 짝퉁 새끼야!

당혹감 속에 카운터를 돌아보았다. 가게 주인과 눈이 마주쳤다. 그녀가 멍하니 나를 바라보았다. 그러곤 이내, 전화기로 추정되는 것을 들어 올린다.

망했네, 진짜!

"아니라고 해도 안 믿으시겠죠?"

"여보세요, 방위청이죠?"

응, 역시. 계산대 위의 샌드위치와 카드를 낚아채고 재빠르게 몸을 돌렸다. 은신 스킬을 쓰며 거리로 빠져나갔다.

짝퉁 성현제 이 개새끼야!

"아니에요, 전! 눈 색이 다르잖아요. 여기 시민증도 있습니다."

"이게 무슨 하얀 피부야! 아니라고!"

이 샌드위치 꽤 맛있네. 무슨 고기인지는 모르겠지만 닭다리 살과 비슷하면서도 좀 더 쫄깃하고 달달매콤한 양념과 잘 어울린다. 빵도 기성품치곤 촉촉 부드럽고. 다만 채소는 우리 동네 양상추였으면 더 좋았지 싶었다.

'이 동네에 검은 머리 검은 눈은 드물구나.'

머리는 염색도 가능해서인가 은근 보이는데 눈은 파란색과 초록색이 대부분이었다. 피부색도 한국인보다 약간 짙은 편이었고. 흰 피부에 곱상 어쩌고 해서 살짝 소름 돋았는데 상대적이라면 인정한다.

길가 화단에 쪼그려 앉은 채 샌드위치를 마저 먹었다. 물론 은신 스킬을 사용한 채였다.

'시민들 충성도가 높네.'

현상금 때문일 수도 있지만 다들 열심히 지나가는 사람들을 살펴보고 있다. 짝퉁 현제 놈 내가 S급 수준 은신 스킬 가지고 있다는 거 알고 있으면서도 왜 단순 수배령만 내린 거지. SS급이 아니고서야 찾기 힘들 텐데.

'이런 상태론 도시에서 제대로 생활하기 힘들 테니 알아서 기어들어 오라 이건가.'

아니면 마나가 떨어지는 걸 노린 것인지도 모른다. 이 동네엔 마나 포션이 없다니까. 하지만 내 인벤토리에는 마나 포션이 가득했다. S급들과 던전 들어가면서 내가 챙길 만한 게 마나 포션뿐이라서. 던전 쉽게 여기지 말고 이왕이면 무기도 넉넉히 챙길 걸 그랬어. 텐트도, 침낭도.

'정리를 해 보자.'

이곳에서 빠져나가려면 던전을 공략해야 한다. 던전 공략 방법을 알기 위해서는 원반 다섯 개를 각 지역에 설치해 신입과 연결 가능하게 만들어야 했다.

문제는 원반 설치 지역이 다섯 개의 각기 다른 도시일 가능성이 높다는 것이었다. 도시는 아마도 방어벽으로 보호받고 있으며 방어벽 밖에는 몬스터들이 배회하고 있다. 다른 도시로 이동하기 위해서는 S급 가드의 호위가 필요하다.

마지막으로 성현제인 줄 알았던 짝퉁이 내게 수배령을 내렸다.

'은신 스킬 써 가며 다른 도시로 가도 되겠지만 거리가 얼마나 되는지 알 수 없으니.'

드라마에서 트럭을 준비했다는 걸로 봐선 두 다리로 걸어가기엔 먼 거리일 듯했다. 역시 차량이 필요한데.

은신 스킬 적용된 차량을 구해서 방어벽 너머로 빠져나간다.

…그걸 어떻게 하냐. 지금 내 처지에.

'처음부터 아카테스 시에 떨어뜨려 주면 좀 좋아.'

유현이랑 바로 딱, 만나고 곧장 원반 하나 딱, 설치하고. SS급 가드 몸에 들어간 거면 가진 재산도 많을 테니 차량 준비해서 다른 도시로 가서 원반 설치 순조롭게 하고. 도시끼리 통신이 불가능한 건 아닐 거니까 다른 일행들 찾기도 수월했을 것이다.

 역시 성현제 놈이 짝퉁이라는 게 모든 문제의 근원이다. 망할 성현제. 진퉁 어디 갔어, 진퉁.

 바스락, 샌드위치 포장지를 손안에서 잔뜩 구겼다. 짝퉁 놈. 내가 이대로 순순히 잡혀갈 것 같으냐. 물론 내가 그 새끼를 어떻게 할 수는 없지만.

 '여기는 C급도 하급 헌터 취급인 모양이던데, 하급이라고 얕보지 마라.'

 내가 힘만 없지 머리와 경험은 있다. SS급에 비하면 날고뛰어 봤자 C급이라는 현실적인 벽이 크긴 해도 말이야, 찍소리조차 못 낼 정도는 아니라 이거지. 이미 옷자락은 뜯어 놨잖아.

 자, 그럼. 어떻게 할까.

 거리의 행인들을 바라보며 머리를 굴리다가 자리에서 일어났다.

 도시의 길가에 띄엄띄엄 공중전화 부스가 있었다. 평범한 전화 부스는 아니었다. 일종의 임시 피난처 역할도 동시에 하는지 밖이 보이지 않는 두꺼운 벽과 역시나 튼튼한 문으로 이루어져 있었다. 또한 문 앞에는 커다랗게.

 [도시 방위청 신고번호 11G
 낮에 몬스터 및 수상한 각성자 발견 시 빠른 신고 부탁드립니다!]

 라고 포스터가 붙어 있었다. 몬스터야 밤에 다 처리 못 한 놈이 남아 있으면 신고하는 게 당연하지만, 수상한 각성자는 뭐냐. 이 동네는 각성자 관리가 생각 이상으로 철저히 이루어지는 것일까.

 근처에 사람이 없는 틈을 타 전화 부스 안으로 들어가 문을 닫았다. 자동으로 불이 반짝 들어왔다. 공중전화기는 수화기와 터치스크린, 감시카메라로 구성되어 있었다. 감시카메라는 무선 사용이 가능했다. 몬스터나 수상한 각성자를 촬영하는 용도로 쓰라는 뜻인 모양이었다.

감시카메라를 내가 비치지 않는 방향으로 틀어 놓은 뒤.

'11G.'

도시 방위청 신고 번호를 눌렀다.

[시민 여러분의 친절한 보호자, 도시 방위청입니다. 연결 대기 중이오니 잠시만 기다려 주십시오.]

나 때문에 신고전화 하는 사람이 많나. 잠시 후 도시 방위청입니다, 하는 남자의 목소리가 들려왔다. 이어 액정 화면에 직원의 얼굴이 나타났다.

"안녕하세요, 수고 많으십니다~ 다름이 아니라 시그마 님께서 찾으시는 C급 각성자를 생포 성공하였습니다."

[예? 생포하셨다고요?]

"네. 상처 하나 없이 잘 잡아 두었지요."

여기 아주 잘 있다. 음료 없이 샌드위치 먹느라 목이 조금 마른 것 외엔 멀쩡하답니다. 시원한 탄산 마시고 싶어.

"다만 이 녀석이 숨을 생각이었는지 이어링을 하고 있지 않더라고요. 그래서 헛걸음하지 않게 얼굴을 확인받았으면 싶습니다만."

[아, 확인이요. 잠시만 기다려 주십시오.]

방위청 직원의 말과 함께 화면이 검게 꺼졌다.

그쪽에 내 얼굴 아는 사람이 시그마 씨 한 명밖에 더 있겠냐. 도중에 마주친 떨거지들이 있긴 한데 그놈들이 나 안다고 나섰을 가능성은 낮았다. 무려 시그마 님 소속이 될 각성자에게 손대려고 했잖아. 보복이 무서워서라도 잠수 타겠지.

만약 확인할 거 없이 바로 데리고 오라고 하면 어떻게 둘러댈까. 몇 가지 변명거리를 떠올려 보는데.

[예상보다 포기가 빠르군.]

낮고 묵직한 목소리가 귓가에 울렸다. 이어 까맣게 물들었던 화면 또한 밝아졌다. 낯익은 얼굴. 망할 짝퉁이다. 곧장 연결될 줄은 몰랐기에 순간적으로 말문이 막혔다.

[C급.]

"…예, 그 C급입니다만. 많이 한가하신가 봐요. 이렇게 바로바로 전화도 다 받아 주시고."

내 말에 짝퉁이 비스듬히 입꼬리를 올렸다.

[S급 은신 스킬을 지닌 노련한 각성자가 이렇게 빨리 생포될 리가 있을까.]

"보상금을 노린 거짓 연락일 수도 있잖습니까."

[그 정도로 간 큰 가드는 없겠지만, 확인은 해 보지. 얼굴을 비춰.]

"예, 예."

명령에 따라 카메라를 내 쪽으로 돌렸다. 손가락으로 V자도 그려 줬다.

"똑똑히 확인하셨죠? 원하시는 C급, 멀쩡하게 잘 잡아 두고 있습니다. 상태가 아주 좋아요. 생생하죠."

나를 확인한 놈의 얼굴이 다시금 무덤덤하게 흐릿해졌다. 응, 그래. 너무 순순히 잡히니까 재미가 없는 모양이로구나. 아마 이대로 얌전히 기어 들어 가면 단순하게 은신 스킬이나 써먹히고 말 것이다.

흥미를 잃게 만들어서 틈이 생긴 사이에 빠져나가는 것도 나쁘지 않겠지만.

"제가 그쪽 소속이 될 거라고 하셨죠?"

[일단은.]

"오늘 밤까지 휴가 내겠습니다."

취직하자마자 바로 휴가부터 내는 거, 한 번쯤 해 보고 싶었어.

"그러니 저 찾았다고 정정 방송부터 해 주시죠. 마음 편하게 관광 좀 하게요."

[그 틈을 타 도망치려는 건 아닌가.]

수화기 너머로 흘러나오는 목소리에 다시금 흥미가 살짝 감돌았다.

"은신 스킬 없이 경로 팍팍 티 나게 돌아다닐 테니 걱정 마십쇼. 해가 지면 약속 장소로 1억 L, 제 카드로 바로 지급 가능하게끔 준비해서 데리러 와 주시고요. 제가 잡았으니 제 돈, 맞잖습니까."

[여전히 겁이 없군.]

"겁먹을 이유도 없죠. 세상 다 산 것 같은 SS급님, 안달 내야 할 건 그쪽이지 제가 아니라서."

지루해 죽겠잖아, 사는 게. 내가 아는 성현제보다 이쪽 짝퉁의 지루함이 더 깊다면, 날 어디까지 봐줄지 예상하는 거야 그리 어렵지 않다.

"얌전히 제 말에 따라 주신다면 대가는 톡톡히 지불해 드리지요. 재미있을 겁니다, 확실하게."

액정 너머의 금빛 눈이 가늘어진다. 실제로는 바로 앞이 아닌 한참 떨어져 있음에도 살짝 오싹해졌다.

만약 내가 자기 기준에 달하지 못하면 저 새끼는 가차 없이 내 목을 부러뜨리고도 남을 것이다. 어디 있는지 모를 누구 씨와는 다르게. 이곳에서의 나는 아무런 배경도 없는 그냥 스킬만 좋은 C급이니까. 만족스럽지 않다면 가볍게 짓밟고 머릿속에서 지운 채 떠나 버리겠지.

[부디 실망시키지 않기를 바라지. 기대가 너무 커서 시시한 수작질로 끝난다면 오랜만에 약간, 화가 나 버릴 듯하니 말이야.]

"놀라지나 마시죠."

정확한 약속 장소와 시간을 정하고 통화를 끊었다. 목숨이 다섯 개나 되니까 이런 짓도 하는 거지.

아무튼 밑밥은 다 깔았다. 그러면 이제, 짧지만 즐거운 시간의 시작이다.

"여기서 제일 비싸고 맛있는 걸로 부탁드립니다~"

고급스러워 보이는 식당에 들어가 앉으며 말했다. 당당한 내 태도에 종업원은 아무 의심 없이 주문을 받고 얼마쯤 지나 음식을 내어 왔다. 시원한 음료수도 덤으로 부탁했다.

레모네이드 비슷한 음료를 마시고 식사를 시작했다. 뭔지 모를 고기는 입안에서 살살 녹았다. 납작한 면발은 소스를 충분히 머금었음에도 여전히 탱글거리는 식감을 자랑했다. 곁들여진 수프는 적당히 매콤하면서 끝맛은 시원했다.

완전 딴 동네라 입에 맞으려나 싶었는데 간도 적당하고 무엇보다 깔끔해서 좋았다. 비싼 데라서인가, 맛있네. 언뜻 본 메뉴표 금액에 만 단위도 수두룩했다.

채소도 살뜰히 챙겨 먹고 마지막으로 레모네이드 잔을 비웠다. 계산대로 다가가자 식당 주인은 물론 종업원들도 나를 빤히 바라보았다. 익숙한 인상착의죠?

"이미 소식 들으셨겠지만, 새롭게 시그마 님의 소속이 된 C급 가드입니다."

"아, 역시!"

"오늘 낮 동안 도시를 살펴보라며 휴가를 받았는데 그만 처리가 제대로 되질 않아 탈출로 오인받고 방송이 나가 버렸지 뭐겠어요."

하하하, 웃는 나를 따라 식당 주인과 종업원들도 미소 지었다. 다들 정정 방송을 본 모양이었다.

"음식값은 시그마 님께 청구해 주세요. 그렇게 하라고 하셨거든요. 괜찮겠죠?"

"물론 괜찮습니다! 보상금을 1억 L이나 거신 걸 보니 시그마 님께서 가드님을 많이 아끼시는 모양입니다."

"제가 특수 스킬이 좀 뛰어난 편이거든요. 시그마 님께서 무려 직접! 영입 제안을 해 오셨죠."

거짓말은 아니다. 사실이긴 하지. 무전취식을 하고도 식당 주인과 종업원들에게 앞으로 도시의 안전을 잘 부탁드린다는 인사까지 받으며 식당을 나섰다.

배는 든든히 채웠고, 그럼 다음으론.

"시그마 님께 청구해 주세요!"

그 한마디로 호텔 최고급 특실에 발 들일 수 있었다. 마음 같아서는 늘어져 뒹굴고 싶었지만 앞으로의 고생을 대비해 씻고 양치하고 칫솔과 치약 등을 챙겼다. 내 몸뚱이는 진짜니까 잘 챙겨야지.

앞으로 또 언제 따뜻한 물로 씻을 수 있을까 슬퍼하며 다시 거리로 나가 택시로 추정되는 차를 잡아탔다. 이번에도 역시나 시그마 님께 달아 두었다. 시그마 씨 좀 좋아질 거 같아.

택시를 타고 도착한 곳은 가드용 백화점이었다. 헌터 마켓과 비슷한 곳으로 인벤토리에 넣을 수 있는 아이템들을 팔고 있었다. 내가 들어서자 직원들과 가드 손님들이 동시에 나를 쳐다보았다. 찔러 오는 시선들을 향해 활짝 웃어 보였다.

"안녕하세요~ 이번에 새롭게 시그마 님의 소속이 된 C급 가드입니다! 방송에 나온 바로 그! C급이에요."

안녕, 여러분. 안녕, 안녕. 내 말에 직원이 얼른 다가와 고개를 숙였다.

"어서 오십시오. 무엇을 찾으십니까?"

"제가 이제 막 가드 일을 시작하게 된 거라서요. 최대한 다양한 장비들을 살펴보고 싶습니다. 등급 높은 것들 위주로 추천 부탁드려도 될까요? 아, 장빗값은 시그마 님 앞으로 청구해 주세요. 알아서 마음껏 쇼핑하라고 그러시더라고요."

"예, 알겠습니다. 이쪽으로 오시지요."

직원이 백화점 안쪽으로 친절하게 안내해 주었다. VIP실에 앉아 두근거리는 마음으로 상품 카탈로그를 펼쳐 들었다. 우리 동네와 비슷한 아이템도 있었지만 처음 보는 것들이 더 많았다. 이곳에서도 S급 이상 장비는 일반 판매하지 않는다는 점이 아쉬웠다. 그나마 장비류가 아닌 아이템은 S급도 있었다.

가격표 따위 신경 안 쓰고 성능 위주로 찬찬히 살펴보았다.

"여기 이 인사이드 백은 뭔가요?"

웬 가방이 S급이나 하냐.

"안에 넣은 물건의 부피와 무게를 줄여 주는 가방입니다. 외견 크기 대비 5배까지 수용 가능하며 무게 또한 5분의 1이 됩니다. 마력 아이템이 아닌 일상 용품도 넣을 수 있어 인기가 많은 상품이지요. 다만 일상 용품이 든 상태로는 인벤토리에 넣을 수 없습니다."

딱 하나 남았다며 적극적으로 권해 온다. 와, 그런 것도 있냐. 여기서 산 아이템 밖에 들고 나가는 것도 가능한가. 가지고 가고 싶다.

상급 가드들에게 인기 만점이라는 무려 5천만 L짜리 가방을 덥석 샀다. 한국 돈으로는 6억쯤 되겠다. 물론 이것도 시그마 님 지불 예정이었다.

"단검류도 보여 주세요. 등급 높은 걸로요."

A급짜리 나이프들이 내 앞에 줄줄이 놓였다. 효과와 모양이 다양한 나이프 다섯 개를 전부 다 챙겼다. 또 수천만 L이 순식간에 날아갔다.

등급 더 높은 와이어도 사고, 인벤토리 용량 생각해서 텐트는 포기했지만 침낭 하나 사고, 트랩 패키지도 사고. 내 생포 보상금은 진작에 동나 버렸지만 알게 뭐냐.

"헌터, 아니 가드용 옷도 있죠?"

여기 가드는 밤에 주로 활동해서인가 대부분 어두운 색이었다. 만약을 대비해 아래위 세트로 사고 신발과 장갑도 챙겼다. 그 밖에도 또 이것저것, 인벤토리 용량을 약간만 남겨 놓고 채워 넣었다.

잘은 모르겠지만 한국 돈으로 수십억은 쓴 듯했다.

그때 메시지창이 반짝 떴다.

╔══════════════════════════╗
 ☆★히든 퀘스트 달성!☆★
╚══════════════════════════╝

웬 히든 퀘스트? 화장실로 들어가 퀘스트창을 열어 보았다. 달성된 퀘스트는 하나도 아니고 두 개였다.

╔══════════════════════════╗
 당신은 쇼핑의 황제!
 한 시간 만에 1억 L을 쇼핑으로 써 버린 당신은 진정한 쇼핑중독자!
 보상: 100,000P, 포인트 상점 교환권(S)
╚══════════════════════════╝

╔══════════════════════════╗
 이왕 등쳐 먹을 거면 억 단위로^▼^
 사기를 친다면 통 크게 쳐야죠! 남의 이름을 팔아 억대로 뜯어먹으셨군요, 대단합니다! 뒤통수 조심하셔야겠어요.
 보상: 100,000P, 가짜 신분증, 황금 살쾡이의 신발
╚══════════════════════════╝

와 씨, 이게 다 뭐야! 시그마 님, 감사합니다, 사랑합니다! 퀘스트 만세! 얼른 쇼핑의 황제 퀘스트 보상부터 받았다. 10만 포인트도 나쁘지 않지만 S급 포인트 상점 교환권이라니. S급 템은 최저 천만 단위부터 시작하던데 아무거나 다 교환 가능하다는 거잖아. 아, 가슴 설레라. SS급 교환권도 있으려나. 생각만으로도 심장이 뛰네.

이어 억 단위 등쳐 먹은 퀘스트 보상도 받았다. 역시나 10만 포인트에 가짜 신분증과 황금 살쾡이 신발이 내 손에 쥐어졌다.

╔══════════════════════════╗
 가짜 신분증
 소유자가 원하는 정보로 신분 등록이 가능합니다. S급 이상 스탯 및
╚══════════════════════════╝

﹛ 관련 S급 특수 스킬 소유자에게는 발각될 확률이 있습니다. ﹜

 이것도 좋았다. 우리 동네보다 평균 등급이 높다고 해도 S급이 흔할 리 없고, 일반 기관이나 도시 통행 문지기는 A급 이하가 지키고 있겠지.
 감사합니다, 앞으로도 사기 잘 치고 다니겠습니다. 이거 우리 동네 돌아가서도 사용 가능한가요. 제발 가지고 가게 해 줘.
 S급 장비인 황금 살쾡이의 신발은 이름과 다르게 검은색 늘씬하게 잘 빠진 컴뱃 부츠였다. 그런데 왜 황금인가 했더니.
 '…신발 바닥이 금색이잖아.'
 혹시 그건가. 고양이 젤리. 갑자기 피스가 보고 싶어졌다. 황금 살쾡이의 신발 또한 검은 살쾡이의 재킷처럼 민첩 위주 스탯이 붙어 있었다. 옵션 스킬은 날렵한 흡착. 직각인 벽을 평지처럼 다닐 수 있으며 천장까지도 걷는 게 가능한 스킬이었다.
 '이거 설마 세트 템인가.'
 두 개까지야 겹칠 수도 있지 싶었는데 세 개째가 나오니 의심스러웠다. 장갑이나 팔찌, 목걸이 등 살쾡이 시리즈 더 있으려나. 다 모으면 세트 효과 발동되고?
 새로 산 신발보다 S급 부츠가 더 좋으니 바로 갈아 신었다. 금색 바닥이 너무 눈에 띄지 않을까 싶었는데 착용하니 검게 물들었다. 은밀 활동 특화 장비 같은데 금빛 번쩍거리면 안 되지.
 '아이템 쇼핑 잔뜩 하고~ S급 장비도 얻고~'
 심지어 포인트 상점 교환권까지 더하면 두 개다. 교환권은 잘 챙겨 놓았다가 유현이나 예림이 필요한 장비 사 줘야지.

 직원들의 인사를 받으며 행복하게 가드 백화점을 나섰다. 다시 택시를 잡아타고 이번에 향한 곳은 도시 외곽 지역이었다.

도시의 끝으로 갈수록 거리가 허름해졌다. 한참을 달려 도착한 곳에는 높다란 방어벽이 가로막고 서 있었다. S급 각성자라고 해도 단숨에 뛰어넘을 순 없을 정도로 까마득한 높이에 대형 무기가 달린 감시탑이 간격을 두고 세워져 있다.

"이 근처는 위험하니 혼자 돌아다니지는 마십시오."

택시 기사가 걱정스러운 표정으로 말했다. 이곳으로 오는 것도 많이 꺼렸었다. 방어벽 근처로는 이따금 비행 몬스터가 넘어오기도 해, 극빈층이 아니고서는 근처에 살지 않는다고 하였다.

택시를 보내고 감시탑 입구로 다가갔다. 입구를 지키고 있는 B급 가드가 나를 바라보았다.

"안녕하세요, 시그마 님께서 방어벽 견학을 추천하셔서 찾아왔습니다. 잠깐 구경해도 괜찮을까요?"

"예, 물론입니다. 이쪽으로 오시지요."

잘나신 시그마 님 소속이라서인지 C급인 나를 상대로도 친절했다. B급 가드를 따라 엘리베이터를 타고 감시탑 꼭대기로 올라갔다. 둥글게 뚫린 감시탑의 창가로 다가섰다.

드넓게 펼쳐진 황무지와 저 멀리 드문드문 보이는 숲. 다른 도시의 모습은 그 어디에도 보이지 않았다. 사막 한가운데 떨어진 도시처럼, 그저 황량한 풍경만이 눈에 들어왔다.

'유현아, 너 찾으러 가는 데 고생 좀 하게 생겼다.'

그래도 조금만 기다려라. 형이 곧 그쪽으로 가마.

"벽 밖에는 몬스터가 많나요?"

외진 곳에서 일하시느라 수고가 많으시네요, 가드님께서 벽을 지키고 계신다고 생각하니 참으로 든든합니다. 등등 칭찬과 감탄을 섞으며 질문을 던졌다.

"당연히 많지요. 도시 내부에서 발생하거나 방어벽을 넘어오는 몬스터가 아니고서야 처리하지 않으니까요. 아주 가끔 몬스터 부산물이, 특히 고기가 부족하면 사냥을 나가기도 하지만요."

 고기⋯ 잠깐만. 설마 샌드위치와 식당 요리 속의 고기가 몬스터 고기였냐? 우리 동네에서도 식용 가능한 몬스터 고기를 특별한 음식 취급하긴 했지만.

 '여긴 주요 식량 자체가 몬스터 고기인 게 아닐까.'

 밖은 황무지고 도시가 크긴 하지만 여기까지 오는 길에 농장 같은 건 본 적 없었다. 고기용 가축을 사육하는 데는 너른 땅도 필요하지만 먹이기 위한 사료의 소모 또한 크다. 그걸 알아서 다 성장해 튀어나오는 몬스터 고기로 대체한다면 도시를 유지하기 위한 시설 상당 부분을 감소시킬 수 있을 터였다.

 '샌드위치도 고기 질에 비해 채소가 빈약했지.'

 농경지가 얼마 없어 신선한 채소는 비싸고 몬스터 고기는 저렴하고. 에너지는 마석이나 그 비슷한 것으로부터 얻지 싶으니 발전 시설도 소규모일 것이다.

 즉, 실질적으로 이 도시는 자급자족 가능한 작은 국가다.

 '결국 타 도시로 가는 건 타국으로 가는 것과 비슷한 건가.'

 바깥 꼴을 보아하니 교류가 잦지도 않을 듯하고. 여러 개의 도시국가로 이루어진 세계라. 이곳 솔렘니스는 비교적 평화로워 보이지만 유현이가 있을 아카테스 시는 어떤 꼴일지 알 수 없다 이거구만.

 "무기 멋지네요! 이것도 마력으로 작동하는 건가요?"

 대구경 포처럼 생긴 무기를 바라보며 물었다. 가드가 마나가 무척이나 많이 들어간다며 고개를 끄덕였다.

 "직격하면 S급 몬스터까지도 대미지를 줄 수 있습니다."

 "우와. 여기 S급 몬스터가 자주 나타나나요?"

 "그리 잦지는 않습니다. 보통 B~A급이지요."

"C급 이하는요?"

"C급 이하야 밤에는 B급 이상 몬스터들에게 잡아먹히고 해가 뜨면 타 버리니 보기 드문 편입니다."

무심코 타 버려요? 하고 되물을 뻔했다. 이 동네 C급 이하 몬스터는 햇빛을 버티지 못하는구나. 그 사실을 알고 나니 B급 이상만 가드 취급할 만하지 싶었다. 인력 낭비라고 생각했는데 C급 이하 몬스터가 없는 거나 마찬가지라면 마력 충전용으로 쓰는 게 효율적… 으음, 그래도 역시 기분은 나쁘구만.

적어도 같은 사람 취급은 좀 해 줘라. 호칭부터가 연료통이 뭐냐.

그 밖의 방어벽 경비에 대해서 자세히 물어보았다. 벽은 단순한 벽이냐, 혹시 벽을 타고 오르는 몬스터를 대비한 장치가 있느냐, 벽 아래 숨겨진 해자 같은 건 없느냐 등등. 친절한 가드는 신입 가드에게 자세하게 설명을 해 주었다. 고맙기도 하지.

"대단하네요. 아, 혹시 아카테스 시에 대해서도 아시나요? 여기서 비교적 가까운 편이라고 들었는데."

"란체아 다음으로 가깝지요. 그렇다고 해도 차로 이틀은 달려야 하는 거리입니다. 타 도시의 소식은 거의 들어오질 않아서 잘은 모릅니다만 아카테스 시는 가드 대우가 그리 좋지 못하다더군요."

"정말이요? 이곳과는 다른 모양이지요?"

"도시야 다들 다르죠. 풍문으로 듣기에 메드상 시의 뮤는 신처럼 모셔진다고도 하더군요."

메드상은 뮤로군. 그보다 아카테스 시는 가드 대접이 별로라니, 알파가 진짜 유현이 맞다면 괜찮은 걸까. 아무리 그래도 SS급한테는 잘해 주겠지.

…내 동생한테 허튼짓했다간 봐라. 확 엎어 버릴 테다.

'예림이와 노아 씨도 걱정되네. 빨리 찾아내야 할 텐데.'

진짜 몸이 아니라고 해도 실제나 다름없이 느껴지니 나쁜 일 겪어서 좋을 건 없다.

 방어벽 견학을 끝내고 B급 가드가 직접 차를 태우고 도시 안쪽으로 데려다주었다. 다들 너무 친절해서 미안해질 정도였다.

 다음으로 향한 곳은 다름 아닌 솔렘니스 역사 기록관이었다. 기록관 건물로 들어가자 로비에 견학 온 아이들이 모여 있는 것이 보였다. 예닐곱 살쯤의, 한국으로 치자면 유치원생 정도의 아이들이었다.
 "어! TV에서 말한 C급 가드 아저씨! 맞죠?"
 여자아이가 소리치고 이어 남자아이도 손뼉을 쳤다.
 "맞아! 검은 머리랑 검은 눈이랑 귀에 빨간 거!"
 진짜다, 진짜다 하며 아이들이 우르르 내 앞으로 몰려들었다. TV에 직접 나온 것도 아니고 언급만 되었을 뿐인데도 신기한 건가. 시그마 효과인가.
 "애들아, 그러면 안 돼요."
 "선생님 말 들어야지."
 인솔자들이 아이들을 말렸다. 특이하게도 셋 중 둘은 각성자에, 한 명은 B급이었다. D급은 마나 크기를 보니 연료통… 이고. 아이들을 보호하기 위해 가드를 붙인 건가.
 '밤에 처리 못 한 몬스터가 남았을 수도 있으니.'
 C급 이하도 햇빛만 잘 피하면 살아남으려나? 그래서 더욱 밤에 건물 문이며 창문을 단단히 막아 놓은 것인지도.
 호기심 어린 눈빛들이 여기저기서 반짝거렸다. 평범하게 나들이를 나온 아이들이다. 겁먹거나 두려운 기색은 조금도 없이 동그랗고 통통한 볼들에 생기가 넘쳐났다.
 이미 멸망한 세상에서.
 단순한 과거의 정보일 뿐이라고 생각하면서도 기분이 이상해졌다. 너무 현실감 넘치잖아. 이 세계가 얼마나 더 오래 버텼는지는 알 수 없다. 체계가 잘 잡혀 있고 평화로운 낮의 도시를 보아선 의외로 오랜 기간 멸망을 피했을지도 모른다.

'…어쨌든 진짜는 아니잖아.'

내가 신경 쓸 필요 없다. 이내 곧 떠날 가짜 세상이라고 생각하면서도 웃는 얼굴들이 괜스레 가슴을 쿡쿡 찔렀다.

…게임 같은 건 그냥 모니터 너머가 낫겠다. 가상현실이란 거 자칫하면 정신적 문제 대량으로 발생시켜 버리겠는걸.

"아저씨, 아저씨는 시그마 님 실제로 봤어요?"

아이 하나가 내 옷을 잡아당기며 물었다. 다른 아이들도 궁금하다는 투였다.

"당연히 봤지! 첫 만남이 아직도 생생한걸. 시그마 님께서 그냥 지나가려는 내게 먼저 다가와 이런 시간에 혼자 다니면 위험하다고 걱정해 주시기에 정말 신사적이시네요, 하고 팔에 묻은 먼지를 털어 드렸단다."

그렇게 우리는 처음 만났고 보상금과 쇼핑과 흩날리는 청구서 사이의 끈끈한 뭐어.

"전 한 번도 못 봤어요!"

"저도요!"

"밤에 주로 나오시니까. 착한 아기들은 곤히 잠들 시간이지."

"아기 아니에요, 일곱 살이나 됐는데."

"맞아, 이제 일곱 살이라서 일찍 안 자요. 동생은 아기라서 많이 자지만."

아기는 정말 귀엽다면서 손도 요만해요, 하고 작은 손을 꼼질거린다. 아, 귀여워. 문득 옛날 생각이 났다. 내가 저만했을 때도 동생은 정말 작고 귀엽고 혼자서는 아무것도 못 하는 아기니까 내가 돌봐 줘야지, 싶었었는데.

가물가물한 기억 속에서도 조그맣던 손은 생생했다. 애기들 손발은 진짜 작고 예쁘고 신기하다니까. 특히 손은 그렇게나 작은데도 움직이고 움켜잡기도 하고. 그게 어떻게 내 손보다 더 커졌지. 유현이 보고 싶다.

와글와글 떠드는 말들을 들어 보니 시그마는 모습을 잘 드러내지 않는 모양이었다. TV에 나온 것도 무척이나 오랜만이라고 하였다. 쉘터는 각 가정마다 개인실이 주어지지만, 침대만으로 꽉 찰 크기라 심심하고 갑갑하다고 했다.

내가 묻지 않아도 아이들은 자기들이 어떻게 생활하는지 자세하게, 열심히 알려 주었다. 긴긴밤 동안 쉘터에 갇히다시피 지내야 한다는 것을 제외하고는 생각 이상으로 풍족한 듯했다.

"안녕, 아저씨!"

"안녕!"

아이들과 헤어지고 기록관 전시물이 있는 안쪽으로 들어갔다. 관람료는 무료였다. 가장 앞쪽에는 도시의 전경이 커다랗게 걸려 있었다. 한쪽이 일그러져 있었지만, 전체적으로 사각형에 가까웠다. 도시 동쪽으로는 농경지가 제법 너르게 공간을 차지하고 있었다.

'솔렘니스 시. 올해로 27년, 인가.'

전시물을 구경하며 천천히 걸음을 옮겨 갔다. 너른 전시 공간 중앙에 커다란 모형이 세워져 있었다. 움푹 파인 땅속에 푸른색 거대한 구체가 자리 잡고 있는 모형이었다. 반짝거리는 빛이 연신 퍼져 나온다.

[마나 홀]

모형 앞에 세워진 터치스크린을 건드리자 설명이 흘러나왔다.

[마나 홀은 지금으로부터 31년 전에 처음 발견되었습니다. 몬스터로 칭해지는 사나운 짐승들이 발생하기 시작하고 2년 후, 옛 인시데마 국경선 근처에서 나타난 마나 홀이 그 첫 번째입니다.]

자료 사진 또한 화면 위로 나타났다. 초기의 몬스터는 D급 이하로 무장 병력이 나서면 어렵지 않게 처리할 수 있었다고 하였다. 하지만 점차 수가 늘어나면서 위기가 닥쳐 오고.

[B급 이하 각성자들이 하나둘 나타나기 시작하였습니다. 각성자들은 몬스터를 쉽고 빠르게 사냥하였으나 곧잘 마나 부족 상태에 빠져들고 말았습니다.]

이곳의 각성자들은 자체 마나 회복력이 아주 낮다고 목소리가 말했다. 마력 스탯이 높은 상급 각성자라 해도 하급 각성자와 큰 차이가 나지 않을 정도였다.

'그 정도면 자체 회복력이 거의 없는 수준 아닌가?'

우리 동네는 마력 스탯 S급쯤 되면 A급 던전까지는 마나 포션을 거의 사용하지 않고 공략 가능한데. 스킬을 낭비하지 않으면 말이다. 하지만 이곳에서의 마력 스탯은 마나와 큰 관련이 없는 모양이었다.

'…이거 다른 사람들도 알고 있는지 모르겠네.'

애들 모르고 평소처럼 마나 펑펑 쓰다가 곤란해지는 거 아니냐. 특히 유현이와 예림이는 마력 스탯이 높아서 불도 물도 마음껏 휘두르는 타입인데.

다행히 마나 홀로부터 마나를 보충할 수 있으며 동시에 전기와 같은 일상 에너지로도 변환 가능하다는 것이 밝혀지면서 각 지역의 마나 홀을 중심으로 새로운 도시가 세워지게 되었다고 했다. 몬스터를 막기 위한 장벽을 높게 세우고서.

[마나 홀의 연구 결과로 각성자들의 평균 등급 또한 높아지게 되었습니다. 마나 홀을 이용한 각성이 주가 되면서 매년 배출하는 각성자 수에 제

한이 생겨났습니다. 각성 대상의 절반은 자질을 우선으로 하며, 나머지 절반은 추첨입니다.

특히 뛰어난 자질을 지닌 예비 각성자를 대상으로 이루어지는 '특별 세례'에서는 처음부터 SS 등급을 지닌 각성자가 탄생하기도 하였습니다.]

이 특별 세례는 1년에 한두 차례 적용 가능하며, 기본 S급의 각성자가 탄생한다고 하였다. 그럼 지금 있는 SS급 각성자들 중에선 원래 S급인데 마나 홀의 힘을 빌려 SS급이 된 사람도 있겠군.

알파가 이 케이스인가? 4년 만에 SS급으로 성장하긴 힘들 테니까.

마나 홀에 대한 기본적인 설명이 끝나고 상세 목차가 화면에 떠올랐다. 그중 각인 항목을 손가락 끝으로 눌렀다.

[마나각인]
[보호각인]

우선 마나각인부터 확인했다.

[변환된 에너지가 아닌 순수한 마나는 무생물에 저장이 불가능합니다. 시스템의 보상으로 드물게 나오는 마나 포션 외에는 마나를 개인 휴대 할 방법이 현재로서는 전무합니다.

상급 몬스터가 나타나기 시작하면서 마나 보충 문제가 대두하게 되었습니다. 전투 도중 마나 보충의 필요성이 커지고, 이때부터 생물을 마나 연료통으로 사용하는 방법의 연구가 활발해졌습니다.]

처음에는 가축을 대상으로 하였지만, 제아무리 잘 길들여진 동물이라 해도 상급 몬스터 앞에서는 겁먹고 도망치기 일쑤였다. 그렇다고 의식 없는 동물을 짐짝처럼 들고 다니기도 힘들었다. 인간 각성자가 아닌 평범한 짐승은 마나 저장 능력이 낮아 효율 또한 극히 낮았다.

[그리하여 사실상 가드로서의 역할을 하기 힘든 C급 이하 각성자들에게 마나각인이 시술되기 시작하였습니다. 인체의 마나 흐름 경로는 다양하지만 가장 크고 주된 경로는 척추입니다.]

척추뼈의 이미지가 나타났다. 그중에서도 뒷목 부분에 둥글게 빛이 들어왔다.

[마나를 뽑아내기 쉬운 부분에 각인이 새겨지면 연료통은 가까운 거리의 각성자에게 자신의 마나를 전달할 수 있게 됩니다. 이 마나각인은 공용과 팀 또는 개인용 설정이 가능합니다.]

마나각인을 받는다 해도 마나통이 커지지 않는 경우도 있다고 하였다. 이 경우엔 일반 시민으로 돌아갈 수 있었다.
마나의 전달은 기본적으로 상호 동의지만 가드가 일방적으로 뽑아낼 수도 있으며, 연료통에게 무리가 가는 행위이기에 긴급 시가 아니라면 불법이었다. 솔직히 불법이라고 해 봤자 상급 가드 대상이면 벌금이나 좀 물고 말 거 같은데.
보호각인 또한 확인해 보았다.

[보호각인은 마나의 유출을 막기 위한 것으로, 마나각인과 같은 위치에 새겨집니다.]

마나각인이 없다 해도 뒷목은 약점이며 특수 스킬을 가진 몬스터나 각성자라면 마나를 훔쳐 내는 것이 가능하다고 하였다. 마나가 바닥나면 상급 가드라 해도 무방비해지기에 마나 유출을 최소화하기 위한 안전장치로 가드라면 기본적으로 새기는 것이었다.

이것도 여러 종류가 있으며 보호각인과 마나각인을 뒤섞은 효과도 있는 모양이었다.

[상급 가드들은 보호각인에 상호적용 마나각인을 넣어 서로 마나를 보충해 주기도 합니다.]

믿을 수 있는 팀이라면 급할 때 쓰기 좋겠지. 상급 몬스터를 상대하면서 C급 이하인 연료통을 가까이 두긴 힘들 테니까.

아무튼 가드라면 각인이 없는 경우가 드문 모양이었다. 나 정말 수상하게 보이겠구나. 각인 받아 둬야 하려나. 근데 난 내 몸뚱이로 들어온 건데 던전 나가서도 그대로 남아 있는 거 아니냐. 지울 수 있나?

그 밖의 도시 정보들을 대충 살펴보았다. 도시는 시장과 시의원들이 다스리며 5년에 한 번 투표로 선출하고 연임은 1회 가능한 등등. 가드들은 도시의 안전을 지키는 중요한 역할을 하기에 특례도 많고 존경받는 위치인 듯하고.

그리고 시그마는.

'개인정보는 대부분 비공개네.'

보호를 위해서인가. 5년 전 원래의 시그마가 사망하고 지금의 시그마로 바뀌었다는 정도의 내용밖에 없었다. 본명은 뭐지. 성현제는 아닐 테고.

'뭐, 어차피 오늘 이후론 안 볼 사람이잖아.'

깊게 생각할 필요 있냐. 이 정도면 이쪽 동네 몬스터와 가드에 대해 알 거 다 알았으니.

'해 지기 전에 밥이나 먹자.'

잘 먹고 쉬다가 떠날 준비 해야지.

도시에 어둠이 내려앉았다. 건물들이 흩뿌리는 빛의 야경 따위는 없었다. 가로등만 외로이 서 있을 뿐, 사방이 고요해졌다. 인적이라곤 하나 없는 거리로 짐승의 울부짖음이 길게 퍼져 나갔다.

콰득, D급 몬스터의 머리에 검을 찔러 넣고 몸뚱이를 발로 누르며 다시 뽑아냈다. 포인트를 수거한 뒤 부서진 벤치를 가볍게 뛰어넘었다. 공원 잘 꾸며 놨네. 침묵이 내려앉자 멈추었던 벌레 소리가 작게 들려왔다.

'다른 동물들도 있으려나.'

야생동물은 살아남기 힘든 환경일 거 같지만. 도시에 쥐나 길고양이가 있을까? 몬스터에게 다 잡아먹혔을지도. 역시 가축은 못 키울 세상이다. 애완동물이 있다면 상위층의 전유물쯤 되겠지. 개나 고양이 데리고 쉘터 들어가는 건 특권일 테니까.

분수대는 작동을 멈춘 상태였다. 잔잔히 고여 있는 물 위로 달빛이 비치었다.

골드버그 공원 분수대. 퀘스트창이 바로 여기예요! 라고 말하듯 반짝거렸다. 기다려라, 기다려. 아직은 아니야.

'손님이 와야 개시를 하지.'

준비는 다 끝났다. 옷도 갈아입었고. 귀한 S급 장비들은 차곡차곡 인벤토리에 보관해 두었다. 혹시 모르니 이어링 정도나 한 상태였다.

분수대 위로 올라가 테두리를 따라 걸으며 소시지바 비슷한 것의 포장을 뜯어 입에 물었다. 아카테스 시까지 차로 이틀. 벌써부터 서글퍼진다. 오늘 하루 참 잘 먹고 잘 쉬었는데. 치즈 같은 게 들었네. 맛있다.

"하나 줄까요?"

포장도 안 뜯은 거 하나 더 있는데. 어둠 속에서 나타난 남자를 향해 소시지바를 흔들어 보였다. 댁 주머니 돈으로 산 거긴 하지만.

"안녕하세요, 시그마 씨."

"안녕, C급."

"거기서 더 접근하지는 마시고."

혼자는 아니었다. 오, S급짜리네. 소시지바와 함께 내 캐쉬카드를 던졌다. 시그마의 손이 가볍게 그것들을 받아 쥐었다.

"1억 L부터 먼저 넣어 주시죠."

"오늘 내 앞으로 들어온 청구 금액이 3억 2천만 L이었다만."

한국 돈으로 40억쯤 되겠네.

"쪼잔하게 그걸 다 계산해 봤습니까? 그 정도 돈도 없으시다면 실망인데."

아무래도 취직 자리 잘못 선택한 거 같다는 내 말에 그가 미소 지으며 내 카드를 옆에 선 S급에게 건네주었다. 기계로 무언가 조작을 하더니 S급이 나를 바라보았다.

"지급 처리되었습니다."

"감사합니다. 연약한 C급이니 살며시 던져 주세요."

캐쉬카드가 다시 내 손으로 돌아왔다. 카드를 주머니 속에 고이 넣고 원반을 꺼내 들었다. 옅게 호기심 어린 시선이 원반을 향한다. 내가 뭘 하려는 건지 일단은 지켜볼 모양이었다. 위협도 안 되는 C급이니 말이야.

"이건 제 선물입니다."

상냥하게 웃어 보이며 원반의 중간 버튼을 꾹 눌렀다. 직후, 공간이 일그러지는 감각이 느껴졌다. 금안 또한 살짝 일그러진다.

"진심을 담아, 쇼핑은 고마웠어요."

하지만 이제는 우리가 헤어져야 할 시간.

- 크르르.

내 뒤쪽으로 무시무시한 기세를 담은 으르렁거림이 들려왔다.

던전에 간섭이 가해질 때마다 몬스터가 나타났다.
한두 번도 아니었다. 처음 신입이 날 찾아낸 때부터 수차례, 그것도 상급 몬스터가 등장했다. 삐약이 또한 능력치만 보면 상급 몬스터의 새끼인 듯싶고.

※원반 설치 시 외부 간섭으로 인한 반응으로 몬스터가 등장할 가능성이 있으니 주의해 주세요!

심지어 이번에는 주의문까지 들어가 있었다. 가능성이 있다는 정도로 적혀 있지만.
'백 퍼센트지.'
솔직히. 신입이 이쪽 세계, 던전과 연결되는 적극적인 간섭인데 아무 일 없을 리가 있겠냐. 틀림없이 몬스터가, 그것도 SS급 이상이 나타나리라는 확신이 있었다.
그리고 역시나.
"SS급 몬스터, 두 개체입니다!"
S급 가드가 다급하게 소리쳤다. 두 마리나 나타나 주다니. 역시 다음번 원반은 두 명 정도 더 찾아낸 뒤에 설치하는 게 낫겠다.
전신을 덮치는 위압감에 가슴이 선득해졌다. 당장 도망치라는 본능을 억누른 채 꿋꿋이 자리에 버티고 섰다. 안 아프면 좋겠는데.

목숨 하나 날려 먹는 건 아까웠지만, 아무리 생각해 봐도 여기서는 이 방법이 가장 좋았다. 성현제 짝퉁의 협조를 구하느라 시간 들이는 것보다는 얼른 설치하고 다른 도시로 떠나는 게 낫지.

'눈앞에서 확실히 죽으면 쫓아오지도 않을 테고.'

몸은 반사적으로 덜덜 떨렸지만 웃었다. 돈만 날려 먹게 만들어서 미안. 나와는 다르게 시그마의 얼굴이 굳었다. 조금쯤은 놀란 것도 같았다.

그래도 살면서 이런 일 겪어 본 적 없을 거 아니냐. 잘나신 SS급님께서도 가끔은 돈 떼먹히고 등쳐 먹히고 하는 거지 뭐. 좋은 경험 했다고 치세요.

머리 위로 그림자가 드리워지는 것을 느끼며 눈을 감은 직후.

"윽!"

몸이 거칠게 당겨지고.

콰르릉!

천둥소리가 났다. 울부짖는 몬스터의 외침 사이로 피 냄새가 느껴졌다. 내 것은 아니다. 바닥에 던져지다시피 한 몸을 튕기듯 일으켜 세웠다.

눈 뜨기도 전에 무슨 상황인지 짐작은 갔지만, 이해는 가지 않았다.

"댁 목숨 내던질 정도로 인생 재미없었습니까?"

"목숨까지 건 건 아닌데. 팔 한쪽 정도는 걸었지만."

태연한 대답이 돌아왔다. 시그마 놈의 한쪽 팔이 크게 파헤쳐진 것이 눈에 들어왔다. 하필 또 내가 쏜 쪽이다. 그나마 이 자식은 팔만 걸었네. 눈까지 걸었던 누군가가 절로 떠올랐다.

"도시 방위 책임자가 그렇게 막살아도 됩니까?"

카가각, 발톱이 땅을 파헤치는 소리가 들려왔다. 내리쳐진 벼락에 잠깐 물러났던 몬스터가 갈기를 세운다.

하나는 거대한 사자와 비슷한 몬스터였다. 사자 머리 양옆으로 뱀 머리가 두 개 길게 나 있다. 등을 따라 굵은 가시들이 서고 꼬리 또한 뱀이었다. 목이 긴 뱀 머리가 셋이라니, 사각이 없겠군.

다른 하나는 뼈 날개를 가진 용종이었다. 피막이나 깃털 없이 뼈대만 남은 날개가 날카롭게 펼쳐졌다.

"힐러는요!"

"메드상과는 사이가 안 좋아서. 전투에 참가할 만한 상급은 없어."

뭔 소리야, 그럼 포션이라도 써야지. 하지만 포션은 꺼내서 발라야 한다는 문제가 있고, 몬스터는 그럴 틈을 주지 않았다.

- 크허엉!

우렁찬 소리와 함께 사자가 덤벼들었다. 뱀이 쉿쉿대는 소리도 섞여 들었다. 시그마가 멀쩡한 팔을 움직였다. 차르르, 금속이 울리는 소리와 함께 금빛 사슬이 나타났다.

'…진짜 딴 놈 맞아?'

저거 수색자의 사슬 아니냐! 이 동네에도 사슬 무기가 있을 수는 있겠지만, 그래도 너무 똑같잖아.

콰득, 사자가 자신의 앞을 가로막는 사슬을 물어뜯었다. 동시에 눈이 아플 정도로 빛이 번뜩였다. 사자의 몸이 움찔 떨렸지만 크게 대미지를 입을 정도는 아니었다. SS급인 주제에 위력이 약하다 싶었는데, 시그마가 어느새 내 옆에 서 있었다.

순간 이 새끼가 내가 죽을까 봐 스킬 약하게 쓴 거구나 하는 생각이 들었다. 아, 이 망할 놈이. 곧바로 몸을 돌려 달아나려 했지만 그보다 내 팔을 잡아채는 손이 더 빨랐다. 텅, 바닥을 박차는 소리와 함께 몸이 공중으로 끌려갔다.

"아프다고!"

'F급이었으면 팔 빠졌다!'

콰가가가- 그사이 사슬을 뚫은 사자가 나와 시그마가 서 있던 자리를 덮쳤다. 땅이 크게 파헤쳐지며 나무와 풀이 튀어 오른다. 가시 돋친 사자 몸뚱이가 저 아래서 꿈틀거렸다.

재차 잡힌 팔을 빼내려 하자 순순히 놓아 준다.

'아니, 그래도 여기서 놓냐!'

허공이라고, 망할 새끼! 장비도 좋은 건 다 빼놨는데! 그래도 네놈 덕분에 다 A급은 되지만. 몸이 추락하는 것을 느끼며 인벤토리에서 와이어를 꺼내 들었다. 보급형이 아닌 A급 특수 기능이 들어간 비싼 놈이다.

휘리릭, 날아간 와이어가 뱀처럼 사자 등판의 가시 끝에 휘감겼다. 그 끝을 붙잡고 가시 중간에 발을 디뎠다가 등판에 내려섰다. 와이어를 거두기가 무섭게 쉭쉭대는 소리가 들려왔다. 사자 꼬리의 뱀이 머리를 잔뜩 치켜든 채 나를 노려보고 있었다.

'어차피 여기까진 길이가—.'

화악, 독액이 튀어 올랐다. 그래, 뱀이라면 역시 독이지. 재빠르게 뒤로 몸을 날려 피했지만 몇 방울이 몸에 닿았다. 멀쩡하네. 사자 놈 독 스킬은 S급 이하인 모양이군.

"독 저항도 있고."

깜짝이야, 성현제 놈인 줄 알았네. 목소리에 재미있다는 기색이 짙어지니 진짜 너무 똑같다. 돌아보자 그새 포션을 썼는지 팔에서 흐르던 피는 멎었다. 하지만 상처는 어중간하게 회복되다 말았다.

"포션 좋은 거 없… 을 리는 없고. 몬스터 스킬 효과입니까?"

"샬로나츠의 첫 공격은 반드시 피해야 한다고들 하지."

지금 발밑에 있는 사자 새끼의 이름이다. 알면서 뛰어들었냐! 상처 회복도 잘 안되고, 전투 예지 있지 싶은 저 인간이 나 구하다 다치기까지 한 걸로 봐선 첫 공격 자체가 등급 높은 조건부 특수 스킬인 듯했다.

우르릉, 사자가 몸을 떨었다. 세 마리의 뱀이 우리를 노려보며 사납게 시익댄다. 사자 등판이 넓긴 하지만 앞뒤 양쪽 뱀의 길이라면 피할 곳이 마땅찮았다.

- 싯!

머리 쪽의 뱀들이 길게 몸을 빼며 덤벼들었다. 꼬리 쪽 또한 이쪽으로 피할 테면 피해 보라는 듯 송곳니를 드러낸다. 동시에 사자 몸체는 공원을 짓밟고 있었다. 금빛 사슬이 주둥이와 앞다리를 휘감으며 방해한 덕에 아직은 공원에서 벗어나지 않았지만, 이대로라면 언제 도심지로 뛰어들지 알 수 없었다.

'용종은.'

시그마와 같이 온 S급들이 어떻게 붙잡아 두고 있는 모양인데. 퍽, 시그마가 덤벼드는 뱀 머리를 발로 걷어찼다. 위로 쳐올려진 뱀의 턱 아래로 그의 손이 가닿고, 빛이 튐과 동시에 뱀의 머리가 터져 나갔다.

하지만 그것도 잠시. 뱀 머리가 이내 재생되었다.

"전 신경 쓰지 말고 스킬 쓰십쇼!"

어차피 죽을 생각이었는데, 젠장! 틱, 하고 급하게 쏜 탄환이 꼬리 쪽 뱀 머리를 가볍게 두드렸다. 긁히지도 않으리란 건 잘 알고 있었기에 쏘자마자 보지도 않고 바로 기둥 같은 가시 뒤로 몸을 숨겼다.

콰각, 뱀이 자기 몸뚱이 가시를 물고서 독기를 뿌려 댔다. 그사이 총에 마력을 모아 좀 더 강하게 여린 배 쪽 비늘을 쏘아 주었다. 약간 꿈틀하고 말았지만.

"아, 뭐 해요!"

그렇게 신경 쓰인다면 알아서 죽어 줄까. 어차피 목숨 하나 버릴 생각이었고. 총을 다시 인벤토리에 넣고 뱀에게 뛰어들려는 나를 시그마가 귀신같이 눈치채고 뒷덜미를 잡아당겼다. 뒤로 거칠게 당겨지는 힘에 사자 등판을 데굴, 굴러야만 했다.

배는 물론이고 아주 전신에 죄다 멍들겠다!

뒤로 구르며 짜증이 나서 저 새끼를 향해 단검을 던졌다. 물론 가볍게 받다 못해 손아귀에서 콰득 부숴 버린다. 예비용 C급짜리긴 하지만 너무 하네.

기다란 칼날이 번득이고 뱀 머리들이 연이어 잘려 나갔다. 하지만 시그마는 여전히 제대로 된 공격을 할 생각이 없어 보였다. 마나 아끼나. 아니면 혹시.

"…사자 새끼 첫 공격에 당하면 스킬이나 스탯에 문제 생기는 겁니까?"

"역시 경험이 많은 모양이군."

금안이 나를 향하며 웃었다. 웃을 때냐!

"영구적이진 않을 테고, 얼마나 걸리는데요? SS급짜리가 공원 벗어나면 피해가 커지지 않습니까?"

"멀지 않은 곳에 5번 쉘터가 있지만, 어쩔 수 없지."

"책임감 되게 없네!"

냉정하게 생각하자면 시민의 피해보다 SS급 가드의 안전을 중시하는 게 맞다. 능력치가 깎인 채로 섣불리 덤벼들지 않고 기다리는 편이 옳았다.

하지만 사자 새끼는 독까지 가지고 있었다. 자칫하다간 얼마나 처참한 일이 벌어질지, 상상하기 어렵지 않았다.

"대체 왜 날 구한 거냐고! 난 여기 사람도 아니야!"

어차피 과거 정보니 신경 쓸 필요 없다고 생각하면서도 버럭 소리쳤다. 가짜라도 눈앞에서, 이렇게 생생한데. 터엉, 또다시 뱀의 머리가 쳐 내졌다. 주먹을 거두며 시그마가 단조로운 목소리로 대답했다.

"그렇다면 더더욱 신경 쓸 필요 없을 텐데."

"야 이 새끼야!"

말은 쉽지! 그래, 신경 안 쓰면 된다. 비록 내가 몬스터를 불러내고 나 구하려다가 저 새끼가 다친 거긴 하지만, 이곳은 과거 정보로 이루어진 세상이다. 알긴 아는데.

'시발, 화면 너머 꾸며진 거 뻔히 아는 이야기에도 맘 주는 게 인간 아니냐.'

게다가 여기서 거든다 해도 나한테 손해될 건 별로 없다. 원반은 설치했으니까.

"댁 능력 얼마나 떨어졌는데요? 공격 스킬 효과가 두 배 되면 처리할 만합니까?"

"그야 당연히."

약간 지루한 듯 뱀을 상대하던 놈이 입꼬리를 올렸다. 내가 나서길 기다리기라도 했다는 듯한 표정이다. 놈의 등 쪽으로 다가가 서며 나직하게 말했다.

"제가 가진 버프 스킬입니다. 접촉 중이어야 유지 가능하고, 오래 못 쓰니까 한 방에 끝내 주세요."

일부러 한 번에 끝내라고 말했다. 그럼 내가 버티기 힘들 테니까. 시그마 새끼 스킬 여파로 사망해도 되고, 살아남는다 해도 뭐 협조하는 척하다가 틈타서 죽으면 된다. 시체를 거두려 들 수도 있겠지만 설마 잘나신 SS급님께서 한 시간 넘게 시체 옆을 지키고 계시겠냐. 부하한테 맡기겠지.

그럼 되살아나자마자 은신 스킬 써서 튀면 된다.

하니 도와줘서 나쁠 건 없다. 몬스터 잡기 전까지는 저놈 계속 내가 죽지 않게 보호라도 해 줄 모양인데, 길게 끌 필요 없잖아. 얼른 끝내자.

- 시잇!

툭, 잘려 나간 뱀 머리가 굴러떨어지고 시그마가 인벤토리에서 무언가를 꺼내 내게 건넸다. 밝은 베이지색의 롱코트… SS급!

"방어 특화니 입도록."

와, SS급! 반사적으로 입긴 했는데 도로 벗어서 인벤토리에 넣고 싶다는 생각이 확 들었다. 이거 챙길 수 있을까. 죽기 전에 재빠르게 넣어 버리면 못 빼앗아 가겠지. 밖에 들고 나갈 수 있다고 해 줘, 제발! 신입아, 신입아아! 도와주면 여태까지 실수한 거 다 용서하마!

'생각해 보니 이 동네 등급 높은 아이템이 우리 쪽보다 훨씬 더 많겠구나!'

각성자 생긴 지 오래되었고 평균 등급도 더 높으니까. 혹시 시그마 님께선 SS급 장비로 도배를 하셨다거나. 호옥시 SSS급 무기도 있다거나.

아, 잠깐만. 진짜 가지고 나갈 수 있다면 친애하는 시그마 님 소속으로 며칠 정도는 일해도 괜찮을 거 같은데. 시간 흐름이 최소 5배 차이 난다고 했으니 신입을 믿고 10배 정도로 치고, 일주일 정도는 시그마 님 털어먹는 데 소요해도 괜찮지 않을까.

가슴이 떨리고 마음이 흔들렸다.

'쉽게 주진 않겠지만.'

고생해서 뜯어내 봤자 두고 가야 할 가능성도 높았지만. 그래도 두근거려.

"감사합니다, 시그마 님."

설레는 심정을 감추지 못하고 활짝 웃자 시그마가 눈썹 끝을 약간 올렸다. 속물처럼 보이겠지만 솔직히 세상은 아이템이 최고다. 돈 주고도 못 구하는 건데 간이며 쓸개 좀 내놓으면 어떠냐.

"그럼 두 배 버프 들어가겠습니다~"

내 말과 함께 시그마가 나를 한쪽 팔로 감싸 붙잡았다. 방어 옵션에 스킬 붙은 코트에 시그마의 전(電)속성 저항 영향까지 받으면 죽는 일은 없겠군. 시그마는 속성 저항 SS급 이상 되지 않을까.

 공격 스킬 두 배 효과를 공유하고, 시그마가 움직였다. 그가 가볍게 뛰어올라 사자의 머리 위에 올라섰다. 두 마리의 뱀이 미친 듯이 덤벼들어 왔지만 이번에도 허무히 잘려 나갈 뿐이었다.

 - 크허헝!

 사자가 울부짖고, 절그럭거리며 얽혀 있던 사슬이 빛을 뿜었다. 새하얘지는 시야를 감당치 못하고 눈을 감았다. 콰과광, 무언가 부서지고 끌리는 소리와 함께 빠르게 이동하는 압박감이 느껴졌다.
 빛이 사라진 듯해 잠깐 눈을 뜨자.
'윽!'
 사자가 아닌 흉측한 도마뱀 머리가 바로 코앞에 있었다. S급들이 발을 묶어 놓고 있던 용종이다. 침을 뚝뚝 흘리는 커다란 주둥이가 톱니 같은 이빨을 드러냈다. 하지만 그 광경은 순식간에 눈앞에서 사라졌다.
 어느새 시점이 바뀌고 저 아래로 사슬에 묶여 끌려온 사자가 발버둥 치는 것이 보였다. 용종 또한 오른쪽 두 다리가 모두 잘려져 나간 채다. 내 앞에서 벌리고 있던 주둥이도 반 가까이 으깨졌다.
 무슨 일이 있었던 거야. 꿰뚫어 보는 눈 스킬로 동체시력이 향상되었다곤 하나 역시 스탯 C로 SS급의 움직임을 따라잡긴 힘들었다.
"다시 눈 감아."
 시그마의 말을 따르기가 무섭게.
 콰르르릉!
 무시무시한 소리와 함께 공기가 울렸다. 귀도 막으라고 하지 그랬습니까. 윙윙대는 귓가로 몬스터들의 괴성이 희미하게 들려왔다.
 다시 눈을 떴을 때는 몬스터였던 시커먼 덩어리 두 개만이 남아 있었다. 그 덩어리 옆으로 포인트가 떠 있는 게 보였다.

'저게 대체 얼마야?'

무려 백만이 넘는 포인트였다. 아무래도 내 기여도를 높게 쳐준 모양이었다. SS급 몬스터 한 마리에 백만 포인트가 넘다니, 열 마리만 잡으면 S급 아이템과 교환 가능하네. 포인트 상점 교환 아이템은 가지고 나갈 수 있는 거라고 했으니.

역시 시그마 옆에 머무를 게 아니라 애들 만나서 사냥이나 해야겠다. 시간 투자를 할 거면 확실한 곳에 해야지.

포인트부터 얼른 수거하고 코트 자락을 쥐었다. 벗어서 인벤토리에 넣으려고 하는데.

"⋯웃!"

전신이 저릿해졌다. 그 교묘한 타이밍에 챙겨 넣지 못한 코트가 내 손에서 툭, 바닥으로 떨어졌다. 다가오는 발소리가 들렸다. 굳어 있던 내 몸이 천천히 움직였다. 자의가 아니었다. 누군가의 조종에 의해 뒤로 돌아섰다.

"이거, 뭐⋯⋯."

시그마가 소리 없이 웃었다. 음, 너무 대놓고 챙기려고 했나. 그게 말이죠.

"책임감이 없지는 않아, C급."

"무슨, 윽!"

팔을 조금 들려 했을 뿐인데 또다시 감전된 듯 전류가 흐르며 몸이 굳었다.

"등급에 맞지 않는 특수 스킬들에 알 수 없는 과거. 그리고."

그의 시선이 몬스터들의 시체로 향했다.

"외부 간섭까지. 너는 바깥의 존재들과 관련이 있는 건가?"

바깥의 존재들. 패륜아와 효도 중독자들을 말하는 것임이 분명했다.

그들을 알고 있는 걸까. 태생 S급인 유현이와 성현제에게도 접촉을 해 왔으니 이곳의 성현제와 비슷한, 시그마도 같은 일을 겪었을 가능성이 높았다.

부상을 입으면서까지 나를 구한 게 그 때문이었나.

"내가… 묻고 싶은데."

그들에 대한 정보라면 나도 원한다.

"…너는, 크읏!"

"천천히 알아가 보도록 하지."

등줄기를 타고 올라 목과 머리까지 가해지는 저릿한 충격에 눈앞이 까맣게 물들었다. 내 몸이 힘없이 앞으로 무너지고 이내 의식이 사라졌다.

눈을 떴을 때 좋은 꼴은 아닐 거라고 짐작은 했었다. 내가 한 짓들을 떠올려 보면 평범하게 손님으로 모셔질 일이야 당연히 없었다.

그래도 말이다.

"…이건 너무 심한 거 아니냐."

연약한 C급인데. 일단 두 팔은 등 뒤로 단단히 묶여 있었다. 조이는 느낌으로 보아 넓적한 가죽 줄 같은 걸로 몇 번이나 칭칭 감아 놓은 듯했다. 거기에 손 또한 벙어리장갑 비슷한 구속구로 막힌 채였다.

즉, 손가락 하나 까딱할 수 없었다.

그나마 다리는 따로 묶여 있었다. 쇠사슬은 아니고 가죽끈이 길게 늘어져 침대와 연결되어 있었다. 목에도 비슷하게 가죽끈이 이어져 있어 자해 위험 있는 정신병자가 된 기분이었다. 침대도 다칠 일 없이 죄다 푹신하게 감싸져 있고. 시그마 놈 코앞에서 죽으려고 들었으니 비슷하긴 하나.

아이템도 전부 빼앗기고 평범한 옷으로 갈아입혀진 채였다. 유일하게 이어링만이 그대로 남아 있었다. 마력 위주 증가에 방어막 스킬이라서인가.

"안 그러냐고요, 거기 A급 씨. 공격 스킬도 하나 없는 C급한테 정말 너무하네."

나를 지키고 있는 A급에게 말을 걸었지만 돌아오는 대답은 없었다. 인벤토리를 못 쓰게 하기 위해서겠지만 그래도 심하잖아. 이 동네엔 인벤토리 봉인 팔찌 없나?

팔에 힘을 줘 봤지만 꿈쩍도 하지 않았다. 아이템인 건가, 아니면 던전 부산물… 아, 이 동네엔 던전이 없지. 몬스터 부산물이 맞겠구만. 아무튼 금속도 아닌 주제에 튼튼했다.

그래도 바닥이 아닌 침대 위에 던져져 있었기에 몸을 일으켜 앉았다. 이 상태로는 도망도 못 치겠군.

'죽은 척도 못 할 판이고. 일단은 얌전하게 굴어야 하나.'

원반도 설치했는데 좀 보내 주라. 동생 만나러 가야 합니다. 범죄자도 가족 면회 정도는 할 수 있게 해 주잖아.

그때 문이 열리고 낯익은 얼굴이 들어왔다. A급들이 자세를 바로 하고 인사하는 게 마치 군대 같다. 도시 방위청이니 군대 맞긴 한가. 내가 아는 그 성현제와는 영 안 어울리지만. …아냐, 군 통수권자로서 꼭대기에 올라앉아 있는 건 그럴듯한 거 같고. 독재자라거나.

"SS급씩이나 되셔 가지고 C급 하나 감당 못 해서 이렇게 칭칭 감아 놓으셨습니까? 생각보다 많이 소심하시네."

시그마가 내 앞으로 다가왔다. 정말 닮긴 닮았는데, 진짜 아닌가. 어차피 붙잡힌 상태니 병아리반 선생님 스킬을 그에게 써 보았다. 그러자.

> 스킬 사용 불가능한 상대입니다!

메시지창이 떴다. 순간 맥이 탁 풀렸다. 그래도 혹시나 싶었는데 정말로 아니구나. 성현제 이 망할 인간은 대체 어디서 뭘 하고 있는 거야? 제대로 들어온 거 맞긴 한가. 또 혼자서 예민 떨며 반발해서 이상한 데로 튕겨 나갔거나 한 거 아닌지 모르겠다.

여기서 성현제가 나타나면 웃기기는 하겠네. 자기랑 똑같은 얼굴에 스킬과 무기까지 같은 사람과 마주치면 제아무리 세상 지루하다는 인간이라도 뒤지게 즐겁겠지. 서로 소개해 주고 싶다, 진짜.

"또 뭘 혼자 실망하고 있는 거지."

"…예?"

"내게 무언가 기대했다가 실망하는 것 말이야. 처음 만났을 때도 그랬지."

그의 말에 가슴이 뜨끔해졌다. 너무 대놓고 성현제와 비교했나.

"아, 그게. 시그마 님께서 듣던 것과는 다른 느낌이라. 훨씬 더 친절하고 상냥하고 관대하셔서 불쌍한 C급을 가엾게 여기고 풀어 주는, 뭐 그런 위대하신 분이라고 생각했거든요."

"이름도 모르면서 말인가."

"…어차피 진짜 이름도 아니잖습니까. 시그마 씨."

"성현제."

…반사적으로 움찔거리고 말았다. 놈이 눈매를 휘며 나를 내려다보았다.

"내 얼굴이 다른 사람으로 착각할 만한 수준은 아니라고 생각하는데."

"더럽게 자신만만하시네. 원래 세상엔 닮은 사람이 셋은 있는 법입니다. 제가 아는 성현제 씨도 성격 좋다곤 말 못 하겠는데, 지나가는 사람 다 짜고짜 발로 걷어차는 짓은 안 하거든요. 그러니 다른 사람 맞아요. 제가 아주 잠깐 착각했을 뿐이니 신경 끄시죠."

"결론은 입 다물겠다, 라는 거로군. 그 성현제와는 친한 사이인가? 친구?"

"애초에 말해야 할 이유도 없습니다만. 남의 인간관계에 쓸데없이 관심이 많으시네요. 제가 누구랑 사귀든 무슨 상관입니까."

A급들이 나를 흘끔거렸다. 꽤나 당황한 표정들이다. C급 주제에 뭘 믿고 저렇게 나대나 싶겠지. 시그마가 열 받아서 내 목을 뎅겅~ 해 주면 차라리 반가울 텐데. 그럴 성격은 아니겠지, 역시.

"입이 무거운 건 좋아하는 편이지만."

서걱, 가죽 줄들이 단번에 잘려 나갔다. 움직임을 거의 보지도 못했다. 이어 내 목과 연결된 줄이 거칠게 잡아당겨졌다.

"사람을, 큭, 개 취급하네!"

서러워서 살겠나. 이런 경험 처음은 아니다만 최근에는 나 좋다는 사람들에게 둘러싸여 있었다 보니 더욱 억울해졌다.

문이 열리고 그대로 질질 끌려갔다. 복도의 폭은 넓은 편이었다. 천장 또한 높았다. 감시카메라가 일정 간격을 두고 설치되어 있는 게 보였다. 그 밖의 보안장치는 없는 듯했다. A급을 감시로 세워 두는 걸 보니 상급 헌터가 득시글한 모양인데 그럼 없을 만도 하지.

"어디로 가는 건지 말이나 해 주시죠? 여기 도시방위청 맞습니까?"

"맞아."

"그럼 안내나 해 주십쇼. 분위기를 보아하니 한동안, 어쩌면 더 오래 여기서 지내야 할 거 같은데 알 건 알아야죠."

내 말에 시그마가 걸음을 멈추고 나를 돌아보았다.

"이대로?"

"어차피 풀어 주진 않을 거잖습니까."

무기창고 같은 거 없나. 귀한 건 인벤토리에 보관해 두겠지만 혹시 모르잖아. 유현이도 해연 길드 자택에 금고 있던데.

줄의 길이까지 앞으로 걸어가 뒤를 돌아보았다. 안 오고 뭐 하느냐는 턱짓에 시그마가 멈추었던 발을 움직였다.

"접근제한 구역 같은 거 없습니까? 보안장치는 어떻게 작동되는지 알고 싶은데요."

"너무 속이 뻔한 질문 아닌가."

"이렇게까지 묶어 놓고 뭘 겁내십니까. 뜯어먹을 게 많아 보이면 얌전히 입 열지도 모르죠. 제가 이래 봬도 무척이나 속물이라. 안녕하세요~ 혹시 이 근처에 무기창고 같은 거 있나요?"

엘리베이터 앞에 서 있던 A급이 우리를 보고 굳었다. 뭐라고 말해야 할지 모르겠다는 표정으로 나와 시그마를 번갈아 쳐다보았다.

"그……."

"저 대신 버튼 좀 눌러 주시겠어요? 보시다시피 이런 꼴이라."

A급이 멍한 얼굴로 버튼을 눌렀다. 엘리베이터는 우리 동네와 비슷하네. 보통 중요한 건 지하에 있던데. 또 시킬까 하다가 그냥 발을 들어 지하 맨 아래층 버튼을 눌렀다. 엘리베이터가 빠르게 아래로 내려갔다. 다른 사람들도 사용하는 버튼 발로 누르면 안 됩니다. 나 같은 예외가 아니고서야 말이다.

문이 열리자 무장한 A급 두 명이 지키고 있는 것이 보였다. 이어지는 통로는 두꺼운 유리문 같은 것으로 막혀 있었다.

"안녕하세요, 실례하겠습니다. 문 좀 열어 주시겠어요?"

유리문 앞에 서서 말하자 A급이 당황하며 시그마의 눈치를 살폈다.

"열어."

짧은 명령에 곧장 문이 열렸다. SS급 통행증쯤 되시겠다. 성능 좋네.

복도를 따라 걸어갔다. 여기가 어딘지는 모르겠지만 갈림길이 나오면 감시가 엄중한 쪽으로 방향을 잡았다. 통행증은 별말 없이 내 뒤를 따라왔다. 막힐 때마다 내미니 척척 길이 뚫렸다. 역시 SS급.

마지막 문은 무려 S급이 지키고 서 있었다. 여기가 대체 어딜까. 통행증에게 눈짓하자 이번에도 쉽게 문이 열렸다.

"…대체 뭘 하시는 건지 여쭤봐도 되겠습니까?"

눈동자만 흔들리던 A급들과 달리 S급이 직접적으로 물어 왔다. 시그마가 가볍게 대답했다.

"산책."

"너무하네, 진짜. 개 아니거든요?"

"그럼 돌아갈까?"

"멍멍."

여기까지 와서 뭘 돌아가냐. 개새끼한테 아빠 소리 들은 게 엊그제 같은데 아들놈과 똑같이 생긴 놈한테 개 취급을 다 당하네. 아이고 내 팔자야.

투덜대면서도 얼른 안으로 들어갔다. 삼중으로 된 문을 지나고 마지막으로 나온 공간. 무척이나 너른 그곳에 푸른빛이 넘실거렸다.

마나 홀.

깊은 구덩이 속에 넘쳐흐르는 빛을 보자마자 머릿속에 떠오르는 것이 있었다.

세 번째 근원, 가장 깊은 샘.

디아르마의 기억 속에서 본 바로 그것이 마나 홀과 관련되어 있다는 직감이 들었다. 이곳은 세 번째 근원의 세계인 것인가. 다섯 번째인 우리 세계가 아니라.

…그렇다 해도 딱히 상관은 없지만. 어차피 가상으로 만들어진 던전 속의 세상이고.

마나 홀 주위로 알 수 없는 기계장치들이 가득했다. 기계를 관리하는 사람들이 시그마를 향해 인사하고 나를 이상하게 쳐다보았다.

"여기 안내판 같은 건 없습니까? 지도라든가. 점심은 언제 먹어요? 점심 맞나. 제가 시계가 없어서."

"점심까진 아직 시간이 남았으니."

시그마가 걸음을 옮겼다. 그가 향한 곳은 마나 홀을 중심에 두고 자리 잡은 방들 중 하나였다. 방의 바닥에는 무슨 마법진 같은 문양이 새겨져 있고 그 가운데 사람 묶어 놓을 수 있는 수술대가 있었다.

반사적으로 뒷걸음질 쳤다. 야, 잠깐만.

"뭘 하려고—"

"각인 시술 준비해."

시그마가 벽에 붙은 버튼을 누르며 말하고 이내 B급 각성자가 들어왔다. B급인데도 마나 통이 컸다. 각인이라고?

"…기절했을 때 해 버렸을 줄 알았는데."

"솔렘니스의 기술로는 대상자의 의식이 없으면 시술이 불가능합니다. 의식불명일 때는 마나의 흐름이 거의 멈춘 상태라 각인과 연결시키기 힘들거든요. 덕분에 꿈결에 스킬 써 버리는 불상사가 일어나지 않는 거고요."

B급이 친절하게 설명해 주었다. 그렇군. 확실히 이 동네는 각성자 연구가 많이 되어 있는 모양이었다. 이어 또 다른 B급 각성자가 카트를 밀며 들어왔다. 저기, 주사기랑 링거로 보이는 것도 있는데.

"구속을 풀어 주시겠습니까?"

B급이 부탁하고 내 팔을 묶고 있던 끈들이 떨어져 나갔다. 두 팔과 손이 자유를 되찾았다. 손을 움직일 수 있게 되자마자 바로 섬광탄을 사용했다.

"악!"

"윽!"

소리 없이 터져 나온 엄청난 빛에 B급 둘이 비틀거렸다. 고작 섬광탄으로 멀리 도망치는 건 불가능할 것이라 튀는 대신 단검을 꺼내 들었다. 솔직히 내 목에 직접 칼 찔러 넣기는 내키지 않아서 몬스터한테 죽임당하려고 했던 건데. 진짜 죽는 건 아니라고 해도 찝찝하잖아.

하지만 칼을 꺼내 들기가 무섭게.

턱, 손목이 붙잡혔다. 이어 사정없이 팔이 뒤로 꺾였다. 단검이 바닥으로 툭 떨어졌다.

"아프다고! SS급 눈알은 섬광탄도 뚫는 거냐!"

잠깐은 멈칫할 거라고 생각했는데. 나를 수술대 위에 억누르며 시그마가 내 목에 걸린 목걸이를 뜯어냈다.

"저주 저항도 S급 이상인가. A급 인벤토리 봉인 목걸이였는데 소용이 없군."

⋯인벤토리 봉인 아이템 붙여 놓고 있었구나. B급 하나는 나를 수술대에 엎드리도록 해 묶고 또 다른 B급은 떨어뜨렸던 주사기를 주워 버리고 새 주사기를 손에 들었다.

"진통제입니다. 살짝 따끔할 거예요."

B급이 내 팔을 잡고 주사를 놓았다. 진통제라고 해도.

"잠깐만, 독 저항 있는, 아악!"

절로 비명이 튀어나왔다. 뒷목의 척추 뼈를 잡고 뽑아내는 듯한 통증이었다. 어찌나 아픈지 눈물까지 맺혔다.

"진통제 효과 바로 돌 텐데⋯⋯?"

"독 저항 있다고, 독 저항! S급!"

버럭 소리치자 B급이 당황해했다. 두어 발 물러서서 지켜보고 있던 시그마 놈이 입을 열었다.

"계속해."

"하지만 통증이 심할 겁니다."

"저항 스킬을 낮추지 않은 쪽의 잘못이지."

잘못, 야 이. 뒷목에 서늘한 것이 닿고 또다시 등골이 욱신거리기 시작했다.

"조절 못 해! 못 한, 다고!"

스킬 등급 대비 스탯 낮고 자속성도 아니라 조절 못 한다고 버럭버럭 비명을 섞어 소리를 질렀다. 나중에는 그냥 곱게 죽이라고 욕설을 내뱉은 것도 같았다.

"시그마 님, 본격적인 연결은 아무래도 위험할 것 같습니다. 스탯 C급으로는 진통제와 마나 중화제 없이는 버티지 못할 겁니다."

"그렇다는데, C급."

개새끼가 내 머리를 잡아들어 시선을 마주치며 말했다. 못 하는데 뭐 어쩌라고. 등급이 S급으로 떨어진 지금도 저항 스킬 끌 수 있는지는 모르겠지만, 끌 바엔 그냥 아파 죽고 만다. 별의별 약물 다 있을 텐데 미쳤다고 독 저항을 끄냐. 분명 자백제 같은 것도 넘쳐 나겠지.

죽어도 되살아날 수 있다는 것까지 들키면, 진짜 도망치기 글러먹게 된다.

"댁 꼴도 보기 싫으니까 장례식장엔 절대 오지 마세요."

시그마 놈이 웃었다. 그러곤 B급을 돌아보았다.

"방법은?"

"독 저항 S급인 채로 각인을 하려면 메드상 쪽의 도움을 받아야 할 겁니다."

"협조 요청 넣어 두도록."

상급 힐러도 그렇고, 메드상 시는 힐러나 보조계 각성자 전문인 건가. 수술대에서 풀려나 내려서자마자 다리에 힘이 없어 풀썩 주저앉고 말았다. 뒷목을 만져 보았지만 하다 말아서인가, 아직은 아무것도 느껴지지 않았다.

"…보호인지 마나인지 모르겠지만 이거 꼭 해야 합니까?"

"해당 마나 홀 각인이 없으면 마나 충전 효율이 떨어집니다. 충전 속도만 해도 열 배 이상 차이가 나지요."

그거 말고 다른 이유도 있을 거 같은데. 하지만 시그마도 B급들도 더 이상은 말해 주지 않았다.

메드상의 도움을 받으려면 며칠 걸린다고 하는데.

"설마 내내 둘둘 감아 놓을 거라고 말하지는 않겠지요. S급짜리 인벤토리 봉인 아이템 없습니까? 아니면 계약서라도 쓰죠. 인벤토리 사용하면 저주 저항 스킬 등급 한 단계 하락, 이런 걸로요. S급짜리 저주 계약도 없지는 않을 거고."

제발 인간답게 지내게 해 달라는 부탁을 시그마가 의외로 흔쾌히 들어주었다. 물론 내 저주 저항이 S급이 확실한지 시험을 거치고 인벤토리 봉인 아이템이 목에 달렸다. 위치추적 기능도 포함한 것이었다.

팔다리는 자유를 찾았지만, 감시는 여전히 붙어 있었다. 점심 먹고 안내받은 방에 A급 가드가 따라 들어와 눈을 떼지 않고 지켜보았다.

'은신 스킬 쓰면 A급 눈쯤이야 속일 수 있겠지만.'

스킬 쓰자마자 위치추적 해서 잡으려 들겠지. 게다가 목에 줄도 여전히 걸려 있어서 사라지자마자 줄만 확 잡아당기면 바로 끌려갈 판이다. 전과 달리 길이가 길어 방을 돌아다니는 데는 문제없지만.

방에는 침대에 탁자, 테이블과 TV 정도만 놓여 있었다. 욕실도 붙어 있었다. 볼일 보러 갈 때도 따라오려나.

"한동안 잘 부탁드리겠습니다~"

인사를 건네 봤지만 A급은 대답 없이 나를 지켜만 볼 뿐이었다. 재미없다는 몸짓을 해 보이며 침대에 드러누웠다. A급을 빤히 마주 보다가 TV를 켰다.

느긋하게 시간이 흐르고 저녁까지 든든히 잘 받아먹었다. 그사이 교체한 A급도 이내 지루한 표정이 되었다. 인벤토리도 봉인당한 맨손의 스탯 C급이다. A급 상대로 탈출은 사실상 불가능했다. 그걸 잘 알고 있기에 군기 바짝 든 가드라 해도 틈이 생기는 건 어쩔 수 없었다.

심지어 감시카메라도 돌아가고 있어 문제가 생기면 곧장 달려들 올 것이었다.

'내가 봐도 참 답 없네.'

후식으로 나온 과자를 마저 먹고 손에 묻은 가루를 침대 밖으로 털어냈다. 그나마 감시카메라는 한 대로, 사각이 있기는 했다.

자연스럽게 몸을 뒤척이다가 벽 쪽으로 돌아누웠다. 이불도 어깨쯤까지 끌어올렸다. 침묵 속에 TV 소리만 이어졌다.

그래, 맨손으로는 못 튀지. 하지만 맨손이 아니라면 어떨까.

'포인트 상점.'

┌─────────────────────────────────┐
│ ●▼●어서 오세요! 포인트 상점!●△● │
└─────────────────────────────────┘

내 눈에만 보이는 창이 떴다. 각종 장비부터 듣도 보도 못한 온갖 다양한 소모 아이템까지 가득한 상점이. 그리고 내게 있는 포인트는.

┌─────────────────────────────────┐
│ 2,210,566P   │
└─────────────────────────────────┘

망할 시그마 님께 감사를 표하며. 내가 2백만 포인트 다 써서라도 제대로 엿을… 아니, 다 쓰기는 좀 아깝고 백만… 음, 기본 50만에 상황 보고 최대 백만까지 써서 확실하게 튀어 주마.

┌─────────────────────────────────┐
│ 도플갱어 인형   │
│ 만능열쇠   │
└─────────────────────────────────┘

┌─ 미니미니 쿠키 ─┐

눈이 빠져라 포인트 상점 목록을 뒤져 고른 아이템은 이 세 가지였다. 총합 27만 4천 포인트. 죄다 1~3회용임에도 더럽게 비쌌다. SS급 몬스터가 백만 포인트니 30만 포인트면 못해도 S급 던전 보스 몬스터는 잡아야 하겠지. 과소비는 지양해야 하건만.

우선 만능열쇠부터 구매했다. 조그만 카드키가 내 손 위에 나타났다.

┌─────────────────────┐
만능열쇠 - A급
S급 이하 어떤 잠금이든 들키지 않고 열 수 있는 열쇠.
사용 가능 횟수 3/3 회
└─────────────────────┘

A급 아이템이지만 3회 한정 소모품이었다. 소모품이 아니라면 백만 포인트 이상 들었겠지. 이어 구매한 것은 도플갱어 인형이었다. 이번에는 동그란 구슬이 내 손에 쥐어졌다.

┌─────────────────────┐
도플갱어 인형 - B급
사용자와 똑같은 모습의 살아 있는 듯한 인형. 자세히 보면 티가 난다. S급 이상의 감각은 원거리에서도 속이기 힘들다.
지속시간 1일
└─────────────────────┘

포인트 상점은 보면 볼수록 정말 대단했다. 이런 잡다한 아이템들은 던전 보상으로도 얻을 수 있긴 하지만 랜덤 드랍에 모든 아이템을 바리바리 싸들고 다닐 수도 없었다.

도플갱어 인형만 해도 A~B급 던전에서 이따금 나오는 아이템으로 평소에는 위급 시 미끼용 정도로나 쓰일 뿐이었다. 등급 대비 별 쓸모없고 인벤토리나 차지하는 아이템이니 나도 당연히 가지고 있질 않았고.

그렇지만 지금은 아주 유용했다.

언제 어디서든 필요한 아이템을 바로바로 구매할 수 있는 상점. 아이템 가치 대비 필요 포인트가 많긴 하지만 편의성을 생각하자면 절대 비싸지 않다.

던전 나가서도 계속 쓰고 싶네. 포인트만 충분하다면 전투 외의 영역에서는 거의 무적인 셈 아니냐. 별의별 공작들을 다 할 수 있을 듯.

화악, 이불을 머리끝까지 요란하게 끌어올렸다.

"뭐 하는 겁니까!"

A급이 수상한 짓 하지 말라며 소리쳤다. 가까이 올세라 얼른 눈까지만 이불 밖으로 내밀어 말했다.

"눈부시잖아요. 불 끄는 것보단 낫지 않습니까. 꺼 주지도 않을 거 같고."

그러곤 다시 이불 속으로 들어가 도플갱어 인형을 사용했다. 나와 똑 닮은 인형이 완성되기가 무섭게 은신 스킬을 사용했다. 몸을 뒤척이는 척 교묘하게 인형과 자리를 바꾸고 침대 아래로 미끄러져 내려갔다.

"미등으로 바꿀 테니 머리는 내미십시오. 수면안대도 준비해 드리겠습니다."

"아, 됐어요. 그냥 엎드려 잘게요. 미등은 켜 주시고, 저 잠들어도 TV 끄지 마요!"

말대꾸를 하면서 만능열쇠를 사용해 목의 목걸이를 푼 뒤 인형에게 채웠다. 이어 인형을 최대한 자연스럽게 엎드리게 했다. 목까지 이불을 덮은 데다가 푹신한 베개라 들춰보지 않는 이상은 가짜라는 사실을 알아채기 힘들 듯했다. 심지어 성능 좋은 아이템답게 작게 숨 쉬듯 몸이 오르내렸다.

내 쪽으로 다가오려던 A급이 머리를 내민 것을 보고 안심하곤 미등으로 바꾸어 주었다. 이 정도면 더욱 잠들어 있는 내가 가짜라는 사실을 눈치채기 힘들 것이다. 날 밝을 때쯤에나 알게 되겠지.

조용히 걸음을 옮겨 아까 미리 문을 반쯤 열어 놓은 욕실로 들어갔다. 소리가 나지 않도록 조심스럽게 살쾡이 신발을 신었다. 이어 은신 효과를 가중하기 위해 재킷도 걸쳤다. TV 소리가 제법 크니 A급이라 해도 부스럭거리고 있는 나를 알아채기 힘들 것이다.

장비 착용을 끝낸 뒤 고개를 들었다. 욕실 벽에 나 있는 통풍구가 보였다. 소리 나지 않게 하기 위해 아깝지만 열쇠를 사용해 막혀 있는 판을 뜯어내자 외부로 연결된 구멍이 드러났다. 당연히 사람이 지나갈 크기는 아니었다.

미니미니 쿠키 - S급
SS급 이하 사용자의 크기를 착용 장비를 포함해 10분의 1까지 축소해 주는 쿠키.
1회용 30분 지속

고작 30분 지속에 1회용이면서 S급 아이템이랍시고 가장 많은 포인트를 가져간 쿠키였다.

'하지만 유용하기는 하지.'

밖의 동태를 한 번 살피고 쿠키를 먹었다. 그러자 순식간에 몸이 줄어들며 타이머창이 떠올랐다. 최대로 줄였으니 20센티도 채 안 된다. 내 휴대폰보다 약간 큰 정도일까.

'기분 묘하네.'

시간 제한만 없으면 노아 씨 주고 싶다. 소형화와 유체화 스킬도 있었으니 포인트 모아서 사려나? 이왕이면 공격계나 기타 도움 되는 스킬을 권하고 싶지만.

황금 살쾡이 신발 스킬 효과로 벽을 걸어 올라갔다. 단순히 흡착이 아니라 정말로 평지를 걷는 듯한 느낌이었다. 통풍구로 들어가 좁은 통로를 따라 걸어갔다. 이내 갈림길이 나왔다. 공기와 바람의 방향을 봐선 오른쪽이 나가는 통로이지 싶은데.

'곧장 나가야 할 필요는 없지.'

아침까지는 내가 도망쳤다는 사실을 들킬 가능성이 낮았다. 게다가 시그마와 S급 가드들은 방위청을 비운 상태일 터였다.

틈틈이 묻고 주워들은 바로는 S급 이상 몬스터가 도시에 생성됐을 땐 미리 감지가 가능하다고 했다. 우리 동네도 회귀 전에는 던전 포화상태를 예측할 수 있었으니 그 비슷한 연구 결과인 듯했다.

짧게는 이틀에서 길게는 사나흘 전에 예측할 수 있기에 S급 이상 몬스터 발생 예보가 없으면 시그마를 비롯한 S급 가드들이 나설 이유가 없지만 오늘은 달랐다. 원반 설치로 인한 예측 불가 SS급 몬스터 발생이라는 희대의 사태 때문에 한동안은 순찰을 돌 예정이라고 하였다.

추가 업무를 끼얹어 주게 되어 손톱만큼 미안해졌다.

아무튼 유일한 SS급인 시그마가 없으면 좀 돌아다닌다고 해도 들킬 일 없다.

'물론 방심은 금물이지만.'

나간다고 해 놓고서 안 나갔을 수도 있으니 조심 또 조심해야지.

챙겨갈 거 없는지 살펴보고, 무엇보다 내 1억 L과 힘들여 쇼핑한 아이템들! 인벤토리에 넣어 두지 못한 건 죄다 털렸다. 그나마 신분증과 통행증은 부산물로 만든 건지 인벤토리에 들어갔지만. 내 카드 돌려 달라고, 망할 놈아!

바람이 느껴지는 곳이 아닌 반대쪽 통로로 들어갔다. 통로는 복도와 이어지고 있었다. 복도에는 아무도 없었기에 이번에는 열쇠를 사용하지 않고 막힌 판을 조용히 안쪽으로 뜯어냈다. 이어 천장으로 올라가 납작 엎드렸다.

'아직 27만 포인트밖에 안 썼으니까.'

마음을 담아 30만 포인트 정도는 더 사용해 드려야지. 과감하게 20만 포인트를 투자해 시그마 님을 위한 선물세트를 구매했다. 약소하지만 기뻐하시면 참 좋겠네요.

"대체 그 C급은 뭘까."

"SS급 몬스터가 갑자기 나타난 것과 관련이 있다고 하던데."

"설마. 그런 위험한 거면 바로 처리했겠지."

A급 두 명이 나에 대한 이야기를 하며 걸어갔다. 천장을 타고 조용히 두 사람의 뒤를 따라붙었다. 이 동네는 던전이 없어서인지 미니포털도 존재하지 않는 듯했다. 보안이 엄중하다고 해도 일반적인 문에 카드키와 비밀번호, 홍채와 지문인식이 다였다. 덕분에 조금 기다리기만 하면 열쇠를 쓰지 않고도 쉽게 문을 통과할 수 있었다.

'방위청 내부는 대충 돌아봤고.'

물론 다는 아니었다. 워낙 넓기도 했고 기숙 시설이나 휴게실, 식당 등은 자세히 살펴볼 필요 없으니까. 준비해 놓은 야식만 살짝 빼먹었다. 자판기 종류가 많았는데 카드가 없어서 써 보진 못했고.

외곽의 생활 시설은 도주로 확인 겸 겉 훑기만 대충 하고 다시 방위청 중심부로 돌아와 살폈다. 주요 시설이 있는 곳은 감시가 엄중해 돌아다니기 쉽지 않았다. 마나 홀이 있는 곳으론 들어갈 엄두도 낼 수 없었다. 갈 필요도 없지만.

'밤이라선지 방위청이라선지 기본 C급 이상이라 마음도 편하네.'

살짝 터져 나가도 금전적인 손해나 좀 보고 말겠다. 혹시라도 시그마나 S급이 돌아오진 않을까 경계를 늦추지 않으며 A급들을 계속 바싹 쫓아갔다.

다. 신분을 확인하고 문이 열리길 세 차례, 드디어 내가 바라 마지않던 곳에 A급들이 도착했다.

　방위청 상급 가드 장비실.

　무기 수리 오래 걸려서 새로 받아 와야 한다고 투덜거리는 A급의 목소리에 절로 귀가 쫑긋했었지. 끈기 있게 달라붙은 보람이 있구나.

　"장비실은 구역 자체에 인벤토리 봉인 계약이 설치되어 있습니다. 입구로 들어가면 인벤토리 봉인에 동의하는 것으로 인정, 즉시 적용됩니다. 입구로 나오실 때 자동 계약 해제됩니다. A급 이상 저주 저항 스킬 지니신 분, 없으시죠?"

　장비실 관리자가 말했다. 일정 구역에 인벤토리 봉인을 설치한 경우 저렇게 설명과 동의를 통해 계약 적용되도록 한다. 저주 저항 A급 이상이면 안 통하는 모양이군.

　A급들을 따라 장비실로 들어갔다. 소모용 아이템 보관실은 따로 있고 이곳엔 장비 아이템뿐이었다. 그것도 상급 대상인 만큼 모조리 A급 이상!

　'뷔페가 따로 없네.'

　설레는 심정으로 조심스럽게 이것저것 살펴보았다. 미리 점찍어 둔 것이 있었던지 A급들은 이내 무기를 챙겨 나가고 나 혼자 장비실에 남았다. 사람은 없지만 감시카메라는 여기저기 설치되어 있었다.

　무기는 대부분 A급이고 기타 장비류는 S급도 간혹 보였다. 하지만 감탄할 정도로 좋은 건 없었다. 마켓 상품보다야 뛰어난 성능들이긴 했지만.

　'여기까지 와서 이것만 챙기긴 좀 아쉽다.'

　질질 끌려와서 준고문까지 당한 보상치고는 약소하잖아. 장비실의 물건들이 이거뿐일까? 보통 귀한 건 따로 보관해 두지 싶은데. 비밀 보관실이나 금고 같은 거, 있을 만하잖아.

　사방에 붙어 있는 감시카메라들을 확인했다. 보통은 한 장소에 하나만 비추고 있고 사각도 제법 존재했다. 하지만 유독 모여 있는 감시카메라가 눈에 띄었다.

안쪽의 벽. 그곳을 총 세 대의 감시카메라가 동시에 비추고 있었다. 나 수상하니까 확인해 주세요~ 하는 꼴이네.

'많이는 안 바라고 SS급 칼 부탁드립니다.'

찾아내는 방법이야 어렵지 않았다. 당연히 잠금장치 되어 있을 테니. 사용 횟수 1회 남은 만능열쇠를 꺼내 들었다. 하나 더 사둘까, 유용하네.

만능열쇠를 감시카메라가 철저히 감시 중인 벽에 가져다 대며 천천히 이동시켰다. 얼마 지나지 않아 메시지창이 떴다.

> S급 이하 잠금입니다. 열쇠를 사용하시겠습니까?

이거 열고 들어가는 것까지 감출 수는 없고. 걸릴 거 상정하고 빠르게 움직여야겠구만.

문을 열기 전에 인벤토리 정리부터 했다. 감시카메라 사각지대로 가 반드시 필요한 게 아니고선 꺼내 버렸다. 침낭… 어쩌지. 아카테스 시에서도 살 수 있을 테니 그냥 눈 딱 감고 버릴까. 어차피 가는 도중에는 몬스터가 무서워서라도 밤새워야 할 거니.

아쉬워하며 침낭도 꺼내 인벤토리를 넉넉하게 만든 뒤 이번에는 포인트 상점을 열었다. 그냥 막 주워 담고 튀면 경계가 삼엄해지고 시그마 귀에도 들어가고 내가 튄 게 빨리 들통날 가능성이 높으니까.

> 글러토드의 보조진흙 - S급
> SS급 이하 아이템을 성능까지 완벽하게 복제해 준다. 30분 후에는 아무 능력 없는 모형으로 변화.
> 1회용

회귀 전에 꽤 유명하고 유용하게 사용되었던 소모 아이템이다. B~S등급까지 있으며 S급 진흙은 귀하디귀한 SS급 장비를 30분간 복제 사용할 수 있게 해 주다 보니 S급 헌터들이라면 한두 개씩은 가지고 다녔었다.

'비싸네.'

SS급 이하 적용 S급 진흙 두 개, S급 이하 적용 A급 진흙 다섯 개를 구입했다. SS급 장비는 몇 없지 싶은데, 혹 모르니 포인트 상점창은 언제든지 구매 가능하게끔 열어 두었다.

이어 비밀 문으로 다시 다가가 만능열쇠를 사용하자 완전히 소모된 열쇠가 파스스 부서지고 문이 열렸다. 곧장 안으로 뛰어들자 바깥보다 훨씬 작은 방에 장비들이 진열되어 있는 것이 보였다. 눈으로 확인하기 전에 손부터 움직였다.

'S급, S급, 앗, SS급! S급, S급 S, S, S… 또 SS!'

근데 왜 칼이 없어! 재빠르게 손대어 봤지만 SS급 무기는 하나도 없었다. 하긴 무기는 시그마와 S급들 인벤토리에 들어가 있겠지. 여기 있는 건 예비품일 테니 기대보다는 덜할 수밖에 없었다. 뭐, 이것만 해도 어디냐.

제대로 고를 시간도 없어 대충 찍은 장비들을 서둘러 가짜로 바꿔치기 하고 일반 장비실로 나가자마자 문이 벌컥 열렸다.

"아무도 없는데? 장치 고장인가?"

"확인해 봐!"

사람들이 우르르 들어오는 틈을 타 얼른 밖으로 빠져나갔다. 바깥으로 통하는 입구에 다다를 때까지 경고방송 같은 거 없이 조용한 걸 보니 단순히 기계 오류로 판단 난 모양이었다. 감시카메라 영상을 천천히 살펴보면 장비가 바꿔치기 된 걸 알 수 있겠지만 문 열리자마자 뛰어나오느라 제대로 못 봤을 터다. 물건 다 멀쩡하니 새삼 돌려볼 리도 없고.

'그럼 시그마 씨, 우리 다시 보진 맙시다.'

1억 L과 내 아이템들은 관대히 잊어 줄게. 방위청 건물을 마지막으로 한 번 쳐다본 뒤 모두가 대피해 쥐 죽은 듯이 고요한 거리로 빠져나갔다.

'전부 잘 있네.'

길을 몰라 약간 헤맸지만 짐을 숨겨 두었던 장소를 무사히 찾아냈다. 배낭도 무사하고 접이식 스쿠터도 멀쩡히 나를 잘 기다리고 있었다. 배낭을 등에 메고 스쿠터를 펼쳤다.

무려 천만 L 가까이 하는 스쿠터로 튼튼하고 속도도 빠르며 완충 시 최대 3일간 쉬지 않고 달릴 수 있다고 하였다. 거기에 B급 은신 적용되어 있으며 탑승자의 스킬과 호환까지 가능한 준아이템 스쿠터였다.

이것도 우리 동네에 가지고 가고 싶다. 내가 능력만 되면 기술 좀 훔쳐 가는 건데. 명우를 데리고 올 걸 그랬어.

스쿠터를 타고 도시 외곽 방어벽으로 향했다. 어둠 속에서 높게 세워진 벽이 눈앞에 나타났다. 벽 자체에는 별다른 방어 시설이 없으며 은신 스킬을 지닌 몬스터를 경계하기 위해 30분에 한 번 주위 생체반응 스캔을 한다고 했었지.

거리를 충분히 두고 망원경으로 감시탑을 살폈다. 얼마쯤 지났을까, 감시탑에서 빛이 몇 번 반짝거렸다. 지금 스캔 중이구만. 넉넉잡아 10분 정도 기다린 뒤 벽으로 다가갔다.

스쿠터를 접어 들고 벽을 타고 올랐다. 발소리를 최대한 줄여 빠르게 끝까지 올라가 다시 반대편으로 내려섰다. 감시탑은 조용했다. 소리가 들릴까 봐 어느 정도 멀어진 뒤 스쿠터에 올라탔다.

교류가 없는 것은 아니라 두 도시 사이에 길이 나 있었다. 이 길만 따라가면 된다고 하였다.

'목숨 하나 아꼈으니까.'

가능하면 목숨 두 개 이하로 쓰고 아카테스 시에 도착할 수 있었으면 좋겠다. SS급 몬스터만 마주치지 않으면 괜찮겠지. 시그마 놈이 성현제였으면 안전하게 다른 도시로 갔었을 텐데, 물 건너간 건 어쩔 수 없고.

'유현이와 합류하면 그 뒤론 일사천리지.'

알파가 유현이 맞을 거야. …제발 동생이어라. 동생이 고생 많았다면서 환영해 주면 좋겠다. 아카테스 시는 가드 취급이 별로라는 게 마음에 걸리긴 하지만, 그래도 SS급이잖아. 대접이 아주 나쁘진 않겠지.

부디 이번에는 별문제 없이 쉽게 원반 설치할 수 있기를 바라며. 포장도 안 된, 간신히 모양새만 갖춘 길을 따라 스쿠터를 출발시켰다.

2장 알파

2장
알파

남자는 덜덜 떨고 있었다. 그의 손에 들린 것은 마나 회복을 억제하는 아이템이었다. 재촉 어린 눈빛 속에서 남자는 마른침을 삼키곤 걸음을 옮겼다. 그의 발이 희미한 빛을 발하는 각문을 밟았다. 마나를 흡수하는 진이었지만 비각성자에게는 아무런 영향도 끼치지 않았다.

얼기설기 엮인 각문의 중앙에 의식을 잃고 쓰러진 청년이 있었다.

아카테스의 알파. SS급 가드.

이 도시에서 그 누구보다 강한 존재였으나 지금은 숨소리마저 희미했다. 깨어날 기색은 조금도 없이, 마나를 빼앗긴 탓인지 지닌 위압감조차 많이 흐려진 채였다.

그럼에도 비각성자 남자는 두려움을 감추지 못했다. 상급 가드의 강력함은 수없이 들어왔다. 드물게 직접 두 눈으로 보기도 했다. 심지어 바로 며칠 전에는 2번 상업지역이 죄다 불타 버리기도 했었다.

'멀쩡한 건물이 하나도 없더라.'

보고 온 사람들이 말했다. 불행 중 다행히 알파가 폭주한 시간은 한밤중이었다. 대피가 모두 끝난 상태의 상업지역이라 민간인 피해는 없었다. 하지만 말 그대로 남은 것 하나 없이 모두 잿더미가 되고 말았다.

중급 몬스터의 공격까지는 버틸 수 있도록 지어진 특수 건물조차 타다 남은 흔적만 조금 남았을 뿐이었다. 두꺼운 돌덩이, 쇳덩이가 그러할진대 평범한 인간은 그 불길 앞에서 과연 몇 초나 버틸 수 있을까.

자신이 불타는 것을 제대로 느끼지도 못한 채 한 줌 재가 되고 말겠지. 아카테스 시 방위청 소속이기는 하나 비각성자인 탓에 상급 가드와는 마주칠 일도 별로 없었던 남자. 알파를 직접 보는 것은 아예 생전 처음이었다. 그는 스스로의 불운에 한탄하며 알파의 옆에 조심스럽게 무릎을 대고 앉았다.

"대기해!"

알파 관리 담당이 소리쳤다. 마나 흡수진이 켜진 상태로 마나 회복 억제 아이템을 사용하는 건 불가능했다. 아이템 또한 마나로 작동하는 것이기에 제대로 효과가 발휘되지 않음은 물론이요, 망가질 가능성도 있었다.

"아이템을 알파의 각인 아래쪽에 붙인 뒤 신호와 함께 작동시키도록."

"…예, 예."

비각성자 남자의 떨리는 손이 알파의 뒷목을 더듬었다. 희미한 붉은빛을 띤 채 마나를 흘려내는 각인이 그의 눈에 들어왔다. SS급 가드인 만큼 강력한 보호각인이 새겨져 있었지만 마나 홀과 연결된 흡수진의 위력은 막아 내지 못한 채 주인의 마나를 계속해서 빼앗기고 있었다.

달각, 작은 소리와 함께 아이템이 각인 아래에 자리 잡았다. 마음 같아서는 바로 작동시키고 도망치고 싶었지만 일이 잘못되면 그 직후 사살되고 말 것이었다. 가족들 또한 무사하기 힘들어질 터다.

"5, 4, 3."

카운트다운이 시작되고 이내 신호와 함께 흡수진의 빛이 꺼졌다. 비각성자 남자는 아이템을 작동시킨 뒤 반쯤 기다시피 도망쳤다. 그와 거의 동시에 S급 가드들이 알파를 향해 달려들었다.

"수갑부터 채워! 인벤 쓰지 못하도록!"

누군가가 소리치고 S급 가드가 알파의 등 뒤로 묶인 두 팔의 줄을 풀었다. 지금 알파를 묶은 줄도 SS급 몬스터 부산물로 만든 더없이 튼튼한 것이었지만 SS급 가드의 힘을 감당하기에는 역부족이었다.

또 다른 S급 가드가 재빠르게 마나로 작동하는 구속구를 알파에게 채웠다. 두 팔은 물론이요, 손까지 확실하게 감싸 인벤토리를 사용할 수 없도록 하는 형태였다. 팔의 구속구가 거의 다 채워지고 발목 역시 족쇄가 채워지려는 그때.

"다 됐……."

팔의 구속구 마지막 매듭을 당기던 S급 가드의 시야에 가늘게 떠진 두 눈이 들어왔다. 흐트러진 흑발 아래, 새빨간 눈동자가 스윽 움직인다. 동시에.

"컥!"

알파의 발목을 붙잡고 있던 S급 가드가 강하게 걷어차였다. 팔의 구속구를 당기던 S급 가드가 곧장 무기를 꺼내 들려 하였다. 그러나 알파의 움직임이 더 빨랐다.

힘없이 바닥에 늘어져 있던 몸이 순식간에 튕기듯 일어나며 긴 다리로 앞에 선 S급의 목을 휘감았다. 두둑, 뼈가 꺾이는 소리와 함께 S급 가드의 몸뚱이가 축 늘어졌다. 상급 장비로 무장한 스탯 S급 몸뚱이인 턱에 숨은 겨우 붙어 있었다. 하나 완전히 전투력을 상실하고 말았다.

"젠장, 팔의 구속구를 풀게 하면 안 돼!"

"마나 흡수진은?"

"이미 범위 밖이야! 스킬은 쓸 수 없을 테니 어떻게든 잡아!"

마나 홀이 멀지 않은 곳에 있다. 마나 회복 억제 아이템을 붙였다고 해도 마나 홀 근처에 다다르면 금세 마나를 회복해 버리고 말 터였다.

걷어차여 벽에 부딪혔던 S급 가드가 무기를 꺼내 들었다. 원거리에서 SS급 가드의 움직임을 따라잡기 위해 각종 보조 스킬과 명중 강화 스킬이 중첩 사용 되고, 어설트 라이플의 총구가 알파가 아닌 출구 쪽을 겨누어 발사되었다. 일반적인 총이 아닌 마력 무기였기에 조용하고 빠르게 쏘아져 나간 탄환이 바닥을 후려쳤다.

팅!

묵직한 소리와 함께 날카로운 파편이 튀어 올랐다. 출구로 향하려던 알파가 재빨리 방향을 틀었다. 크게 뒤로 뛰는 알파를 향해 대기하고 있던 또 다른 S급 가드가 덤벼들었다. 한 손에는 긴 나이프를, 다른 손으로는 권총을 쥔 채다.

나이프가 먼저 알파를 향해 던져졌다. 스킬이 적용되었는지 희미한 빛을 뿌리며 무시무시한 속도로 치달아 온다. 팔이 묶인 알파는 나이프를 막거나 쳐 내는 대신 그대로 몸을 낮추며 바닥을 미끄러졌다. 알파의 발끝이 순식간에 S급의 발목에 가 닿고 S급이 급히 몸을 공중으로 띄워 피하며 권총을 자신의 아래, 알파를 향해 발사했다.

두 사람의 몸이 위아래로 교차되었다. 총성과 함께 바닥이 움푹 파였다. 피하기 힘들 것이라 생각하였건만 알파의 모습은 이미 사라지고 없었다. 동시에 아직 공중에 뜬 상태인 S급의 옆구리를 굽어진 무릎이 파고들었다.

"크윽!"

방어 스킬을 쓸 틈조차 없었다. 알파의 무릎 차기가 S급 가드를 가격하고 이어 상대를 확실히 무력화시키기 위해 발끝이 크게 치켜 들렸다. 공격을 그대로 맞는다면 제아무리 보호 장비를 걸친 S급 가드라 해도 등뼈가 완전히 으스러지고 말 것이다.

위우웅—

알파의 뒤꿈치가 바닥에 엎어진 S급을 내리찍기 직전, 마력탄이 공기를 가르며 연이어 날아들었다.

알파는 물 흐르듯 부드럽게 다리를 거두며 팅, 팅 터져 나가는 마력탄을 피해 옆으로 움직였다. 그의 발끝이 바닥을 강하게 차고 몸을 추슬러 물러나려는 S급 가드를 뒤쫓을 듯 뛰어올랐다. 동시에 또다시 마력탄이 날아들며 S급 가드를 보호했다.

하지만 그것은 속임수였다. 뛰어올랐던 알파가 앞으로 나아가는 대신 한쪽 발로 벽을 차며 반대로 뒤쪽으로 몸을 날렸다. 출구가 있는 방향이었다. 빙그르 몸을 돌려 중력에서 벗어난 듯 벽을 달리며 출구로 향하는 알파를 마력탄과 S급 가드가 황급히 뒤쫓았으나 붙잡긴 어려워 보였다.

알파가 순식간에 출구 앞까지 다다른 그때.

쾅!

폭음과 함께 문이 터져 나갔다. 두꺼운 문짝이 산산조각 나며 튀어 오르고 뜨거운 공기와 강력한 압력이 알파를 덮쳤다. 순식간에 뒤로 밀려나는 알파를 향해 그를 쫓아온 S급 가드가 칼날을 휘둘렀다.

스킬이 깃든 칼날을 본 알파가 몸을 휙 돌렸다. 알파의 팔을 묶은 구속구가 검로 아래 들이밀어지는 것에, S급 가드가 화들짝 놀라며 칼을 비틀었다. 스나이퍼 S급 또한 놀라며 조심하라고 소리쳤다.

S급 가드가 물러나며 알파 또한 두어 발 뒤로 뛰며 문 쪽을 바라보았다. 새로운 S급 가드 두 명이 부서진 입구로 들어섰다. 적발의 덩치 큰 남자와 백발의 키 큰 여자였다.

"이거 귀찮게 됐잖아. 실내라 화력으로 몰아붙이지도 못하고."

"화력? 알파 앞에서 모닥불 지피는 소리 하고 자빠졌네."

마나 홀 쪽을 지키다가 급히 연락받고 온 가드들이었다. 이로써 가까운 거리에 있던 S급 가드들이 모두 모였다. 전투불능이 된 한 명을 제외하곤 넷이었다. 등급의 격차는 컸지만 손발 맞는 S급 가드 다수라면 SS급 몬스터도 상대가 가능했다.

심지어 상대는 마나 부족으로 스킬을 제대로 쓸 수 없는 데다가 비무장에, 팔까지 묶인 상태다.

"그놈의 등급이 뭔지, 저 꼴의 알파한테도 쩔쩔매고 있고."

적발이 부서진 문 앞에 서서 스킬을 사용했다. 그의 발밑으로 하얀 물결 같은 것이 퍼져 나갔다. 이어 그의 주위로, 밖으로 향하는 길을 완전히 가로막는 투명한 막이 쳐졌다.

"입구로는 절대 못 나가니까 안심하고 잡아!"

제아무리 SS급이라 해도 상대의 스탯을 하락시키는 영역 내에 쳐진 S급 방어 스킬을 맨손으로 꿰뚫는 건 불가능하다. 두 스킬의 조합으로 SS급 몬스터의 공격 스킬까지 막아 낸 적 있었기에 적발이 자신 있게 외쳤다.

동시에 백발과 다른 S급 가드들에게 버프 스킬이 들어간다. 저격수와 근거리 공격계 둘. 백발과 근거리 S급이 서로 적당한 거리를 유지한 채 안쪽으로 몰린 알파를 포위했다. 차갑게 가라앉은 붉은 두 눈이 그들을 바라보았다.

"폭주 상태는 아닌 거 같은데. 어이, 알파. 혹시 진정했다면—"

백발의 말이 끝나기도 전에 알파의 한쪽 다리가 들렸다. 다른 쪽 다리는 바닥에 못 박힌 듯 꼿꼿이 선 채 들린 다리가 강하게 휘둘러지고.

쾅—!

다리가 완전히 펼쳐지며 최대한의 위력을 실은 발차기가 벽을 직격했다. 타격점을 중심으로 거미줄처럼 금이 쩌적 가는 광경에 백발과 S급이 기겁하며 덤벼들었다.

"미친, 저게 어떤 벽인데!"

"뚫고 나가면 마나 홀과 이어지는 통로야!"

알파를 막기 위해 두 S급 가드가 스킬을 담아 무기를 휘둘렀다. 마력탄 또한 교묘하게 발사되어 알파의 움직임을 견제했다.

마나 고갈에 인벤토리와 두 팔 사용 불가, 제약투성이의 알파였지만 두 근접 가드 또한 알파가 금이 간 벽 부근에서만 움직이는 탓에 마음껏 공격을 가할 수가 없었다. 자칫했다간 벽을 부수는 데 도움을 주고 말 것이다.

심지어 알파는 자신의 팔 하나쯤은 잃을 각오를 하고서 구속구를 자꾸만 무기의 공격 경로에 들이댔다. 이대로 계속 시간을 끈다면 유리해지는 것은 알파다. 마나 회복 억제 아이템이 있다고 해도 억제일 뿐 회복을 완전히 막을 수는 없었다.

"마나 흡수 아이템 더 없어요?"

적발의 외침에 구석에 몸을 피하고 있던 알파 담당자들이 고개를 저었다. SS급 가드에게 통할 정도의 흡수 아이템은 원래도 귀하였기에 저번 폭주 때 모두 소모해 버리고 말았다. 그래서 솔렘니스의 시그마에게 만약을 대비한 알파 제압 요청을 했었던 것이었다.

심지어 고등급의 마나 흡수 스킬을 지닌 유일한 가드가 전투 불능 상태다. 이대로라면 알파를 놓치게 될지도 모른다. 그런 위기감이 짙게 감도는 그때.

"알파! 네 형을 잡아 뒀다!"

구석에 피해 있던 각성 등급 낮은 알파 담당자들 중 하나가 소리쳤다. 폭주한 알파의 상태 보고서에 기록된 내용을 떠올리고 급한 마음에 던진 그 말에.

"……!"

알파의 두 눈이 흔들렸다. 냉랭하던 적안이 마치 넋을 놓은 듯 순간적으로 흐릿해지고 움직임 또한 둔해졌다. 아주 짧은 틈이었다.

하지만 노련한 S급들은 그 틈을 놓치지 않았다.

콰득!

백발의 손끝에서 쏘아진 금속 화살이 알파의 다리를 꿰뚫었다. 기회를 반드시 잡아채겠다는 듯 스킬을 중첩 적용 시킨 화살이 변형했다. 살을 뚫고 튀어나온 부분이 길게 늘어나 두 갈래로 갈라지며 알파의 다리를 움켜쥐듯 휘감았다. 백발이 화살 끝에 늘어진 사슬을 강하게 당겼다. 동시에 다른 S급 또한 몸을 사리지 않고 알파의 남은 한쪽 다리를 노렸다.

털썩, 알파의 몸이 앞으로 쓰러졌다. 제아무리 잘난 SS급 각성자라 해도 두 다리마저 제압당한 채로 버틸 수는 없었다.

"발목 구속구! 당장!"

구속구가 던져지고 적발이 뛰어와 쓰러진 알파를 중심으로 스탯 하락 스킬을 펼쳤다. 대상자는 오직 알파에게만 한정해 스탯 하락치를 최대한으로 높인다.

"손대지 마!"

억눌러진 알파가 사납게 소리쳤다. 맹수가 포효하는 듯한 그 목소리에는 초조와 불안 또한 짙게 깃들어져 있었다.

"각인 시술 준비해!"

"진정해, 알파. 해치려는 게 아니야."

알파의 머리가 짓눌리고 만약을 대비한 재갈이 채워졌다. S급 가드 둘이 근력 스탯이 하락한 그를 꼼짝 못 하도록 붙잡았다. 상의 일부를 잘라내는 가위질 소리. 드러난 어깨 위로 극소부위에 집중해 방어력을 떨어뜨리는 스킬이 사용되고 이어 특수 주삿바늘이 피부를 파고들었다.

그 모든 것이 소름 끼치도록 기분 나쁘다.

재갈 물린 입에서 작게 헐떡이는 숨소리가 새어 나왔다. 알파에게는, 한유현에게는 처음 겪는 수모였다.

어리다고 해도 S급으로 각성한 그가 타인에게 이렇게 비참히 깔아뭉개진 적은 단 한 번도 없었다. 심지어 한유현은 결벽적일 정도로 타인의 접촉을 싫어했다. 형과 떨어진 이후 심화된 그 성질에 석시명이 코디 관련으로 설득하느라 애를 먹기도 하고, 별생각 없이 어린 S급을 건드렸던 윤경수가 낭패를 겪기도 했었다.

한유진과 화해한 후에는 박예림을 생활반경 속에 넣을 정도로 유해졌지만, 낯선 자들의 손길은 여전히 끔찍했다.

'…형.'

복잡하게 휘몰아치는 감정 속에서 한유현의 머릿속에 자신의 것이 아닌 기억이 떠올랐다. 그가 들어간 몸의 원주인인 알파의 기억이.

알파의 앞에 시체가 놓여 있었다. 그를 돌봐 준, 양육자라고 할 수 있는 사람의 시체가.

형이 아니다. 성별도 다르다. 각성한 그녀의 스킬도, 양육자 칭호 또한 약간 달랐다. 알파는 SS급으로 각성하였음에도 그녀는 A급 각성자를 키워 낸 '무난한 양육자' 칭호를 가지고 있었다.

그럼에도 혼란스러웠다. 처음 이곳에 떨어진 직후, 불안을 견디지 못하고 폭주해 버렸을 정도로.

"알파 상대니 진통제 효과가 얼마나 갈지 알 수 없습니다."

사람들의 손이 분주하게 움직였다. 보호각인을 약간 수정해 일부 사람들 한정 마나각인의 효과가 나타나도록 만드는 시술이었다. 만약의 사태 때 좀 더 쉽게 알파의 마나를 빼내어 무력화시키기 위함이었다.

결국 보호각인의 효과가 떨어져 알파가 위험에 빠질 가능성이 높아지겠지만 현재로서는 다른 방법이 없었다.

진통제가 놓아졌다고 해도 등골을 따라 통증이 번져 나갔다. 하지만 한유현은 그것을 제대로 느끼지 못했다. 약 효과까지 더해져 더욱 엉망으로 일그러진 머릿속을 형의 안위만이 가득 채우고 있었다.

찾으러 가야 하는데.

어떻게든, 바닥을 기어서라도. 묶이고 눌린 몸을 움직이려 애써 보았으나 조금도 앞으로 나아갈 수 없었다. 무력하게 눈이 깜박이고 속눈썹이 젖어 들었다.

"끝났습니다!"

"당장 마나 뽑아내!"

사람들의 외침 속에서 약간이나마 회복되었던 한유현의 마나가 각인을 통해 또다시 빨려 나갔다. 의식을 잃은 그를 두고 알파 담당자들이 한숨을 내쉬었다.

"회복이 너무 빠른데요."

"마나 흡수진이 꺼지고 거의 곧장 정상 활동 가능한 수준이 되었으니… 아무래도 알파의 육신이 흡수진에 적응한 게 아닌가 싶습니다."

"며칠이나 지났다고… 각문을 변형시켜 새로 새겨야 하나."

그래도 각인이 수정되었으니 제압하기는 전보다 쉬워질 것이었다. 그때 부서진 입구를 통해 방위청 직원이 들어왔다.

"솔렘니스의 시그마로부터 연락이 왔습니다. 알파의 제압 요청을 받아들이겠답니다."

"…이제 와서?"

당혹스럽기는 했지만 그래도 시그마가 와 준다면 알파의 상태를 확인하기 편해질 것이었다. 알파 담당자는 시그마의 마음이 변하기 전에 대답을 전하라고 말했다.

한유진을 완벽히 빼닮은 인형이 의자에 앉혀졌다. 눈을 감은 채로 축 늘어지는 모습이 마치 잠에 빠져든 것만 같았다. 가슴도 작게 오르내리고 있어 그냥 보면 진짜 인간 같았다. 하지만 숨소리도, 심장이 움직이는 소리도 들리지 않았다.

시그마는 인형을 내려다보다가 손을 뻗었다. 건드리는 대로 흔들리는 것이 시시하다. 하지만 가짜 인형만이 이곳에 남았다는 사실은 전혀 시시하지 않았다.

"내가 너무 쉽게 본 모양이야."

그의 입가에 미소가 번졌다.

C급이 얌전히 있을 거라곤 기대치 않았다. 하지만 설마, 이렇게 깔끔히 도망쳐 버릴 줄은 몰랐다.

인벤토리 봉인 목걸이를 풀 수 있는 능력이 없다는 것은 확실하게 확인했다. 그럼에도 대체 무슨 수를 썼는지 A급 가드가 지켜선 가운데 목걸이를 풀고 더미 인형을 대신 놓아둔 채 도망쳤다.

몸수색을 철저히 하고 인벤토리를 쓸 수 없게 만들어 두었으니 아이템은 아니다. 그렇다고 스킬도 아니다. 외부의 협조가 있었던 것 또한 아니었다.

'모르겠군.'

그가 알고 있는 지식으로는 답을 찾을 수가 없었다. 최소한 이 세계에 속한 존재의 능력으로는 탈출이 불가능하다. 그 사실에 가슴이 약간 뛰었다.

기껏해야 C급이. 어떻게.

"C급이 두고 간 것으로 추정되는 물건들입니다."

S급 가드가 가지고 온 물건들을 테이블 위에 차례로 내려놓았다. A급 이하 아이템 몇 가지와 침낭. 그것을 본 시그마의 눈이 가늘어졌다.

"저런, 맨몸으로 노숙하다가 감기라도 걸리면 안 되는데."

"…예?"

마치 도망친 C급을 걱정이라도 하는 듯한 시그마의 말에 S급 가드가 잠깐 당황해했다.

"음, S급 전용 장비실에서 사라진 아이템은 총 일곱 개입니다. S급 다섯, SS급 두 개로 확인되었습니다."

순찰을 마치고 돌아온 S급 가드 중 하나가 장비 보충을 위해 장비실에 들어가서야 아이템에 이상이 있다는 사실이 밝혀졌다. 시그마는 C급이 훔쳐 간 아이템 목록을 보고받으며 입꼬리를 올렸다.

고작 며칠 사이에 야금야금 잘도 먹어치우고선 달아났다.

"다시 수배령을 내리겠습니다. 이번에는 사진도 있으니—"

"아니, 어차피 못 찾을 거다."

처음도 제 발로 걸어 들어온 것이나 다름없었다. 수배령 따위 무용지물이다. 그리고 이미 솔렘니스 시를 벗어났을 가능성이 높았다.

시그마는 C급의 행적에 대한 보고서를 다시 한번 훑었다.

수배령을 내린 직후 들어온 신고에서 C급은 화염 스킬을 가진 가드, 아카테스의 알파에 대해 관심을 보였다고 하였다. 이어 방어벽의 감시탑에서도 아카테스 시에 대해 물었다. 솔렘니스 시에서 아카테스 시까지의 거리는 차로 이틀.

'은신 스킬이 적용된 스쿠터, 이틀 치 식량.'

C급의 쇼핑 목록 중 일부였다. 그것들을 조합해 보았을 때 C급의 목적지를 추측하기란 어렵지 않았다.

"도시 밖으로 나갔겠군."

"예? 하지만 스탯 C급에 공격 스킬도 없지 않습니까. 은신 스킬이 있다 하지만, 마나각인도 없는 C급의 마나통으로는 채 하루도 유지 못 할 겁니다."

심지어 최소 S급으로 추정되는 은신 스킬이라 하였다. 등급이 높은 스킬일수록 마나 필요량도 많아지니 평범한 C급이라면 길어야 한나절이나 갈까. 자살행위나 다름없다는 S급 가드의 말에 시그마의 미소가 더욱 짙어졌다.

"보통이라면 그렇겠지."

"…동행이 있는 거라고 생각하십니까?"

"아니."

"그럼 대체……."

S급 가드가 이해할 수 없다는 표정을 지었다. C급 각성자가 혼자 방어벽을 넘어갔다면 찾을 필요도 없다. 밤을 넘기지 못하고 사망하였을 테니까. 하지만 시그마의 생각은 다른 듯했다. 그가 입을 열기 직전.

콰앙! 쾅!

그리 멀지 않은 곳에서 폭음이 들려왔다. 이어 건물이 무너지는 소리와 함께 여기까지 진동이 전해져 왔다. 직후 문이 열리며 인이어를 한 가드가 뛰어들어 와 보고했다.

"B-2 건물에서 폭탄이 터졌다고 합니다! 약 열 개의 연속된 폭음이 들렸으며… 한 층에 화력이 집중된 탓에, 지금 건물이…….""

무너지고 있다. 그렇게 말하려던 가드가 멍하니 입을 벌렸다. 시그마가 소리 내어 웃고 있었다. 콘크리트 덩어리가 떨어지는 굉음 사이로 나직한 웃음소리가 퍼져나갔다.

"앙갚음 한번 제대로 하는군. 꽤나 따끔한데."

S급, 하다못해 A급만 되었어도 이 정도로 즐거움을 느끼진 못했을 것이다. 하지만 C급, 사실상 가드로 인정받지도 못하는 녀석이 실컷 활개를 치고서 무사히 달아나기까지 했다.

"아카테스 시에 연락해. 알파의 제압 요청을 받아들이겠다."

"예? 그럼 아카테스 시로 직접 가시는 겁니까?"

"그래. 준비해."

마음 같아서는 곧장 출발하고 싶었지만, 소속 도시를 떠나는 것은 쉽지 않은 일이었다. 무엇보다도 각인으로의 마나 보충은 해당 마나 홀에서만 가능했다. 마나 자체야 어느 마나 홀의 것이든 동일하기에 타 소속 연료통은 얼마든지 쓸 수 있었지만, 연료통 제공을 거부할 수도 있다는 게 문제였다.

그러니 이쪽의 연료통을 넉넉히 준비하고 전력 또한 제대로 갖추어야 했다. 특히 아카테스 시는 가드들에겐 달갑지 않은 곳이니 더더욱 주의가 필요했다.

"오랜만에 자리를 비우시는군요. 골드버그 공원에서와 같은 이상 현상이 발생하지 않는 한 일주일 정도의 여유 시간이 있습니다."

"란체아의 람다에게 지원 요청을 해 놓도록. 내가 직접 아카테스로 간다고 전해 두고."

"…솔직히 이렇게까지 하시는 이유를 잘 모르겠습니다만."

S급 가드는 의아해하면서도 명령에 따랐다. 두 가드가 모두 방을 빠져나갔다. 그사이 건물이 완전히 무너졌는지 사위가 고요했다. 침묵 속에서 시그마의 시선이 의자에 앉아 있는 인형을 향하였다. 바랜 듯 가라앉아 있던 눈에 빛이 감돌았다.

― 삐이익!

새소리가 들려왔다. 새벽빛이 스며드는 숲 위로 한 무리의 새가 퍼드득 날아오른다.

'지금쯤 터졌으려나.'

개당 2만 포인트나 하는 시한폭탄 10개. 구석구석 잘 숨겨서 설치해 주었다. 해 뜰 즈음에 터지도록 설정해 놓았는데 작동 잘했겠지? 하나하나의 위력이 엄청난 건 아니지만 건물 한 층에 몰아넣었으니 잘하면 폭삭 주저앉는 꼴을 볼 수 있을지도.

그거 수습하느라 추격이 늦어졌으면 좋겠다.

배낭 속에서 캔식량을 꺼내어 땄다. 미트볼 비슷한 것을 옆에 붙은 포크로 집어 먹었다. 이 동네 고기 맛은 확실히 괜찮단 말이야. 데우지도 않았는데도 먹을 만하네.

'확실히 밤보다 낮이 더 안전하겠군.'

목숨 두엇 걸 각오한 것과 달리 방어벽 밖은 의외로 안전했다. 아이템 버프로 S급 수준이 된 은신 스킬 덕에 몬스터들이 나를 찾아내지도 못했거니와 상급 몬스터들은 중하급 몬스터들을 사냥하느라 바빴다.

스쿠터에 적용된 은신 등급은 B급이고 내 스킬과 호환된다 하더라도 A급 정도로 걱정되었었는데 조그만 스쿠터를 신경 쓰는 몬스터는 거의 없었다. S급 몬스터의 눈길을 두어 번 받긴 했으나 이내 하급 몬스터를 뒤쫓아 가 버렸다.

SS급 몬스터는 다행히 마주치지 않았고.

'낮에는 하급 몬스터들은 사라지고 상급 몬스터들은 배를 채웠으니 쉬거나 잠들겠지. 나름 생태계가 자리 잡은 걸까.'

간단한 식사를 마치고 빈 캔과 음료병을 길가에 던졌다. 무단 쓰레기 투기는 안 될 일이지만 이 세계는 가짜니까.

그때 메시지창이 떴다.

☆★히든 퀘스트 달성!☆★

뭐야, 또냐. 솔렘니스 방위청 탈출과 장비실 털어먹은 것도 히든 퀘 달성했다고 뜨더니. 이번엔 폭탄 터뜨린 걸 히든 퀘스트로 넣은 건가.

'…신입 녀석, 내 행동에 맞춰서 퀘스트 만들어 넣고 있기라도 한 거냐.'

의심스러웠다. 스킬명과 설명창도 후작성이라며. 아무래도 히든 퀘스트도 그럴 가능성이 높았다. 살쾡이 신발 세트 맞춰서 준 것도 그렇고.

뭐, 아무것도 안 해 주는 것보다는 낫지만. 신입의 노력에 감사하는 마음으로 퀘스트 달성창을 열었다.

```
과감한 폭파범!
상급 가드들이 득시글거리는 솔렘니스 방위청의 건물 하나를 폭탄으로 무너뜨렸습니다. 간을 배 밖에 내어 놓은 듯한 대담함이로군요!
보상: 100,000P, 용의 숨결 폭탄(SS) 3개
```

용의 숨결 폭탄? 무려 SS급짜리 아이템이었다. 폭탄이니 1회용이겠지만 3개나 주다니, 내가 또 뭘 터뜨리길 바라는 거냐. 아무리 진짜 세상이 아니라지만 여기 들어와서 나 너무 막사는 거 같은데 부채질을 해 대네.

```
용의 숨결 폭탄 - SS급
최상급 드래곤 브레스의 위력을 구현한 폭탄. 타이머 및 원격 조종 가능.
1회용
```

쓰기 아깝다. 별일 없으면 가지고 나가야지. 게임 아이템이라고 못 가지고 나가게 하면 울 테다.

폭탄을 인벤토리에 잘 넣어 놓고 다시 스쿠터를 출발시켰다. 밤을 새웠더니 하품이 살짝 나왔다. 밤이든 낮이든 마음 편히 쉬는 건 무리고, 그냥 이틀 꼬박 새워서 달리는 수밖에. 스탯이 C급이라 다행이다.

이전 그대로 F급이었으면 졸음운전하다 사고 날까 봐 무서워서라도 어떻게든 잠깐 눈을 붙여야 했겠지. 도로가 험하다 보니 스쿠터 모는 것만으로도 체력이 꽤 소모되었다. 아카테스 시 도착하자마자 유현이가 반겨 주면서 푹 쉬어 형, 했으면 좋겠다.

'애들 보고 싶다. 진짜 많이 보고 싶다.'

이렇게 오래 혼자 지내는 건 오랜만이었다. 회귀 후에는 거의 항상 누군가 곁에 있었으니까. 그나마 나 말고는 진짜 몸이 아니라서 죽을 일 없으니 마음 편한 거지. 아니었으면 공포 저항 등급도 낮아졌겠다, 불안해하고 있었을지도.

…역시 우리 세상도 가상현실로 적용이 되었더라면. 그런 생각이 들어, 무심코 이를 악물었다. 가상현실도 위험한 점이 있다고 해도, 그래도, 많은 것이 달라졌을 텐데. 단순히 남의 떡이 커 보이는 것일 수도 있지만.

'…지금은 여기서 최대한 뜯어 갈 거나 생각하자.'

유현이랑 합류하고 다른 사람들도 찾고 포인트 팍팍 모아서. 유현이랑 예림이 새 무기 하나씩은 마련하고 나가야지. 스킬도 좋고.

아, 애들 보고 싶다. 현아 씨는 물론이고 성현제까지 그리워질 거 같다. 쓸쓸해.

솔렘니스의 것과 비슷한, 높다랗게 세워진 방어벽이 눈앞에 나타났다. 벽의 높이는 물론 일정 간격을 두고 세워진 감시탑의 형태도 흡사했다. 다른 도시들 또한 비슷한 시기에 세워진 것일까. 은신 스킬을 풀지 않은 채 아침 햇살 아래의 방어벽을 바라보았다.

솔렘니스에서 아카테스까지 차로 이틀 걸린다고 했었는데 스쿠터는 성능이 좋다 해도 역시 차보다는 느린 모양이었다. 이틀 하고 한나절 정도 더 걸렸지만, 밤에 출발했던 탓에 결국 삼 일을 꼬박 새우고 말았다. 눈꺼풀이 무겁고 한숨이 연신 흘러나왔다.

'담을 넘을까, 정문으로 들어갈까.'

솔렘니스 방어벽의 감시원은 낮에는 B급 가드 위주로 구성된다고 하였다. 새로운 몬스터가 다수 발생하는 밤에는 A급 가드로 교체되고. 몬스터 발생 패턴이야 동일하니 아카테스도 똑같지 않을까.

'B급 상대면 도망치기 어렵지 않지.'

잘 간직해 두었던 신분증을 꺼내 들며 나무 뒤쪽에 숨어서 은신 스킬을 풀었다. 각인이 없다는 걸 감추기 위해 배낭에서 스카프도 꺼내어 목에 묶었다.

어쩌면 유현이가 도시 출입구를 지키는 가드들에게 미리 말을 전해 놓았을지도 모른다. 한유진이라는 사람이 찾아오면 환대해서 데리고 오라고. 자기가 직접 마중 나갈 테니 알려 달라고 명령해 뒀을지도 모르지.

유현아, 형 왔다. 설레는 마음으로 방어벽에 비해 조그맣게 나 있는 문으로 다가갔다. 문은 딱 차량이 간신히 드나들 수 있을 정도의 크기였다.

"실례합니다, 문 좀 열어 주세요!"

감시탑을 향해 손을 흔들며 소리치자 얼마 지나지 않아 문이 열렸다. 무장한 B급 가드가 경계를 늦추지 않으며 내 앞으로 다가왔다.

"메드상 시 출신 한유진입니다. 여기 신분증과 통행증이요."

"아, 메드상에서 오셨군요."

내 말에 B급 가드의 표정이 눈에 띄게 느슨해졌다. 메드상에는 힐러와 보조계 가드가 많은 듯하던데, 그래서 다른 도시에서 쉽게 받아들이는 걸까. 신입이 신경 써서 신분증 마련해 준 모양이었다.

기계로 신분증과 통행증을 확인한 가드가 환영한다면서 안으로 비켜섰다. 유현이가… 말 안 해 놓은 모양이네. 하긴 내 안전을 생각해서 알리지 않았을지도 모른다. SS급 가드가 소중히 여기는 사람이라면 인질로 납치될 수도 있으니까.

"먼 길 오느라 고생했는데 이렇게 반겨 주시니 정말 감사하고 기쁘네요. 도시를 지키느라 수고 많으십니다."

붙임성 좋게 웃으며 배낭에서 음료수 하나를 꺼내어 내밀었다. 가드가 고맙다며 음료수를 받았다.

"C급 보조계로 등록되어 있으시던데 도심까지 바래다드리겠습니다. 도시 외곽 빈민가는 아무래도 위험하거든요. 차도 아닌 스쿠터니 약탈당할 가능성이 높습니다."

"감사합니다. 그럼 염치없지만 부탁드리겠습니다."

"마침 교대할 시간이니 신경 쓰지 마십시오."

친절하네. 가드가 뒤쪽이 짐칸으로 되어 있는 군용 지프차를 끌고 왔다. 스쿠터를 짐칸에 올리고 운전석 옆자리에 탔다.

"여기까지 혼자 무사히 오신 걸 보니 은신 스킬 등급이 높은 스쿠터인 모양입니다."

"네, 비싸게 주고 샀죠. 은신 스킬 없이 어떻게 여기까지 오겠어요."

아무래도 친절의 이유가 돈 냄새인 모양이다. 안내만 잘해 주면 팁 톡톡히 치러 줄 수도 있지. 돈은 없지만 아이템은 많다. A급 장비 하나만 팔아도 얼마냐. 그리고 내 동생은 나보다 더 부자겠지. 저한테 잘 대해 주면 잘 말해 주겠습니다.

"아카테스의 알파 님 말인데요."

이런저런 잡담을 하다가 가장 궁금한 주제를 꺼내 들었다. 알파. 그 단어가 나오기 무섭게 가드의 얼굴이 딱딱하게 굳었다.

"이미 소식을 들으신 모양이로군요."

소식? 들은 거 없지만 맞장구를 쳤다.

"아, 네. 당연히 들었지요. 외부인이라 자세한 내용까지는 모르지만요."

"워낙 큰 사고였으니 밖으로 새어 나갔을 만합니다. 그래도 폭주한 알파는 무사히 제압되었고 방위청에서 잘 관리되고 있다니까 너무 걱정하지 마십시오."

…폭주에 제압이라니, 이게 무슨 개소리야.

순간적으로 가드의 멱살을 잡을 뻔했다. 주먹을 꽉 틀어쥐며 마음을 가라앉혔다. 스킬 특성으로 추측했을 뿐, 알파가 동생이 아닐 가능성도 있다. 유현이가 맞다고 해도 별거 아닌 일일 수도 있다. 갑자기 낯선 곳에 떨어져서 당황했고 그래서 사고 좀 친 것일지도.

무사히 제압이라고 했고, 잘 관리… 젠장. 아무튼 무사하기는 하다는 뜻이다. 애초에 유현이가 이곳에서 잘못될 일은 없다. 괜찮아.

…괜찮다고 되뇌면서도 머릿속은 내가 가진 아이템과 남은 포인트, 포인트 상점 목록들을 떠올리고 있었다. 아니, 성급하게 굴면 안 되지. 일단은 알파가 유현이가 맞는지부터 확인해야 한다. 진정하자.

"바래다주셔서 감사합니다. 괜찮으시다면 부탁 한 가지 더 해도 될까요? A급 아이템을 하나 판매하고 싶은데, 아카테스는 처음이다 보니 사기당하지나 않을까 걱정스럽네요. 수고비를 드릴 테니 대신 판매해 주셨으면 합니다만."

가드니까 잘 알지 않느냐면서, 무려 5%나 떼주겠다는 말에 B급 가드가 반색했다. 여럿 챙겨 놓았던 A급 단검을 건네자 어디로 전화를 걸더니 순식간에 처리를 해 준다. 카드가 없다고 하자 새 캐쉬카드도 만들어 주었다. 수수료 제외 3백만 L. 화폐는 동일하구나. 수고비로 15만 L, 이백만 원에 가까운 돈을 챙긴 B급 가드가 싱글벙글하며 내게 괜찮은 호텔이며 식당 등을 가르쳐 주었다.

"참, 제가 특수한 보조계 스킬을 가지고 있는데 방위청에서 일할 수 있을까요?"

"메드상 출신 보조계 가드라면 어디서든 환영받지요. 방위청에 이적 신청을 하면 각인 변경 날짜를 잡아 줄 겁니다."

혹시 더 팔 물건이나 다른 도움이 필요하다면 언제든지 연락하라며 연락처까지 주고 B급 가드가 떠나갔다.

방위청에서 멀지 않은 도심지라 하였음에도 아카테스는 솔렘니스에 비해 소박한 느낌이었다. 그래도 변화가답게 건물은 높고 사람도 많았다. 도로를 따라 스쿠터를 타고 달렸다. 피곤하고 졸리고 배도 고파 왔지만 일단 솔렘니스 방위청으로 향했다. 도중에 스쿠터의 연료도 충전했다.

방위청 민원실에 도착해 대기표를 뽑았다. 얼마 지나지 않아 내 차례가 되었다.

"안녕하세요, 메드상 출신 특수 보조계 가드입니다."

자기소개와 함께 신분증을 내밀자 직원이 약간 놀란 표정을 지었다.

"아카테스 시 방위청으로 이적을 할까 하는데요."

"아, 네. 곧장 위쪽으로 연결해 드리겠습니다. 잠시만 기다려 주세요."

일단은 순조로웠다. 얼마 지나지 않아 정장을 빼입은 남자가 나타났다. D급 각성자로 마나량은 평범했다. 보조 스킬이 뛰어난 건가, 마나각인에 실패한 건가.

"안녕하세요, 한유진 씨. 저는 아카테스 시 방위청의 보조계 가드 담당인 다스플입니다."

"안녕하세요."

"안쪽으로 들어가시지요."

보조계 가드 담당이라는 다스플이 민원실 안쪽으로 나를 안내했다. 응접실 소파에 앉자 차를 내어왔다. 맞은편에 앉은 다스플이 사람 좋은 미소를 머금어 보였다.

"아카테스 시의 가드 대우가 좋지 않다는 소문이 퍼져 있다는 사실은 저희들도 잘 알고 있습니다."

…뭐라고? 순간 뒷골이 아파 왔다. 저렇게 자진 납세 할 정도라면 얼마나 소문이 나쁘다는 거지. 절로 일그러지려는 얼굴에 미소를 띠느라 입가가 희미하게 떨렸다.

"소문은 언제나 과장되기 마련이죠."

"맞는 말씀입니다. 게다가 보조계 가드는 전투계와는 다르지 않습니까. 솔직히 말씀드려 전투계 가드는 위험분자가 다수 존재하지요. 최근에도 알파가 폭주해 상업지역 한 곳이 모조리 불타 버렸으니까요."

"피해가 컸겠군요. 저도 대충 듣기는 했습니다."

"다행히 인명피해는 없었지만 재산 손해가 어마어마했습니다. 결과적으로 알파가 묶이게 되는 기간이 더 길어진 셈이지요."

묶인다, 라. 이번에는 자연스럽게 미소가 그려졌다. 짧은 대화만으로도 그들이 어떤 식으로 전투계 가드에게 목줄을 거는지 대략 짐작이 갔다.

'전투 시의 피해를 전부 가드에게 물리는 건가.'

폭주가 아닌 평범하게 몬스터를 상대할 때에도. 빚을 지워서 가드를, 헌터를 부려 먹는 일이야 흔했다. 나도 직접 겪어 보았고. 장비 대여값, 수리비, 포션값, 던전 사용료 등등. 빚은 얼마든지 쉽게 늘려 나갈 수 있었다.

여기서도 대충 비슷한 짓을 하겠지. 그 밖의 다른 목줄이 더 있을 수도 있고. 가족이라든가. 혹은 각인 같은.

"보조계야 그럴 일이 전혀 없으니 안심이네요."

활짝 웃었다. 다스플도 따라 웃었다.

"물론입니다. 주어지는 제약 또한 훨씬 가볍고요. 전투계들이야 손발 다 묶어 놓는다 하더라도 언제 사고 칠지 모르는 종자들 아닙니까. 강한 힘을 지닌 만큼 그에 따른 책임을 져야지요. 그게 인간으로서의 도리고요."

그 힘에 의지해 보호받고 있는 주제에 지랄하고 있네.

상급 각성자를 두려워하는 거야 이해한다. 사실 그게 보통이고. 덩치 크고 우락부락 몸 좋은 평범한 인간이 인상만 좀 써도 주눅 들기 마련인데 맨손으로 건물 철거가 가능한 능력자가 무서워지는 거야 당연한 심리다. 그래서 우리 동네에서는 초기부터 헌터 이미지 개선에 노력했던 거고.

하지만 그것과는 별개로 각성자들에게 보호받고 지켜지고 싶다면, 그에 따른 대접은 해 줘야지. 그거야말로 진짜 인간으로서의 도리 아니냐. 그렇게 태어나고 싶어서 태어난 것도 아닌데 남들보다 강하다고 책임지고 봉사하라니, 미친 새끼가.

"우리 아카테스 시에서는 시민들의 안전을 최우선으로 생각하고 있습니다. 요즘 같은 세상에서 가장 중요한 것은 역시 안전 아니겠습니까. 그러다 보니 다른 시에 비해 제약이 조금 많기는 하지만, 솔직히 자유도 살아 있어야 누릴 수 있는 사치지요."

내가 사정을 대충 다 알고 있다고 생각해서인지 줄줄 잘도 털어놓는다.

"전투계 가드들은 사실 불만을 가질 만도 하지요. 하지만 보조계와 치유계 가드들의 만족도는 어느 도시에 뒤지지 않는다고 자신합니다. 한유진 씨도 아마 아시고 이곳까지 오셨지 싶습니다만."

"이야기야 들었지요. 그래서 도시에 도착하자마자 이렇게 방위청부터 들른 것이 아니겠습니까."

"하하, 예. 게다가 한유진 씨는 메드상 시 출신이 아니십니까. 메드상의 뮤 님께서 소속 가드들을 아낀다는 사실이야 널리 알려져 있으니 섣부르게 대하진 못하지요."

들을수록 메드상에 대해서도 궁금해졌다. 보조, 힐러 중심에 가드들 대우가 유독 좋은 곳 같은데. …신입 녀석, 애들 다 메드상으로 넣어 주면 안 되었던 거냐. 예림이와 노아도 취급 나쁜 곳에 떨어진 건 아니겠지. 피스는 정말 어떻게 지내고 있을지 감도 오질 않았다. 어른들, 성현제와 문현 아는 별걱정 안 되지만.

특히 성현제는 어디 가서도 잘 먹고 잘살 인간이고.

복잡한 내 속과 달리 분위기는 화기애애했다. 간략하게 계약 조건이 오가기도 하였다.

"제 스킬에 대해서는 확실하게 결정 내린 뒤 알려 드리도록 하겠습니다. C급 스탯으로 아카테스 시까지 혼자 올 수 있을 수준의 스킬이라는 것 정도로만 말씀드리지요."

"이거 등급이 기대되는군요. SS급까진 아니더라도 S급 몬스터는 몇 번 마주치셨을 텐데 말입니다."

"여러 번 보았죠."

다스플이 과장되게 놀랍다는 표정을 지었다. 역시 메드상 출신이라며 감탄을 아끼지 않았다.

"각인 변경 시술도 최대한 빨리 준비하도록 하겠습니다."

"아, 그 전에요."

마른침을 한 번 삼켰다. 감정을 최대한 가라앉히려고 노력하며 말을 이었다.

"알파의 상태에 대해 확인할 수 있을까요? 솔직히 폭주했다는 소식을 듣고 불안했습니다. 다른 도시로 방향을 돌릴까 싶기도 했지요. 오면서 듣기로는 관리가 잘되고 있다고 했지만, 그래도 제 눈으로 직접 확인을 해 보고 싶습니다."

"그 마음 충분히 이해합니다. 저도 가끔은 불안하게 느끼곤 하니까요."

놈이 크게 고개를 끄덕였다.

"일단 위쪽에 허락을 구해 봐야 합니다만 가능하지 싶습니다. 한유진 씨의 스킬의 등급이라도 알 수 있다면 허락받기 더 쉬워질 듯합니다만."

"상대적으로 낮은 스킬을 하나 알려 드리지요. 다스플 씨의 등급은 D급에 마나량은 평범한 수준입니다. 맞지요?"

다스플이 눈을 동그랗게 떴다.

"상대의 등급과 마나량을 알 수 있는 특수 스킬입니까?"

"예. S급까지는 마나와 생명력을, SS급까지는 등급을 확인 가능합니다. 여러모로 쓸모가 많은 스킬이지요. 전투 중에도, 일상에서도 말입니다."

"그것이 상대적으로 등급 낮은 스킬이라면… 알겠습니다. 백 퍼센트 허락이 떨어질 듯합니다."

"언제쯤 확인 가능할까요?"

"한유진 씨께서는 아직 외부인인 만큼 해가 진 후에야 본 건물로 출입이 가능해집니다."

일몰쯤에 방문해 달라는 말을 듣고 응접실을 나섰다. 속이 조금 메슥거렸다. 그렇잖아도 쌓여 있던 피로가 물이라도 머금은 듯 더욱 묵직해졌다. 동생이 아닐 수도 있다고 생각하면서도 감이 좋질 않았다.

해가 지려면 아직 한참 남았다. 마음을 다독이려 애쓰며 알파에 대해 좀 더 알아보았다. 시그마와 달리 이쪽은 자료 공개가 제법 되어 있었다.

'26살, 4년 전에 세례를 받고 각성. 가족은 부친 한 명 외에는 모두 사망.'

부친이 살아 있다는 말이 기분이 조금 묘해졌다. 자료에는 사진도 들어가 있었다. 검은 머리칼은 유현이와 같았지만 두 눈이 모두 붉었다. 이린의 영향이 아닌 원래부터 적안이었던 듯했다.

'…그러고 보니 린이는 어떻게 된 거지.'

이 세계에도 정령이 있나. 들어온 건지도 모르겠지만.

알파 또한 훤칠하게 잘생긴 청년이었지만 유현이와는 상당히 달라 보였다. 헷갈릴 일 없이 확실하게 다른 사람이다. 그것을 보니 살짝 안심되었다.

'애초에 다른 세계 다른 사람이니 똑같이 생긴 시그마가 특이한 경우인 거지.'

그 시그마도 성현제는 아니었고. 그래, 유현이가 아닐 수도 있다.

방위청을 떠나 가까운 호텔로 향했다. 호텔 레스토랑에 들어가 음식을 시켰지만 입맛이 영 없었다. 배는 고픈데 먹고 싶은 생각이 들지 않아 포크로 샐러드를 뒤적거리고만 있는데. 반짝, 하고 서브 퀘스트가 떴다.

> 식사는 잘 챙겨야지
> 굶지 말고 든든하게 잘 먹어야 건강해지죠! 차려진 음식을 반 이상 맛있게 먹어 보세요.
> 보상: 초콜릿 맛 상급 마나 포션 2개

 뭐야, 이 퀘스트는. 무심코 웃음이 피식 나왔다. 마나 포션 비싸던데 무려 상급 두 개라니, 퀘스트에 비해 보상이 너무 좋네. 이러면 먹는 수밖에.

 '근데 왜 초콜릿 맛이냐.'

 그 인간 생각나네. 맛있긴 했어. 일단 음식이 입에 들어가니 곧잘 넘어갔다. 덕분에 깨끗이 다 먹고 포션을 받았다. 배부르니 졸리고 해 질 때까지 따로 할 일도 없고. 호텔 객실로 올라가 씻고 누웠다. 이내 잠이 몰려들었다.

3장 형 왔다

3장
형 왔다

"손님, 손님! 일어나십시오!"

부르다 못해 흔들어 깨우는 것에 눈을 떴다. 호텔 직원이 침대 옆에 서 있었다. 허락 없이 이렇게 막 들어와도 되나.

"이제 곧 해가 집니다. 호텔 쉘터로 옮겨 가시지요."

호텔 쉘터? 호텔에 따로 쉘터가 마련되어 있는 건가. 하긴 밤에는 이용 못 하는 호텔이면 장사가 잘 안되겠지. 아마도 호텔 쉘터는 공용 쉘터보다 넓고 잘 꾸며져 있지 싶었다. 숙박비가 물가 대비 비싸다 싶었는데 쉘터비인가.

방위청에 가 봐야 한다고 말하곤 호텔을 나섰다. 어둑어둑해진 거리는 한산했다. 돌아다니는 사람도 거의 없고 버스에는 마지막 운행이라는 표시가 반짝거리고 있었다.

스쿠터를 타고 방위청으로 향했다. 민원실은 이미 문을 닫은 채였다. 경비의 안내를 받아 들어가자 익숙한 얼굴이 또 다른 각성자와 함께 나타났다.

"어서 오십시오, 한유진 씨. 이쪽은 알파 관리담당원이신 민디바입니다."

다스플이 옆에 선 남자를 소개시켜 주었다. 솔렘니스도 그렇고 이 동네 사람들은 이름이 기본 세 글자에 성은 따로 없는 듯했다. 민디바가 잘 부탁한다는 말과 함께 앞장섰다.

"SS급 각성자라 하더라도 마나가 고갈되면 의식을 잃게 됩니다. 현재 알파는 마나 홀과 연결된 마나 흡수진 속에 있습니다. 흡수진을 끄지 않는 이상 깨어날 확률은 전무하다고 보시면 됩니다."

아주 안전하지요. 그렇게 말하며 엘리베이터에 올라 가장 아래층을 누르고 카드 키를 댄다. 카드 키가 없으면 마나홀이 있는 층까지도 가지 못하는 건가. 지하일 테고 계단도 없을 가능성이 높았다.

만능열쇠를 새로 사도 되겠지만, 일단 카드 키를 눈여겨 두었다.

"현재로서는 무척이나 안전하지만 귀중한 알파를 이대로 계속 재워 둘 수는 없는 노릇이지요. 그래서 마나각인 개조 시술을 하였습니다."

"…개조요?"

"예. 특정 몇몇이 알파의 마나를 강제로 빼낼 수 있도록 서로의 각인을 연결 짓는 시술이었습니다. 알파가 또다시 폭주하면 언제든 제압할 수 있게끔요. 다만 그 경우 보호각인의 효력이 상당히 하락하여 마나 흡수 스킬을 지닌 몬스터 상대 시 위험해질 가능성이 높지만, 어쩔 수 없었습니다."

알파가 완전히 진정되면 다시 원래대로 고칠 것이라고 그가 말했다.

"물론 또다시 폭주할 때를 대비하여 고등급 마나 흡수 아이템이 충분히 준비된 다음에 시술이 이루어질 것입니다. 방심할 수는 없지요."

…즉, 지금 상태로는 알파가 언제든지 쉽게 제압당할 수 있다 이건가. 만약에, 만약에 알파가 유현이라면 단순히 구출하는 것만으로는 사태가 해결되지 않는다는 뜻이다. 몬스터를 상대할 때조차 위험해질 수 있다니.

엘리베이터가 멈추고 문이 열렸다. 솔렘니스와 비슷한 검문이 몇 차례 이어졌다.

"현재로서 가장 큰 문제는 알파에게 정신착란 증세가 보인다는 것입니다. 알파의 가족 중에 형은 없었거든요."

"…형이요?"

"예. 물론 친형제일 거라고 확신할 순 없지만 애타게 찾을 만한 관계 중에 형이라 불리는 사람도 없습니다. 약점이 되지 않게 숨겨 놓은 상대일 가능성도 있습니다만, 갑작스러운 폭주까지 있었으니 정신적인 문제가 유력하다고 짐작하고 있습니다."

…울컥 튀어나오려는 화를 누르기가 힘들었다. 형이라니. 형을 찾았다니. 더 이상은 아닐지도 모른다 부정할 수 없었다. 속이 서늘하게 식다 못해 아팠다. 위가 뒤틀리는 듯했다. 무심코 꽉 깨물린 이에, 턱이 아려 왔다.

진정하자. 여기서 일 치면 더 힘들어질 뿐이다. 단순히 구해 내는 것만으로도 쉽지 않지 싶은데 각인 문제도 있으니. 괜히 경계가 심해지도록 만들지 말고, 일단은 최대한 협조하는 척 상황을 살펴야 한다.

"이쪽입니다. 각인 시술 이후 더욱 튼튼한 격리실에 마나 흡수진 또한 마나 홀과 더 가까워져 강력해졌지요. 이곳의 벽들은 마나 홀의 은총을 받아 SS급 각성자라 해도 부수기 힘듭니다. 마나 홀과 가까울수록 강도가 높아져, 지금 격리실이면 설사 알파가 완전히 깨어난다더라도 빠져나가기 불가능합니다."

…더럽게도 철저하네. 그 정도면 용의 숨결 폭탄도 소용없을 듯했다. 격리실은 이중으로 구성되어 있었다. 안으로 들어가서 다시 한번 문을 열어야만 했다. 안쪽 문을 여는 데는 카드 키는 물론 안면 인식에 또 다른 조작까지 필요했다.

드디어 문이 열리고 안으로 들어섰다. 방 가운데로 너르게 펼쳐진 각문들이 보였다. 희미한 빛을 발하는 그 흡수진 중앙에, 정신을 잃고 쓰러진 청년이 있었다.

등 뒤로 돌려진 팔은 물론이요, 다리 또한 단단히 묶였다. 입에는 재갈이 채워지고 눈 또한 가려진 채다. 옆으로 세워진 링거대로부터 이어진 선이 목덜미에 꽂혀 있었다. 알 수 없는 약물이 끊임없이 알파에게 주입되고 있었다.

무심코 다가가려는 나를 민디바가 붙잡았다.

"마나 흡수진 가까이 가면 안 됩니다. 순식간에 마나를 흡수당해 기절하고 말 테니까요. 착용하신 아이템이 망가질 수도 있고요."

…각성자는 근처에 접근조차 하지 못하고 아이템도 쓸 수 없다는 건가. 심지어 방 자체를 부수는 것도 불가능하다.

초조함 속에서 쓰러진 알파를 자세히 살펴보았다. 눈이 가려진 채지만, 그래도.

'…유현아.'

사진으로 본 알파와는 달랐다. 동생과도 완전히 같은 건 아니지만, 하지만 더 닮았다. 알파보다는 유현이와 분명히 닮았다. 동생이 태어났을 때부터 계속해서, 평생을 봐 왔다. 착각할 리는 절대 없었다.

"…알파의 외모가, 사진과는 좀 다른 듯합니다만."

"그래요? 사진이니 그렇게 느끼실 수도 있지요. 제가 보기에는 똑같습니다만."

어딜 봐서 똑같냐. 체격도 다르잖아. 아무래도 여기 사람들 눈에는 유현이가… 원래의 알파의 모습으로 보이는 듯했다. 길게 숨을 내쉬었다. 목 안쪽이 타는 듯했다. 당장이라도 뛰어가고 싶다.

시발, 애 취급이 왜 저래. 내가, 진짜 어떻게 키웠는데. 아무리 원래 몸이 아니라지만. 저렇게.

"…알파에게 정신착란 증세가 있다고 했었죠?"

"네. 그래서 현재 약물 치료도 병행하고 있습니다. 고등급 정신계 스킬을 지닌 가드도 타 도시에까지 수소문해 구하려 하고 있고요."

"제 스킬 중 하나가 정신계 쪽입니다."

"예?"

"단순히 상대를 진정시키는 정도지만 SS급에게까지 통합니다. 그래서 이곳으로 올 때 몬스터들을 쉽게 피할 수 있었고요."

민디바를 돌아보았다. 놀란 표정의 얼굴에 주먹을 날리고 싶었다. 지금 당장 목에 칼을 박아 넣는 것도 어렵지 않아, 참기 힘들었다.

"제가 도움이 될 수 있을 듯한데, 괜찮으시다면 알파를 상대로 시험해 봐도 될까요?"

"어, 지금 당장 말입니까?"

"예. 통하는 것을 증명하면 계약 조건도 상당히 달라질 게 아닙니까."

웃어 보였다. 놈도 미소를 지었다.

"지금은 약물 때문에 크게 날뛰지 못하겠지만 위험해지실 수도 있습니다."

"그 정도로 몸 사린다면 여기까지 혼자 오지도 못했어요."

하긴 그렇다며, 놈이 곧장 준비해 주겠다고 말했다. 얼마 지나지 않아 사람들이 더 들어왔다. S급 가드도 둘이나 섞여 있었다.

"마나 흡수진을 끄겠습니다. 대기해 주십시오."

복잡한 조작을 거쳐, 바닥의 진에서 빛이 사라졌다. 그와 동시에 알파를 향해 다가가려는데 힘없이 늘어져 있던 몸이 꿈틀거렸다. 누가 봐도 격렬하게, 전신이 비틀린다.

"괜찮아!"

얼른 소리쳤다. 동시에 알파의, 유현이의 움직임이 멈추었다. 정말로 효과가 있다며, 감탄하는 소리가 들려왔다. 급히 유현이에게로 다가가 무릎을 굽혀 바닥에 대며 몸을 숙였다.

"…괜찮아."

약하게 떨리는 몸과 흥분한 듯 거칠어진 숨소리. 갑작스러운 손길에 놀라지 않도록 조심하며 눈가리개를 풀었다. 감겨 있던 눈이 떠졌다. 붉은 눈동자가 나를 향했다. 약물 때문인지 흐릿해진 눈이, 순식간에 젖어 들었다.

팔을 뻗었다. 동생을 품에 끌어안았다.

"얌전한데? 조금만 건드려도 날뛰더니."

"혹시 모르니 대기는 해 두세요."

"SS급에게 저렇게 쉽게 통하다니, 대단하네."

관찰하는 시선들과 평가하는 목소리들이 치 떨리게 거슬렸다. 놈들의 말대로 유현이는 얌전히 내게 안겼다. 끌어당기는 대로 몸을 맡겨 옴은 물론이요, 한술 더 떠 내 품을 파고들었다.

어깨와 가슴에 머리를 비비고 작게 웅크려 어떻게든 제 몸을 더욱 내게 바싹 붙이려고 어린 강아지처럼 구는 동생의 모습에 혀끝을 깨물었다. 전해져 오는 아픔에 겨우 태연한 척, 입을 열 수 있었다.

"스킬이 강하게 들어가면, 감정 전이도 이루어져서요. 제가 약간 이상한 행동을 보인다 해도 놀라진 마십시오."

"감정 전이라니, 위험한 거 아닙니까?"

"그래 봤자 제 스탯은 C급인걸요. 상급 가드였다면 이런 스킬 함부로 못 내보이고 다니죠. 덧붙여 한 번에 한 명 이상은 적용 못 합니다."

스킬 등급이 높은 편이긴 해도 SS급에게 보통은 이렇게 쉽게 먹히지는 않는다며 말을 덧붙였다. 나는 안전하니 경계하지 말라는 투로.

"약물에 착란 증세가 더해져서 효과가 뛰어난 듯합니다. 혹시 팔 정도는 풀어 주면 안 될까요? 도움을 주면 더욱 확실하게 스킬이 적용되거든요."

잠깐의 논의가 오가고 인벤토리를 쓸 수 없도록 손을 감싼 구속구는 건드리지 말라는 대답이 돌아왔다. S급 가드가 팔의 구속구 열쇠를 들고 다가오려고 했다. 동시에 유현이의 몸이 바싹 긴장해 굳어졌다.

"잠깐만요! 오지 말고 열쇠 던져 주세요."

찰그랑, 소리와 함께 열쇠가 던져졌다. 아플 정도로 단단히 뒤로 돌려 묶여진 동생의 팔을 얼른 풀어 주었다. 팔의 자유를 되찾자마자 유현이가 나를 와락 끌어안았다. 형, 하고 부르는 소리가 재갈에 막혀 작은 웅얼거림으로 돌아왔다.

"그래, 괜찮으니까. 얌전히 있어야 해……."

속이 타는 듯이 아팠다. 마음 같아서는 당장이라도 만능열쇠를 구입해 동생의 몸을 얽매고 있는 것들을 전부 풀어 내고 싶었다. 하지만 S급 가드가 앞뒤로 지켜보고 있었다. 허튼짓은 물론이요, 말조차 섣불리 전해 줄 수 없었다. 저들이 듣지 못할 정도로 작게 속삭이는 것도 힘들뿐더러 입 모양만 보고도 알아내 버릴 테니.

"마나를 너무 회복해 버리면 위험할 수 있으니 슬슬 나오시죠. 알파의 흡수진 적응력이 높아서 걱정됩니다."

마나를 뽑아내어 바로 제압 가능하긴 하지만 한유진 씨의 목숨은 위험할 거라며 민디바가 말했다. 나를 꼭 끌어안고 떨어지지 않으려는 동생의 등을 다독였다. 놓기 싫다.

차라리, 여기서 폭탄을 터뜨려 버릴까.

나는 죽어도 다시 살아날 것이고 동생은… 어떻게 되는지 자세하게는 듣지 못했다. 진짜 몸은 아니니 공략이 될 때까지 가사상태에 빠지게 되는 걸까. 의식이 없다면 다행이지만 지금 상태에서 의식이 있는 채로 사망 처리 되어 버린다면, 틀림없이 내내 불안에 떨게 될 것이다.

지금도 이렇게 상태가 나쁜데.

'가장 확실하고 빠른 방법이지만.'

역시 그렇게까지는 못 하겠다. 무엇보다 진짜 몸이 아니라고 해도, 그래도 내가, 내 손으로 어떻게. 이를 악물었다가 숨을 내뱉었다.

"…금방 다시 올 테니까, 잠깐만 더 잠들어 있어."

천천히 나를 끌어안고 있는 동생의 팔을 풀었다. 붉은 눈이 놀란 듯 동그랗게 커졌다.

"오래 안 걸려, 금방이야. 착하지."

우리 유현이. 어릴 때 나를 따라나서려던 동생을 달래듯 말했다. 동생의 얼굴에 불안이 가득했다. 다시 눈물을 떨구기라도 할 듯 두 눈이 일그러졌지만 내게 억지로 매달려 오지는 않았다. 여전히 나보다 훨씬 강할 것임에도 반항하지 않고 얌전히 떼어 놓는 대로 물러나 앉았다.

"…착하게 기다리고 있어."

당장이라도 다가오고 싶은 표정을 하고서도 유현이는 가만히 웅크렸다. 내가 자리에서 일어서자 더욱더 간절하게 바라봐 온다. 웅크린 몸이 덜덜 떨렸다. 나는 몇 번이나 혀를 깨물어야 했다. 입안에 피 맛이 감돌았다.

…빌어먹을, 대체 어떻게 저런 동생을 두고 돌아서라고. 정말로 곧장 데리고 나갈 방법이 없을까. S급이 두 명. 유현이는 마나가 제대로 회복되지 않은 데다가 약물 때문에 정상적인 반응이 어려운 상태. 심지어 조금만 위험하다 싶으면 각인을 통해 바로 마나를 빼앗기고 말 것이다.

아무리 머리를 굴려 봐도 불가능하다. 지금 당장은 안 된다. 그러니 물러나야 하지만.

"한유진 씨?"

의아스러운 부름에 내가 몸을 돌리려 들자마자 동생의 숨소리가 거칠어졌다. 미칠 것 같다. 차라리 그냥.

그때 메시지창이 나를 가로막듯 눈앞에 떠올랐다.

┌─────────────────────┐
│ 인내는 쓰고 열매는 달지 │
└─────────────────────┘

서브 퀘스트였다. 이게 고작 쓴 정도냐. 그래도 덕분에 정신이 번쩍 들었다. 돌발행동은 하지 않은 채 빠르게 돌아섰다. 도망치듯 흡수진의 영역을 벗어나자 곧장 마나 흡수진이 발동되고 풀썩 몸이 쓰러지는 소리가 들려왔다. 고개를 돌리자 정신을 잃은 동생의 모습이 보였다.

"팔을 묶고 오셨어야 하는데. 뭐 저 정도는 괜찮겠지만요."

인벤토리를 바로 쓸 수는 없고 손의 구속구까지 풀려고 들면 마나를 빼내어 제압하면 되니, 하고 민디바가 말했다. 길게 숨을 내쉬었다. 여전히 머리도 가슴도, 아예 전신이 두들겨 맞은 듯 아파 올 지경이었지만 유현이가 깨어 있는 것보다는 지금이 차라리 나았다.

의식이 없으면 그나마 불안해하지는 않겠지.

…그래도 찬 바닥에 저렇게 눕혀 놓을 필요가 있나.

"…좀 더 편하게 재워 놓으면 안 됩니까? 보는 제가 다 불편한데요."

"SS급인데요, 뭘."

야, 이 새끼들아, 몸 튼튼하면 맨바닥에 아무렇게나 자도 편한 줄 아냐. 그러고 보니 애 밥도 제대로 안 먹인 거 아닌가. 내내 재워 둔 모양인 듯한데 먹인 게 이상하겠지. 대체 며칠을 굶긴 거야, 이 개새끼들이.

속으로 이를 갈며 주위 환경을 자세히 살펴보았다. 흡수진은 방의 반 가까이 차지하는 크기였다. 각성자가 닿으면 바로 마나를 흡수당해 버릴 뿐더러 마력으로 작동하는 아이템 또한 쓸 수 없다.

동생의 팔은 풀어 줬지만 발목은 여전히 묶인 채에, 줄로 바닥과 연결되어 있어 평범한 도구를 사용해 끌어내는 것도 불가능했다.

간단히 말해 마나 흡수진을 끄기 전까진 각성자는 접근 불가능했다.

'비각성자에게 부탁하는 방법도 있겠지만.'

비각성자를 여기까지 어떻게 데리고 올 수 있을까. S급에게도 통하는 은신 아이템은 너무 비쌌다. 공간이동 아이템 또한 마찬가지였다. 1회용인데도 거리에 따라 수백만에서 천만 포인트 이상을 요구했다.

현재 내가 가진 포인트는 약 백오십만. 히든 퀘스트 덕분에 조금 더 늘어나긴 했지만 상급 아이템을 펑펑 사다 쓸 정도는 아니었다. 유현이를 구한 다음 일도 생각을 해야 하니.

"효과는 확실하게 증명된 거죠?"

유현이를 최대한 시야에 담지 않으려 하며 민디바에게 웃으며 말했다. 그가 물론이라며 고개를 끄덕였다.

"우선 밖으로 나가시죠."

"알파를 제가 바로 맡을 수는 없는 겁니까? 이삼 일쯤 같이 지내면서 돌봐주면 금방 제 말을 잘 따르게 되지 싶은데요."

유현이가 안전하다고 여겨지면 아카테스 방위청이 알아서 먼저 풀어 줄 것이다. SS급 몬스터를 막아 내기 위해서라도 말이다. 내 말에 민디바가 밖으로 통하는 문을 나서며 고개를 짧게 저었다.

"의욕이 넘치시는 것은 잘 알겠지만, 한유진 씨는 아직 소속을 옮기지도 않으셨잖습니까. 일단 각인부터 아카테스 마나 홀의 것으로 변경하고 정식 계약을 하는 것이 우선입니다."

"하지만 SS급 알파를 저대로 오래 방치하는 건 큰 손해가 아닙니까. SS급 몬스터가 언제 나타날지도 모르고요."

"그건 걱정 마세요. 다행히 솔렘니스의 시그마 님께서 곧 도착할 예정입니다."

…시그마가? 아니, 그 인간은 또 왜 나와. 반사적으로 눈살이 찌푸려졌다. SS급 가드가 더해진다면 유현이를 구해 내기 더 어려워질 수밖에 없었다.

"원래는 알파의 제압 요청을 거부했었는데 무슨 영문인지 갑자기 도와주겠다고 연락이 왔습니다. 시그마 님께서 도착하시면 알파를 더욱 안전하게 다룰 수 있을 겁니다."

"…언제쯤 연락이 왔었습니까?"

"이틀 전입니다. 아침 일찍 연락이 왔었지요. 타 도시를 방문하는 데는 준비가 필요하니 아마 하루이틀 내로 도착하지 싶습니다."

이틀 전. 내가 튄 바로 그다음 날이다. 날 밝자마자 폭탄 터졌을 거고, 그리고 바로 아카테스에 연락을 했다 이건가.

…젠장. 내가 아카테스로 가려고 했다는 걸 눈치챘구나. 알파와 아카테스에 대해 물어보고 다닌 탓인가. 눈치 한번 더럽게 빠르지. 아니, 그보다 SS급 가드가 직접 쫓아올 정도야? 마침 협조 요청도 받았기에 겸사겸사 오는 건가.

아무튼 반갑지 않았다.

복도로 나가며 스킬창을 확인해 보는 척 완료 표시가 뜬 서브 퀘스트창을 컸다.

인내는 쓰고 열매는 달지
참을성 있게 행동하는 당신을 위해 자그마한 선물을 드립니다! 스트레스에는 달달한 게 좋아요.
보상: 카페라떼, 메드상 15년산 와인

보상이 뭐 이래. 정말 자그마한 선물이구만.

"좀 더 돌아보시겠습니까? 아니면 방위청 내 숙소로 안내해 드리겠습니다. 스킬로 인한 마나 소모가 크셨지 싶은데, 마나통과 먼저 연결해 드릴까요?"

"아뇨, 아직은 괜찮습니다. 그보다 제게 메드상 15년산 와인이 있는데요."

"메드상의 와인이면, 혹시 블루 홀입니까?"

민디바가 반색하며 말했다. 심지어 출입구를 지키던 가드까지 눈을 크게 뜨며 나를 바라보았다. 유명한 술인 건가.

"예, 블루 홀 와인입니다."

"그것도 15년산이라니! 듣던 대로 상당한 재력가… 아, 이건 기본적인 조사였습니다. 한유진 씨를 도시까지 안내해 준 가드가 말해 주더군요."

"주머니가 넉넉한 편이기는 하지요."

"더 자세한 것은 묻지 않을 테니 걱정 마십시오."

그러면서 슬쩍 눈짓하는 게 네 뒤가 구린 거 대충 알고 있다는 표정이었다. 내가 무슨 횡령이라도 하고 여기까지 도망쳐 온 줄 아나. 물론 남의 창고 살짝 털긴 털었지만.

"낮에 푹 잔 덕에 아직 졸리지는 않아서, 가볍게 한잔할까요? 앞으로를 위해 듣고 싶은 것이 많습니다."

"당연히 환영입니다!"

민디바가 웃으며 앞장섰다. 그가 안내해 간 곳은 오피스텔 비슷한 숙소였다. 깔끔하고 제법 넓었다.

보안 지역으로 들어가면서 압수당했다가 되찾은 배낭 속에 와인만 보상 수령한 뒤 슬쩍 넣었다.

"주로 조기 퇴근하는 직원들을 위한 숙소입니다. 야간 근무는 일찍 마쳤다고 해서 집에 돌아갈 수가 없으니까요."

복지는 잘되어 있다고 말한 민디바가 잔과 안줏거리를 가져오겠다며 주방 쪽으로 들어갔다. 그사이 얼른 포인트 상점에 들어갔다. 카테고리를 재빠르게 넘기며 소모용 아이템 중 약물 계통 목록을 뒤졌다.

깃드는 속삭임 - S

무색무취. 질문에 솔직하게 대답하도록 만들어 주는 비약. 스탯 및 독 저항 B급 이상에게는 통하지 않는다.

1회용

S급인데도 고작 C급에게까지 통하다니. 역시 정신계 약물은 등급 대비 효과가 낮았다.

민디바의 등급은 딱 C였다. B급 이상 독 저항 스킬이나 아이템을 지녔을 가능성은 낮지 싶었다. 전투계가 아니니까. 그는 자신을 쓸 만한 스킬은 없지만 마나 홀과 각성자의 권위 있는 연구자라며 자랑스럽게 소개했다.

세례를 통해 쉽게 만들어 낼 수 있는 상급 전투계 각성자보다 자신과 같은 연구자야말로 진짜 중요하고 소중한 인력이라며.

민디바가 돌아오기 전에 얼른 와인 마개를 따고 약을 안에 넣었다. 만약 통하지 않으면 전통적인 방식으로 가는 수밖에. 다행히 여기 프라이버시를 위해 감시카메라도 없고 방음도 잘된다니까.

"SS급 가드인 알파에게 효력을 보였으니 한유진 씨의 직원 등급은 거의 최상위로 조절될 겁니다."

축하드린다며 민디바가 잔을 테이블에 내려놓았다. 안주는 치즈 비슷한 것과 육포였다. 와인 병을 들어 두 개의 잔에 차례로 따랐다. 분홍빛 도는 액체가 찰랑이며 차올랐다. 민디바는 나를 조금도 의심하지 않는 눈치였다.

출신 확실하고 아카테스 시에 처음 방문한 사람이 역시나 처음 보는 알파를 구출할 속셈이라는 생각을 대체 누가 할 수 있을까. 백발백중 점쟁이라도 제 점괘를 의심할 소리다.

심지어 보는 눈앞에서 같은 병 속의 와인을 나누어 따르고 있으니 무언가 넣었다는 생각은 하지 못하겠지. 내 등급도 겨우 C급이고.

자연스럽게 내 잔의 와인을 한 모금 머금었다가 삼켰다.

"와, 저도 15년산 블루 홀은 처음인데… 굉장하네요."

순수한 감탄이 흘러나왔다. 눈앞의 개새끼와 같이 마신다는 게 아쉬울 정도였다. 신입아, 한 병만 더 주면 안 되냐. 동생 구한 다음에 같이 마시고 싶은데.

상큼하면서도 약간 시원한 과일 향에 달달하지만 끈적임 없이 맑은 맛이 혀 위로 녹아들었다. 깨문 상처를 치료하지 않아 약간 따끔했지만 그 고통도 달게 느껴질 만한 맛이었다. 알코올이니 소독도 되겠지.

민디바 또한 감격스러운 표정을 지었다. 그가 와인에 대해 길고 장황한 찬사를 늘어놓았다.

"명성 그대로로군요. 정말 대단합니다!"

"예. 아, 혹시 알파의 각인 말입니다. 마나를 흡수할 수 있게 연결된 사람들에 대해 알 수 있을까요?"

연결된 사람들을 보호하기 위해서 극비일 게 틀림없을 질문이었다. 하지만 민디바는 아무렇지 않게 입을 열었다.

"총 다섯 명으로 S급 둘, 알파 담당자 셋입니다. 알파 담당자긴 하지만 위험할 수도 있는 역할이기에 상위급은 아니지요. 물론 저도 제외되었습니다."

다섯 명이라.

'유현이의 각인을 당장 고치는 건 힘들 거고, 연결된 놈들을 제거하는 게 더 빠르겠지.'

알파 담당자는 D~C급이니 처리하기 쉽겠지만 문제는 S급 두 명이었다. 알파의 각인에 대해 좀 더 자세히 묻자 연결된 다섯 명 외에는 S급 이상의 마나 흡수 스킬을 가진 상대가 아니고선 안전할 것이라 말했다. 마침 마나 흡수 스킬을 지닌 S급 가드는 큰 부상으로 인해 요양 중이었다.

"힐러가 전담해 치료 중이지만 사나흘은 지나야 활동 가능할 거라고 하더군요. 알파 때문에 이게 무슨 난리인지."

혀를 쯧쯧 차는 놈의 빈 잔을 직접 채워 주었다. 마음 같아서는 얼굴에 뿌려 주고 싶지만.

"마나 흡수진은 어떻게 조작합니까? 저도 끄고 켤 수 있을까요."

"마나의 흐름을 맞춰야 하기에 쉽지 않습니다. 상당히 섬세한 작업이라

마력 스탯치가 B급은 되어야 하지요."

젠장, 그럼 방법을 알아도 내가 하는 건 불가능하군.

그 밖의 아카테스 시와 방위청에 대해 자세히 캐물었다. 민디바는 주는 대로 술을 받아 마시며 줄줄줄 불었다. 그러다 결국 취해 테이블 위로 엎어졌다. 드르렁, 코 고는 소리가 들려왔다.

잠들어 있는 놈을 조용히 내려다보다가 자리에서 일어났다.

'아직은 살려 두마.'

활동하기 쉬우려면 알리바이가 있어야 하니. 서브 퀘스트의 보상을 마저 받았다. 휘핑이 가득 얹힌 카페라떼가 내 손에 쥐어졌다. 이 동네 카페라떼도 우리 동네 것과 비슷하네. 달달하다.

은신 스킬을 쓰며 밖으로 나갔다.

"이제 신경 좀 덜 써도 되려나."

남자가 길게 하품하며 말했다. 나란히 걷고 있던 여자가 태블릿 PC 같은 것을 만지작거리며 고개를 끄덕였다.

"일단 시그마 님이 곧 도착 예정이고 새로 온 가드도 있으니까. 믿을 만할지는 모르겠지만."

"C급인 건 확실하다며. 그 스탯이면 믿고 말고 할 것도 없지 않나. 메드상 출신이기도 하고."

"스킬 등급 높고 돈도 많은 메드상 가드가 굳이 타 도시로 옮겨 올 리가 없잖아. 뒤가 구릴 거라고 하던데."

"대접받고 싶었나 보지. 메드상이 살기는 좋다지만 과하게 평등주의란 말도 있으니까. 사회주의던가? 아무튼 뒤가 구린 거면 약점 잡기 좋으니 오히려 더 환영이고."

"그건 그래."

갈림길이 나오고 여자 쪽이 멈춰 섰다. 태블릿 PC에 표시된 시간을 확인하며 입을 열었다.

"일출까지 네 시간쯤 남았네. 난 먼저 숙소로 퇴근할 건데, 어쩔래?"

"한 시간 뒤에 알파 감시 교대해야 해. 보너스는 빵빵하지만 피곤하다. 나가서 한 대 피우고 와야지."

"그러다 몬스터 꼬인다."

상급 가드들로 가득한 방위청인데 무슨 문제냐며 남자가 일행과 갈라져 혼자 걸음을 옮겨 갔다. 길게 뻗은 복도는 조용했다. 바깥쪽이라 감시도 적고 지나다니는 사람도 거의 없었다. 남자는 인벤토리에서 식물형 몬스터로 만든 담배를 꺼내었다. 그것을 입에 물다가 문득 걸음을 멈추었다.

"…어째 기분이 묘하네."

주위를 두리번거렸지만 당연하게도 보이는 건 아무것도 없었다. 조용한 가운데 감시카메라만 조금씩 움직이고 있었다. 그가 다시 걸음을 옮겼다. 나는 가만히 투명한 끈을 늘어뜨려 쥐었다.

복도의 중간쯤, 감시카메라가 왼쪽으로 움직이며 사각지대가 생기는 그 순간.

스윽, 올가미처럼 끈을 내렸다. 투명한 끈이 순식간에 남자의 목을 휘감으며 당겨지고, 버둥댈 틈도 없이 천장으로 끌어올려졌다.

"컥."

끈적거리는 몬스터의 거미줄이 남자의 사지를 천장에 붙였다. 감시카메라는 아래쪽을 비스듬히 향하고 있었기에 천장까지는 눈이 닿지 못했다. 남자의 입을 틀어막은 채 목을 조이는 끈을 조금 느슨히 해 주며 작게 속삭였다.

"소리치면 죽는다."

남자가 나를 찾듯이 눈알을 굴리며 고개를 끄덕였다. 고작 D급짜리가 은신 스킬을 꿰뚫는 건 불가능하니 헛수고였지만. 입을 막은 손을 떼며 재차 경고했다.

"내 정체를 들키지 않았으니 굳이 널 죽일 필요는 없어. 그러니 현명하게 행동하도록."

"…예, 예."

"우선 인벤토리에 들어 있는 열쇠류는 다 내놔. 속일 생각 하지 말고. 네놈 등급과 위치면 어떤 키를 가지고 있는지 다 확인했으니까."

"하, 하지만, 키를 타인에게 넘기려는 즉시 손이 잘려 나가는 계약이 걸려 있습니다."

"계약 등급은?"

"A급, 입니다."

다행히 A급이면 S급으로 떨어진 내 저주 저항으로도 해주 가능했다. 손에 걸린 계약이면 S급이라 좁아진 범위로도 충분할 거고.

"S급 저주 저항 아이템을 손에 대 주겠다."

카페라떼 빨대를 반으로 잘라 놈의 양손에 대고 내 손으로 감싸듯 잡았다.

"정말로……."

"죽는 것보다는 손이 잘리는 게 나을 텐데. 잘린 손 들고 등급 높은 힐러 찾아가면 붙일 수도 있겠지."

남자가 불안해하면서도 알겠다고 대답했다. 그러곤 두 눈을 질끈 감는다. 잠시 후 그의 손끝에 카드키 하나가 들렸다.

"괘, 괜찮은 거 같네요. 여기 있습니다. 일단 방위청 본관 출입키입니다."

이어 각종 열쇠가 인벤토리에서 꺼내졌다. 방위청 키는 물론이고 자기 집 열쇠며 차키까지 순순히 건네 왔다.

"이 카드 키는."

"알파를 수감 중인 마나 흡수실 키입니다. 그건 매일 바뀌기에 내일 밤이면 소용없어지겠지만요."

귀찮게 되었네. 마나 홀이 있는 지하로 내려가는 엘리베이터 키 또한 일주일에 한 번씩 교체된다고 하였다. 보안이 생각 이상으로 철저했다. 그래도 은신 스킬이 있으니 지나가는 사람을 얌전히 기다리기만 하면 통과 가능하겠지만.

"절대 아무 말 하지 않겠습니다. 뭐든 대답해 드릴 테니 물어보세요."

두 손이 무사해서인지 남자가 한결 편해진 얼굴로 떠들어 댔다. 열쇠들에 대해서도 자세히 설명해 주었다.

"키 반납 못 하면 감봉에 승진도 포기해야겠지만 목숨보다 중요하겠습니까. 알파 관리담당직도 유지 못 하지 싶지만, 안 그래도 꺼림칙했거든요. 아니 왜 멀쩡한 사람에게 괴물을 맡기고 그러는 건지. 저 제 목숨 무척이나 소중합니다."

"그렇다니 안됐네."

"…예?"

"넌 이미 죽은 사람이거든."

오래전에. 어쩌면 수백 년도 더 전에. 무슨 소린지 몰라 멍해진 얼굴로부터 시선을 돌리며 느슨해져 있던 끈을 가차 없이 당겼다. 소리도 거의 내지 못하고 남자가 기절했다. 끈을 인벤토리에 넣은 뒤 남은 거미줄을 놈의 얼굴과 몸 위로 덮어씌웠다. 거미형 몬스터가 먹이를 질식시켜 저장해 놓은 것처럼.

곧 질식사할 남자를 두고 아래로 내려섰다. 유현이와 각인이 연결된 사람들 중 가장 만만한 D급이 제거되었다. 이제 S급 둘과 C급 둘이 남았다.

'C급까지 하나 더 처리할까.'

아니면 D급의 시체가 발견된 후의 반응을 살펴볼까. 인벤토리에 들어찬 카드들을 살펴보았다. 천장에 붙여 놓은 D급이 발견되기까진 시간이 제법 걸릴 것이다. 실내에서, 그것도 복도에서 천장을 쳐다보는 사람은 드무니까.

'시간제한이 있는 키가 많다고 하니.'

고민하는 그때 메시지가 들어왔다. 서브 퀘스트였다.

지피지기면 백전백승
아카테스 시 방위청을 자세히 살펴봅시다. 방위청 주요 건물을 3분의 1 이상 확인하면 남은 부분은 보너스!
보상: 아카테스 방위청 상세 지도

이미 느끼고는 있었지만 역시 신입이 지금의 내 상태를 살펴보고 있는 게 틀림없었다. 상세 지도라니, 고맙군. 그런데 신입치고는 센스가 좋은 거 같기도 하고.

지도를 받기 위해 움직이기 시작했다. 슬슬 천장의 남자가 죽었지 싶었지만 급습해 바로 살해한 것이 아니라서인지 살인 페널티창은 뜨지 않았다.

잔뜩 취한 민디바는 쉽게 깨어나지 않겠지만 그래도 일출 전에 돌아가는 편이 안전할 터였다. 다른 통행인이 나타나길 기다리는 시간이 아까워 감시가 있는 문에 그냥 카드키를 가져다 대었다.

"…뭐지?"

자동으로 열리는 문에 A급 가드가 고개를 갸웃 기울였다. 다행히 마나홀이 있는 중앙 건물이 아니고서는 카드키에 식별 표시까지는 들어가 있지 않다고 했다. 그러니 투명 시체가 돌아다닌 게 아닌 그냥 기계 오류로 처리되겠지.

감시가 까다로운 중앙을 피해 열심히 돌아다니자 얼마 지나지 않아 퀘스트 완료 표시가 떴다.

[아카테스 방위청 상세 지도]

보상은 종이로 된 지도가 아니라 사각형 큐브였다. 큐브를 사용하자 각 건물 명칭 목록이 떴다. 그중 중앙 건물을 선택하자 입체적인 화면이 나타났다. 각 구역을 상세히 확대하는 건 물론이요, 최단 거리와 검문 표시, 교대 시간 등까지 알아볼 수 있었다.

되게 좋네. 털라는 건가.

'…신입 취향이 원래 이랬나.'

어째 열심히 털어먹고 다 터뜨리세요! 하며 밀어주는 느낌이었다. 비교적 얌전했던 거 같았는데. 도움이 되니 아무래도 좋긴 하다만.

일출까지 시간은 꽤 남았다. 해가 뜰 때가 다가오자 방위청 분위기도 점차 느슨해지는 것이 느껴졌다. 미리 준비해 놓은 마스크를 끼고 가짜 신분증을 꺼내 들었다. 저만치서 걸어오는 A급에게로 바싹 접근해 그의 눈앞에 가짜 신분증을 들이밀었다.

"알파 담당인 누라운입니다."

"아… 예."

A급이 눈을 깜박이며 신분증을 들여다보다가 고개를 들었다. 나와 눈이 마주쳤지만 별다른 의문은 표하지 않았다. 스탯 A에 특수 스킬도 없는지 신분증을 완전히 믿어 버린 듯했다.

"혹시 저희 소속 모아스 씨와 하지분 씨가 어디쯤 있는지 알 수 있을까요? 통신기를 놓고 와서요."

"네, 알아봐 드리겠습니다."

A급이 어디론가 연락을 취했다. 우리 동네라면 C급에게 이렇게나 공손한 A급 보기 힘들 텐데, 여기는 등급보다는 직급이 우선이었다. 알파 담당이면 전투계 A급보다 더 높은 위치였다.

"모아스 님은 마나 흡수실에, 하지분 님은 제2식당으로 가셨다고 합니다."

제2식당이라. 먹고 죽은 귀신이 때깔도 좋다더라. 정보일 뿐인데도 귀신이 될 수 있을진 모르겠지만.

감사를 표하곤 코너를 돌아서자마자 다시 은신 스킬을 사용했다. 식당에 들어서자 마침 식사를 마치고 나오는 사람이 보였다. 얼굴은 모르지만 머리 위로 C급 하지분이라는 이름이 동동 떠 있었다. 편하긴 편하단 말이야.

두 번째 역시 처리하기 쉬웠다. D급 때와 마찬가지로 거미 몬스터의 거미줄 아이템을 포인트 상점에서 구매, 몬스터에게 당한 것처럼 처리해 천장 구석에 붙여 놓았다.

'이걸로 두 명.'

남은 건 셋이다. 하나 남은 C급은 살려 둘 필요가 있었다. 그래야만 S급들을 쉽게 밖으로 끌어낼 수 있을 테니까.

목표는 모두 제거했지만 이걸로 끝냈다가는 의심을 받을 확률이 높았다. 정확히 알파 담당, 그것도 각인과 연결된 사람들만 죽었으니까.

알파와 관련 있는 사람 위주로 몇 명을 더, 역시나 같은 방식으로 처리했다.

숙소로 돌아오자 민디바는 여전히 곯아떨어져 있었다. 누군가 들어온 흔적도 없고.

"민디바 씨, 침대로 가서 주무시죠."

상냥하게 그를 부축해 침대에 대충 던져 놓았다. 잠은 오지 않았기에 소파에 앉아 TV를 틀었다. 비스듬히 누워 반쯤 눈을 감고 조는 듯 TV를 보기를 서너 시간쯤 뒤. 민디바의 통신기가 울리고 얼마 지나지 않아 누군가 문을 두드리며 벨을 눌렀다.

"잠시만요."

하품을 길게 하며 문을 열었다.

"무슨 일이신데요?"

"민디바 님께선—"

"아직 주무시고 계세요. 어제 좀 과음하셨거든요."

방위청 직원의 표정에 안도감이 살짝 서렸다. 시체가 발견된 모양이로구만.

"그게… 음."

"급한 일인 것 같은데 들어오세요."

방위청 직원이 아직 잠들어 있는 민디바를 흔들어 깨웠다. 민디바가 멍한 얼굴로 주위를 두리번거렸다.

"어… 무슨……."

"어제 너무 취하셨던 거 같은데, 저랑 같이 술 마신 거 기억나세요?"

"아, 예. 그랬던 거 같긴 한데. 제가 좀 과했던 모양입니다."

"반병 넘게 비우셨죠."

"이런, 죄송합니다."

비싼 와인을 거의 다 마셨다는 것에 민디바가 사과했다. 내가 괜찮다고 말하자 직원이 끼어들었다.

"어젯밤 방위청에, 음……."

"말해. 괜찮아."

와인 효과가 좋구만. 직원이 조금 망설이다가 입을 열었다.

"거미형 몬스터가 침입해 왔습니다."

"뭐?"

나도 덩달아 놀라고 겁먹은 표정을 지었다. 세상에 그런 일이.

"심지어 알파를 주로 맡았던 사람들 위주로 공격당했습니다. 아무래도 SS급 각성자의 낌새를 느끼고 냄새가 묻어는 있지만 약한 상대를 집중적으로 사냥한 모양입니다. 머리 좋은 놈들은 전투 팀의 약한 가드부터 공격하니까요. 알파의 팀으로 여긴 거겠지요."

"그런……. 몬스터는 잡았나?"

"아직입니다. 이미 해가 떴으니 타 버렸을 수도 있고요."

"방위청에 침입할 정도라면 최소 A급은 될 텐데 타 버렸을 리가!"

직원이 한동안 절대 혼자 다니지 말라는 지시가 내려왔다면서, A급 이상 가드들이 방위청을 철저히 수색 중이라고 말했다. S급 가드들도 모두 동원되었으니 해가 지기 전까지는 찾아낼 수 있을 거라는 말에 민디바가 길게 한숨을 내쉬었다.

"좋지 못한 모습을 보여 드리게 되었군요. 죄송합니다."

"아닙니다. 요즘 같은 세상에서 이런 사고야 언제든지 발생할 수 있지요. 대처가 빨라서 오히려 좋네요."

민디바가 경호를 붙여 주겠다고 해서 정중히 거절했다. 그 거미가 접니다.

"아, 그리고 솔렘니스의 시그마 님께서 오늘 오후에 도착할 예정이라고 연락이 왔습니다."

…뭐? 너무 빠르잖아. 속으로 덜컥한 나와 달리 민디바가 반색했다.

"마침 잘되었군. 소속 상급 가드들도 동행할 테니 방위청 안전에 문제없겠어."

나는 문제가 많다. 오늘까지는 괜찮을 거라고 생각했는데, 계획이 틀어졌다.

'일단 시그마를 만나서 설득해야 하나.'

젠장, 두 번 다시는 마주치지 않았으면 했는데. 내가 아이템 들고 튄 거 눈치챘겠지. 폭탄 터트린 것도 나라는 거 짐작하고 있을까. …솔직히 내가 시그마였으면 마주치자마자 멱살부터 잡고 보겠다.

그래도 성현제 짝퉁답게 제 흥미만 잘 끌면 관대해지는 듯하니까.

"그럼 전 숙소에서 얌전히 머물러 있겠습니다. 방에서 나가지만 않으면 괜찮지 않을까요."

"네. 튼튼하게 만들어진 데다가 문이나 벽을 강제로 부수려 들면 바로 비상벨이 울리고 가드들이 달려올 테니 걱정하실 거 없습니다. 편히 쉬시고 필요한 건 전화의 0번 버튼을 눌러 주문하십시오."

민디바가 실례하겠다며 직원과 함께 나가고 곧이어 나타난 다른 방위청 직원과 A급 가드가 나를 새로운 방으로 안내해 주었다. 방위청 직원에게 시그마가 정확히 언제쯤 도착 예정인지, 어디로 오는지 물어보았다.

"수송헬기로 출발했다고 합니다. 자정 전에 이륙했다고 하니 거리상 별일 없다면… 오후 서너 시쯤 방위청 옥상 헬기장에 도착하겠지요. 몬스터가 덤벼든다 해도 시그마 님께서 계시니 별문제 없을 겁니다."

보통은 소음이 크고 은신 적용이 힘든 헬기는 위험해서 쓰지 못한다며 직원이 웃으며 말했다. 이 동네도 헬기가 있구나. 직선으로 곧장 날아서, 비포장도로의 차보다 배 이상 빠른 속력을 낼 테니 하루도 채 안 걸린다는 건가.

직원과 가드가 나가고 혼자 방에 남았다. 원래라면 밖으로 나가 S급 가드들을 꼬여 낼 준비를 할 생각이었지만, 지금은 시그마가 우선이다. 그놈이 방해한다면 죽도 밥도 안 되니.

'…제발 나한테 더 관심을 가져야 할 텐데.'

그놈이 동생에게 관심을 보였다간 더럽게 귀찮아지겠지만, 갑자기 폭주한 SS급 알파가 흥미롭지 않을 리가 없다. 알파를 진정시키는 스킬을 가진 가드에 대해서도 보고가 들어갔을까. 이 사실도 이용하고, 그리고 또.

이것저것 가진 것들을 정리해 보는 사이 시간은 빠르게 흘러갔다. 점심을 먹고 낮잠을 자겠다고 알려 둔 뒤 은신 스킬을 쓴 채 옥상으로 올라갔다.

얼마쯤 지났을까. 저 멀리서 육중한 군용 수송헬기의 모습이 나타났다.

타다다다다—

요란한 소리가 울렸다. 총 세 대의 헬기가 차례로 옥상의 헬기장 위로 내려앉았다. 밀어닥치는 바람에 머리카락은 물론이고 스카프도 거칠게 펄럭였다.

아카테스 방위청 사람들이 멈춰 선 헬기 쪽으로 다가갔다. A~S급 가드들도 있었지만 그들은 호위 병력으로 보였다. 고위 관료로 보이는 사람들은 역시나 C급 이하가 대부분이었다.

'상급 각성자의 능력이 뒤떨어질 리는 없고, B급 이상 각성자는 애초에 고위직 진출을 못하게 정해 놓기라도 한 걸까.'

스탯 S급쯤 되는 사람이 정치적 영향력까지 갖추게 되면 감당하기 힘들긴 할 것이다. 그래도 역시 불공평하다. 타고난 게 상급 각성자인 걸 어떡하라고. 차별할 거면 각성을 시키지를 말든가, 그 힘은 이용해 먹으면서.

'…우리 동네도 각성자 차별 문제가 없지는 않았지만.'

특히 수능이나 공시 관련해서 스탯 D급 이상 각성자는 체력부터가 다르니 동일한 조건으로 시험을 치르는 게 불합리하다며 말이 많았었지. 후에 미성년자 각성이 금지된 것에는 윤리적인 문제도 있었지만 수능 문제도 컸다. 내일 세상이 멸망하더라도 수험생은 수험생.

헬기 문이 열리고 S급 가드가 먼저 내려섰다. 이어 망할 놈이 나타났다. 아카테스 방위청 사람이 무어라 말을 거는 것도 무시하고, 금안이 나를 똑

바로 바라봐 왔다. 마치 내가 여기 있을 줄 내리기 전부터 알았다는 듯 헤매지도 않고 곧장 시선이 다가온다.

일단은 웃어 주었다. 시그마 놈도 눈매를 휘었다. 그리고.

쾅!

"시, 시그마 님?"

"갑자기 이게 무슨!"

놀란 소리가 여기저기서 튀어나왔다. 나는 찍소리도 못한 채 바닥에 주저앉은 채였다.

'…저 망할 새끼가.'

내 머리 1미터쯤 위로 사슬이 들이박혀 있었다. 벽에 크게 금이 가고 부스러기들이 투둑툭 어깨와 머리 위로 떨어진다. 놈과 눈이 마주치고 미소 짓기가 무섭게 금빛 사슬이 날아든 것이었다. 정확히 내 목을 노리고서.

'F급이었으면 목숨 하나 날아갔다.'

내가 아슬아슬하게 피할 수 있을 수준으로 공격한 거긴 하겠지만, 그게 더 열 받았다. 사람 놀리냐.

쿠득, 소리와 함께 사슬이 벽에서 뽑히며 차르르 주인을 향해 돌아갔다. 덕분에 파편이 또다시 우르르 쏟아졌다. 아프잖아, 젠장맞을 새끼야.

"벌레가 있어서."

"…예?"

시그마의 말에 주위 사람들이 어이없어하는 표정을 지었다가 재빨리 고쳤다.

"야외니까, 예. 있을 수도 있지요. 실내에는 방역을 잘하고 있습니다."

아카테스 사람이 애써 태연하게 말했다. 몸에 묻은 돌가루를 털어 내며 자리에서 일어났다. 놈을 노려보자 소리 없이 웃어 온다. 어휴, 저 성질머리 더러운 개새끼.

'저 좀 봅시다.'

입 모양으로 말했다. SS급 눈썰미니 대충 알아보겠지. …알아보려나? 일단 통번역 자동으로 다 되고는 있는데 한국어를 쓰진 않을 거 아니냐.

"알파를 먼저 확인해 보시겠습니까?"

"아니, 밤새워 이동하느라 피곤하군."

그럼 숙소로 안내해 드리겠다면서 아카테스 사람들이 앞장섰다. 실내로 내려가는 그들의 뒤를 조용히 뒤따랐다.

귀빈인 만큼 안내된 숙소는 최상층에 따로 마련된 독채였다. 시그마는 혼자 쉬겠다며 사람들을 모두 물렸다. 내 말을 알아들은 모양이었다. 그가 숙소로 들어가고 주위에 아무도 없을 때까지 기다렸다가 작게 노크를 했다. 이내 문이 자동으로 열렸다.

안으로 들어서자 가장 먼저 눈에 들어온 것은 유리로 된 한쪽 벽면이었다. 도심의 풍경이 그대로 훤히 내려다보였다. 밤에 불 켜면 몬스터 눈길 끄는 등대처럼 되어 버릴 거 같은데, 빛이 새어 나가지 않도록 특수 처리해 놓았으려나.

'어차피 야경도 못 볼 거고.'

쓸데없는 사치다. 그럴 돈으로 알파 대우나 잘해 줘라. 갑자기 또 열받네.

"안녕하세요, 시그마 씨… 헉!"

너른 거실의 소파에 앉아 있는 것을 보고 입에서 욕이 튀어나올 뻔했다. 뭐야 저거, 나잖아. 미친. 저게 왜 아직 멀쩡하게 남아 있냐.

솔렘니스 방위청에 두고 간 도플갱어 인형이 소파에 얌전히 앉혀 있었다. 눈을 감고 있어 마치 졸고 있는 것처럼 보인다. 모습이야 나와 완전히 똑같고… 그땐 별생각 없었는데 이렇게 보니 기분 나쁘다.

"…유지 기간 1일이라고 했는데."

"마나를 보충해 주니 유지 기간이 늘어나더군."

시그마가 거실로 나오며 말했다. 그새 옷을 갈아입었는지 가벼운 셔츠와 바지 차림이다. 유지 기간을 늘릴 수 있다고 해도 대체 왜 보존해 둔 거야. 증거물 같은 건가. 하긴 수배 내릴 때 저 인형 있으면 편하긴 하겠다.

"마실 텐가?"

시그마 놈이 와인과 잔을 테이블에 내려놓으며 말했다.

"뭐가 들었는지 알고 받아 마시겠습니까."

"굳이 약을 쓸 필요도 없는 상황이라고 생각하는데."

하긴 이 거리면 절대 못 튀지. 그가 먼저 소파에 앉았다. 내 도플갱어 인형 옆에. 쓸데없이 친해 보이잖아. 기분 더러워. 나도 일단 맞은편 소파에 자리했다.

"이렇게 쉽게 나타날 거라고는 미처 생각 못 했어. 며칠은 뒤져야 하지 싶었는데 놀랍군."

"마음에도 없는 소리 마시죠. 대충 다 전해 들었을 거 아닙니까."

거만해 보이도록 다리를 꼬며 소파 등받이에 기대었다. 두 손도 깍지 껴 무릎 위에 얹었다. 스카프는 풀 걸 그랬나. 좀 안 어울리네.

"피해보상은 충분히 해 드리죠. 가져온 물건들도 순순히 돌려드리겠습니다."

"가치가 상당할 텐데?"

"까짓 SS급 장비 몇 개쯤, 알파에 비하면 굴러다니는 돌멩이에 불과하죠. 아니, 돌멩이는 너무했고 유리구슬 정도로 해 둘까요."

"알파라."

시그마가 입술 끝을 올리며 와인을 잔에 따랐다. SS급이라 S급인 누구씨보다 훨씬 더 안 취할 텐데 분위기 잡기는.

"알파를 진정시킬 수 있는 스킬을 지닌 C급이 나타났다는 보고는 받았지."

"단순히 진정 정도가 아닙니다. 확실하게 손에 넣을 수 있는 스킬이지요. 아카테스 방위청 사람들이 말랑말랑하게 만들어 놓아 준 덕분에 말입니다."

내 표정이 오만하고 자신 있게 보이기를 바랐다. 동생의 지금 상태에 대해서는 생각하지 말자. 유현이가 아니라 이번에 처음 만난 SS급 가드인 알파. 평생 얼굴도 몰랐었고 이름은 아직도 모르는 남이다.

"그러니 부디, 방해하지 마십시오."

통하진 않겠지만 최대한 위협적으로 목소리를 낮추었다.

"알파는 제 겁니다."

"자신만만하군."

"당연한 거 아닙니까. 아카테스 사람들은 제 은신 스킬에 대해서는 모릅니다. SS급 가드인 알파가 아니고서야 저를 찾아낼 수 있는 사람이 없지요. 그러니 협조하는 척 알파를 빼내는 건, 어렵지 않은 일이었습니다. 그쪽이 나타나기 전까지는."

"미안해해야 하는 건가."

"은신 스킬에 대해 아카테스 쪽에 떠들어 댔다면 미안해해 주십쇼."

"입이 무거운 자들뿐이니 안심해도 좋을 거라고 대답해 두지."

그건 정말 다행이다. 도시 간의 통신은 극히 제한되어 있기에 시그마가 장담한다면 내 은신에 대해 알려지지 않았다는 사실은 확실했다. 시간이 지나면 결국 흘러나가긴 하겠지만. 육로로 오가는 사람들이 없는 것도 아니고.

"C급이 SS급을 길들이겠다는 포부는 흥미롭지만 내가 협조해 줘야 할 이유는 없어."

"원하시는 게 뭡니까."

뭐든 말해 보라는 듯 눈을 내리뜨며 그를 바라보았다. 내 앉은키가 좀 더 높아야 거만하게 내려다보는 구도가 될 텐데. 시그마가 와인 잔의 테두리를 가볍게 매만지며 웃음기 띤 입을 열었다.

"SS급을 길들인 C급. 그 정도면 피해보상까지 그럭저럭 되겠군."

"그럭저럭? 도셨나. 댁도 고작 SS급인 주제에."

가만히 앉아 알파와 나를 동시에 잡아 잡수시겠다니. 욕심이 너무 과하시네.

"그 밖에 네가 내게 줄 수 있는 것이 있던가. 이래 봬도 가진 게 꽤 많은 편이라서."

"이것저것 많지만 제가 제안할 것은 정보입니다."

"정보?"

"예. 일단 계약서 하나 쓰시죠."

그러면서 손을 내밀었다. 시그마가 내 손바닥을 쳐다보았다. 뭐 하냐는 듯 내민 손을 흔들어 주었다.

"등급 높은 계약서, 설마 없습니까? 내놓으십쇼. 이왕이면 페널티 센 걸로."

"잘도 뜯어 가는군."

"관심 없으면 관두시든가."

"관두면 그쪽 손해 아닌가."

"남 말 하시네. 제가 여기서 그냥 주저앉아 버리면 더럽게 재미없을 텐데. 우리의 만남이 비록 짧았지만 제가 댁 실망시킨 적 있었습니까? 예? 신용은 충분히 쌓였다고 생각합니다만."

"신용도가 너무 높아서 여기서 바로 목줄을 걸어 버려도 재미있을 듯싶다만."

"…거, 너무 쉽게 맘 주시네. 조금 더 까다로워지시죠."

시그마가 인벤토리에서 계약서를 꺼내었다. SS급짜리였다.

"기본 조건은 댁은 알파가 풀려날 때까지 저를 방해하지 않으며 저는 알파를 차지한 후 중요한 정보를 그쪽에게 넘긴다, 입니다."

"정보의 가치가 흡족하지 않다면?"

"그럼 원하시는 대로 저와 알파, 1+1로 포장해 드리죠. 정말 좋은 조건 아닙니까."

마력이 깃든 계약서로 확실하게 작성하는 만큼 흡족하지 않은 척할 수는 없다. 그리고 내가 전해 줄 수 있는 정보의 중요도야 길게 말할 것도 없었다. 간단히 이곳이 진짜 세계가 아닌 정보만 남은 가짜라는 것만 말해 줘도 충분히 놀라겠지.

…너무 놀라서 공격적으로 나올까 봐 걱정되지만.

계약 조건은 시그마에게 분명 유리하였기에 그는 별말 없이 계약서 작성에 동의했다. 굿도 보고 운 좋으면 떡도 먹고. 거절하는 게 바보다.

그 밖의 자세한 사항도 적어 넣었다. 주로 알파가 확실하게 풀려나기 전까지의 시그마의 움직임에 대해서였다.

"다른 사람이 알파를 건드리게끔 유도해서도 안 됩니다. 알파에게 영향이 갈 만한 행동은 뭐든지 절대로 불가능해요. 아카테스의 요청은 피곤하다는 핑계로 미루십시오."

계약서 상세 내용 작성이 끝나고 사인만 남았다. 시그마가 먼저 서명했다. 뭐야, 그냥 시그마네. 서명을 한다는 행위가 중요했기에 가명도 불가능한 건 아니지만. 나도 그냥 C급이라고 적어 넣었다.

"이름이 뭐지."

계약서의 서명을 들여다본 시그마가 물었다. 자기도 안 밝히면서. 게다가 어차피 나에 대한 정보를 전해 받았으면 이름도 알고 있을 텐데. 내 입으로 직접 밝히라 이건가.

"한유진입니다."

"그렇군, 한유진."

"…지금 보시는 그건 인형이고요."

"알고 있어, C급."

야 이… 지랄 맞은 SS급아. 성격 한번 참으로 곱디곱다. 양측의 서명이 끝나자 계약서가 자동으로 두 장으로 나뉘었다. 편리하네. 계약서 한 장을 챙기고 자리에서 일어났다.

"제 활동의 편의성을 위해 저 좀 여기로 불러 주십시오. 특수 스킬 가진 C급과 상의라도 하고 싶다면서. 마침 인형도 있으니 제가 여기 머무는 척 꾸며 내기 좋겠네요."

"그 밖에는?"

"없습니다."

단호하게 잘라 말했다.

"그냥 구경이나 하다가 떡고물이나 주워 먹으세요, 시그마 씨."

이 동네에도 떡이 있나 몰라.

☆★히든 퀘스트 달성!☆★

은신 스킬을 쓰며 시그마의 숙소를 나서자마자 또 퀘스트 알림이 떴다. 히든 퀘스트 너무 남발하는 거 아니냐. 고맙긴 하지만.

고작 SS급과의 거래 성공!
자신보다 훨씬 높은 등급의 각성자와 대등하게 계약을 성공하였습니다! 축하의 의미에서 당신의 친절한 파트너가 주머니 탈탈 털어서 쏩니다! 포인트 많이 필요하셨죠?
보상: 500,000P

헐, 50만 포인트라니. 포인트가 필요하기는 했다. 비싼 아이템도 하나 사야 했고 유현이 구하려면 만능열쇠도 두세 개는 들지 싶고. 정말 감사합니다. 덕분에 살림이 조금 피겠어요.

내 숙소로 돌아가 잠시 기다리자 방위청 직원이 찾아와 시그마 님께서 찾으신다고 말하였다. 흔쾌히 수락하곤 다시 시그마 놈 숙소의 문만 열었다 닫곤 방위청을 빠져나왔다. 아직 해가 지려면 몇 시간 남은지라 거리는 제법 복작복작했다.

'여기서부터가 문제네.'

유현이를 무사히 구하려면 우선 각인이 연결된 S급 가드 두 명을 처리해야 한다. 방법이 없는 건 아니지만 원하는 장소로 낚으려면 미끼가 필요했다. 이 미끼도 이미 생각은 해 두었다. 어디 있는지 몰라서 문제지.

'시그마 도움을 약간은 받을 걸 그랬나.'

아니, 괜히 엮여서 좋을 거 없다. 받은 것 이상으로 뜯어 가려 할 텐데 적당히 거리를 두는 편이 좋지. 게다가 너무 제멋대로라 도움을 받을 수 있는 식으로 어설프게 계약서 고쳤다간 언제 어떻게 뒤통수 맞을지도 모르고. 계약의 빈틈을 노리지 못하도록 아예 손 떼게, 확실하게 막아 두는 편이 현명하다.

보관소의 스쿠터를 살짝 빼 와 마스크 하고 은신을 풀었다. 일단 빈민가 쪽으로 가 보자 싶어 길을 따라 달리고 있는데.

┌─────────────────────────────┐
│ 아카테스의 이리들 │
└─────────────────────────────┘

퀘스트창이 떴다.

┌─────────────────────────────┐
│ 아카테스 시에는 전투계 가드들에 대한 각종 제약에 불만을 품은 │
│ 무리가 있습니다. 그들을 찾아가 자세한 속사정을 들어 보세요. │
│ 트로포고 중앙 도로 3구역에서 우회전 - 푸베이 시립 백화점에서 │
└─────────────────────────────┘

> 우회전 - 표지판을 확인하며 나비새 공원 동쪽 입구에 도착한 뒤 맞은편 상가 거리 중앙에서 세 번째 식료품점
>
> 보상: 100P

…세상에, 신입아! 감동이다. 어떻게 이렇게 내 마음을 찰떡같이 알아채고 퀘스트를 던져 주는 거냐.

아카테스의 각박한 가드 대우에 불만을 품은 사람이 당연히 없을 리가 없었다. 심지어 이 무리 중에는 무려 S급 가드도 한 명 있었다. 방위청 소속 S급 가드와 가족관계로 현상금이 걸린 수배자였다.

자고로 적의 적은 나의 편.

신입의 길잡이를 따라 길을 달렸다. 얼마 지나지 않아 목적지인 식료품점 앞에 도착했다. 스쿠터를 세워 놓고 가게 안으로 들어갔다. 딸랑, 문에 달린 벨이 울렸다.

"안녕하세요~"

"네, 어서 오세요."

서글서글한 인상의 남자가 나를 반갑게 맞이해 주었다. 마침 다른 손님은 없었다. 상대는 비각성자니 안심하고 마스크를 벗었다. 내 얼굴을 본 남자가 눈을 흠칫 크게 떴다. 곧장 표정을 고치기는 했지만 분명 나를 알아본 게 틀림없었다.

제대로 찾아왔군.

"알아보신 듯하지만, 이번에 아카테스 방위청에 들어가게 된 C급 가드 한유진입니다. 재미있는 제안이 하나 있는데 들어 보시겠습니까?"

"제안이요? 저는 그저 식료품점 주인일 뿐입니다만."

"방위청에서 제시한 조건도, 대접도 영 마음에 들질 않아서요."

카운터에 비스듬히 기대며 방긋 웃어 보였다.

"확 뒤엎어 버리려는데, 혹시 흥미 있으시려나."

"…위험한 말씀을 하시는군요. 방금 하신 말은 반란죄에 해당됩니다."

"저런, 이런 기회 두 번 다시는 없을 텐데."

"그럼 들어나 보지."

눈앞의 남자가 아닌 뒤쪽에서 목소리가 들려왔다. 웃고 있는 얼굴 그대로 몸을 돌렸다. A급, 중년의 사내였다. 출입문의 벨소리는 들리지 않았으니 안쪽에서 나온 사람이다. 덧붙여 현상수배 포스터에서 본 적 있는 얼굴이었다.

현상금 이천만 L.

"제 스탯은 C급이니 부디 살살 다뤄 주세요~"

"손님이 확실하다면 정중하게 대접하겠네."

중년 사내를 따라 안쪽으로 들어갔다. 순조롭게 일이 풀린다면 오늘 밤 안으로 끝난다. 조금만 더 기다리고 있어, 유현아.

인벤토리 봉인팔찌에 이어 몸수색이 이루어졌다. S급 살꾼이 장비는 미리 빼놓았기에 적당한 A급들뿐이었지만 중년 아저씨는 아이템 좋은 거 가지고 있다면서 감탄했다. C급이 쓰기에는 좀 과해 보이긴 했다.

지금부터 보고 듣는 것을 누설하지 않겠다는 계약서도 작성했다. A급이라 내게는 페널티 적용이 되지 않겠지만.

"미리 말해 두지만 여기까지 와서 발 뺄 생각은 하지 말게."

"어차피 발 빼고 자시고 할 것도 없어질 겁니다."

자신만만한 내 말에 그가 어깨를 으쓱했다. 가게 뒷문으로 나가 좁은 골목을 지나 다른 건물로 들어갔다. 다시 한 번 더 같은 방식으로 세 번째 건물에 도착했다. 사방은 물론이고 위쪽까지 지붕처마로 막힌 골목을, 사실상 틈새에 가까운 곳을 굽이굽이 다니다 보니 방향을 짐작키 힘들었다. 설사 여기서 딴맘 먹고 도망친다더라도 골목 틈새만 대충 막아 놓으면 본거지를 다시 찾아오긴 어렵지 싶었다.

"이자는……."

세 번째 건물 뒷문을 지키고 있던 A급이 나를 흘끔거렸다.

"아직은 손님이다."

A급이 순순히 비켜서고 숨겨진 방으로 들어가 지하로 이어지는 계단을 타고 내려갔다. 창문이 없다는 것만 제외하면 평범한 응접실이 나타났다. 잠깐 기다리고 있으라는 말과 함께 아저씨가 자리를 떠나갔다.

지하라니, 정말 레지스탕스 느낌 난다. 문득 원래의 아카테스는 어떻게 되었을까, 하는 생각이 들었다.

'알파가 폭주하는 일도 없었을 거고 나는 아예 존재조차 하지 않았을 테니.'

세계가 멸망할 때까지 지금 이대로였을까. 기분이 조금 이상해졌다. 이미 사라진 남의 동네 일이긴 하지만 우리 세계도, 내가 회귀하면서 꽤 변한 탓일지도.

"소문의 그 C급인가. 반가워요."

문이 열리며 누군가 큰 걸음으로 저벅저벅 들어왔다. 스물 초반으로 보이는 짧은 흰 머리칼을 가진 여자였다. 중년 아저씨 또한 함께였다.

┌─────────────────────┐
│ S급 비테라 │
└─────────────────────┘

"소문의 그 S급이시군요, 반갑습니다."

자리에서 일어나 인사를 건넸다. 그녀가 앉으라고 손짓했다. 내 맞은편에 앉은 비테라가 곧장 물어왔다.

"그래서 용건은?"

"간단합니다. 제가 아카테스 방위청을 파괴하고 알파를 차지하는 것을 도와주십시오."

"뭐……."

비테라는 물론이요, 소파 약간 옆에서 보조하듯 서 있던 아저씨도 말문이 막힌다는 표정을 지었다.

"…간단하지 않은데요? 제정신인가?"

"대체로 멀쩡합니다."

"아니면 한탕 해먹고 튀려는 사기꾼인지도."

"한탕 해먹고 튀려는 건 맞습니다만 사기꾼은 아니에요. 당신들은 아카테스를 차지하고 저는 알파를 차지하고, 그런 거죠. 이미 준비는 끝났으니 살짝 거들어 주기만 하면 됩니다. 아니면 혹시 지금 이대로 유지하기를 바라—"

"그럴 리가 있나."

비테라가 으르렁거리듯 나직하게 말했다.

"그쪽은 외부에서 왔으니 아직 아카테스의 더러운 속까지는 자세히 모르겠죠. 방위청 소속 S급 중에는 내 언니도 있습니다."

"언니분이요?"

그러고 보니 백발 S급을 보긴 봤었다.

"상급 가드들을 방위청에서 마음대로 주무르는 거, 당연히 쉬운 일이 아닙니다. 아카테스에서는 모든 아이들을 필수적으로 시립 교육 시설에 보내야만 하죠. 5살 때부터 교육 시설에 들어가 교육을 받아요. 시설 자체는 훌륭하죠. 특히 신체활동에 대해서는 신경을 많이 쓰고."

"…혹시 그때부터 세뇌 같은 거라도 들어가는 겁니까?"

"시에 대한 애정과 방위청에 대한 믿음 따위는 가르치긴 하지만 통학이니 세뇌 수준은 불가능합니다. 이때까지는 말이에요. 정확히 열 살이 되면 신체능력이 뛰어난 아이들을 위주로 검사에 들어가죠. 마나 홀을 이용한 검사에서 A급 이상 전투계 각성 가능성을 지닌 아이들은 그 순간부터 방위청 소속이 됩니다."

"열 살짜리를요? 미쳤나, 진짜."

무심코 욕이 나왔다. 아니, 열 살이라면 완전 애잖아. 던전 터져 나가고 난리 날 때도 헌터 자격은 만 14세로 제한했었는데. 그것도 제약을 붙인 채였고 나중에는 성인으로 높였다.

진심 어린 내 말에 비테라의 표정이 살짝 풀어졌다.

"드물게 검사에서 탈락한 상급 각성자도 있지만 99퍼센트 방위청이 강제로 데리고 가게 되죠. 각성도 안 한 어린애들을 방위청에 충성하도록 만드는 거야 어렵지 않으니까요. 소문에는 S급 상대론 정신계 스킬도 쓴다고 하더군요. 결국 A~S급 가드들은 대부분 방위청에 충성하고 강력한 전투계 가드들을 거느린 이상 그 아래 가드들은 물론 시민들도 찍소리 못 하고 따르는 수밖에 없게 되었죠."

"…그 상황에서 용케 방위청을 벗어나셨네요."

비테라가 쓰게 웃으며 대답했다.

"언니를 빼앗긴 부모님께서 나까지 신체 성적이 좋은 걸 보고 열 살이 되기 전에 빼돌렸거든요. 아저씨가 많은 도움을 줬죠."

그녀가 옆에 선 남자를 힐끗 쳐다보았다. 그가 미소를 지으며 천만에요, 아가씨 하고 고개를 살짝 숙였다.

중년 남자, 그노시는 원래 방위청 소속 가드였다고 했다. 극초기 각성자로서 변질된 아카테스 방위청의 독재를 보다 못해 십여 년 전 뜻을 같이하는 사람들과 함께 반란을 일으켰으나 실패하고 말았다. 그 뒤로 저항 세력을 만들어 주로 아이들을 빼돌리는 일을 하고 있다고 했다.

"신체 성적이 뛰어난 아이들은 물론 방위청이 데리고 간 아이들 또한 최대한 빼내고 있다네. 부모와 함께 안전가옥으로 피하기도 하지만 여건이 되지 않으면 란체아로 보내지지."

"란체아요?"

"란체아의 람다가 우리를 은밀히 지원해 주고 있어요. 나도 각성과 가드 훈련은 란체아에서 했고. 그 밖의 장비와 부산물 거래도 란체아와 하고 있죠."

하긴 외부의 도움 없이 아카테스에서 가드로서 활동하기는 힘들 터다. 각인과 마나 보충은 어떻게 하나 싶었는데 그노시와 함께 방위청을 탈출한 사람들 중에 각인 시술자가 있었다. 그리고 마나 보충은.

"마나 홀 근처까지 땅굴을 몇 개 파 놓았죠. 다행히 고등급 땅파기 스킬을 가진 가드가 있거든요."

고생들 하네. 마나 포션을 만들어 거래할 수 있다면 편할 텐데. 일 시작하기 전에 몇 개 선물할까 싶었지만 내 포인트도 아쉬운 판이었다. 난 각인도 없으니 마나 포션을 넉넉히 챙겨 둬야만 했다.

근데 이 동네 사람들도 우리 동네 마나 포션 쓸 수 있나. 마나야 같을 테니 되겠지.

"그래서 어떻게 방위청을 뒤엎고 알파를 차지하겠다는 겁니까? 정말 궁금하네."

비테라가 내 쪽으로 상체를 살짝 숙이며 호기심 가득한 눈빛을 했다.

"심지어 지금 시그마도 와 있잖아. 알파야 무력화된 상태지만 시그마는 쌩쌩할 텐데요."

"그건 걱정 마십시오."

시그마와의 계약서를 꺼내어 보여 주었다. 알파가 풀려나기 전까진 직간접적으로 조금도 간섭하지 않겠다는 내용에 두 사람이 다시 한번 놀란 눈을 했다. 나에 대한 신뢰도 또한 상승한 표정이다.

계약서를 다시 인벤토리에 집어넣으며 다리를 꼬았다. 참, 스카프. 또 깜박했네.

"저만 따라오시면 확실하게 엎어 드리죠. 우선 방위청 소속 S급 가드들 중에 말입니다, 이리코와 쿠빌스를 아십니까?"

"나랑 사이 나쁜 1, 2위네요, 걔들."

"그럼 낚기 좋겠네요?"

비테라가 씨익 웃었다.

"당연하죠."

 듣던 중 반가운 소리다. 나도 마주 웃으며 자세한 계획에 대해 설명하기 시작했다.

"어째 영 분위기가 어수선해."

 아카테스 방위청 직원이 감시카메라 화면을 들여다보며 중얼거렸다. 화면에는 다양한 방향의 마나 홀과 마나 흡수진 위의 알파가 비치고 있었다. 근처의 다른 직원 또한 고개를 끄덕였다.

"방위청 내에 몬스터가 침입해 오다니, 이게 얼마 만인지. 알파가 갑자기 폭주하질 않나, 연속으로 사고가 많아."

"이러다 SS급 몬스터까지 나타나는 게 아닐지 모르겠어. 시그마 님이 계시니 그나마 다행이지만."

 오늘은 조용히 지나가려나, 하는 그때 비상 신호가 깜박였다. 급히 받아 든 전화 너머로 다급한 목소리가 들려왔다.

[비테라입니다!]

"뭐?"

[S급 가드 이리코와 쿠빌스에게 시비를 걸어왔습니다. 장소까지 지정하며 자신 있으면 나오라는 전언입니다만.]

"그럼 당연히 보내야지! 상부에서는?"

[자신 있게 나오는 것으로 보아 함정일 가능성이 높다는 판단입니다만 그래도 두 가드를 보내자는 의견이 강합니다. 다만 알파 각인이 걱정된다고 하여 알파 담당 측에 확인 바란다 하였습니다.]

"…하필 각인 연결된 두 명이긴 하군. 하지만 한 명이 남아 있으니 괜찮을 거야. 시그마 님도 계시니 만약 알파가 풀려난다 해도 제압 가능할 거고."

시그마가 없었다면 좀 더 망설였겠지만, 최상의 컨디션을 지닌 SS급 가드가, 그것도 알파보다 훨씬 경험 많은 각성자가 버티고 있으니 길게 고민할 이유가 없었다.

명령이 떨어지고 이내 두 S급 가드가 방위청을 출발했다. 요란한 소리와 함께 바이크 두 대가 텅 빈 밤거리를 질주한다. 이어 그 뒤로 조용히, 또 다른 S급 가드가 몸을 숨기며 따라붙었다. 만에 하나 진짜 비테라가 약속 장소에 나와 있다면 확실하게 처리하기 위함이었다.

"설마 진짜 있을까? 아무리 간이 부었다고 해도 S급 가드를 둘이나 불러내다니."

- 키이익!

대답 대신 날개 없는 곤충형 몬스터가 도로를 가로막았다. 바이크의 세 배쯤 되는 덩치가 앞을 가렸지만 쿠빌스는 속도를 줄이지 않고 그대로 내달리며 5미터짜리 가느다란 철편을 꺼내어 회초리처럼 가볍게 휘둘렀다.

퍽, 소리와 함께 몬스터가 폭탄이라도 맞은 양 터져 나갔다. 바이크가 잔해를 짓밟으며 막힘없이 달려 나갔다.

"멀리서 확인은 했다던데. 그 새끼 맞다더라."

"이 기회에 뿌리 뽑아 버려야지! 벌레 놈들이 불만 있으면 타 도시로 가든가 굳이 우리 시에 눌러앉아 지랄이야!"

그들 앞으로 거멓게 타들어 간 땅이 나타났다. 비테라가 그들을 불러낸 장소는 다름 아닌 알파가 폭주했던 상업지역 근처였다. 휑한 폐허 너머 그나마 불길의 영향을 덜 받은, 그러나 반파된 건물 사이로 걸터앉아 있는 사람이 보였다. 달빛에 하얀 머리카락이 반짝이는 듯했다.

끼이익, 두 가드가 바이크를 세우고 내려섰다. 비테라는 아직 움직이지 않았다. 거리를 천천히 좁혀 가던 두 가드가 동시에 고개를 갸웃했다. 뭔가 이상하다. 저기 앉아 있는 인간형 물체가 진짜가 아니라는, 수상함을 느낀 바로 그때였다.

"어?"

"이게 뭐야?"

공간이 비틀리는 듯한 감각 직후.

— 쿠오오오!

무시무시한 위압감과 함께 몬스터의 괴성이 밀려들었다.

포인트 상점에서 아이템을 샀다. 무려 53만 포인트짜리였다. 도플갱어 인형에 열쇠도 사야 했고. 포인트 팍팍 줄어드는구나.

[사냥개 두 마리, 출발했습니다.]

목표인 두 S급 가드가 방위청을 나섰다는 소식이 인이어를 통해 들려왔다. 잘 낚여 줬구나. 그럼 열렬히 환영해 줘야지.

내 앞에는 비테라의 도플갱어 인형이 앉아 있었다. 멀리서 감시하고 있을 방위청 직원을 위해 드문드문 최대한 자연스럽게 자세를 바꾸며 움직여 주었다. 상대가 S급이 아닌 이상은 가까이 와야만 가짜라는 걸 눈치챌 수 있겠지만.

끼이익- 얼마쯤 지났을까, 멀리서 바이크가 바닥을 긁는 소리가 들려왔다. 인이어에서도 거의 동시에 사냥개들 도착했다고 속삭여 왔다. 미소를 머금으며 원반을 꺼내 들었다.

예상대로 원반의 두 번째 설치 장소는 아카테스 시에 있었다.

'잘 부탁드립니다.'

이번에도 최소 두 마리, 부탁해요. 만약에 몬스터가 시원찮으면 아이템도 동원해야겠지만 그럼 남은 포인트를 여기서 다 써 버려야 하니 제발 SS급 두 마리 이상 나와라.

기도하며 원반의 버튼을 눌렀다. 공기가, 공간이 흔들렸다. 그리고.

- 쿠오오오!
- 캬아아우!

한 마리, 두 마리.

- 크르르르.

그리고 세 마리! 네, 감사합니다! S급 공포 저항으로도 몸이 떨려오는 걸 보니 SS급 셋, 트리플 럭키! 경악으로 물드는 두 S급 가드의 얼굴을 감상하며 B급짜리 폭탄 다섯 개를 아낌없이 뿌렸다. 동시에 준비한 아이템을 사용했다.

┌─────────────────────────────┐
│ 다리 없는 말의 뜀박질 - S급
│ 소리 없이 빠르게, 일정 거리를 순식간에 이동시켜 준다. 이동 경로
└─────────────────────────────┘

> 에 장애물이 있을 경우 사용 불가.
> 1회용 3Km(최대 3회 나누어 사용 가능)

 그야말로 눈 깜짝할 사이에 주위의 풍경이 변했다. 그리고 나서야 폭탄 터지는 소리가 멀리서 펑펑 들려왔다. 폭발에 자극받은 몬스터들이 사납게 울부짖는다. 땅의 흔들림이 여기까지 느껴졌다.
 건물 옥상에 선 채 망원경을 들어 잠시 상황을 살폈다. 거대한 몬스터들 사이로 공격을 피하기에 급급한 S급 가드들의 모습이 보였다.
 '얼마 못 버티겠군.'
 몰래 따라왔는지 S급 가드가 하나 더 합류했지만 역부족이다. 곧 SS급 두 명이 뒤처리 잘해 줄 테니 걱정 말고 편히들 가십쇼. 어차피 진짜는 아니긴 하지만.
 옥상을 달리며 한 번 더 순간이동을 했다. 이젠 몬스터들의 소리가 완전히 들리지 않았다. 잠든 도시 속에서 사방이 고요하다. 인이어와 연결된 무전기 버튼을 눌러 채널을 바꿨다.
 "사냥개 세 마리, 걸렸습니다. 개집 상황은요?"

 [지금, 그, SS급 몬스터가… 아니, 어떻게…….]

 "진정하시고요."

 [난리 났습니다! 방위청 S급 가드가 모두 출동할 예정입니다. 시그마에게 협조 요청을 하였으나 거절당한 듯합니다. 그래도 솔렘니스 가드들이 있으니 S급 가드를 전부 동원해 람다가 도착할 때까지 시간 끌기라도 할 거라고! C급, 한유진 씨에게 알파를 다루게 해 보자는 말도 나오고 있습니다만, 그런데 정말 어떻게 한 겁니까?]

"사랑과 우정과 희망으로요."

[…예?]

"그냥 개소립니다."

순간이동 3Km를 모두 썼지만 아직 방위청까지의 거리는 제법 남아 있었다. 건물 지붕을 가로질렀다. 경사가 져 있었지만 살쾡이 신발 덕에 평지처럼 가볍게 달릴 수 있었다.

타악, 지붕을 박차고 반대편 건물 벽을 향해 뛰었다. 가파른 90도 벽. 그곳 또한 안정적으로 내려서 벽을 타고 올랐다. 그때 메시지창이 나타났다. 히든 퀘스트를 달성했다면서.

> ★사랑과 우정과 희망으로 S급 다수 퇴치 성공!^▽^☆
> S급 가드를 무려 세 명이나 낚아 차도살인지계에 무사히 성공하였습니다! 당신을 기특하게 여기는 파트너가 축하의 선물을 보냅니다!
> 보상: 830P, 수제 핫핑크 털목도리, 메드상 21주년 기념 샴페인, 광범위 떡밥(SS)

…야 이, 너, 진짜! 어째 좀 수상쩍다 싶긴 했었지만, 설마 설마 싶었지만. 아무리 그래도 시스템인데 불가능할 거라고, 그럴 리가 없다고 생각했었는데.

아예 대놓고 광고를 해라!

"성현제!"

이 인간 대체 어디에 어떻게 처박혀서 뭘 하고 있는 거야!

뜀박질은 멈추지 않은 채 퀘스트창을 노려보았다. 다른 건 그렇다 쳐도 830포인트가 뭐냐.

"이봐요, 파트너 씨. 포인트가 너무 짠데? 생일 연도는 왜 빼먹었습니까. 8자리로 줘야지!"

그럼 근 이천만 포인트다. 지갑 탈탈 털었다더니 포인트가 없나. 그보다 시스템과 연결된 것도 그렇지만 어떻게 아이템이며 포인트를 주고 있는 거야?

'포인트야 몬스터 잡으면 벌 수 있고 아이템도 포인트 상점이 있긴 하지만.'

와인이며 샴페인, 통행증 따위는 포인트 상점에 없는 것들이었다. 설마 메드상 시에서 직접 쇼핑이라도 했나. 아무튼 신기한 인간이라니까. 일단 SS급짜리 떡밥부터 보상 수령해 보았다.

광범위 떡밥 - SS급
사방 200Km 이내의 SS급 이하 몬스터들 모조리 끌어들일 수 있는 떡밥 세트. 10개 10가지 향.
일회용

작은 상자 뚜껑에 터뜨려 주세요! 라고 적혀 있었다. 안에는 동글 말랑한 구슬이 10개 들어 있다. 사방 200Km면 면적으론 대체 얼마냐. 서울에서 부산까지가 400Km쯤 된다던데 거의 우리나라 정도 아냐? 장난 아니네. 도시 밖의 몬스터까지 끌어들일 수 있겠는데. 터뜨리면 난리 나겠다. 지금 사용할 필요는 없지만 잘 챙겨 넣었다.

샴페인은 유현이 구한 다음에 받고, 털목도리… 진짜 뭐야. 그래도 일단은 받기로 하고 보상 수령하는 순간.

"억, 무슨 목도리가!"

너무 길잖아! 눈앞을 가리는 핑크빛 물결에 하마터면 발이 미끄러져 떨어질 뻔했다. 살쾡이 신발 스킬 아니었으면 추락했어, 이 양반아!

"이게 대체 몇 미터야?"

내 키의 두 배는 가볍게 넘어서겠다. 목도리를 보자 더더욱 이거 준 놈이 성현제구나 싶어졌다. 그 인간이 전에 짜고 있던 털목도리와 무늬가 완전히 같다.

…쓸데없이 잘 만들어서 더 짜증 나네. 거기에 돈 팍팍 들어간 몬스터 부산물이 재료라 감촉 좋고 고급스러워 보였다. 핫핑크지만.

두 팔에 가득 차다 못해 흘러넘치는 목도리를 일단 인벤토리에 쑤셔 박았다.

"알아봤으니까 이젠 이런 쓸데없는 거 보내지 마세요!"

허공을 향해 버럭 소리치다가, 갑자기 뒷목이 섬뜩해졌다.

잠깐만, 그럼 설마 그동안 성현제가 날 계속 지켜보고 있었다는 건가. …뒷목 정도가 아니라 전신에 소름이 좌악 돋았다. 나 뭐 이상한 소리 안 했나? 입 밖으로는 별말 안 내뱉었던 거 같은데. 대체 언제부터 보고 있었던 거냐. 성현제인 줄 알고 시그마한테 갔다가 걷어차였던 거나 목줄… 악, 미친! 트, 특별히 이상한 짓까진, 안 한 거 같은데…….

"…우리 한동안 얼굴 보지 맙시다."

보지 마! 화면 꺼! 볼 거면 포인트라도 충분히 줘라! …설마 50만 포인트 그거 시청료 같은 거였냐. 수치심이 밀려들었다가 쓸려나가자 이제는 현실적인 걱정이 들었다.

'…내 상태창도 봐 버린 거면 어쩌지.'

여기 처음 떨어졌을 때 상태창을 확인했었다. 바뀌어 버린 떡잎 외에는 상세설명창까진 열어 보지 않았지만 스킬명과 칭호명은 모두 볼 수 있었을 것이다. 아니, 진짜 시스템에 들어가 있는 거라면 내가 열어 보지 않아도 다 확인 가능했을지도.

다른 건 그렇다 쳐도 키워드는 망할, 약점으로 잡힐 수도 있는데. 그렇게 치사하게 굴 인간은 아니긴 하지만……. 만약 봤다면 성현제에게는 영

영 키워드 적용이 불가능해지는 건가. 어차피 포기 상태긴 했어도 살짝 아쉬웠다.

'앞으론 조심해야겠다.'

근데 진짜 어디서 어쩌고 있는 거냐. 궁금하네.

지붕과 지붕을 넘어 달리길 얼마 지나지 않아, 밤의 도시에서 유일하게 불을 밝히고 있는 건물이 눈에 들어왔다. 평소라면 몬스터가 꼬이지 않도록 빛이 새어 나가지 못하게 막아 뒀겠지만 지금은 비상사태라서인지 여기저기서 불빛이 움직이고 있었다.

방위청 바로 근처 건물 벽에 붙어 다시 무전기 채널을 조절했다.

"코앞입니다. 상황 보고하세요."

[5분 전 S급, A급에 B급까지 가드들 다수 방위청을 출발했습니다. SS급 몬스터들을 상대하던 S급 가드들은 소식이 끊긴 것으로 보아 사망 추측 중입니다. 보조 스킬과 아이템을 모두 동원해 최대한 피해 없이 시간을 끌 작정입니다.]

함정에 빠진 S급들은 무방비한 상태에서 공격을 당했으니 버텨 낼 수 없었을 것이다. 같은 S급을 상대할 줄 알고 보조해 줄 가드도 하나 없이 와 버렸으니. 하지만 제대로 체계를 갖춘다면 시간 끌기 정도는 가능할 터였다. 우리 동네에서도 A급 팀 경력자 위주로 구성 잘하면 S급 하위 던전 공략도 충분히 해내니까.

"아카테스 방위청 소속 S급 가드가 총 9명이라고 했었죠."

[네. 한 명은 부상에서 회복하지 못했고 세 명은 사망 예상이니 남은 건 다섯 명입니다. 다섯 명 모두 출동할 줄 알았는데 결국 한 명은 남기로 하였습니다.]

"우리 쪽에도 S급 가드가 한 명 있으니 괜찮겠죠. 미리 말한 대로 신호 받으면 바로 돌입하세요."

통신을 끄고 다시 방위청을 바라보았다. 아카테스 방위청은 중앙의 건물을 중심으로 네 개의 건물이 둘러싸는 형태였다. 당연히 중앙이 마나 홀이 있는 곳이었다.

네 건물들 주위에 자잘한 건물이 있고 서로 연결하는 통로가 층층이 붙어 있어 곧장 중앙으로 들어가기는 힘든 구조였다. 나처럼 등급 높은 은신 스킬을 가지지 않고서야 뚫고 들어가려면 시간이 걸릴 수밖에 없었다. S급은 한 명만 남았다지만 A급 이하는 아직 제법 있을 테고.

마나 포션으로 마나를 보충한 뒤 방위청으로 들어섰다. 지도 덕에 건물 내부는 이미 훤히 꿰고 있었기에 가볍게 중앙 건물에 도착했다. 텅 빈 로비에 선 채 인벤토리에서 원격 스위치를 꺼내 들자.

┌─────────────────────────────────┐
│ ♪불꽃놀이는 역시 밤에 해야지♬ │
└─────────────────────────────────┘

기다렸다는 듯이 새로운 퀘스트가 떴다. 하여간 제일 신나셨어.

┌─────────────────────────────────┐
│ 아카테스 방위청 건물을 두 개 이상 무너뜨려 봅시다! 연속으로 터지면 두 배의 즐거움이! 폭발에 휩싸이지 않도록 조심하세요~♡ │
│ 보상: 10,000P, 이쪽입니다(SS) │
└─────────────────────────────────┘

보상 포인트가 늘어났다. 그새 지갑 좀 채워 넣은 건가. 이쪽입니다는 또 뭐야. 하트… 음……. 아무튼 SS급이 달린 걸 보니 기분이 살짝 좋아졌다. 그래, 구경 좀 할 수도 있지. 내 스킬창만 뒤적이지 말아 주십시오.

'신호 갑니다.'

스위치를 누르며 귀를 막았다. 그와 거의 동시에.

콰콰콰광! 콰앙!

어마어마한 폭음이 중앙 건물 양쪽으로부터 터져 나왔다. 건물 하나당 용의 숨결 폭탄 하나씩. 내 주먹보다 작은 크기의 폭탄 하나가 어마어마한 위력을 자랑하며 폭발한 것이다.

위이이잉— 위이이이잉—

비상사태를 알리는 경고음이 요란하게 퍼져 나갔다. 하지만 그보다도 건물 무너지는 소리가 더 컸다. 태풍 한가운데 선 것처럼 우르릉 콰르릉, 천둥과 같은 소리가 연신 울려 퍼졌다.

"대체 무슨 일이야!"

"폭탄이야! 폭탄 테러!"

다른 건물에도 폭탄이 설치되어 있을지도 모른다. 그런 불안감에 사람들이 우르르 건물 밖으로 나갔다. 무너지는 양옆의 건물이 아닌 다른 쪽으로 대피행렬이 이어졌다. 그러는 사이에도 콰르르릉, 묵직한 파편들이 쏟아져 내리는 굉음이 들려왔다. 바닥은 물론 중앙 건물 자체도 지진이라도 난 듯 흔들린다.

등골이 살짝 오싹해졌다. 가슴도 조금 두근거렸다.

서서히 굉음도 진동도 가라앉을 때쯤, 은신 스킬을 풀었다. 약간 지직거리는 무전기에다 대고 물었다.

"들어왔습니까."

"아주 잘 들어왔죠."

대답은 로비 입구에서 들려왔다. 비테라와 그노시, 그 외의 A~B급 가드들이었다. 비테라가 환한 얼굴로 내 앞으로 다가왔다.

"우선 감탄을 표하죠. 정말 대단하네요."

"감사합니다만 아직 끝나지 않았으니 얼른 움직이죠. 따라오세요."

소식을 듣고 S급 가드들이 하나라도 돌아오면 귀찮아진다. SS급 몬스터들을 상대하는 와중에 몸 빼기 쉽지 않겠지만, 혹 모르니까.

지도를 보고 외워 둔 경로를 따라 재빨리 걸음을 옮겨 갔다.

"누구—!"

퍼억, 우리를 보고 놀란 표정을 짓던 B급 가드가 순식간에 배를 맞고 기절했다. 다른 방위청 직원들 또한 마찬가지였다. 마주치는 족족 침입자가 있음을 알릴 시간도 없이 의식을 잃었다.

폭탄 테러라는 말에 빠져나간 사람들이 많았지만 아직 남은 자들도 꽤 있는 모양이었다. 마나 홀이 있는 지하층은 피난 가지 않는 쪽이 더 안전하기도 할 거고. 마나 홀의 힘을 빌어 튼튼하게 만들어졌다는 곳이니.

"엘리베이터가 커서 다행이네요."

일행들, 스무 명 남짓이 넉넉하게 한 번에 탈 수 있었다. 미리 사 둔 만능열쇠로 잠금을 풀고 가장 아래층 버튼을 눌렀다. 비테라가 이쪽으로 마나 홀에 가는 건 처음이네, 하고 웃으며 말했다.

"바닥을 특수처리 해 놓아서 땅굴로 파고 들어가긴 힘들더라고요."

"마나 홀 근처 벽은 SS급이라 해도 부수기 힘들다고 들었습니다. 지도에 따르면 수뇌부는 마나 홀 쪽에서 올라갈 수 있는 위층에 있는 모양이던데요."

"S급 가드도 아마 마나 홀을 지키고 있을 겁니다."

"그럼 중간에서 갈라지도록 하죠."

엘리베이터가 멈추었다. 총을 꺼내 들었다. 문이 열리자마자 지키고 서 있는 A급 가드를 향해 발포했다. 마탄보다도 빠르게 비테라가 다른 쪽 A급 가드를 처리했다. 이어 그녀의 발차기가 닫힌 문을 와장창 깨뜨려 부쉈다.

"이 정도는 열쇠 쓸 필요도 없죠."

아끼게 해 주면 나야 좋지.

복도를 달렸다. 한 발짝 한 발짝마다 가슴이 두근거렸다. 이제 얼마 남지 않았다. 방해물도 거의 다 제거했다. 곧 동생을, 내 손으로, 내 힘으로 구할 수 있다.

그 사실이 기뻤다.

유현이가 붙잡혀 있다는 상황 자체는 치가 떨렸지만, 동생에 대한 취급은 언제 떠올려도 속에서 불이 올라왔지만. 그럼에도 지금만큼은 심장이 뛰었다. 뜨거운 충족감이 전신으로 퍼져 나갔다.

"멈춰— 컥!"

콰앙, 닫힌 문짝이 우그러지며 뒤로 날아간다. 갈림길이 나타나도 망설임 없이 방향을 잡았다. 지도를 수차례 들여다보며 몇 번이나 그려 본 길이다. 눈을 감으면 복사한 듯 똑같이 떠올릴 수 있을 정도였다.

"이쪽입니다."

지시를 내리며 코너를 돌았다. 얼마 못 가 다시 갈림길이 나오고 잠시 멈추어 섰다.

"비테라 씨."

"여기서 갈라져야겠네요."

비테라가 서늘한 눈으로 마나 홀이 있는 방향을 바라보았다. 납작하고 긴 검을 꽉 틀어쥔다.

"유일하게 남은 S급 가드가 마나 홀 쪽에 있는 것은 확실합니다. 여기서도 느껴지거든요, 우리 언니가."

방위청에 남은 가드가 그녀의 언니였구나. 괜찮겠냐고 묻지는 않았다. 비테라는 오히려 전의를 불태우며 미소 짓고 있었다.

내 쪽에는 그노시를 비롯한 세 명의 A급 가드가 붙었다. 수는 적었지만 비테라를 제외하고는 제일 능력 뛰어난 전투계들이었다. 어차피 우리 쪽에는 보조는 딱히 필요 없었다.

"여기 2회 남은 열쇠입니다. 마나 홀 근처 문은 부수기 힘들 테니까요."

"감사합니다."

비테라 일행이 먼저 자리를 떠나고 우리도 다른 쪽 방향으로 이동했다.

앞을 막는 사람은 몇 없었다. 이제는 비테라 대신 그노시가 앞으로 나서며 A급 가드의 목을 부러뜨렸다. 오랜 경력을 지닌 베테랑답게 효율적인 움직임으로 상대를 재빠르게 제압한다.

그런 그를 조금쯤 차가운 눈으로 바라보았다. 서로 협력기로 하였으나.

'알파를 내게 순순히 넘겨줄 리는 없겠지.'

반란에 성공해 방위청을 무너뜨린다 하더라도 그 후의 일 또한 생각해야 했다. 아카테스 시 유일의 SS급 가드를 외지인에게 넘겨준다는 건 당연히 안 될 일이다. 도시 자체를 아예 포기할 것이 아니라면 알파를 놓칠 순 없다.

'내가 알파와 함께 아카테스에 머물러 주길 바란다고 좋게 말할 가능성도 있긴 하다만.'

독재에 시달려 온 자들이다. 그들이 단 한 명에서, 그것도 외부에서 온 사람이 알파를 다루는 꼴을 두고 보려 할까. 아마도 나를 인질로 붙잡으려 들 가능성이 높았다. 마침 C급이니 제압하기도 쉽다.

열쇠로 알파의 구속구까지 풀고 나면 곧장 덮쳐들 것이다. 어쩌면 그 전에 먼저 잡으려 들 수도 있고. 나를 잡아 알파가 공격하지 못하게 막은 뒤 최소한 계약서라도 작성하게끔 만들겠지.

'A급 이하 계약서라면 그냥 순순히 작성해 주고.'

아니면 유현이에게 형 목숨 다섯 개니까 걱정 말고 공격하라고 하면 그만이다. …괜찮다 해도 동생은 망설이지 않을까 싶지만. 최후의 방법으로는 폭탄 하나 더 남았으니 터뜨리면 되고. 물론 유현이와 따로 떨어진 뒤에 말이다.

"여기입니다."

유현이가 갇혀 있는 마나 흡수실. 다시 그 앞에 섰다. 새로 산 열쇠로 문을 열었다. 안으로 들어서자마자 곧장 익숙한 이름이 눈에 들어왔다.

[C급 모아스]

마지막 남은 각인 연결자. 망설임 없이 바로 총을 쏘았다. 퍽, 소리와 함께 뭐라 말할 틈도 없이 C급의 머리가 날아갔다.

"마나 흡수진 끌 수 있는 사람 앞으로 나와. 죽기 싫으면."

B급짜리가 어쩔 줄 몰라 하다가 앞으로 나섰다. 다른 두 명은 혹 모르니 기절만 시켜 두었다. 방위청 소속 B급을 끌고 안쪽 방으로 들어갔다. 파르스름히 빛나고 있는 흡수진과 그 가운데에 잠들어 있는 동생의 모습이 보였다.

심장이 아프면서도 동시에 가슴이 벅차올랐다.

마나 흡수진이 작동을 멈춤과 동시에 유현이에게로 달려갔다. 애 묶인 거라도 풀어 주고 나 잡아라. 잠시만 기다려 줘.

"금방 풀어 줄게."

이제 괜찮아. 망할 새끼들이 그새 팔을 또 묶어 놓았다. 링거 바늘부터 뽑아 버린 뒤 얼른 열쇠로 팔과 다리의 구속구를 풀었다. 철컥철컥 자동으로 풀려 나가는 게 속이 다 시원했다. 눈가리개와 입을 막은 재갈 또한 풀었다.

"…형."

목이 메마른 탓인지 바로 앞에 있는 나조차 듣기 힘들 정도로 가느다랗게, 유현이가 나를 불렀다. 아직 몸을 제대로 가누지 못하면서도 내 팔을 붙잡아 왔다. 올려다봐 오는 얼굴에 미소가 맺혔다.

"기다리고 있었어."

"…응, 그래. 착하네."

착하기도 하지, 내 동생. 유현이를 회복시키기 위해 마나 포션을 꺼내 들려는 그때. 눈앞에 갑작스러운 메시지창이 떴다.

[ㅇㅠㅈㅣㄴㅇㅏ]

흐트러진 문자들. 그리고 거의 동시에.

탕!

총성이 울렸다. 등이 불에 덴 듯 뜨거워졌다. 유현이의 두 눈이 동그랗게 커졌다. 상황을 이해할 수 없어 혼란스러운 와중에, 다정한 목소리가 들려왔다.

"이제 넌 자유야, 알파."

그노시가 말했다. 알파에게. 이젠 다 괜찮을 것이라고. 뒤통수를 세게 얻어맞은 듯했다. 그랬다.

나는 '알파'에 대해 생각하지 않았다.

단순히 유현이가 들어간 몸. 그 이상도 이하도 아니라고 여겼다. 동생을 너무도 우선시해 버려 알파와 그의 주위 관계에 대해서는 염두에 두질 못했다.

그노시에게, 비테라에게 한 번이라도 알파에 대해 물어봤더라면. 그들이 알파에게 애정을 가지고 있고 구할 생각이 있었던 것이었다면 나도 바꿔 말했을 텐데. 알파의 취급이 불합리하며 그에게 동정심을 느껴 구해 주고 싶다는 식으로. 이제는 늦어 버렸지만.

"ㄱ……."

괜찮다고, 말을 해 줘야 하는데. 목소리 대신 핏물이 입 밖으로 흘러내렸다.

"혀, 형……!"

굳어 있던 유현이가 힘겹게 상체를 일으키며 나를 끌어안으려 애썼다. 포션이 꺼내졌지만 소용없을 터였다.

정말로 괜찮은데. 그냥 조금만 더 기다리면.

동생에게 아무 말도 해 주지 못한 채 의식이 끊겼다.

4장 한유현의 세계

4장
한유현의 세계

 유독 이르게 핀 매화였다. 2월 초인데도 가지 끝에 흰 꽃이 맺혔다. 요 며칠 잠깐 따스해져서일까, 볕이 환히 내리쬐는 곳이라서일까. 언제 차디찬 눈발에 시달리게 될지도 모르건만 길게 뻗은 가지 끝에 제법 여러 송이가 활짝 피었다.
 한유현은 걸음을 멈추고 매화꽃을 바라보았다. 꽃에 관심이 있는 것은 아니었다. 다만 형의 생일이 바로 어제였다. 유치원생인 한유현은 종이로 꽃을 접고 카드를 썼다. 형은 생일 축하해, 라고 말해 주는 동생을 꼭 안아 주었다.
 케이크는 있었다. 형제의 부모는 케이크와 함께 친구들과 맛있는 걸 사 먹으라며 만 원짜리 한 장을 주었고, 그것으로 의무를 다했다는 듯 안방으로 들어가 영화를 보았다. 한유진은 받은 돈을 잘 보관해 두었다.
 그 만 원은 한유현의 생일을 위해 쓰일 것이었다. 매년 그랬듯이.
 케이크와 선물 그리고 꽃. 한유현은 망설임 없이 화단을 넘어섰다. 꽃이 핀 가지는 어린아이의 손은 닿지 않는 높이에 있었다. 한유현은 나무를 올라 한 손으로 가지를 붙잡았다. 유치원생의 손아귀 힘으로는 버거운 굵기의 가지가 뚜둑, 손쉽게 꺾였다. 이어 가볍게 나무 아래로 뛰어내렸다.

굵은 가지는 버리고 꽃이 달린 가는 가지 하나만 꺾어 손에 쥐었다. 그러는 사이 누군가가 다가와 버럭 소리쳤다.

"화단에 들어가면 안 돼! 가지가 부러져 있었다 해도 꽃을 꺾어 가면 안 되지!"

한유현은 자신을 야단치는 노인을 돌아보았다. 겁을 먹기는커녕 서늘하게 가라앉은 눈동자에 노인이 순간 뒷걸음질 쳤다. 겉모습만큼은 누구나 다 혹할 만큼 귀엽고 잘생긴 어린애다. 그럼에도 차갑게 바라봐 오는 시선만으로도 노인은 본능적인 두려움을 느꼈다.

조그만 어린애일 뿐인데. 노인은 겁먹은 스스로를 부정하듯 더욱 크게 소리쳤다.

"어, 어느 집 애냐! 부모는 뭐 하고 이런!"

한유현은 말없이 돌아섰다. 자신을 무서워하며 소리만 빽빽 지르는 것에게 관심을 둘 필요가 없었다. 한유현은 맞이해 주는 사람 없는 집으로 돌아갔고, 학교를 마치고 온 형에게 꽃가지를 주었다. 한유진은 활짝 웃어 주었지만 동시에 걱정도 했다.

"나뭇가지를 함부로 꺾으면 안 돼, 유현아."

한유진은 동생에게 화단에 들어가서 꽃이나 나무를 꺾으면 안 되는 이유와 나무에 올라가면 위험하다는 이야기를 최대한 자세히, 열심히 설명해 주었다. 한유현은 고개를 끄덕였다. 이유는 그다지 납득되지 않았고 자신에게 위험한 일도 아니었지만 그래도 받아들였다.

그리고 며칠 뒤에 다시 그 노인과 마주쳤다. 굳어 버린 노인을 향해 한유현이 꾸벅 머리를 숙였다.

"죄송합니다."

"…어, 어. 그래."

자신에게 사과하는 아이의 모습에 노인이 떨떠름해하면서도 웃음 지었다. 한유현은 집으로 돌아가 한유진에게 그 사실을 말했고 칭찬을 받았다.

'한유현'은 그렇게 만들어졌다.

본래 그는 어느 것과도 어울리지 않게 태어났다. 드물게 태어나는 특이점 중에서도 홀로 서는 성질이었다. 감히 범접할 수 없이, 주위의 모든 것을 태워 버리는 불길. 어디에도 얽매이지 않고 그 누구에게도 신경 쓰지 않으며 극도로 자유롭게 타오르는 것이 그의 본성이었다.

하지만 한유현은 달랐다. 달라져야만 했다.

그의 형은 그를 사랑했다. 어린애다운 순수함으로 아무런 이유 없이 동생이 예뻐 어쩔 줄을 몰라 했다. 한유현이 처음부터 그 사랑에 반응한 것은 아니었다. 거부할 필요가 없었기에 받기는 하였지만 그뿐이었다.

돌아오는 것 하나 없었지만 한유진은 포기하지 않았다. 아기니까. 이상하게 여기지도 않고 동생을 꺼림칙해하는 부모님을 도리어 의아해하며 한유현의 손을 붙잡고 어르며 안았다. 한유현이 제 불길보다 한참 작고 약하지만 포기할 수 없는 온기를 결국은 깨달아 버릴 때까지.

"유현아, 형이 동화책 읽어 줄까?"

한유현이 조금씩 반응을 보여 올수록 한유진은 동생에게 더욱 애착을 느꼈다. 동생에 이어 자신마저 멀리하려 드는 부모를 눈치챘기 때문인지도 몰랐다. 한유진은 부모 대신 동생을 선택하였고, 한유현은 형 외의 존재들을 무시했다. 그 무시하는 상대에는 본래의 한유현, 그 자신 또한 포함되어 있었다.

"어른들에겐 인사 잘해야 해. 아니야, 존댓말 써야지."

"선생님 말씀 잘 듣고 친구들과 싸우지 말고."

"싫어도, 유현아. 조금만 참자. 하기 싫어도 꼭 해야 하는 일이 세상에는 많아."

어른을 대접해야 하는 이유를 몰랐다. 마음만 먹으면 얼마든지 겁먹게 만들 수 있는 상대들이었지만 한유현은 형의 말을 따랐다. 유치원 선생도, 초등학교 선생도 거슬리고 귀찮기만 했다. 하지만 한유현은 참았다. 친구라고 할 만한 것들은 없었지만 어쩔 수 없이 어울려야 할 때는 눌러 견뎠다.

그렇게 하나하나, 한유진의 애정 아래에 한유현이 만들어져 갔다. 하지만 반발이 아주 없지는 않았다.

"내가 엄마, 아빠를 죽이면 형은 어떻게 할 거야?"

거슬리는데. 만약에 자신이 참지 않으면 한유진은 어떻게 나올까. 소름 끼치도록 담담한 동생의 물음에 한유진이 울상을 지었다. 어린 동생을 품에 끌어안았다.

"…미안해, 유현아."

사과를 하고 엄마, 아빠가 많이 바빠서 그런 거라고 어떻게든 설득했다. 사람을 해치면 안 되고, 감옥에 가면 유현이가 힘들 거라고, 그리고 형이 아주 많이 슬플 거라고 차근차근 말해 주었다.

한유현이 이따금 날을 드러낼 때도 한유진은 변함없이 동생을 사랑했다. 어느 순간부터 한유현은 그 애정을 벗어날 생각을 하지 않게 되었다. 공기 호흡을 하는 짐승이 물속으로 빠져 들어가는 것처럼, 자신의 본성과는 완전히 다른 세상에 발을 들였다.

한유진을 근원으로 두는 새로운 세계.

그 세계에 머물기 위해 한유현은 많은 것을 참고 견뎌 내야만 했다. 배우고 깨닫고 익숙해지면서 한유현의 세계는 조금씩 넓어져 갔다. 한유진이 가르쳐 준 것을 바탕으로 스스로 움직이기 시작했다.

하나하나 알려 주지 않아도 한유진이 좋아할 만한 행동을 하고, 한유진이 걱정할 만한 행동을 하지 않으며 자신의 세계를 지킬 수 있는 미래를 위해 노력했다.

참고 누르는 것이 이제는 일상이 되었을 즈음 던전이 생겨났다.

"요즘 이상한 소문이 있더라. 괴물 같은 게 나타났대. 환경 오염 탓이라는 말도 있고. 학교 마치면 바로 집으로 돌아와, 유현아."

F급 중에서도 최하급 던전의 극소수만이 드물게 나타나, 아직 대부분의 사람이 이변을 눈치채지 못했을 때부터, 한유현은 변해 가는 공기를 느꼈다. 외부의 자극 없이도 자신이 지닌 힘을 끌어낼 수 있다는 것을 알아챘다.

마음만 먹으면 언제든지 조그만 둥지를 불태우고 어디로든지 날아갈 수 있었다. 그 무엇에도 얽매이지 않고 홀로 자유롭게.

하지만 한유현은 자신의 본성으로 돌아갈 수 있는 마지막 기회를 참아 냈다.

몬스터의 공격을 받고서 결국 각성했을 때 한유현의 주위를 휘감은 불꽃은 억눌리고 억눌린 검은빛이었다. 그리고 한유현은 또다시 참아야 했다.

"형과 내 세상은 달라졌어."

한유현은 한유진을 떠나갔다. 그리 오래 멀어져 있을 거라는 생각은 하지 않았다. 길어야 삼사 년, 그 정도쯤은 참을 수 있었다. 한유현은 한국의 다섯 번째 S급 각성자가 되었다.

한유진과 멀어졌다고 해도 한유현의 세계가 변하는 일은 없었다. 오히려 더욱 굳건해져 갔다. 그가 헌터로서 자리 잡고 길드를 세우며 세력을 만들려 하는 그 모든 일의 시초에 한유진이 있었다. 그뿐만이 아니었다.

"와, 나 밥 먹기 전에 착실하게 손 씻고 오는 남고딩 처음 봐. 우리 한유현 씨 가정 교육 진짜 잘 받았나 보다. 하긴, 처음 마주쳤을 때도 말만큼은 존대해 줬었지. 완전 도련님이네, 도련님. 수저는 안 놓아 주냐.”

헌터협회에서 마련한 S급 각성자들의 첫 모임을 가졌을 때였다. 문현아의 웃음기 섞인 말에 석시명과의 식사 자리에서 물은 따른 적 있었던 한유현이 미간을 살짝 좁혔다. 한유현의 행동에는 여전히 한유진이 깃들어 있었다.

석시명의 지도 아래 S급 헌터이자 길드장으로서 어울리지 않는 부분은 일부 고치기는 하였지만, 여전히 그에게는 한유진이 키워 낸 부분이 가장 컸다. 문현아는 그것을 꽤 재미있게 여겼다.

“앞으로 잘 부탁해, 도련님.”

식사보다는 식당을 파괴하는 쪽의 비중이 더 높았던 모임의 끝에 문현아가 가볍게 손을 내밀었다. 타인과 닿는 것은 기분 나쁘다. 하지만 한유현은 참고서 손을 맞잡았다. 이후로도 지금과 비슷한 일은 계속 있을 터였다.

그 후로도 한유현은 계속 인내했다. 길드를 키우기 위해서는 어쩔 수 없이 여러 사람과 엮여야만 했다. 그나마 석시명 이후로 여러 사람이 늘어나면서 한유현의 일은 줄어들었지만 타인을 신경 쓰고 법을 지키고 스스로를 자제시켜야 하는 일은 여전했다.

“왜 그렇게 참고 있는지 모르겠군.”

그것을 눈치챈 성현제가 지나가듯 물어 온 적이 있었다. 그 이유를 궁금해하는 성현제에게 한유현은 아무런 대답을 해 주지 않았다.

그리고 다시 계속해서.

일이 어긋나고, 돌이킬 수 없게 되고, 억눌러지고 억눌러진 검은 불꽃이 기어이 독기마저 품게 될 때까지.

원래의 미래라면 그렇게 참고 또 참아야 했을 터였는데.

“내 동생, 한유현. 사랑한다.”

한유진으로부터 그 말을 듣는 순간 한유현은 참지 않았다. 아니, 못했다는 쪽이 맞을 터였다.

예상보다 조금 이르게 형을 데려오고 보호하려고 하는 동안 많은 일이 벌어졌다. 그사이에도 여전히, 습관처럼 한유현은 스스로를 억눌렀다. 형의 주위로 거슬리는 것들이 하나둘 늘어났지만 참았다.

화염뿔사자 또한 마찬가지였다.

자신의 기승수이고 도움이 될 거라는 사실은 알고 있었지만 한유진 곁에 달라붙어 있는 모습이 보기 싫었다. S급 몬스터인 주제에 성체가 되고 나서도 어린 새끼처럼 형의 품에 안겨 애정을 갈구하는 꼴이 마음에 들지 않았다.

그 행동이 이해가 갔기에 더욱 그러했다. 사랑받으니까 좋겠지. 형을 좋아하게 되는 거야 당연한 결과겠지. 쓸모도 없는 유체화 스킬까지 익혀 커다란 몸뚱이를 억지로 작게 만드는 그 행동까지.

모두 한유현을 닮아 있었다.

그 사실을 깨닫는 순간 기분이 이상해졌다. 형에게 저러는 건 나뿐이었는데. 형의 일부나마 빼앗기는 것 같다는 위기감과 희미한 동질감이 동시에 들었다.

어쩌지. 그냥 없애 버릴까. 하지만 형이 저렇게 아끼는데.

- 크르릉!

포효와 함께 화염뿔사자의 전신이 불길로 뒤덮였다. 한유현은 날름거리는 불꽃을 아랑곳하지 않은 채 손을 뻗어 두꺼운 목덜미를 움켜쥐었다. 해칠 생각은 없었다. 단순한 서열 정리였다. 주인의 증표가 있다 하더라도 명령보다는 제 안위가 우선시되기에 한 번쯤은 확실하게 눌러 두고자 함이었다.

스킬도 거의 쓰지 않고 무기도 꺼내지 않았다. 한유현 자신도 부상을 입을 각오를 한 채 단순히 힘으로만 내리눌렀다.

쿠웅! 거대한 덩치의 몬스터가 땅바닥에 처박혔다. 한유현은 그대로 화염뿔사자를 내리눌렀다. 사나운 으르렁거림과 함께 앞발이 날아들었다. 칼날과 같은 발톱을 맨손으로 받아 내면 무사하긴 힘들 것이다.

하지만 한유현은 장비도 스킬도 없이 팔을 들어 막았다. 퍼억, 서로가 부딪치는 소리와 함께 한유현의 몸이 아주 조금 흔들렸다. 그뿐이었다.

"……?"

피스는 발톱을 드러내지 않았다. 두 눈을 잔뜩 일그러뜨리고 이를 드러낸 채 성질을 내고 있으면서도 발톱은 감추었다. 한유현의 몸에 큰 부상을 입힐 수 있는 짓은 하지 않았다.

"…너."

주인의 안위를 걱정해서는 아니다. 한유현은 곧장 깨달았다. 피스는 한유진을 걱정하고 있었다. 한유현이 자신이 사랑하는 사람에게 있어 얼마나 중요한 존재인지 알고 있기에, 스스로를 억눌러 참았다.

한유현은 손을 놓고 물러났다. 피스가 전신을 크게 털며 자리에서 일어났다. 둘의 눈이 마주쳤다.

"…나도 너 못 죽여."

- 크흥.

"그렇게까지 형을 사랑하는 거냐. 하지만 형에게는 내가 우선이다."

피스가 긴 꼬리를 탁 쳤다. 그러곤 몸을 작게 줄이며 눈을 가늘게 떴다. 마치 인간의 것처럼 뚜렷한 그 표정이 아니까 닥치라고 말하는 듯해, 한유현은 무심코 웃어 버렸다. 알고 있다니까, 뭐.

"확실히, 너는 나와 같구나."

피스의 세계 또한 한유진으로 이루어져 있었다. 한유현의 세계와 같았다.

한유현의 세계에 처음으로 또 다른 존재가 나타났다. 화염뿔사자 한 마리가 내내 혼자였던 그의 옆에 자리 잡았다.

그것만으로도 놀라운 일이었다. 더는 비슷한 일이 있을 거라곤 생각지 못했다. 그러나 한유현의 생각과 달리 또다시 많은 일이 벌어지고.

어느 날 밤, 박예림이 한유현을 불러냈다. 그러곤 대뜸 손을 내밀었다.

"…뭐지."

"앞으로 잘 부탁한다는 뜻. 일단은 같이 살고 있잖아."

그러니 악수나 한번 하자며 내민 손을 흔들었다. 한유현이 여전히 무슨 헛짓거리냐는 표정이나 짓고 있자 그녀가 어깨를 으쓱했다.

"나는 너 믿어."

박예림이 말했다.

"짜증 나고 재수 없긴 한데, 한유현이 아저씨를 목숨 바쳐 지킬 만큼 사랑하고 있다는 건 틀림없으니까. 그렇게까지나 아저씨를 좋아하는 부분만큼은 말이야, 괜찮은 녀석이라고 생각해."

정반대되는 속성에 본능적인 거리낌도 있었다. 하지만 박예림은 한유현을 인정하고 받아들였다. 어쨌든 나쁜 놈은 아니었고 같은 사람을 소중히 여기고도 있었다.

한유현은 자신을 올려다보는 박예림을 마주 바라보다가 손을 내밀었다. 그 역시 박예림은 인정하고 있었다. 그러니 이 정도는 참을 수 있다고 생각하며 악수를 했다.

'…어?'

그런데, 나쁘지 않았다. 한유현의 입매가 희미하게 굳었다. 손이 맞닿고 붙잡아졌는데도 참을 필요가 없었다. 한유진에게 닿을 때처럼 기분 좋은 것까지는 아니었지만 싫지는 않았다. 참지 않아도 되었다.

타인을 상대로는 처음으로.

"뭐야, 손 안 놔? 왜 그렇게 빤히 쳐다봐?"

"…이상해서."

한유현의 말에 박예림이 손을 거칠게 빼내며 인상을 썼다.

"야! 너도 멀쩡하게 생긴 건 아니거든? 잘 지내 보자니까 시비를 걸고 지랄이네."

"형이 박예림 네가 나한테 잘생긴 오—"

"으아악! 악! 악! 아저씨이이! 덤벼라, 한유현! 그딴 기억 깨끗이 지워질 때까지 두들겨 패 줄 테니까!"

내 인생 최대의 실수를 없애야만 한다며 박예림이 펄펄 날뛰었다. 날아드는 얼음칼날을 가볍게 녹이고 증발시키며 한유현이 미소 지었다. 나쁘지 않았다, 정말로.

한유현의 세계에 한 명의 사람이 더 발을 들였다. 피스처럼 완전히 똑같은 정도는 아니었지만 비슷했다. 한유진을 최우선으로 두는 세계의 동포. 한유진에게 있어 한유현이 차지하는 자리를 인정해 주는 아군.

한유진을 독차지하고 싶은 마음은 여전했다. 하지만 최소한, 피스와 박예림을 상대로 인내할 필요는 없었다. 한유현은 마음껏 둘을 밀어냈고, 둘 또한 마음껏 반격하며 한유진의 무릎 위와 옆자리를 차지하려 들었다.

"나도 아저씨와 둘이서만 외식했다!"

그래서 박예림에게 일을 만들어 주고 한 번 더 형과 외식했다.

— 끼앙!

"피스야?"

"형은 삐약이 살펴보고 있어. 피스는 내가 가서 데려올게."

옥상정원에서 일부러 발을 더럽힌 피스에게 불을 붙여 깨끗이 만들어 주기도 했다.

"아저씨 수영복, 잊지 마라!"

한유진을 챙겨 줄 기회를 넘겨주는 건 감사히 받았다. 물론 보답 따윈 할 생각 전혀 없었다.

내내 혼자뿐이던 세계에 새로운 이들이 들어온 것만으로도 한유현은 안도감을 느꼈다. 혼자 자신의 세계를 짊어지지 않아도 되었다. 피스도, 박예림도 결코 약하지 않았다. 한유진을 지켜 낼 능력을 갖추고 있었다. 또한 자신처럼, 모든 것을 다 바쳐 세계를 지켜 낼 것이었다.

한유현은 자연히 더욱 편하게 형에게 달라붙고 어리광을 부렸다. 한유진에게 있어서 자신이 누구와도 비교할 수 없는 최우선이라는 사실을 더더욱 만끽하며 자랑하듯 과시해 보이기도 했다.

솔직하게 즐거웠다. 그 모든 것이.

"혹시 신체가 변화한다면 다시 오십시오."

유명우가 줄자를 거두며 말했다. 한유현의 키와 어깨, 팔 등의 길이는 물론이요, 손은 아예 본을 떴다. 몸에 착용하는 장비와 달리 무기는 사용자의 체격에 맞게 변하는 경우가 드물었다. 일부러 그렇게 만드는 것이야 가능했지만 내구도나 기타 이유로 변하지 않는 쪽이 더 나았다.

그러니 이왕이면 사용자의 몸에 맞추어 만드는 것이 가장 좋았다.

한유현은 조금 의아하게 유명우를 바라보았다. 솔직히 그와 사이가 좋다고는 생각지 않았다.

"형이 부탁한 무기만 만들면 되는 거 아니었습니까?"

유명우가 무슨 헛소리를 하느냐는 듯 한유현을 마주 쳐다보았다.

"한유현 씨에게 문제가 생긴다면 유진이도 다칩니다."

당연하다는 듯이 하는 말에 한유현은 기분이 썩 나쁘지 않다고 생각했다. 그리고 얼마 후, 유명우는 피해 무효화 구슬을 한유현에게 건네었다. 빌려주는 것이지 싶었는데 돌려받지 않았다.

그가 자신에게 별다른 호감이 없다는 건 알고 있었다. 모두 한유진을 위해서였다. 한유현은 그것이 더 마음에 들었다.

아직 자신의 세계에 받아들일 정도까지는 아니었지만, 유명우도 괜찮았다.

카각, 날 선 손톱이 벽을 긁었다. 한유현은 노아의 팔목을 흘려 내어 자신의 어깨 대신 벽을 할퀴게 만들고는 주먹 쥐지 않은 손등으로 노아의 옆구리를 강하게 쳤다. 상대를 봐주는 공격이었으나 노아의 몸은 손쉽게 밀려났다.

"부분 수화는 가격 바로 직전에 하십시오."

거의 흐트러지지 않은 자세를 바로 하며 한유현이 말했다.

"상대에게는 손의 크기와 공격 지점이 갑자기 변하게 되는 것이기에 방어하기 까다로워집니다."

"네, 하지만 수화 속도가-"

"연습하세요."

좋은 스킬 내버려 두고 게으름 피우지 말라는 차가운 시선에 노아가 얼른 고개를 끄덕였다.

"전룡화 상태에서도 마찬가지입니다. 몸의 크기를 빠르게 바꿀 수 있다는 점은 전투에서 유리하게 사용할 수 있습니다. 수화와 인간화를 오가는 것도 마찬가지고요. 리에트 헌터는 능숙하게 사용하는 듯하더군요."

"네, 누님께서는… 빠르시니까요."

리에트와의 결투 이후에 많이 나아졌다곤 하나 아직 종종 자신감 없는 태도를 보이는 노아를 한유현이 못마땅하게 바라보았다. 노아는 그의 기준에 들기에는 아직 여러모로 부족했다. 이따금 자신에게 무의식적인 날을 세우는 것도 거슬렸다.

"그럼 다시 한번 가죠."

하지만 노아도 그리 나쁘진 않았다. 어쨌든 조금씩은 발전하고 있었고.

'형에게 자잘하게 도움도 되니까.'

한유진에게 더욱 도움이 되고 싶다면서 대련을 피하기는커녕 먼저 시간 되시냐고 물어도 왔다. 이대로라면 꽤 괜찮았다.

자신의 세계에 들어온 이들. 아직 들어서진 않았어도 한 발쯤 걸친, 나쁘진 않은 이들. 그 속에서 한유현은 일본 여행을 즐겼다. 박예림은 걱정할 것도 없었고 예상 그대로였다. 형과 함께 온 휴가나 다름없었고 그것을 만끽하며 검은 소의 숲 던전에 들어섰다.

그리고 예상치 못한 상황 속에서, 더없이 무력하게 붙잡힌 채로.

"기다리고 있어."

그 말을 듣는 순간 한유현은 겁에 질렸다. 형이 자신을 구하러 다시 올 것이란 사실이 무서웠다. 어떻게든 방법을 생각해 내야 한다고 초조해지는 그때, 약 기운으로 어지러운 머릿속에 떠오른 것은 다름 아닌 피스와 박예림이었다.

그 둘이 있다. 분명 한유진을 혼자 움직이게 두지 않을 이들이다.

한유현은 발버둥 치려던 것을 멈추었다. 불안에 떠는 것까지는 어쩔 수 없지만 마음속 깊이 안도감 또한 자리 잡고 있었다.

피스도, 박예림도 형을 안전하게 보호할 수 있는 능력을 가지고 있다.

거기에 노아도 있었다. 그 셋이라면 한유진을 도와서 한유현을 구하기 충분하고도 남았다. 도움을 받았다간 박예림이 분명 한참을 뻐겨 대겠지만 그것마저 기다려졌다.

'…천천히 와, 형.'

다른 사람들과 함께. 한유진의 곁에 피스와 박예림이 있다면 얼마든지 안심하고 기다릴 수 있었다. 심지어 한유진의 리드하에 박예림과 노아가 얼마나 강해지는지를 직접 봐 왔다. 피스를 키워 낸 것도, 박예림을 성장시킨 것도, 노아가 제 누나를 벗어난 것도. 모두 한유진의 손아래에서였다.

그러니 괜찮았다. 괜찮을 것이라고 믿었다.

그리고 드디어.

"금방 풀어 줄게."

형이 돌아왔다. 한유현은 미소 지었다. 불만스러운 으르렁거림과 꼴이 그게 뭐냐는 타박을 기다렸다. 하지만 그의 귓가를 두드린 것은.

탕!

짧은 총성이었다. 피 냄새가 순식간에 짙게 퍼져 나갔다. 한유현은 눈을 크게 치떴다. 어째서. 이해할 수 없었다. 피스든 박예림이든 노아든, 쉽게 막을 수 있는 공격이었는데. 치유 스킬은, 포션은, 왜 아무도-

"혀, 형……!"

한유현은 어떻게든 몸을 일으켜 무너져 내리는 한유진을 받쳐 안았다. 포션을 꺼내 들었지만 이미 늦었다는 걸 알고 있었다. 그는 형을 끌어안은 채 주위를 두리번거렸다. 낯선 얼굴들뿐이었다.

"…왜."

아무도 없다. 형 혼자였다. 자신 혼자뿐이었다.

"알파!"

낯선 사람이 접근하려 들었다. 한유현은 없는 마나를 억지로 끌어모았다. 화르륵, 검은빛 띤 불길이 그의 주위를 보호하듯 휘감아 돌았다. 열풍이 몰아치며 다가오던 사람은 물론 뒤쪽에 서 있던 자들까지 거칠게 떠밀었다.

"윽!"

"조심하십시오! 일단 접근은 하지 않는 게―"

A급들은 별 타격을 받지 않았지만 구석에 있던 B급은 밀려나며 벽에 머리를 부딪쳐 기절했다. 사람들이 최대한 멀리 물러서는 사이 한유현은 마나 소모로 인해 창백해진 표정으로 품 안의 형을 내려다보았다.

고요했다.

숨소리도, 심장 뛰는 소리도 들려오지 않았다. 이렇게 가까운 거리라면 자신의 감각으로 듣지 못할 리 없건만, 한유현은 스스로의 청각을 잠시 의심했다. 그리고 이내 인정했다.

형이 죽었다.

한유현은 그 사실을 받아들였다. 놀랄 정도로 순순하게, 조용하게, 작은 반박 하나 없이.

자신의 세계가 끝났다는 사실을 인정했다.

그렇기에 도리어 아무것도 할 필요가 없었다. 울부짖을 필요도, 눈물 한 방울 떨어뜨릴 필요도 없었다. 이미 그의 세상은 끝났고 그 무엇도, 그 어떠한 행동도 무의미했다.

거칠어졌던 한유현의 숨소리가 차분히 가라앉았다. 점차 줄어들다 못해 거의, 완전히 들리지 않게 될 즈음에.

그때 새로운 발소리가 들려왔다.

파지직, 전기가 튀며 마나로 보호되고 있던 문의 잠금장치가 풀렸다. 이어 텅 소리와 함께 문이 박차 열렸다.

"누구냐!"

"기다려, 저자는!"

그노시가 앞으로 나서려는 동료를 막았지만 그보다 먼저 금빛 사슬이 춤을 추었다. 채찍처럼 크게 휘둘린 사슬이 A급 가드들을 단숨에 후려쳤다. 가볍게 쓸려 나간 가드들이 벽에 부딪혔다가 짚단처럼 풀썩풀썩 쓰러졌다. 시그마는 그들에게 처음부터 끝까지 눈길 한 번 주지 않은 채 방의 중앙만을 바라보았다.

알파가 끌어안고 있는 시체.

"C급."

돌아오는 대답은 당연히 없었다. 저것은 이미 죽었다. 시그마는 시체를 소중히 안은 채 마치 따라 죽기라도 할 듯 숨을 멈추고 있는 알파에게로 시선을 옮겼다. 흥미로웠을 것이다, 분명. C급이 살아 있었더라면.

하지만 이제는 별다른 의미가 없었다. 시그마는 무심코 한숨을 흘려 냈다. 갑자기 모든 것이 시시해졌다.

"…계약 대가도 지불하지 않고서. 너무 쉽게 끝났군."

그럴 것 같지 않았는데. 예상보다 훨씬 빠르고 쉬운 마지막이었다. 흥미진진하게 보던 영화의 필름이 중간에서 뚝 끊어져 버린 기분이었다. 심지어 주위에는 이미 다 본 필름만이 흩어져 있고, 그것이 마지막 남은 보지 않은 영화였다.

허무했다.

스스로도 놀랄 만큼 강한 허탈감이 밀려들었다. 영화 필름과는 다르게 이을 수도-

'…잠깐.'

정말로 죽은 걸까. 시그마는 한유진의 행적을 돌이켜보았다. 이미 자신 앞에서 한 번 목숨을 내놓는 짓을 했던 그다. 각인을 새기려 했을 때도 죽음 따위 두렵지 않다는 듯이 행동했다. 정말로 제 목숨이 아깝지 않았던 것일까.

'그럴 리 없지.'

시그마는 다시 한번 알파와, 그 품의 청년을 바라보았다. 한유진은 처음부터 아카테스로 갈 생각이었다. 거리상, 보안상 알파의 폭주 사실을 알 리 없었을 때부터. 정말로 알파를 차지할 생각이었을까. 처음부터 구하려는 계획은 아니었을까. 만약 전혀 모르는 사이라면, 알파가 저런 모습까지 보일 리 있을까.

알파에게 한유진이, 한유진에게 알파가 소중한 상대라면. 그가 아는 한유진이라면 아카테스에 묶여 있는 알파를 두고 쉽게 목숨을 버릴 리 없다. 짧은 시간 지켜본 것만으로도 어렵잖게 확신할 수 있었다.

그럼 왜 가볍게 제 목을 내놓으려 들었을까. 실제로는 죽는 것이 아니라서……?

죽은 사람이 되살아날 수는 없다. 하지만 치명상을 입을 시 죽은 것처럼 보이게 만드는 아이템은 존재할 수도 있었다. 혹은 그런 스킬이나.

시그마가 앞으로 한 걸음 내디뎠다. 가라앉았던 가슴이 다시금 뛰는 듯했다.

"한유진."

동시에 한유현의 고개가 치켜 들렸다. 반사적인 움직임이었다. 붉은 눈동자가 시그마의 모습을 담았다. 낯익은 얼굴이었지만 이제 와서는 역시나 아무런 의미가 없었다.

하지만.

한유현은 형을 부르는 타인의 목소리를 다시금 떠올렸다. 남은 사람들이 있다. 남은 사람들이. 형을 소중히 여기는 이들이.

"허읙, 컥!"

한유현의 입에서 쿨럭이는 소리와 함께 숨이 터져 나왔다. 생리적인 눈물 또한 맺혔다. 힐떡거리며 그는 더욱 단단히 형의 육신을 끌어안았다.

피스에게, 박예림에게 그리고 다른 사람들에게. 형을 데리고 가야 했다.

"흐윽… 윽……."

완전히 끝났어야 할 세계에 아직 남은 것이 있었다. 한유현은 억지로 몸을 일으켰다. 괴로웠다. 숨을 쉬기가 힘들었다. 그대로 멈춰 버리는 것이 훨씬 편했을 텐데. 하지만 한 번 더, 마지막으로 한 번만 더 움직여야 했다.

자신의 세계가 끝났음을 알아줄 이들. 그와 비슷한 것을 느끼고 나눠 받아 줄 동지들. 형을 데리고 그들에게 가서, 돌아가서. 그러고 나서 마지막을 맞이하고 싶었다.

눈물이 넘쳐흘렀다. 느낄 필요 없었던 슬픔이, 온갖 감정이 가슴을, 전신을 꽉 채웠다. 머리끝까지, 그 이상으로. 익사할 것만 같았다. 한유현은 크게 헐떡거렸다. 힘겨웠다. 왜 이렇게까지 해야 하는 거지. 형은 죽었는데. 그냥 함께 끝나면 되는 거였는데.

"내놔, 알파."

사슬이 바닥을 두드렸다. 시그마가 한 걸음 더 다가왔다. 한유현은 비틀거리며 자세를 바로 했다. 내놓으라니.

"그 시체를 건네라."

"안… 돼."

한유현이 짓씹듯이 말했다. 목은 완전히 쉬어 있었다. 눈앞의 남자에게 지금의 자신은 상대도 안 된다는 것을 잘 알고 있었다. 하지만 절대로 빼앗길 수 없었다.

콰앙!

두 번의 제안이 끝이었다. 세 번째는 권유 대신 사슬이 날아들었다. 한유진이 되살아날 수 있다면 알파와의 관계에도 흥미가 있었기에 치명적일 위력은 아니었다.

사슬이 바닥을 두드리고 한유현의 몸을 휘감아 왔다. 먹이를 노리는 뱀처럼 덤벼드는 사슬을 한유현이 간신히 피해 냈다. 동시에 인벤토리에서 단검을 꺼내어 시그마를 향해 날렸다. 카강, 피할 필요조차 없이 사슬이 가볍게 움직여 단검을 쳐 냈다.

"스킬은커녕 무기조차 제대로 쓸 수 없을 텐데."

이 세계의 무기는 마나를 소모하는 종류가 많았다. 알파의 인벤토리를 차지하는 무기들도 대부분 높은 등급만큼이나 마나 소모량이 컸다. 지금의 한유현으로서는 상대적으로 등급 낮은 근접 무기 몇만 사용할 수 있었다.

쾅! 콰앙! 사슬이 연신 바닥과 벽을 두드리며 한유현을 구석으로 몰아갔다. 마나 홀의 힘을 이전의 감금실보다 더욱 강하게 받는 벽과 바닥은 금조차 가지 않았다.

"큭!"

앞을 가로막는 검날을 부러뜨리며 결국 사슬이 한유현의 어깨를 거칠게 치고 지나갔다. 옷이 찢기며 단숨에 살점이 파헤쳐졌다. 한유현의 몸뚱이가 바닥을 굴렀다. 형의 시체가 훼손되지 않도록 온몸으로 감싸며 벽의 끝까지 주르륵 밀려 나갔다.

아프다. 어깨의 상처 때문이 아니었다. 그따위 것 아무런 느낌조차 들지 않았다. 형은 죽었는데 자신이 아직 살아 있다는 사실 자체가 아팠다. 다시 억지로 몸을 일으키면서 한유현은 몇 번이나 중얼거렸다.

'왜 이래야 하지.'

저자가 그냥 자신을 죽여 주기를 바랐다. 하지만 동시에 지켜야 했다. 가야 했다. 아직 해야 할 일이… 하지만 왜.

"…싫어."

이렇게 괴로울 거라면, 이렇게 힘들 거라면. 차라리 계속 혼자인 편이 나았을 텐데. 이제라도 그만두자. 이런 거.

한유현은 울음을 삼켰다. 그러나 여전히 한유진을 놓지 못했다. 멈추지도 못했다. 날아드는 공격을 피하고 튀어 오르는 전류에 그슬리면서도 아직 도망치려 했다. 퍼억, 또다시 그의 몸이 바닥에 처박혔다. 등을 따라 긴 상처가 생겼다. 흘러나오는 피로 순식간에 등이 축축해졌다.

눈물로 막이 씌워진 시야가 더욱 뿌옇게 흐려져 갔다.

포기해야 하는데 그럴 수가 없었다. 참고 견디는 것이 아니었다. 그냥, 이유 모르게 그냥… 놓아 버릴 수가 없었다. 한유현은 한 팔로 형을 단단히 품은 채 바닥을 긁으며 일어나려 애썼다. 머리에도 상처가 생겼는지 뚝뚝 떨어지는 눈물에 피가 섞였다.

"…형."

그만두고 싶어. 그런데 왜 나는 돌아가려고 하는 걸까. 품 안에 이미 모든 게 다 있는데. 모든 게 다 여기서 끝이 났는데.

이제는 한계였다. 제 몸 하나 주체하기도 벅찼다. 이런데도 왜 아직 놓지를 못하는 걸까. 왜 계속 혼자가 아니었는지, 어째서 이렇게 되었는지, 그 사실이 원망스러워지기까지 하려는 그때.

{ 유현아. }

한유현의 눈앞에 메시지창이 나타났다. 슬픔에 짓눌려 가던 가슴이 크게 뛰었다.

{ 형 여기 있어. }

새로운 메시지가 연이어 그의 눈동자에 맺혀 들었다. 뺨을 타고 동그랗게 떨어져 내린다.

{ 나는 괜찮아, 유현아. 최대한 빨리 돌아갈게. 그러니까. }

"…형."

> 나를 지켜 줘
>
> 한유진이 부활할 때까지 무사히 버텨 봅시다! 강력한 적을 상대로 5분간 한유진의 몸을 지켜 주세요^▽^
>
> 보상 : 소량의 마나 자동 회복

이미 5분은 지나 있었고 퀘스트는 소급 적용되어 창이 뜸과 동시에 완료되었다. 마나 포션을 받았다면 시그마가 마시지 못하게 막았을 것이다. 하지만 퀘스트창은 그의 눈에 보이지 않았다.

한유현은 곧장 보상을 받았다. 약간이나마 마나가 회복되었다. 몸을 일으키는 그를 시그마가 조금 놀란 듯 바라보았다.

"포기한 줄 알았더니."

"아직 더 기다려야 해서."

눈의 깜박임 아래 마지막 눈물이 떨구어졌다. 한유현은 한유진의 몸을 소중하게 고쳐 안았다. 돌아온다고 했다. 그의 세계는 아직 끝나지 않았다. 포기하지 않아서 다행이었다. 그만두지 않아서 다행이었다.

혼자가 아니라서, 그래서 계속 기다릴 수 있어서, 정말로 다행이었다.

화르륵- 한유현의 주위로 불길이 일었다. 평소보다 옅어진, 희미하게 푸른빛을 띤 불꽃이.

"역시 정말로 죽은 건 아닌 모양이로군."

금빛 눈이 가느스름해졌다. 한유현의 기세는 완전히 달라져 있었다. 지치고 부상을 입은 것에는 변함없지만 거친 파도에 휩쓸린 듯 흔들리던 눈빛이 차분히 가라앉았다.

한유진이 죽지 않았다는 사실을 알파 또한 눈치챈 것이라면, 그건 또 어떻게 알게 되었을까. 시그마는 미소를 머금었다. 죽은 척을 한 채 또 무슨 짓을 한 것인지.

"승산이 없다는 사실은 잘 알고 있을 텐데. 얌전히 항복하는 걸 권하지."

 잘게 전류를 흩뿌리는 사슬이 공중을 헤엄치는 뱀처럼 꿈틀거리며 도주로를 전부 차단하고 있었다. 마나를 회복하였으나 소량일 뿐인 한유현의 상태로는 벽을 부수고 도망치는 건 무리다. 불가능하지는 않겠지만 시간이 제법 걸릴 테고, 그걸 시그마가 구경만 하고 있을 리 없었다.

 그렇다고 무작정 맞서 싸우려 들어 봤자 겨우 회복한 마나만 낭비하게 될 뿐이었다.

 "이대로 시간을 끌었다가는 다시 아카테스에 억류되고 말 거다, 알파."

 알파는 현재 아카테스 방위청의 상황을 모르는 듯했기에 시그마는 협박과 권유를 섞어 꺼내 들었다. 가급적이면 둘 다 훼손 없이 손에 넣기를 원했다. 알파가 순순히 따라 주기만 한다면 저항군에 의해 풀려난 그를 제압하는 도중 실수로 사살한 것으로 처리하면 되었다.

 알파는 적당한 계약으로 묶어 두고 그리고 C급은, 어떻게 나올까. 구하려던 상대가 자신의 손에 들어왔다는 것을 알게 된다면.

 이번에도 그를 예상 이상으로 즐겁게 해 줄 것임이 분명했다.

 "나와 계약한다면 둘 다 안전하게 보호해 주겠다. 네 각인과 연결된 자들이 돌아오기 전에 제안을 받아들여라. 아카테스 방위청보다야 훨씬 나은 대우를 약속하지."

 자칫하면 네가 소중히 품에 안고 있는 시체도 무사하지 못할 텐데. 현명한 선택을 하길 바란다는 시그마의 말에 한유현의 미간이 살짝 좁혀졌다. 회복한 마나 또한 소량인 건 사실이었다. 저 남자의 말대로 분명 혼자 이곳을 빠져나갈 방법은 없다.

 혼자라면 말이다.

 한유현은 마나를 회복한 직후 느껴진 부름에 감각을 집중했다. 어디로 사라졌나 싶었더니. 이어 시그마의 제안에 대한 대답 대신.

"이런."

자신의 정령을 불렀다. 붉고 작은 도마뱀이 불티 같은 반짝거림과 함께 허공에서 나타났다. 그 몸이 순식간에 커지면서 작은 용으로, 아니 승천하길 거부한 이무기로 변하였다. 푸른 불꽃을 네 발에 쥔 붉은 이룡이 길게 몸을 비틀며 주인을 감싸는 듯하다가.

콰앙!

불길이 어른거리는 꼬리 끝으로 벽을 내리쳤다. 부순 것은 아니었다. 녹아내렸다. 더없이 단단하던 벽에 사람 두엇은 충분히 드나들 만큼의 구멍이 순식간에 생겨났다.

한유현이 구멍으로 몸을 빼내는 것과 거의 동시에.

쿠르르릉!

몰아치는 사슬과 함께 황금빛 전격이 번득였다. 전류의 폭포가 그대로 한유현이 있던 자리를 내리치고, 이어 벽 너머에까지 쏟아졌다. 지금까지의 공격은 장난이었던 양 바닥이 거멓게 타들어 가고 한쪽 벽면은 아예 통으로 금이 가다가, 결국엔 와르르 무너져 내렸다.

한유현의 발목을 확실하게 붙잡다 못해 죽지만 않으면 된다는 듯 복도까지 길게, 파괴의 빛이 사정없이 파고들었으나.

"이런."

시그마의 공격은 복도의 벽과 바닥만을 허무하게 부숴 놓았다. 그는 벽 바로 너머의 위쪽에 뚫린 천장을 바라보았다.

당연히 곧장 복도를 따라 마나 홀이 있는 곳으로 향할 줄 알았다. 하지만 한유현은 앞으로 뛰어가는 대신 위층으로 올라갔다. 전투 예지는 어디까지나 직접적인 전투 때에나 발휘될 뿐, 이렇게 싸움 자체를 거부하는 도주로까지는 짐작할 수 없었다. 그것까지 예상 가능하다면 전투에 한하는 것이 아닌 단순한 예언이다.

아무튼 실수다. 그것도 돌이킬 수 없는 실수였다.

'어쩔까.'

알파는 이미 마나 홀 근처에 다다랐을 것이다. 마나 홀을 바로 뒤에 둔 가드를 타 마나 홀 소속의 동급 가드가 상대한다면 그 결과야 불 보듯 뻔하였지만.

시그마는 길게 망설이지 않고 걸음을 옮겼다. 적어도 C급이 되살아나는 것만큼은 두 눈으로 직접 확인해 보고 싶었다.

터엉, 닫혀 있던 문이 박살 나듯 열어젖혀지고 너른 공간이 나타났다. 푸른빛 홀이 자리 잡은 그 앞에 한유현이 서 있었다. 이룡은 다시 작은 도마뱀이 되어 그의 어깨에 올라앉았다. 품에 여전히 형을 단단히 안아 든 채 한유현이 시그마를 마주 바라보았다.

"여기까지 따라올 줄은 몰랐는데."

"그쪽에 받기로 한 것이 있어서."

시그마가 한유진을 가리키자 한유현의 눈가가 찌푸려졌다. 새삼 저자가 성현제와 비슷하다는 생각이 들었다.

"네놈은 절대 손대지 못할 테니 꿈도 꾸지 마."

냉랭한 말과 함께 불길이 치솟았다. 흑색과 청색이 뒤섞인 화염이 순식간에 사방으로 퍼져 나갔다. 마나 홀이 바로 뒤에 있기에 마나의 소모는 신경 쓸 필요 없이, 한유현은 끝없는 파도처럼 불꽃을 피워 올렸다.

동시에 벼락이 내리쳤다. 어설픈 방어나 회피 대신 힘과 힘이 정면으로 서로 맞부딪쳤다. 검푸른 불꽃과 황금빛 전류가 뒤엉키며 회오리처럼 휘몰아친다.

쿠그그그-!

사방이 흔들리며 천장과 바닥이 동시에 터져 나갔다. 타고 녹고 산산조각 나며 마나 홀의 끝없는 힘을 받는 구조물마저 버티지 못하고 그 형체가 흐트러졌다.

투두둑, 바닥에 비해 마나 홀로부터 거리가 먼 천장이 완전히 무너져 내리기 시작했다. 직후 불길과 전격의 춤이 천장을 넘어 위로 솟구쳤다. 이미 머리 위는 뻥 뚫리고, 충격이 건물 전체로 퍼져 나가기 시작했다.

"곧 무너지겠는데."

녹아내리는 바닥을 피하며 사슬 위로 올라선 시그마가 웃으며 말했다. 그의 말대로 아카테스 방위청 중앙 건물은 연이어지는 충격을 버티지 못했다. 수십 층짜리 건물이 빠르게 내려앉기 시작했다. 이대로라면 꼼짝없이 생매장당할 판이었지만.

- 저건 내가 정리할게!

경쾌한 외침과 함께 이린이 다시금 붉은 이룡의 모습으로 변하며 솟아올랐다. 건물 중앙을 일직선으로 통과하며 푸른빛이 넘실거리다 폭발했다. 녹아내리다 못해 증발하다시피 한 건물 상층부가 자잘한 잔해가 되어 비처럼 툭툭 흩어졌다.

지하층 외에는 건물 자체가 완전히 사라져 버렸다. 폭탄 테러 때 피신한 사람들에, 또다시 흔들리는 건물에 기겁하고 마저 도망친 사람들이 섞여 그 광경을 멍하니 쳐다보았다.

훤히 드러난 밤하늘 아래 검푸른 불길이 기세를 잃지 않고 제 영역을 늘려 갔다. 번개 또한 튀어 올랐으나 마나량의 한계는 극명했다. 마나 홀을 뒤에 둔 한유현과 그렇지 못한 시그마에게는 깊이 모를 바다와 한정된 호수라는 크나큰 간격이 존재했다.

화르륵!

결국 시그마가 발치까지 넘실거리는 불길을 피해 뒤로 물러났다. 압도적인 화력 앞에서는 그가 가진 어떠한 스킬도, 경험도 소용이 없었다. 예상했던 결과였지만 시그마는 약간 쓰게 웃었다.

그때였다. 한유현의 품에 안긴 몸뚱이로부터 가는 숨결이 새어 나오고.

"…유현아."

"…형?"

- 형!

한유진이 눈을 떴다.

눈을 떴을 때 보인 것은 어둡고 낯선 공간이었다. 아무것도 없이 텅 빈 공간에 순간 당황했다가, 직후 가슴이 덜컥 내려앉았다.

"유현아!"

머리가 상황을 이해하기 전에 손부터 덜덜 떨려 왔다. 이어 얼음물을 뒤집어쓴 듯 온몸까지 차갑게 떨리기 시작했다.

이게 뭐야. 대기 시간을 달라고는 했지만 그건 내가 언제 되살아날지 선택할 수 있게 해 달라는 뜻이었다. 그런데 왜 선택창 같은 것도 없이 이런 곳에 떨어져 있는 거지.

설마 밖에선 시간이 흐르고 있는 건가. 유현이는.

"젠장, 신입! 배구공! 윌슨!"

곧장 살아날 생각이었다. 죽자마자 바로, 틈 없이. 유현이가 내가 죽은 것이 아니라 잠깐 정신을 잃었을 뿐인 게 아닌가 착각할 정도로 곧바로.

애초에 동생 눈앞에서 목숨을 잃을 생각은 없었지만, 설사 유현이가 내 목숨이 여럿이라는 사실을 안다 해도 코앞에서 죽는 건 최대한 피하려고 했지만, 일이 잘못된 이후에도 바로 살아날 수 있으니 그나마 괜찮을 거라고 생각했다.

그런데 이게, 대체.

"살려 달라고! 지금 당장!"

갈라진 목소리로 소리쳤지만 돌아오는 대답은 없었다. 걱정으로 속이 타들어 갔다. 숨이 막혔다. 제발 여기 시간이 멈췄거나 훨씬 느리기라도 해야 할 텐데. 유현이가 어떻게 하고 있을지, 지금 무슨 심정일지 상상조차 하기 무서웠다.

그래도 여기가 진짜 세계가 아니라는 건 알고 있겠지? …만약 모른다면. 여기 떨어지자마자 폭주해 버려서 시스템 메시지도 제대로 받지 못한 거라면. 젠장, 알아야 하는데. 신입아, 제발.

"아무도 없어요? 누가 좀!"

나를, 동생을 제발. 뭐든지 나오기를 바라며 주위를 뒤졌다. 아무것도 없었지만 허공이라도 더듬거렸다. 무의미하게 시간이 흘러갈수록 초조함이 더해졌다. 어느새 눈물까지 뚝뚝 떨어지고 있었다.

대기 시간 같은 거 달라고 하지 말고 그냥 바로 되살아나게 해 달라고 할걸. 아니, 애초에 내가 좀 더 주의를 기울여서 동생을 구해야 했는데. 경고창이 뜨자마자 방어막 스킬이라도… 경고 메시지.

'…성현제.'

잠깐 잊고 있었다. 신입이 아니었다. 지금 시스템을 관리하고 있던 사람은.

"성현제!"

외침 직후.

탁!

화면이 켜졌다. 빛이 들어오는 화면 속에 유현이가 있었다. 내 시체를 끌어안고 있는 동생이. 젖어 든 얼굴과 다친 어깨. 금방이라도 죽어 버릴 듯한 표정을 하고서도 나를 끝까지 놓지 않으려 애쓰는 한유현.

아무 생각도 들지 않았다. 피가 싸하게 빠져나가는 느낌과 함께 전신의 힘이 사라져 그대로 무너져 내리는 내 몸을 누군가가 붙잡았다.

[정신 차려야지.]

"…지금, 흐윽, 당, 장."

돌려보내 달라는 말이 제대로 나오지 않았다. 몇 번 헐떡거리기만 하였다. 등을 도닥이는 손길이 느껴졌다.

[도련님은 아직 버티고 있어. 나는 간섭할 수 없으니 한유진 군이 해야 한다네. 자, 어서.]

눈앞에 또 다른 창이 나타났다. 메시지를 보낼 수 있는 자판도 있었다. 바들바들 떨리는 손을 어떻게든 움직였다. 내 동생, 유현아.

– 유현아.

메시지가 보내지고, 화면 너머 동생의 눈이 크게 뜨였다. 어둡게 젖어든 눈에 빛이 들어왔다. 짓눌려 가던 내 심장 또한 다시 활기를 되찾았다.

– 형 여기 있어.

손의 움직임이 좀 더 빨라졌다. 떨림이 멎어 갔다. 괜찮다. 동생은 괜찮다. 괜찮을 것이다. 재빠르게 메시지를 연속으로 보내고.

"퀘스트, 퀘스트 어떻게 보냅니까? 마나를 조금이라도 회복해야 버티죠! 마나 포션, 아니 그냥 주면 마실 틈이 없을 테니까 보상으로 바로 회복하게!"

[퀘스트를 쓰면 메시지는 더 못 보낼 텐데. 할당량이란 게 있어서.]

"괜찮으니까 빨리요!"

나로부터 더 이상 메시지가 없다 해도 유현이는 기다릴 수 있을 것이다. 되살아난 동생의 표정을 보며 확신했다. 괜찮아, 문제없어. 나보다 더 괜찮은 거 같잖아. 정말로, 저렇게.

흰 장갑을 낀 손이 내 뒤에서 뻗어 나왔다. 무언가 건드리더니 퀘스트창이 떴다.

[퀘스트명을 쓰고 내용은 간략하게, 보상은 자세히.]

"길게 쓸 시간도 없습니다."

대답하며 얼른 퀘스트를 보냈다. 화면 속에 퀘스트창이 떴다.

나를 지켜 줘
한유진이 부활할 때까지 무사히 버텨 봅시다! 강력한 적을 상대로 5분간 한유진의 몸을 지켜 주세요. ^▽^
보상 : 소량의 마나 자동 회복

"…이모티콘 뭡니까. 전 저런 거 쓴 적 없는데."

[초심자 옵션이라.]

뭔 소리야. 거기다 내용의 말투도 바뀌었다.

[익숙해지면 좀 더 다양한 간섭이 가능하지. 도련님은 무사히 회복한 모양이야. 축하하네.]

화면 너머로 유현이가 일어섰다. 불길이 시그마를 막아서듯 피어오르… 어? 불꽃의 색이 변했다. 검은색이던 것이 옅어지며 푸른 기가 돌았다. …알파의 몸이라서인가? 시그마 놈이 유현이를 설득하기 시작했다. 지금 상태론 맞서기보단 협상하는 편이 나을 거 같긴 한데.

"그런데 전 언제 되살아날 수 있는 겁니까?"

[의식을 되찾을 수 있도록 노력 중이라네.]

"의식이요?"

[지금 한유진 군은 치명상을 입은 충격으로 기절한 상태야. 되살아나기 위해서는 선택지를 눌러야 하는데 의식을 잃은 채로는 불가능한 일이지.]

"잘 아시네요."

[…나도 조금 전에 살펴보고 나서야 알았다네.]

어째 약간 풀 죽은 듯한 어투였다. 그사이 유현이가 이린을 불러냈다. 붉은 도마뱀이 갑자기 커지더니… 뭐야, 저게.

"…린아?"

저, 저것도 다른 세상에 떨어진 탓인가? 이린은 용의 몸에 빙의를 했다거나… 유현이 쟨 왜 저렇게 무덤덤해. 안 놀라냐. 린이의 도움으로 유현이가 무사히 탈출해 마나 홀에 다다랐다. 이제는 완전히 안심되었다. 마나 홀 근처에서라면 시그마에게 질 리 없겠지.

"아무튼 고맙습니다, 성현제 씨. 신입 녀석, 이런 건 미리 말을 해 줘야지……. 그런데 어떻게 된 겁니까? 어쩌다 시스템을 사용하고 있ㅡ"

뒤로 돌아섰다. 익숙한 정장이 눈에 들어왔다. 그리고 얼굴, 이.

"악!"

핫핑크 털실! 머리가 있어야 할 부분에 커다란 털실 뭉치가 둥둥 떠 있었다. 기겁하며 반사적으로 몸뚱이를 밀쳤다. 정장과 장갑이 바닥에 풀썩 무너져 내리며 털실이 데구르 구르다가 다시 통, 솟아올랐다.

[너무하는군.]

"뭐, 뭐, 뭡니까! 그 꼴이!"

[진짜 몸은 아니니까 걱정 말게.]

"걱정 같은 거 전혀 안 하거든요?"

^^ 털실 공이 웃었다. 시스템 관리자는 동그란 물건에 빙의해야 한다는 법칙이라도 있는 거냐. 털실 끝자락 살랑거리지 마. 주제에 귀여운 척하지 마.

"일단, 어떻게 된 겁니까? 처음에는 시그마가 성현제 씨라고 생각―"

또다시 이 세계에 들어온 이후의 일들이 머릿속을 좌라락 스치고 지나갔다. 반사적으로 내 근처를 빙글빙글 돌고 있던 털실 뭉치를 움켜잡고 탈탈 흔들었다.

"어디서부터 봤어요!"

[그렇게 흔들면 조금쯤은 어지러운데.]

"솔직하게 대답하지 않으면 확 다 풀어 버릴 겁니다."

털실 끄트머리를 붙잡고 협박했다. 도로록, 한 바퀴 감긴 실을 풀어 내자 털실 뭉치 위에 그림처럼 떠 있던 이모티콘이 ㅠㅠ로 바뀌었다.

[이제껏 온갖 다양한 협박을 받아 봤지만 옷을 벗기겠다는 건 처음―]

"뭐라는 거야! 이게 왜 옷입니까?"

[그럼 뭐겠나.]

…뭐냐고 묻는다고 해도. 일단은 털실 뭉치인데, 속에 심 같은 게 들어 있나? 그럼 그게 몸뚱이고 털실이… 살짝 기분이 나빠졌다. 상상하지 말자. 방금 있었던 일은 없었던 걸로 치기로 했다.

[한유진 군을 볼 수 있었던 건 첫 번째 흔들림 직후부터였지. 그전까지는 시스템을 가볍게 손대 보는 것이 고작이었다네.]

첫 번째 흔들림이라면, 원반 설치 후부터 말인가. 그럼 최소한 내 상태창은 보지 못했다는 거로군. …그 뒤론 다 봤겠지만. 손에 쥔 털실 뭉치를 힘껏 내던지고 싶어졌다. 뒤통수를 때리면 조금이나마 기억을 잃지 않을까.

혹시나 싶어 확실하게 상태창에 대해 물어보자 볼 수 없다는 대답이 돌아왔다.

[퀘스트창을 조작하는 것도 쉽지 않아. 한유진 군은 원래의 몸으로 들어왔고, 덕분에 강력한 외부 간섭력을 지니고 있기에 나도 접근할 수 있었지만 다른 사람들은 위치조차 모르는 형편이지.]

그래서 내가 성현제를 부르기 전까지는 지금 이 무의식 공간에도 나타나지 못했으며 유현이에게 보내는 메시지도 나를 통해서만 가능했다고 하였다.

[볼 수 있는 범위도 한유진 군 주위 백 미터쯤? 그 정도가 한계라네.]

"그런 것치곤 이것저것 퀘스트를 통해 많이 알려 주지 않았습니까."

[그건 내가 □□□□□□□□- 이런, 역시 안 되는군.]

성현제가 절레절레 고개를 저었… 다. 털실 뭉치가 좌우로 흔들렸다, 에 가깝긴 했지만 뭐.

[지금 이곳은 □□□□□□□□□□□□□□□□□ 라서 □□□□□□□□.]

^^; 털실 뭉치가 곤란한 듯한 표정을 지어 보였다. 제대로 말할 수 있는 게 별로 없구만.

[그래도 두 번째 흔들림 덕분에 한유진 군에게 이런 식으로 접근이 가능하게 되었지. 그 원반은 계속해서 설치하는 건가?]

"세 개 남았습니다. 전부 설치하면 신입이 공략 방법을 알려 주겠다더군요. 혹시 신입, 배구공과 연락되십니까?"

[전혀. 지금 몸과 세계는 진짜가 아니며 퀘스트와 사냥을 통해 포인트를 모아 상점에서 원하는 아이템과 스킬을 구입하세요, 정도의 알림으로 끝이었어.]

신입, 일 제대로 안 하냐.

[원반을 모두 설치하면 나도 좀 더 많은 것을 알려 줄 수 있게 될 거라네. 지금은 꼼짝 못 하는 신세지만.]

원반 얼른 마저 설치해야겠네. 그래도 이젠 혼자가 아니니 금방 끝낼 수 있을 것이다. 원반을 설치하는 것보다 도시 간의 이동이 더 문제 되겠지. 차로 이틀이 아니라 일주일 이상씩 걸리는 거리면 어쩐다. 시그마한테 헬기 한 대 못 뜯어내려나.

현재로서는 성현제에게 얻어 낼 수 있는 정보가 몇 없었다. 조금만 깊이 있게 들어가려면 □가 둥둥 떠다녔다. 그래도 그가 지금 이 세계의 시스템에 속해 있다는 것만큼은 확실했다.

'원반만 다 설치하면 시스템에 대한 정보도 얻게 되는 건가.'

이건 신입도 예상치 못했겠지. 원래라면 자기가 정한 세상의 역사나 자기가 정한 상대에 빙의시켰을 테니까. 이 부분만큼은 던전에 간섭해 온 효도중독자가 고마웠다. 새삼 의욕이 생기네.

"또 기억 잃거나 하지 말고 잘 간수하세요."

[□□□□□□ 하는 □□□□□□□□□□.]

뭐라고 하시는 건지. 털실 뭉치를 두 손으로 받쳐 든 채 화면으로 시선을 돌렸다. 어느새 건물 윗부분이 사라지고 없었다. 검푸른 화염이 밤의 파도처럼 넘실거린다. 방위청 건물마저 전기가 나가고 달빛만 하얗게 비쳐드는 아래, 더욱 파르스름하게 옅어진 불길이 치솟았다.

아름답다. 감탄하면서도 동시에 씁쓸해졌다.

내 기억 속에 있는 한유현의 불꽃은 지독하게 검고 검어서 독기마저 어린, 그런 것이었다. 떨어지는 핏방울 속에서 피어나던 흑혈염. 찬사는 받았었지. 상대의 회복을 더디게 만드는 효율적이면서도 더없이 파괴적인 공격 스킬이라고.

"…저 푸른색 섞인 거요, 알파의 스킬 때문이겠지요?"

[아니, 돌아가서 확인해 보면 바로 알 수 있겠지만 알파는 평범한 붉은 불길을 다룬다고 □□□□□□□□.]

"…예?"

[육체가 다르다 해도 마나를 다루는 근본은 한유현이니까. 저건 도련님의 힘이라네.]

혹시나 싶었던 생각에 성현제가 확실하게 마침표를 찍어 버렸다. 목 너머가 뜨끈해졌다.

…뭐라고 설명해야 할까, 이 기분을. 유현이와… 유현이가, 달라지고 있다는 건, 알고 있었다. 그럴 수밖에 없기도 했다. 주위의 많은 것이 바뀌고 있는데 혼자 그대로 남는다는 건 불가능한 일이니까.

그러니 알고는 있지만.

"예전에, 유현이가 본래 성질에 맞지 않는 행동을 하고 있다고 말씀하신 적이 있었지요."

사람을 모아 길드를 세우고 이끌어 가는 모습이 신기했다고. 원래는 리에트보다도 더 거칠 것 없이 떠도는 성질이었을 거라고.

"그건, 제 동생에게… 나쁜 일이었을까요. 사람들과 어울리라고 한 게, 혹시 잘못된 건 아니었을까요."

[관점에 따라 다르겠지.]

핫핑크 털실 뭉치가 내 손바닥 위에서 빙그르르 돌았다.

[□□□□□□에 비추어 볼 때 한유현은 한유진이 없었더라면 계속 혼자였을 거라네. 누구도 접근치 못하고 접근을 원하지도 않고 홀로 타오르다가 마지막에는 스스로까지 불태웠겠지.]

"자기 자신까지요?"

[그래, 제아무리 잘났다고 해도 혼자서는 오래 버티기 힘든 세상이지 않나. 리에트조차 길드나 정식 팀은 없어도 혼자 S급 던전을 공략하는 짓은 하지 않아. 임시로 팀을 구하거나 제 동생이라도 데리고 가지. 그러나 한유현은 끝까지 혼자일 테고, 한계에 다다르면 홀로 던전 속에서 마지막을 맞이하였을 거라네. 물러서지도 피하지도 않고서.]

그런 성질이라며 성현제가 말했다.

[짧게 타오르는 불꽃과 같은 인생이라고 흔히들 말하지. 한유현은 더욱 극단적이었을 거라네. 홀로 위업을 달성하는 것에 경탄은 받겠지만 오래 가지는 못하고 스러지고야 마는.]

아무 말도 하지 못한 채 털실을 내려다보았다. 속이 따끔거렸다. 무심코 새어 나오는 한숨에 털실 뭉치가 ^▽^하고 웃었다. 한 대 패고 싶다.

[자유롭기는 자유로웠겠지. 스스로 원하는 대로 살았으니 후회는 없을 것이고. 그러니 그편이 낫다고 생각하는 사람도 있을 거라네. 반대로 스스로를 억누르더라도 사람과 어울리는 편이 낫다고 생각하는 사람도 있겠지. 그리고 나는.]

…나는? 갑자기 말이 없어졌다. 웃고 있던 표정도 사라졌다.

"성현제 씨?"

뭐야, 연결 끊겼나. 재차 불러 보려는데 내 어깨 너머에서 손이 불쑥 튀어나왔다. 그 손이 털실 공을 움켜쥐었다. 다시 정장이랑 장갑으로 몸을 만든 건가, 생각하는 그때.

"잘 키웠어."

목소리가 들려왔다. 반사적으로 뒤돌아섰다. 털실을 들고 있는 손과 정장 차림의 몸 그리고 목과 이어지는 머리. 짜증 나게도 반가운 얼굴이 미소 짓고 있었다.

"나는 한유진이 한유현을 잘 키웠다고 생각한다네."

"…그편이 댁에게 더 재미있으니까요?"

"한유진이 키운 한유현이기에 바뀔 수 있었으니까."

성현제가 털실을 가볍게 던졌다가 받았다.

"참으라고 말한다고 해서 참아질 성질이 아니야. 그렇게 쉬운 상대라면 내가 흥미를 보이지도 않았겠지. 하지만 한유현은 한유진을 받아들였다네. 심지어 자기보다 약하고 보잘것없는 상대를. 강자가 약자를 설득하고 제 말을 듣게 만드는 건 쉽지만 그 반대는 어렵지."

가슴이 두근거렸다. 약간 설레는 것도 같았다. 칭찬을 기대하는 어린아이처럼.

"그러니 잘 키웠어. 열심히 키웠고. 한유진 군이 아니었다면 불가능한 변화였겠지. 완벽하다고까진 말하지 않겠지만, 감탄을 표하겠네. 사실 사람을 키우는 데 있어서 완벽함이 어디 있겠나. 그저 최선을 다할 뿐이고, 그건 확실히 해냈다고 생각한다네."

얼굴이 붉게 달아올랐다. 부끄러우면서도 동시에 만족스러웠다. 속에서 뭔가 울컥, 따뜻한 것이 퍼져 나갔다.

"…감사합니다."

"한유진 군은 감사를 표하는 쪽이 아니라 받아야 하는 쪽이라고 생각하네만."

"그래도요. 이번만큼은 솔직하게 고맙습니다."

그리고 솔직하게 기뻤다. 다른 사람도 아닌 성현제가 이렇게 말해 주었다는 사실이 더욱 크게 다가왔다.

나 또한 완벽하다고 생각진 않았다. 유현이의 마지막은, 절대로 바람직하다고 말할 수도 없었다. 하지만 그래도, 비록 성현제는 회귀 전의 일을 모르겠지만 그래도, 최선을 다해 잘 키웠다는 말이 위로로 다가왔다.

알아주어서 고마웠다.

"이제 슬슬 깨어날 때가 되었군."

"네, 금방 원반들 마저 설치할 테니까 밖에서 제대로 이야기를—"

그때 미처 알아채지 못한 것이 눈에 들어왔다. 털실을 쥐지 않은, 성현제의 한쪽 팔이 사라지고 없었다. 옷만 늘어뜨려진 채였다.

"파, 팔 어디다 잘라 먹었어요?"

"이 정도로 직접 간섭하는데 반동이 없기란 힘들지. 그래도 남의 몸뚱이라 시청료치곤 저렴해."

"아니, 진짜 몸이 아니라고 해도!"

"이왕이면 눈까지는 봐주었으면 좋겠군. 그럼."

뭐라고 더 말하기 전에 눈앞이 까맣게 물들었다. 다시 눈을 뜨자, 푸른 빛을 발하고 있는 거대한 홀이 시야를 가득 채워 왔다. 급히 주위를 살펴보았다. 내 몸뚱이를 안고 있는 유현이가 근처에 있었다.

> 부활하시겠습니까?

메시지와 함께 남은 대기 시간이 나타났다. 곧장 부활을 선택하자 몸 안으로 스윽 끌려들어 갔다. 진짜 게임 캐릭터를 되살린 것처럼 아픈 곳도 없이 멀쩡한 몸이었다. 어떤 방식으로 되살리는 거지.

"…유현아."

"…형?"

- 형!

유현이와 이린이 동시에 소리쳤다.

"혀, 형. 괜찮아……?"

"괜찮아. 진짜야. 아주 멀쩡해."

내려 줘도 된다는 말에 유현이가 주위를 감싸고 있던 불길을 물렸다. 나를 품에서 내려놓기가 무섭게 이번에는 유현이가 그 자리에 풀썩 무너져 내렸다.

"유현아!"

- 유현아!

"혹시 어디 다친… 당연히 다쳤지, 젠장! 잠깐만, 포션이-"

"그런 거, 흑, 그런 거 아니야, 형-"

멈췄던 눈물을 뚝뚝 흘리면서 유현이가 더듬더듬 말했다.

"가, 갑자기, 다리에 힘이… 어떻, 어떻게 서야, 하는지도, 기억이… 안 나서……."

"유현아-"

우선 포션부터 꺼내어 아직 그대로 남아 있던 어깨와 등의 상처를 치료했다. 그사이 계속 흐느끼던 동생이 팔을 뻗어 나를 끌어안았다.

"…형."

"응."

"나도, 나도 기다릴 수 있어."

눈물을 삼키며 유현이가 말을 이었다.

"나도 형을 믿고, 기다릴 수 있으니까. 언제까지든 기다릴 수 있으니까. 그러니까 혼자 오지 마. 피스나 박예림과 같이 와 줘. 서두르지 말고 안전하게 데리러 와 줘. 그때까지 기다릴게."

"…응, 미안. 미안하다, 유현아."

내가 마음이 너무 급해서. 동생보고는 서두르지 말라고 해 놓고선 정작 내가 실수하고 말았다.

"다른 덴 다친 곳 없고? 몸은 괜찮아? 그 망할 놈들이 밥도 제대로 안 줬을 거 같은데."

생각만 해도 열 받는다. 일단 인벤토리에 있던 물병과 말린 과일을 꺼내어 먹였다. 먹을 걸 좀 더 챙겨 오는 거였는데. 식당이 있는 건물은 부수지 않았으니 그쪽으로 갈까. 아니, 숙소에도 냉장고와 간단한 음식은 있었으니까 제일 좋은 방으로… 시그마 내쫓을 방법 없나.

아직 가늘게 떨고 있는 동생을 안아 들었다. 유현이가 당황하며 내게 매달려 왔다.

"형! 무거울 텐데!"

"나 지금 C급이다. 전혀 안 무거워. 예전에도 드는 것 정도야 가능했고."

아마도. 이린이 내 팔을 타고 넘어와 어깨 위를 빙그르르 돌았다.

― 형, 형! 린이 변하는 거 보여 줄까요?

"봤어. 멋지더라."

- 그죠?

"그런데 어떻게 된 거야? 말도 하고."

- 저 파란 거요. 마나 홀 근처에서는 린이 말도 할 수 있어요! 마나가 잔뜩이니까요! 린이랑도 잘 맞아요!

마나 홀의 힘 덕분인 건가. 정령은 각인이 없어도 마나 홀의 마나를 빠르게 흡수 가능한 걸까. 재잘재잘 떠드는 이린을 유현이가 어째서인지 못마땅하게 바라보았다.
"내 형인데 왜 형이라고 부르는 거지."

- 유현이 형이니까!

린이의 대답에 유현이가 뭔가 납득하는 표정을 지었다. 으음, 나는 잘 모르겠지만 애들끼리 통하는 게 있는 모양이었다.
"이제 박수 칠 차례인 건가?"
그때 시그마의 목소리가 들려왔다. 거의 잦아들어 간 불길 사이에 서 있는 남자를 돌아보았다.
"박수 치고 그대로 퇴장하시면 됩니다."
"앙코르를 외칠 생각이었는데."
"그쪽 객실을 양보해 준다면 생각해 보죠. 아니면 비슷한 수준의 방이라거나. 제 동생이 쉬어야 하거든요."
"동생이라."

시그마가 흥미 어린 눈길로 나와 유현이를 번갈아 바라보았다.

"분명 알파에게 남자 형제는 없었을 텐데. 정신계 스킬 효과로 보이지는 않고, 어떻게 된 걸까."

"정식으로 소개해 드리죠. 제 하나뿐인 동생인 한유현입니다. 내가 건드리지 말라고 분명 말했을 텐데. 얌전히 구경이나 하다가 떡고물이나 주워 먹으라고 했더니 왜 상을 뒤엎고 지랄이야."

이 동네엔 떡이 없어서 못 알아들었나.

"계약은 분명 알파가 풀려날 때까지였다만."

"계약이고 뭐고 남의 동생 손대지 말라고, 개새끼야."

◐▽◐당신의 파트너도 소개해 줘 봅시다!

…댁도 좀 얌전히 있고요. 누가 성현제한테 퀘스트 권한 좀 빼앗아 줘. 하지만 시그마도, 성현제도 얌전히 있을 생각이 전혀 없어 보였다.

"형, 저거 성현제야?"

내게 안겨 있던 유현이가 문득 물었다.

"응?"

"형한테 쓸데없이 관심 가지는 거 보니 맞는 거 같긴 한데."

…얼굴이 아니라 그쪽으로 알아보는 거야. 유현이에게 성현제는 내게 찝쩍거리는 인간 A 이상도 이하도 아닌 건가.

"일단은, 아니야."

아니라고 말하면서도 찝찝함은 감출 수 없었다. 다르긴 한데 또 비슷하다. 이걸 단순한 우연이라고 칠 수 있을까. 솔직히 아니잖아. 외모는 그렇다 쳐도 스킬에 무기까지 완전히 같다. 그나마 성격은 좀 다른 듯도 하지만 닮은 구석이 아주 없는 건 아니라.

"또 성현제인가."

유현이의 말을 들은 시그마가 중얼거렸다.

"댁 닮은, 아니 댁이 닮은 사람입니다. 제 파트너라고."

이참에 퀘스트도 해결할 겸 말해 주었다.

"제 개인 의견은 아니고 지극히 객관적으로 잘생기긴 했고 여러모로 더럽게 잘났는데 지금은 방구석에 처박혀서 모니터나 들여다보고 있는 핫핑크색 털실 뭉치 하나 있습니다."

퀘스트 완료 왜 안 뜨냐. 더 해야 해? 대체 얼마나 말해 주길 원하는 거지.

"요새는 뜨개질에 취미 붙은 듯하고요, 목도리 잘 만들긴 했습니다. 칵테일도 잘 만들더군요. 요리도 잘하고 식빵 테두리는 안 먹고 새우 꼬리는 의외로 먹고 소영 씨 말로는 종이접기도 잘한다고 하고요. 집에 커다란 수조가 있습니다. 터뜨려 먹었었는데 물 다시 채워 넣었다는군요. 물고기는 직접 잡아 온 거라며 괜찮은 곳이 있으니 같이 낚시하러 가지 않겠냐고 했었는데."

"낚시?"

"응, 너도 같이 갈래? 낚시해 본 적 없지?"

나도 이 시점까지는 없었다. 회귀 전에야 던전에서 가끔 했었고. 별다른 능력 없는 던전 속 어류들은 종류에 따라 산 채로 잡아 오면 관상용으로 제법 비싸게 팔렸다. 모 F급 던전은 몬스터 사냥보다 낚시가 더 돈 되기도 했었지.

그 밖의 쓸데없는 개인정보들을 몇 마디 더 쏟아내고 나서야 겨우 퀘스트가 완료되었다. 하여간 성현제 진짜.

"…아무튼 그런 인간이 있고. 보아하니 아까와는 정반대되는 상황인 거 같은데 순순히 도망치시죠?"

유현이는 마나가 가득하지만, 시그마는 반 이상 소모해 버렸을 것이다. 덤벼 봐야 뻔한 결과다. 사실 저 인간이 여기까지 유현이를 쫓아온 것부터가 의외이긴 했다. 승산이 없을 거 알면서도 발 디딜 성격은 아니라고 생각했는데.

"내가 불리한 상황이라는 것은 인정하지."

탁, 가벼운 발소리와 함께 시그마가 뒤로 물러났다. 무너져 내린 벽의 잔해 위로 뛰어오르며 우리를 내려다본다.

"알파, 아니 한유현이라고 했나. 우선… 사과를 해 둘까."

무슨 바람이 불었는지 시그마가 순순히 고개를 까닥 숙였다. 저럴 인간이 아닌데 왜 저러나 했더니.

"그 C급을 무소속 떠돌이 각성자라고 생각하고 각인을 해 버렸거든."

정말 쓸데없는 소리를 지껄였다. 각인에 대한 정보를 알고 있었는지 유현이가 대번에 눈살을 찌푸렸다.

"형?"

"아니, 하다가 도중에—"

변명을 다 듣지도 않고 유현이가 내 스카프를 내려 목 뒤를 살펴보았다. 그러곤 작게 이를 갈았다.

"각인하다가 말았는데? …흔적 남았어?"

"…조금."

별다른 느낌은 없어서 몰랐는데 저 망할 새끼가! 이거 내 진짜 몸뚱이란 말이다! 궁금했지만 목 뒤를 내 눈으로 볼 수도 없고. 아, 선생님 스킬. 유현이에게 얼른 걸자 내 목 뒤에 희미한 문양이 남아 있는 게 보였다. 인주 다 떨어진 도장 살짝 찍어 놓은 것 같다.

사그라들었던 불길이 다시금 화라락 일어났다. 시그마 놈이 입꼬리를 올리더니 이번에는 계약서를 꺼내 들었다.

"되살아난 덕분인지 계약도 여전히 유지되고 있군. 이제 내가 대가를 받을 차례인데, C급."

놈이 손가락 끝으로 계약서의 한 부분을 길게 그으며 말을 이었다.

"알파가 자유를 되찾으면 24시간 이내에 계약 상대가 만족할 만한 정보를 대가로 지불한다. 라고 되어 있지."

"말해 줄 테니까 당장 내려와!"

"만약 내가 정보를 듣지 않은 채 24시간을 넘기면 어떻게 될까."

"…뭐?"

"나도 기다리는 건 할 수 있어, C급."

저, 저 개새끼가! 설마 시그마가 거래 대가 받는 것을 거부할 줄은 몰랐다. 좀 더 정확하게 조건을 설정했어야 했는데!

"기다려 봤자 계약 조건 불이행으로 계약 파기되고 나면 내가 말해 줄 거 같냐! 영영 못 듣게 될 거다!"

"그럼 C급과 알파를 가지게 되겠군. 그것도 나쁘지 않아."

…시발, 동생은 대가에서 빼놓을걸. 아니, 그 전에 SS급 해주 아이템을 상점에서 사면 그만이다. 1회용이라면 그리 많이 비싸진 않겠지.

콰르릉!

그때 시그마가 올라서 있던 잔해의 아랫부분이 녹아내렸다. 돌무더기가 떨어져 내리고 시그마는 더욱 뒤쪽으로 가볍게 뛰어 물러났다. 유현이가 서늘한 시선으로 그를 노려보았다.

"열받으셨나 보군. 그래도 하루 동안은 아카테스 시에 머물러 주도록 하지."

그렇게 말하며 시그마의 모습이 완전히 사라졌다. 유현이가 내 품에서 내려섰다.

"형은 여기서, 아니 여기도 위험하려나."

"어딜 쫓아가려고! 저놈이 노리는 게 그거야. 마나 홀에서 멀어지면 네가 불리해. 저 자식 자기 소속 마나통에 S급 가드도 여럿 달고 왔다고. 심지어 넌 체력도 많이 떨어진 상태잖냐."

계속해서 감금당해 있었다. SS급 스탯을 지니고 있다 해도 몸 상태가 좋다고는 말할 수 없을 터였다. 평범한 사람이라면 쇠약해질 대로 쇠약해져 제대로 서 있기도 힘들 것이다.

"포인트 상점에서 해주 아이템 사서 쓰면 돼. 그러니까."
"정말 쫓아가면 안 돼?"

– 린이도 있는데요, 형!

두 녀석이 동시에 나를 간절히 바라봐 왔다. 어, 음, 뭐.
"…그래, 뭐. 널 산 채로 잡을 생각일 테니까 많이 위험하진 않겠지. 참, 신입이 보낸 메시지는 봤냐?"
유현이가 고개를 저었다. 메시지 볼 틈도 없었구나. 유현이가 받은 메시지 내용 또한 성현제의 것과 같았다.
"그럼 내가 죽어도 아까 형처럼 되살아날 수 있는 거야?"
"어, 그건 아니고……."
말해 줄까 고민하다가 솔직하게 입을 열었다. 가능한 서로에게 숨기지 않기로 했으니까.
"나는 진짜 몸으로 이 세계에 들어왔어."
"뭐? 그, 그럼 형은—!"
"대신 목숨이 다섯 개야. 하나 썼으니 앞으로 네 개나 남았어."
원반에 대해서도 말해 주었다. 성현제는 어째서인지 시스템 속에 들어가 있다는 것도. 유현이가 미간을 찌푸리면서도 고개를 끄덕였다.
"…그냥 형 곁에 있을게. 네 개라고 해도 무슨 일이 있을지 모르잖아. 형을 두고 갈 순 없어. 은혜도 없는데 같이 가는 건 더 위험하고."
"그건 걱정하지 마. 30분 한정이긴 하지만."
아이템 상점에서 미니미니 쿠키를 하나 사서 먹었다. 이내 내 몸 크기가 조그맣게 줄어들었다. 유현이가 당황하다가 조심스럽게 나를 감싸 들었다. 이린이 유현이의 팔을 타고 쪼르르 내게 다가와 빙글빙글 돌았다.

- 형! 형! 귀여워! 린이랑 비슷해!

"이 정도 크기면 크게 신경 안 써도 보호하기 쉬울 거야. 네 화염 저항도 완벽하게 적용될 거고. 지금 스탯 C급에 장비도 S급들이라 F급일 때처럼 스치기만 해도 치명상 입을 수준도 아니야."

- 린이가 안고 있을래! 안고 있게 해 줘요!

잘 보호할 수 있다며 이린이 앞발로 나를 꼭 붙들었다. 그러고 있으면 유현이를 못 도와주잖냐. 마침 유현이, 알파의 인벤토리에 가슴 포켓이 달린 옷이 있었기에 그걸로 갈아입고 주머니에 들어갔다. 이린은 미련을 못 버린 채 내 주위를 맴돌았다.

"얼른 쫓아가서 잡아 버리자!"

포인트 상점에서 '꼬리 무는 개(C)'를 샀다. 반경 3km짜리 1회용 추적 아이템을 시그마와의 계약서 위에 두고 사용하자 이내 반딧불 같은 것이 튀어나와 따라오라는 듯 흔들거린다. 텅, 지면을 박차는 발소리와 함께 유현이의 몸이 허공으로 솟아올랐다.

푸른 버들잎이 짧게 펼쳐지고 잎사귀를 밟으며 연속으로 뛰어 어둠이 내려앉은 건물 위로 올라선다. 건물 옥상에 발끝이 닿기가 무섭게 다시 훅— 몸이 앞으로 나아갔다. 순식간에 몇 개의 빌딩이 발아래로 스쳐 지나갔다.

"내 포인트 상점과 형의 상점은 다른가 봐."

"응?"

"내 상점에는 스킬과 장비만 있어."

달리며 상태창과 퀘스트창을 살피던 유현이가 말했다. 종류가 많긴 했지만 만능열쇠나 미니쿠키, 추적 아이템 같은 건 없다고 하였다. 심지어 스킬과 장비도 내 상점에 비하면 훨씬 가짓수가 적었다.

"…신입이 날 배려해 준 건가?"

아니면 성현제가 손댄 것일 수도 있다. 덕분에 잘 써먹긴 했지.

- 크르르르르.

멀리서 몬스터의 으르렁거림이 들려왔다. 시그마 놈, SS급 몬스터들이 있는 곳으로 향한 건가. 아카테스의 가드들까지 끌어들이면 더욱 유리해지겠지. 얄밉게도 구네.

"유현아, 마나 걱정은 하지 마."

"하지만 이 세계는—"

"형 마나 포션 많다. 포인트 상점에서도 살 수 있어. 그러니 스킬 팍팍 써 버려."

고이 챙겨 놓은 마나 포션 전부 퍼부어 주마. 공격 스킬 두 배 공유도 써 줄 수 있으면 좋았을 텐데, 괜히 저 망할 놈한테 사용했어.

다시 건물을 뛰어넘었다. 반쯤 파괴되어 위태로운 빌딩 꼭대기에 올라서자 몬스터의 기괴한 거체가 한눈에 내려다보였다.

SS급의 단단한 갑주와 같은 비늘을 몸에 두른 몬스터. 멀지 않은 곳에 거대한 뱀과 곰처럼 보이는 몬스터도 아카테스 가드들에게 둘러싸여 있었다. 세 마리 다 상처는 거의 없다. S급 이하 가드들로서는 시간을 끌고 발목을 잡는 것 이상은 할 수 없었던 모양이다.

그리고 저편, 뱀 근처 건물에 시그마 놈이 서 있었다. 마치 우리 보고 오라는 듯이 미소를 짓는다. 누구 씨와 닮아서인가 더 재수 없다.

"형, 조심해."

"잠깐만, 유현아."

시그마를 향해 몸을 달려들려는 유현이를 말리며 아이템을 꺼내 들었다. 여기 있어요(SS).

"한 방 날리고 시작하자."

주위 아카테스와 솔렘니스 가드들 정리해 둬야 편하지. 지금의 내 몸 크기 두 배쯤 되는 권총을 시그마 놈이 있는 곳을 향해 겨누었다. 총구가 반짝, 짧게 빛났다. 총에서 무언가가 발사되는 것은 아니었다. 신호를, 위치를 지정하고, 잠시 후.

구그긍—

시그마와 거대 뱀 몬스터의 위쪽 하늘에서 무언가가 나타났다. 순식간에 아래로 떨어진 둥근 구체가.

콰아아앙—!

폭발했다. 이른 해가 뜬 것처럼 눈부신 빛이 터져 나가고 어마어마한 폭음과 화력이 뒤섞여 치솟았다. 주위의 모든 것이 순식간에 쓸려 나갔다. 제법 거리가 먼 이곳까지도 바람과 열기가 거세게 전해져 왔다.

장소를 지정하면 SS급 폭탄을 떨어뜨려 주는 3회용 아이템.

- 샤아아!
- 쿠워어어!

몬스터들이 울부짖었다. 폭격을 정통으로 맞은 뱀이 화상으로 얼룩덜룩해진 몸뚱이를 크게 꿈틀거렸다. 그때마다 사방에서 독기며 독물이 흘러넘친다. 폭발로 인한 화염이 다 가라앉기도 전에 유현이가 뛰어올랐다. 어차피 동생의 털끝 하나 건드리지 못하는 속성이다.

"독 저항 등급 떨어지긴 했는데, 그래도 S급이야! 해독제도 사면 돼!"

마침 포켓 주머니의 위치가 딱 심장 근처다. 독이 퍼져 들어오면 내 저항력이 영향을 미쳐 해독해 줄 것이다. SS급 스탯이니 독에 더 잘 버티기도 할 테고, S급 독 저항만 있어도 SS급 뱀의 독도 상대할 만했다.

하지만 시그마는 아닐 터다.

푸른 버들잎을 밟으며 유현이의 몸이 순식간에 시그마 근처까지 다다랐다. 화르륵, 검푸른 불길이 솟아오른다. 폭탄의 열기를 흡수하여 적은 마나 소모로도 거세게 불타올랐다.

시그마 또한 가만히 있지 않았다. 그새 마나를 보충했는지 금빛 전류가 화려하게 그의 주위를 감쌌다. 사슬 또한 길게 맴을 도는 그때.

"이린!"

유현이의 명령과 동시에 시그마의 뒤쪽에서 붉은 거체가 덮쳐들었다. 이무기의 모습을 한 이린이 푸른 불꽃을 휘감은 채 시그마를 향해 송곳니와 발톱을 들이밀었다.

카가각, 사슬이 이룡의 공격을 막은 직후, 틈을 놓치지 않고 유현이가 시그마의 등 쪽으로 파고들었다.

유현이의 손에 들린 검이 휘둘러졌다. 번개와 불꽃이 뒤섞이며 서로를 살라먹는다. 옷이 길게 찢어지며, 시그마가 이린과 유현이 사이의 유일한 허점으로 몸을 빼냈다. 하지만 그곳에는 뱀이 있었다. 몸의 일부가 녹아내려 독기로 가득 찬 SS급 몬스터가.

- 시이익!

뱀이 붉은 혀를 날름거리며 입을 크게 벌렸다. 독기에 휘감긴 시그마가 인상을 약간 찡그리고 이린을 막은 사슬의 반대편이 길게 늘어지며.

콰득!

뱀의 머리를 꿰뚫었다. 시그마는 부드러운 동작으로 사슬을 밟고 뱀의 머리 위로 올라섰다. 이어 뒤쫓아 오는 유현이를 향해 기다렸다는 듯 사슬을 당겨 뱀이 독액을 쏘도록 유도했다.

― 키익!

뱀이 괴로움에 겨워 유독 진득한 독액을 토해 냈다. 그것이 유현이의 몸에 닿기 전, 이린 또한 입을 벌려 불을 내뿜었다.

콰과과과, 푸른 불꽃의 브레스가 독액을 순식간에 태우며 뱀의 머리를 삼켰다. 무시무시한 고온의 불길에 뱀이 소리도 지르지 못한 채 절명했다. 형체를 알아볼 수 없게 타 버린 뱀의 머리가 바닥으로 털썩 떨어지고 포인트가 떠올랐다.

"유현아, 포인트 챙겨!"

내 눈에 보이는 포인트는 이전 SS급 몬스터 때보다 훨씬 적었다. 폭탄 터뜨린 공로를 인정해 줘서 고맙구만.

시그마는 옷깃 하나 불타지 않은 채 이미 몸을 피한 뒤였다. 잽싸구만. 역시 저놈도 전투 예지가 있는 거겠지. 그래도 독기에 당하기는 했는지 안색이 살짝 창백해졌다.

이린은 힘을 많이 소모했는지 붉은 도마뱀의 모습으로 돌아와 내 옆에 다가왔다. 다시 시그마를 공격하려는 그때.

타다다다―!

헬기 소리가 들려왔다. 솔렘니스의 헬기인가? 헬기까지 동원하는 건 치사하잖아!

"유현아, 조심해! 마나를 대량 소모하면 S급 이상 공격력을 내는 대형 화기들도 있어!"

유현이가 고개를 끄덕이며 검을 쥐지 않은 손으로 인벤토리의 저격용 라이플을 꺼내 들었다. 라이플로 군용 헬기를 상대하는 건 터무니없는 일이지만 SS급 가드의 손에 쥐인 아이템이라면 말이 다르다. 라이플이 헬기를 향해 겨누어지고.

덜컹.

덩치 큰 헬기의 옆구리가 열렸다. 무기가 나오나 했는데 그곳에서 모습을 드러낸 것은.

부와아앙—

요란한 소리를 내는 거대한 바이크였다. 세 대의 바이크가 헬기 밖으로 튀어나왔다. 그중 선두의 바이크 앞으로 창이 솟아나 있었다. 붉은 머리카락이 달빛 아래에 흩날린다.

"이놈들아! 란체아의 람다가 왔다!"

호탕한 외침과 함께 바닥에 내려선 바이크가 순식간에 속도를 올렸다. 스킬을 사용하였을 것임이 분명한, 엄청난 빠르기로 돌진한 바이크가 곰의 형태를 한 몬스터와 충돌했다. 창끝이 닿자마자 철판처럼 단단한 가죽이 마치 종잇장처럼 휘말려 들며 찢겨 나간다.

그리고 이내, 물주머니가 터지는 듯한 소리와 함께 곰의 몸뚱이가 말 그대로 산산조각 났다.

끼이익, 바이크가 길게 땅을 긁으며 멈춰서고 순식간에 SS급 몬스터를 처리한 람다가 창을 세로로 치켜세웠다. 그녀가 웃으며 우리 쪽을 향해 손을 흔들었다.

"안녕, 도련님!"

길게 고민할 필요도 없었다. 문현아였다.

철컥, 람다의 정체를 눈치채자마자 유현이가 라이플의 방향을 재빠르게 돌려 어깨에 비스듬히 걸치듯 해 쏘았다. 제대로 보지도 않고 발사된 탄환이 시그마의 사슬과 맞부딪치며 요란한 폭음을 울렸다.

장전이 불필요한 마탄이 연이어 쏘아졌다. 빠른 속도의 연사라서인지 위력은 상대적으로 낮았지만 그래도 상대의 발을 잠깐이나마 묶어 놓기엔 충분했다. 나도 구경만 하지 않고 인벤토리에서 폭탄을 꺼내어 가볍게 공중에 띄웠다. 설명할 필요도 없이 유현이가 몸을 반 바퀴 틀며 발끝으로 폭탄을 차 날렸다.

빗발치는 탄환 사이로 폭탄이 무시무시한 속도로 쏘아졌다. 이어 길게 뻗어 오는 사슬에 닿기 직전.

콰아앙!

빛과 연기를 흩뿌리며 터져 나갔다. 폭발력보다는 독 연기에 중점을 둔 폭탄이다. 순식간에 주위를 덮는 독연을 다 피하진 못했을 거고, 그러잖아도 중독된 판에 더 귀찮아졌겠지.

그사이 람다, 문현아와 함께 온 가드들이 움직였다.

- 쿠으으.

마지막 남은 갑주비늘 몬스터가 위기감을 느꼈는지 몸을 둥글게 부풀렸다. 무거워 보이는 몸에 비해 제법 움직임이 빠른 놈이었다. 비늘을 뚫는 것도 쉽지 않을 듯하고, 세 SS급 몬스터 중 가장 귀찮아 보이는 놈을 향해 다섯 대의 바이크가 달려들었다.

엔진음이 요란하게 울리고 엉망인 지면 위를 바이크는 속도를 늦추지도 않고 거침없이 내달렸다. 몬스터 근처에 다다른 그들이 동시에 새카만 강삭을 쏘아 냈다. 단단한 쇠줄들이 몬스터의 몸 위쪽에서 서로 엮이고.

카가가각!

바이크들이 날래게 몬스터 주위를 맴돌면서 줄이 엮이고 꼬이며 순식간에 갑주 몬스터의 몸을 단단히 얽매었다. 줄의 끝을 잡은 S급 가드들이 바이크에서 뛰어내리며 두 다리를 바닥에 박고 버티기 시작했다.

- 캬아우!

몬스터가 몸부림치기 시작했으나 SS급 스탯이라 하더라도 다수의 S급 가드가 동시에 가하는 힘을 이겨 낼 수는 없었다. 수없이 함께 실전을 거쳐 왔는지 그야말로 손발이 딱딱 맞는 움직임으로 S급 가드들이 몬스터의 움직임을 제압한 직후, 문현아가 움직였다.

파파팍, 거대한 바이크가 바퀴에 걸리는 모든 것을 부수고 튕겨 냈다. 몬스터 근처에 다다른 문현아가 바이크를 박차며 뛰어올랐다. 그녀의 몸이 단숨에 공중 높이 치솟았다. 허공에 뜬 상태는 공격하기 딱 좋은 표적이었지만 지금의 몬스터는 꼼짝할 수 없었다. 발버둥 치며 가시 같은 것을 문현아를 향해 쏘려 했으나 S급 가드들이 바로바로 공격을 차단했다.

은빛을 띤 거창이 아래로 겨누어졌다. 스킬을 쓴 것인지 창과 문현아의 몸이 하얀 안개 같은 것으로 감싸였다.

그리고 그대로, 급강하.

공기를 찢으며 새하얀 빛이 아래로 뚝 떨어졌다.

콰과광—!

몬스터의 비늘 갑옷이 망치에 두들겨 맞은 두부처럼 터져 나갔다. 대형 트럭 대여섯 대를 합쳐 놓은 듯한 덩치가 말 그대로 으깨지며 바닥에 납작 달라붙었다. S급 가드들이 재빨리 몸을 피한 그 자리까지 충격파가 전해졌다.

땅이 흔들리고 이미 반쯤 부서졌던 주위 건물들이 우르릉, 내려앉는다. 눌러 내리는 압력으로 인해 생겨난 크레이터 위로 문현아가 가볍게 내려섰다. 창을 인벤토리에 거두어 넣으며 그녀가 자신의 바이크 쪽으로 걸음을 옮겼다.

'장난 아니네, 현아 씨.'

SS급 몬스터 두 마리가 순식간에 정리되었다. 사방이 잠깐 고요해지고, 아카테스의 가드들이 문현아에게로 접근했다.

"빨리 도착하셨군요!"

"어, 연락받기 전에 이미 출발했었지."

"마침 잘되었습니다. 알파를 제압하는 것을 도와주십시오!"

아카테스 가드의 말에 문현아가 무슨 헛소리를 하냐는 듯 눈썹을 치켜올렸다.

"내가 왜?"

"…예?"

"이미 거절도 했다만. 듣지 못했나."

바이크에 걸터앉는 그녀를 아카테스 가드가 멍하게 바라보다가 재차 부탁했다.

"하지만 지금, 알파가 바로 코앞에 탈주해 있지 않습니까! 시그마 님께서 막고는 계시지만 아카테스 시민의 안전을 위해서라도—"

"개소리하고 자빠졌네. 척 봐도 두 놈이서 잘 놀고 있구만 뭔 시민의 안전 타령이야. 됐고, 얘들아!"

문현아의 부름에 란체아의 S급 가드들이 다가섰다.

"너희 손으로 아카테스 방위청 놈들, 체포해라. 이건 내가 나서면 안 되지. 너희들 고향이니까."

"네!"

"맡겨 두세요!"

S급 가드들 중 넷과 란체아의 헬기들에서 내려선 A~B급 가드들이 일사불란하게 움직이기 시작했다. 아카테스에서 빼돌려진 아이들, 인 모양이었다. 이미 전력 소모가 큰 아카테스 가드들은 별 반항 못 하고 붙잡혔다. 멈추었던 헬기들이 다시 사람들을 태우고 아카테스 방위청으로 향했다.

날개 소리와 함께 멀어져 가는 헬기를 바라보고 있는데 유현이가 몸을 돌려 문현아에게로 다가갔다.

"뭐야, 마저 안 싸워?"

문현아가 웃으며 말했다. 그녀도 유현이처럼 모습이 조금 다르긴 했다. 특히 키와 덩치가 확실히 더 커졌다. 지금은 거의 2미터 가까이 될 듯싶었다.

"문현아 헌터, 맞습니까?"

"당연히 맞지, 도련님. 그런데 형님은? 따로 떨어졌으면 위험한데."

"여기 있어요."

주머니 밖으로 손을 흔들며 말하자 문현아가 눈을 동그랗게 떴다.

"얼씨구, 왜 작아졌냐. 귀엽게."

대뜸 뻗어오는 그녀의 손에 유현이가 뒤로 물러서며 피했다.

"좀 만진다고 닳냐. 그리고 나랑 있는 편이 더 안전할 텐데. 저기 저놈 물러날 기세도 아니고, 그래서 온 거 아냐? 도련님?"

유현이의 표정이 부루퉁해졌다. 날 맡겨 두려고 온 거였구나. 안 그래도 되는데.

"그보다 현아 씨도 시그마 놈 잡는 거 도와주시죠. 빨리 끝내 버리게."

"엥? 왜? 성현제랑 도련님 오랜만에 붙어 보는 거 아니었어? 진짜 몸뚱이도 아니니 맘 편하게 싸움 붙은 줄 알았는데."

"저거 성현제 아닙니다."

문현아가 놀라워하며 저만치 서 있는 성현제와 나를 번갈아 바라보았다.

"Ctrl C, Ctrl V인데? 머리색만 약간 다르고… 음, 저놈이 조금 더 어린 티가 나는 것도 같지만, 정말로 다른 놈이라고? 저 얼굴이?"

"일단은요. 다른 사람 맞아요, 기억도 없고. 저 보자마자 저 새끼가 배를 걷어찼다니까요. 머리채 잡혀서 그대로 끌려갈 뻔… 유현아?"

까드득 이를 가는 소리가 들려왔다. 이런, 괜히 말했다. 현아 씨 앞이다 보니 방심해 버렸어. 그녀가 사육소에 방문하면 같이 다른 사람들, 주로

협회 까 대는 버릇이 들어 있어서…….

"형은 여기 있어."

"야, 유현아! 잠깐만! 너 지금 몸 상태 안 좋다니까? 포션이라도 들고 가!"

유현이가 나를 꺼내어 문현아에게 맡겼다. 얼른 마나 포션을 우르르 꺼내 놓자 동생 녀석이 그걸 챙기곤 곧장 몸을 돌린다. 정말이지, 그냥 현아 씨랑 같이 잡으면 되는데!

"걱정 마! 힐러도 데리고 왔어."

"그래도 시그마 놈 뒤통수 한 방만 쳐 주면 안 될까요? 저 새끼가 저한테 강제로 각인도 새기려고 들었다니까요."

"진짜? 근데 한 소장님은 어떻게 된 거야? 저놈처럼 똑같이 생겼잖아."

문현아에게 지금 내 상태를 간략하게 설명해 주었다. 원반을 설치해야 한다는 것과 성현제가 엉뚱하게 시스템 쪽에 가 있다는 사실까지.

"그렇군. 예림이와 노아 헌터가 있을 만한 곳까진 짐작이 가는데 피스는 모르겠네. 퇴치당한 건 아닐지 몰라."

"…설마요."

지금 상황을 설명해 주는 사이 유현이와 시그마가 다시금 맞붙었다. 단숨에 거리를 좁힌 유현이가 시그마의 바로 앞에서 소총의 방아쇠를 당겼다. 평범한 사람이라면 절대 피하지 못할 지근거리의 사격이었지만 시그마는 유현이의 움직임을 미리 읽어 내곤 피하는 것은 물론이요, 반격까지 가했다.

시그마의 몸에서 전류가 튀었다. 공격이 아닌 시야 방해용으로 빛이 날카롭게 번득였다. 사슬이 뱀처럼 바닥을 기며 발목을 노림과 동시에 어느새 시그마의 손에 들린 권총의 총구가 유현이의 옆구리에 가 닿았다.

탕! 총성이 울렸다. 유현이의 옷이 찢겼지만 피까지는 비치지 않았다.

마찰력이 완전히 없어진 듯, 한유현의 발끝이 제 발목을 노리던 사슬 위로 미끄러지며 유연하게 몸을 틀어 총격을 피한 것이다.

'알파의 스킬인가?'

유현이에게는 저런 회피 스킬이 없었다. 심지어 유현이를 쫓아 휘감으려던 사슬도 발목에 닿더니 제대로 잡지 못한 채 미끌, 스치고 말았다. 발 근처 한정 마찰력을 떨어뜨리는 유의 스킬인 듯했다.

한유현과 시그마의 위치가 순간 뒤바뀌며 동시에 서로의 총구가 불을 뿜었다. 유현이의 총탄은 길게 뻗은 사슬에 의해 전부 가로막혔다. 시그마의 공격 또한 칼날에 작은 흠집을 남기며 튕겨 나갔다.

간간이 불꽃과 전격이 뒤섞이긴 했지만 둘 다 마나 소모가 큰 광역 스킬은 최대한 쓰지 않았다. 시그마는 물론이고 유현이도 마나를 아낄 필요가 있었다. 내가 마나 포션을 주긴 했지만 근접 전투 중에 그거 마시고 앉아 있을 틈이 어디 있을까.

카가강, 검이 휘둘러지고 사슬이 칼날을 휘감았다. 유현이가 검을 강하게 돌려 당겨 사슬을 되레 더 얽매이게 만들며 공중으로 뛰어올랐다. 최대한 좁은 범위로 펼쳐진 버들잎을 딛고서 검을 그대로 바닥을 향해 던져 꽂는다. 사슬이 차라락 검에 딸려 땅으로 내려가고 새로운 장검을 꺼내 든 유현이가 시그마를 향해 쏘아졌다.

주요 무기가 검에 묶였지만 시그마는 당황하지 않았다. 그가 입꼬리를 올림과 동시에.

피잉—!

공기를 튕기는 소리와 함께 사슬이 분해되며 유현이를 향해 총알처럼 쏘아졌다. 마치 역류하는 금빛 비와도 같았다. 도저히 피하기 힘든 그 상황에 붉은 이룡이 유현이의 몸을 감싸듯 튀어나왔다.

– 크르륵!

불길을 휘감은 이린이 제 몸으로 사슬 비를 받아 내곤 다시금 도마뱀으로 돌아갔다.

그사이 유현이의 칼끝이 시그마의 가슴을 노리고 찔러 들었다. 시그마가 몸을 크게 틀어 검을 피하며 짧은 칼을 손바닥 위에서 빙글 돌렸다. 손잡이까지 전부 쇠로 이루어진 단검이 자기를 띠며 던지는 동작도 없이 알아서 유현이를 향해 날아들었다.

준비 동작이 없으니 당연히 공격을 예측하기도 힘들었다. 한유현은 단검을 피하거나 쳐 내는 대신 순간적으로 작은 불길을 끌어내어 제 몸에 닿기 직전 녹여 버렸다. 끓어오르는 쇳물이 튀어 올랐으나 유현이에게는 별다른 영향을 주지 못했다.

하지만 단검에 한눈을 판 그 짧은 순간, 시그마가 바싹 파고들어 오며 발차기를 꽂아 넣었다.

"큭!"

다시 이어진 사슬 또한 한유현의 한쪽 팔을 얽매었다. 이린이 재빠르게 사슬 중간에 올라타 고온이 깃든 송곳니로 물어 잘라 버렸지만 그사이 시그마의 거센 공격이 계속해서 이어졌다.

발을 거두기도 전에 발사된 총탄이 묶인 팔을 노리고, 이번에는 확실하게 피를 보고 말았다. 검푸른 불길이 피어올랐으나 금빛 전류 또한 동시에 맞서 퍼져 나갔다.

전투 예지가 있는 한 역시 스킬 사용을 억제한 근접전은 불리하다. 심지어 체력 소모 차이도 큰 상태다.

"현아 씨! 진짜 계속 보고만 있을 거예요?"

다급한 내 외침에 문현아가 어깨를 으쓱했다.

"현제 놈도 아니라니까, 한 소장님을 위해 한 방 날려 줄까."

"네! 제 복수라고 생각해 주십쇼! 저놈이 절 얼마나 괴롭혔는데요!"

내가 뜯어먹은 건 물론 말하지 않았다. 솔직히 피해보상금치고는 아직 부족했다. 문현아가 소리 내어 웃으며 인벤토리에서.

"…뭡니까 그게."

대전차 로켓포 같은 것을 꺼내었다. 아니, 일반적인 로켓포보다 훨씬 크다. 구경부터가 두 배는 넘음 직했다.

"한번 써 보고 싶었거든."

"자, 잠깐만요. 위험한 건 아니죠?"

"당연히 위험하지! 한 소장님, 주머니 속에 단단히 매달려 있어."

문현아가 나를 자신의 재킷 주머니에 넣고는 로켓포를 유현이와 시그마를 향해 겨누어 들었다. 우우웅, 작은 울림과 함께 마나가 로켓포에 흡수되기 시작했다. 계속해서.

"…충전 시간이 너무 긴 거 같은데, 애면 남의 동생 잡는 거 아니에요?"

"걱정 말라고. 도련님 화염 저항 짱짱하잖아!"

"아니, 그래도!"

평범한 물건이 아니다. 위험하다.

"현아 씨, 그거 등급이!"

"SS! 그중에서도 상위!"

뭐? 심지어 마력을 이만큼이나 잡아먹으면, 야! 문현아! 막아설 틈도 없이, 어차피 막아서지도 못했겠지만.

구오오오—

묵직한 에너지의 파동음과 함께 로켓포가 발사되었다. 장비 사용자는 자동 보호를 받을 것임에도 빛과 열기가 뜨겁게 쏟아져 내렸다. 콰과과과, 주위의 모든 것을 파헤치고 휩쓸면서 거대한 마력 덩어리가 휘몰아쳐 날아간다.

귀가 먹먹해지고, 공기가 일렁거리며.

콰아아앙!

어마어마한 화력이 폭발했다. 미친, 유현아!

"아이고, 내 동생!"

"괜찮아, 괜찮아!"

선생님 스킬이 이어져 있어 무사한 건 알 수 있었지만! 이건 역시 심하잖아!

"유현아!"

마침 쿠키 유효 시간도 거의 다 되었기에 주머니에서 뛰쳐 나왔다. 곧장 달려 나가려는 나를 문현아가 붙잡았다.

"그러다 다친다. C급이라며. 같이 가 줄게."

그사이 폭발로 인한 먼지구름이 흩어지고 거대한 크레이터가 눈앞에 나타났다. 구덩이 곳곳에 녹아내린 흔적이 가득했다. 아직 불길이 넘실거리고 중앙은 땅이 끓어오르고 있었다. 유현이는 비교적 멀쩡했지만 화염 저항이 없거나 약할 시그마는 제법 타격을 받은 듯했다.

"야! 시그마! 힐러 붙여 줄 테니 얌전히 항복하시지!"

문현아의 외침에 시그마가 어깨를 으쓱해 보였다. 대답은 없었지만 전의도 가라앉은 모양이었다. 이대로 계속 싸워 봐야 승산이 없기는 했다.

유현이는 시그마의 목을 부러뜨려 놓고 싶다는 표정이었지만 일단 물러서서 마나 포션을 마신 뒤 다가오는 우리를 돌아보았다. 문현아가 어디론가로 연락하고 이내 란체아의 헬기가 나타났다.

헬기는 우리 근처로 다가오지 않고 한참 떨어진 곳에 내려섰다. 전투의 흔적을 보고 함부로 접근하면 위험하겠다 판단한 모양이었다. 나 같아도 별로 다가가고 싶지 않은 풍경이긴 했다.

"유현아, 괜찮아?"

기껏 포션 발라 놨더니 또 상처가 생겼네. 큰 부상은 없었지만 지친 기색은 다 감추지 못하고 드러나 보였다. 며칠 잘 먹고 푹 쉬어도 모자랄 판에 풀려나자마자 SS급 가드와 치고받았으니 멀쩡한 게 더 이상하다.

"좀 더 끌면 확실히 잡을 수 있었어."

얌전히 치료를 받으면서도 유현이가 약간 불만스럽게 말했다.

"독에 당했으니 시간이 흐를수록 네가 유리해지긴 했겠지만, 너도 멀쩡한 상태는 아니잖냐. 자칫 크게 다쳤을지도 몰라."

"그렇긴 한데 몇 번 가까이서 부딪쳐 보니까."

유현이가 목소리를 낮추며 말을 이었다.

"전투 경험이 적은 것 같았어. 세성 길드장보다 만만해."

"응? 경험? 시그마가 각성한 지는 훨씬 더 오래되었을 텐데?"

솔렘니스의 시그마가 된 것도 5년 전이라고 했고.

"대인전 경험 말하는 거지?"

문현아가 불쑥 끼어들었다.

"여긴 구조상 상급 가드, 특히 같은 SS급 각성자와 싸워 볼 일이 거의 없었을 테니까. 주로 몬스터만 상대했겠지. 그런 것치곤 능숙하긴 하지만."

그건 아마 전투 예지 덕분일 터였다. 여러모로 사기적인 스킬이라니까. 경험 부족이라는 소리까지 듣고 나니 더더욱 시그마와 성현제가 다른 사람처럼 느껴졌다. 다른 사람인 거 맞긴 하다만.

"그러고 보니 도련님은 포인트 얼마 못 모았겠네. 나는 제법 쌓아 놨지. 상점에 괜찮은 거 많더라."

문현아가 기대 어린 표정으로 말했다. 밖에 별일만 없다면 원반 느긋이 설치하고 천천히 나가고 싶다고도 하였다. 이왕이면 SS급 장비 하나쯤 마련하면 좋겠다면서.

"조금 전에도 SS급 몬스터 두 마리나 잡았으니 이백만 포인트 넘게 얻었겠네요."

"응? 아냐. SS급은 마리당 오륙십만쯤 주니까 백만 정도지."

"…네?"

나는 백만 넘게 얻었었는데? 심지어 유현이 또한 뱀 잡으면서 사십만 가량밖에 못 받았다고 하였다. 어떻게 된 거지, 난 시그마랑 같이 잡고도 마리당 백만이 넘었었… 아.

'미라클 루키 칭호!'

던전 아이템 보상을 두 배 받을 수 있는 칭호였다. 하지만 여긴 던전이 없고 몬스터가 바로 튀어나오다 보니 포인트 두 배로 적용된 모양이었다. 그럼 원래 SS급 몬스터의 사냥 포인트는 오륙십만인데.

'나는 두 배 적용에 시그마는 포인트를 받지 못하는 이쪽 사람이니까 내가 전부 다 받아서……'

마리당 백만. 그런 건가! 획득 포인트가 두 배에 심지어 내 포인트 상점은 종류도 훨씬 많고……. 와, 이거, 이거.

'시그마와 함께 사냥한다면 포인트 두 배로 독점!'

가슴이 살짝 설레었다. 도시 밖에 몬스터 많다던데 그거 전부 다 친애하는 시그마 씨와 함께 쓸어버리고 싶어라. 내가 가볍게 폭탄 던져서 긁힌 상처만 내고 시그마가 싹 처리해 주면 포인트가 뻥튀기되어 우르르.

"시그마 씨, 몸은 괜찮으신가요!"

더도 말고 덜도 말고 딱 삼 일만 시간 내주면 안 될까. 심지어 지금 미끼 아이템도 있잖아. 주위 몬스터 싹 끌어모아서 한 방에 잡아 버리면… 아, 입꼬리가 막 올라간다. 삼 일 만에 억 단위로 포인트 모아서 애들 SS급 장비 하나씩 다 챙겨 주고! 스킬도! 유용한 잡템들도!

"해독 도와드릴까요? 아시다시피 저 독 저항—"

"형, 뭐 하는 거야."

시그마에게 다가가려는 나를 유현이가 붙잡았다. 유현아, 형이 다 너 좋자고 이러는 거란다.

"해주 아이템 쓰기 아까우니까 잘 달래서 계약 완료해야지."

"그냥 죽여 버리면 안 돼? 문현아 헌터도 있잖아."

"그렇게까지 나쁜 사람 아니야."

괜찮다는 말에도 동생은 영 탐탁지 않아 했다. 내 시체 내놓으라며 대뜸 공격해 왔으니 그럴 만도 하지만. 그래도 동생아, 저 사람 매우 유용하단다.

"저런, 안색이 많이 안 좋아 보이시네요. 곧 란체아의 힐러가 도착할 겁니다. 그 전에 손이라도 잡아 드릴까요?"

몸 여기저기 생긴 화상을 포션으로 치료하고 있던 시그마가 서늘한 표정으로 나를 내려다보았다. 입고 있는 장비 좋은 거였을 텐데 많이 상했네. 특히 상의는 상당 부분 타 버려서 수리가 될지 걱정이었다. SS급이면 아깝잖아.

"또 무슨 수작이지?"

"수작이라니요. 제가 뭐 언제 그쪽한테 나쁘게 대했습니까? 그쪽 대접과 비교하면 처음부터 끝까지 친절 그 자체였는데. 좋게 좋게 가자고요, 계약서 약간만 수정하고요."

"수정할 필요는 없을 텐데. 여기서 말하면 되지 않나."

"중요한 거라니까요. 조용히 따로, 시그마 씨 궁금증을 풀어 주는 시간을 가졌으면 싶습니다만. 인상 찌푸리지 말고요. 혹시 삐졌어요? 내일모레 마흔인 사람이 속 좁게 굴지 맙시다."

내 말에 시그마의 표정이 더욱 못마땅해졌다.

"내가 그렇게 나이 들어 보이는 건가."

"아니, 겉은 젊… 잠깐만."

그러고 보니 이 인간, 몇 살이지. 무심코 성현제와 같을 거라고 생각했지만 문현아의 말대로 좀 더 어린 듯도 하고. 기본 표정이 딱딱하게 굳어서 그렇지 누구 씨처럼 부드럽게 풀어진다면 제법 어리게 보이지 싶었다.

"…그, 서른은 넘었죠?"

대답이 없었다. 야, 잠깐만. 설마.

"…이십 대? 진짜?"

"보통은 그렇게 생각하던데."

놀라워하는 내가 이상하다는 듯이 시그마가 말했다. 어, 아니, 물론 매끈하게 젊은 얼굴이기는 한데. 와 씨, 이십 대. 진짜냐.

"내가 형이잖아!"

"…뭐?"

"나 삼십 대다!"

그럴 리가, 하고 시그마가 중얼거렸다. 내 옆에 바싹 붙어 서 있던 유현이도 눈을 동그랗게 떴다.

"형 나이는."

"유현아, 형이 너보다 몇 살 더 많지?"

"다섯 살."

"지금 네 나이가 몇 살이지?"

"스무—"

"스물여섯이지. 그러니 지금의 난 서른한 살이라고. 형이라고 불러라, 시그마."

푸핫, 하고 흥미진진하게 구경하던 문현아가 결국 소리 내어 웃기 시작했다. 반대로 시그마와 유현이는 표정이 확 찌푸려졌다. 아 뭐, 싫음 말고. 내가 진짜로 속은 삼십 대 맞는데 말이야. 성현제 얼굴을 한 녀석이 나보다 어리다고 생각하니 기분이 썩 나쁘진 않았다.

그래, 환경이 이러니 어린놈이 좀 거칠게 자랐을 수도 있는 거지.

"계약서부터 수정하자고요. 보자, 일단 서로 휴식이 필요하니까 내일 오후쯤에 따로 만나서 이야기하죠. 괜찮지? 아까처럼 도망치지 말고 제대로 들어야 하고, 정보 외에 질문 세 가지 더 대답해 주는 대신 알파는 조건에서 빼도록 하죠. 묻고 싶은 거 많을 텐데 그냥 받아들여요, 시그마 씨."

이왕이면 잘 구슬려서 몬스터 사냥도 같이하고. 사랑하는 내 포인트 셔틀님. 잘해 줄게, 딱 삼 일만 시간 내주라.

시그마는 나를 빤히 쳐다보다가 계약서 수정 사항에 동의했다. 때마침 란체아의 힐러와 가드들을 비롯해 솔렘니스 가드들까지 도착했다. 솔렘니스 가드들이 미심쩍은 눈길로 우리를 견제하며 자신들의 수장을 챙겼다. 특히 나를 향한 시선이 영 좋지 못했다.

내가 일 좀 많이 치긴 했는데 나쁜 사람 아니니까요, 진짜로.

다시 아카테스 방위청으로 돌아왔을 때, 소란스러운 분위기는 많이 정리되어 있었다.

방위청 상층부와 가드들은 대부분 체포되었다. 다섯 명의 S급 가드 중 비테라의 언니는 동생과의 전투 끝에 중상을 입고 사로잡혔다. 남은 넷 중 하나는 란체아 가드들의 손에 붙잡혔지만 셋은 행방이 묘연했다. 날이 밝으면 수배를 내리겠지만 도시 밖으로 도망쳤을 가능성도 높았다.

"우리 쪽 S급 가드의 수가 더 많으니 쉽게 덤비지는 못하겠죠."

비테라가 웃으며 말했다. 그녀는 그노시가 나를 죽일 마음을 품고 있다는 사실을 몰랐던 모양이었다. 그노시와 그와 함께 있었던 가드들은 아직 의식을 되찾지 못한 상태였다. 깨어나면 오해를 풀어야겠지.

"알파 때문에 상황만 살피고 있었는데 이렇게 잘 풀리게 될 줄은 몰랐어요."

란체아에 몸을 맡기고 있었던 저항 세력의 S급 가드는 무려 네 명이었다. 비테라를 포함하면 다섯이다. 적은 숫자는 아니었으나 방위청에 비하면 절반에, SS급인 알파까지 있으니 그동안 아이들을 빼내는 것 외의 활동은 불가능하였다.

언젠가 SS급의 자질을 가진 아이가 나타나지 않을까, 그것만을 기대하고 있었다며 그녀가 내게 감사를 표했다. 그 말에 어쩔 수 없이 속이 답답해졌다. 실제의 이 세상에서는… 깊게 생각지 않으려 애쓰며 적당히 대답하곤 자리를 떠났다.

문현아도 내게 뭔가 하고 싶은 말이 있는 듯했지만 피곤하다는 핑계를 대고 유현이와 함께 객실로 올라갔다. 실제로 피곤하기는 했다. 계속 제대로 쉬질 못했으니까.

"아무 생각 말고 푹 쉬어, 유현아."

란체아 가드들의 눈총을 죄다 씹고 딱 두 개 있는 최상층 객실을 차지했다. 아 뭐 왜. 우리 유현이도 SS급 가드다. 여기 아카테스라고. 솔직히 제일 대접 잘 받아야 할 사람이 내 동생 아니냐. 마음 같아서는 아카테스 방위청 상대로 고소라도 하고 싶었다.

"일단 뭘 좀 먹어야 할 텐데. 잠깐만 있어 봐, 바로 식사 준비해 달라고 할게."

"…먹고 싶지 않아."

"응? 왜? 배 안 고파?"

말하다가 아차 싶었다. 식당을 비롯한 일반 직원들은 그대로니까 거부감 느낄 만도 하겠구나. 방위청이 아예 마비되어서야 곤란하니 단숨에 전부 갈아치울 수도 없고. 그래도 밥 먹이기는 해야 하는데.

"여기 주방도 있더라. 형이 간단하게 죽이라도 끓여 줄게. 씻고 있어. 오랜만에 머리라도 감겨 줄까?"

"형도 피곤할 텐데."

"스탯 C급 된 덕분에 좀 피곤해 봤자 멀쩡할 때의 F급보다 훨씬 나아. 아, 돌아가서도 스탯 이대로 유지되면 좋겠다."

웃으면서 동생을 욕실에 밀어 넣었다. 진짜 스탯도 가지고 갈 수 있다면 정말 좋겠네. C급만 해도 어디냐. 애들 키우는 것도 훨씬 수월할 거고.

너른 주방의 냉장고에는 각종 재료가 들어차 있었다. 하지만 막상 요리를 하려니까 재료 선정부터가 고민스러워졌다. 죽… 아니면 수프나 스튜 같은 거라도 끓이고 싶은데, 뭘 어떻게 써야 하지.

★우리 함께 요리를 해 봅시다☆

"뭐야, 이 동네 요리도 할 줄 알아요?"
도와주겠다니 감사히 날아온 퀘스트창을 열었다.

오른쪽 벽에 걸려 있는 냄비에 물을 3분의 1가량 채워 주세요~ 냉장고 두 번째 칸의 고기도 꺼내 줍니다. 첫 번째 칸에는 채소도 있네요. 우선은 고기를 잘게 썰면 첫 번째 미션 완료!^▽^
보상: 친절하게 사진을 첨부한 요리 재료 수첩, 내 파트너를 위한 앞치마

정말 친절도 하셔라. 하지만 지켜보고 있다고 생각하니 머쓱해지는걸. 시키는 대로 고기를 다지고 보상을 받았다. 재료 수첩은 유용했지만 앞치마… 왜 핫핑크색인데. 보복이냐. 입지 않으려고 했지만 요리 방법을 가르쳐 주는 다음 퀘스트 공략 조건이 앞치마 착용이었다. 망할 성현제 놈. 역시 핫핑크 털실 생일 선물로 던져 줬다고 복수하는 게 분명하다. 하여간 뒤끝 길어요.

존재감만큼은 바로 등 뒤에 서 있는 듯한 누구 씨의 조언하에 그럴듯한 스튜가 완성되었다. 왜 이 동네 요리도 잘하는 거지.

> 맛있게 드세요!
> 가족을 챙기는 것도 중요하죠. 하지만 스스로도 아껴 줘야 한답니다!
> 파트너의 사랑을 한 스푼 담아, 1인분을 깨끗이 비워 봅시다♡
> 보상: 10,000P, 수제 핫핑크 털장갑

왜 퀘스트창 메시지는 오글거리게 바뀌는 걸까. 여기 시스템 만든 사람 얼굴이 궁금해진다. 핫핑크 털장갑은 또 뭔데. 포인트만 줘.

식탁을 차리고 깨끗이 씻고 나온 동생을 불렀다. 다행히 유현이는 스튜 한 그릇을 전부 비웠다. 배를 채우고 나니 절로 하품이 나왔다. 동생이 무사해서 안심되기도 하고, 졸음이 말 그대로 쏟아져 내렸다.

"알파의 스킬도 익혀서 나갈 수 있을까? 각성 등급에 비해 스킬 수는 적지만 쓸 만한 게 두엇 있던데."

침대에 나란히 누운 채로 유현이가 말했다.

"쉽지는 않을 거야. 그래도 감각을 잘 익혀 두면 불가능한 일은 아닐걸. 포인트 상점에 마음에 드는 장비나 스킬은 없어?"

"좋아 보이는 건 많은데, 포인트가 부족하니까."

"포인트는 모으면 되니까 걱정 말고 골라나 놔."

시그마는 물론이요 시스템 속의 털실뭉치를 쥐어짜서라도 형이 사다 주마.

"우선 예림이와 피스, 노아 씨를 찾아야지. 다행히 현아 씨가 둘은 어디 있는지 알 거 같다니까. 원반 마저 설치하고, 신입이 공략 전해 주면 상황 봐 가며 포인트 팍팍 모으면 돼."

신입과 연락이 되면 시간이 얼마나 흘렀는지 물어보고 여기 시간을 최대한 느리게 해 달라고 부탁할 생각이었다. 밖에는 별일 없을 테니까. 길들일 몬스터 상태 살펴본다는 말도 해 놓았으니 공략에 며칠 걸린다더라도 이상하게 비치진 않을 것이었다.

"…형."

"응?"

"이 세계가, 실제로 있었던 곳이라고 했었지?"

"어. 얼마나 예전인지는 모르겠지만 과거에 사라진 세계라고 하더라."

"여기서 일어난 일도 전부 실제로 일어났던 거고?"

"그렇긴 한데, 너무 신경 쓰진 마. 우린 괜찮을 거야."

유현이는 대답 없이 입을 다물었다. 우리 세상이 멸망한다는 사실을 나보다도 훨씬 먼저 알고 있었던 동생이지만 막상 진짜 사라진 세상을 보니 기분이 복잡해진 모양이었다. 예림이와 노아 씨는 괜찮으려나.

'역시 이번 기회에 최대한 정보를 많이 얻어 가야겠다.'

파트너 씨, 부디 잘 부탁드립니다. 시스템 열심히 뒤져봐 주세요.

이미 턱밑까지 차오른 잠이었기에 이내 눈이 감기고 의식이 흐려졌다. 한숨 푹 잘 자고 깨어났을 때.

"…유현아?"

동생의 모습은 사라지고 없었다. 누워 있던 흔적만이 희미하게 남아 있을 뿐이었다. 각인 연결된 놈들 다 정리하고 몸 상태도 회복했으니 위험할 일은 없겠지만, 대체 말없이 어딜 가 버린 거지.

얼른 침대에서 내려서자 기다렸다는 듯이 퀘스트 메시지가 반짝거렸다.

┌─────────────────────────────┐
│ 아침 운동은 옥상에서! │
└─────────────────────────────┘

다행히 멀리는 안 갔구나. 옥상이면 백 미터 이내일 테니 성현제가 본 모양이었다. 정말 도움은 된단 말이야. 대충 옷을 걸쳐 입고 옥상으로 향했다.

헬기장으로 쓰이는 옥상은 넓었다. 하지만 유현이를 찾기는 어렵지 않았다. 옥상에 올라서자마자 내 뒷목 쪽에서 이린이 튀어나왔기 때문이었다. 린이가 안녕, 인사하듯 앞발 하나를 들어 흔들고는 폴짝 아래로 내려가 앞장서 기어갔다.

동생은 옥상 반대쪽 끝에 서 있었다. 아침 햇살이 부드럽게 검은 머리카락 위를 감돌았다. 유현이와 비슷하지만 또 약간은 다른 얼굴. 조금 더 나이를 먹기도 했다. 스물여섯 살이니까.

내가 본 동생 중에 가장 나이가 많은… 알파의 모습이 섞여 있어서 다행이다. 그렇지 않았더라면 꽤 힘들었을지도.

"왜 여기 나와 있냐. 말도 없이."

유현이 옆으로 다가갔다. 난간 너머로 도시가 내려다보였다. 저 멀리 건물들 사이로 어젯밤의 흔적이 어른거렸다. 여기 사람들도 당황스럽겠구만. 하룻밤 새 방위청이 확 뒤엎어져 버렸으니. 반가워하는 사람들도, 불안해하는 사람들도 있을 것이다.

"형."

"응?"

"요즘 내가, 너무 물러진 거 같아."

유현이의 몸 위로 기어오른 이린이 목덜미에 자리 잡았다. 동생이 담담하게 말을 이었다.

"길드에 있는 집으로 돌아갈까 싶어. 형 옆에는 피스에 박예림도 있고, 노아 헌터도 상주하니까. 걱정할 필요 없겠지. 어차피 바로 옆 건물이기도 하고."

"야, 갑자기 무슨 소리야. 물러지긴 뭘 물러져. 아니, 그러면 또 어때. 사람이 너무 딱딱하게 살아도 힘들어. 적당히 무른 게 좋지."

최근에 유현이가 좀 느슨해진 건 사실이었다. 하지만 예전보다, 특히 회귀 전보다는, 지금이 더 나았다. …훨씬 더.

"네가 같이 살기 싫어한다면 모를까 그건 아니잖아."

"응. 아니야. 지금이 좋아. 너무 좋아서 가끔은 꿈을 꾸는 게 아닐까 의심될 정도로."

"그런데 왜 나가려는 건데."

대답은 돌아오지 않았다. 무언가 있긴 있구나. 그런 확신이 들었다. 혹시 내가, 자신을 구하려다가 죽을 뻔한 것 때문일까. 아니, 그건 이미 솔직하게 말해 왔다. 만약 또 비슷한 일이 생기면 언제까지든 기다릴 테니까 다른 사람들과 함께 안전하게 구하러 와 달라고.

동생은 자신을 그냥 포기하라는 말은 하지 않았다. 오히려 구해 달라고 했다. 많이 놀라고 겁먹고 힘들었겠지만 내 손을 거부하지는 않았다. 그러니 그 일 때문에 이제 와서 내 곁을 떠나려곤 하지 않을 것이다.

그렇다면.

'…알파의 기억 때문인가.'

아무리 갑자기 남의 몸에 들어오고 환경이 바뀌고 혼자 떨어졌다고 해도 그것이 폭주로까지 이어지는 건 역시 이상했다. 문현아만 봐도 능숙하게 람다 노릇을 하고 있었다. 게다가 그녀의 말로는 SS급 가드의 이상 현상이 보고된 곳은 아카테스뿐이라고 했다. 도시 간의 교류는 적은 편이었지만 알파의 폭주 같은 큰 사건이 터지면 귀에 들어오지 않을 리 없다니 예림이와 노아 역시 잘 적응한 듯했다. 피스는, 일단 젖혀 두고.

결국 문제가 생긴 건 유현이뿐이었다.

'자기 전에 이 세계에 대해 물은 것도 그렇고.'

하지만 대체 어떤 기억이기에.

"유현아, 너—"

발소리도 없이 가볍게, 유현이가 난간 위로 올라섰다.

"알파 때문이야? 어디 가!"

동생 놈이 도망치듯 난간을 따라 걸어갔다. 그 뒤를 쫓아갔지만 얼마 못 가 앞이 막히고 말았다. F급일 때는 곤란했겠지만 지금은 스탯 C급에 부츠도 있으니. 나도 난간 위로 올라갔다.

손가락 두 개 굵기쯤 되는 난간은 이내 끝나고 보안을 위해서인지 좀 더 높게 둘러쳐진 철판이 이어졌다. 발 디딜 곳의 폭이 1센티미터도 채 안 되는, 줄타기보다 더한 수준이었지만 평지에 선 듯 안정적인 모습이었다. 나도 지금은 못 할 거 없지.

"위험해, 형!"

철판 위로 올라서자마자 유현이가 소리쳤다. 위험하긴 무슨. 바로 옆으로 보이는 바닥이 까마득하긴 했지만 떨어질 일은 없다.

"서로 숨기는 거 없기로 했잖냐. 말해."

"…형도 다 말해 주는 건 아니잖아."

"말 못 하는 거 빼고는 전부 털어놓았다만. 여기서의 일도 다 말해 줬잖아. 진짜 몸이고, 목숨 네 개 남은 것까지. 너 걱정할까 봐 숨기고도 싶었지만 솔직하게 말해 줬다고."

한 걸음 앞으로 다가갔다. 유현이의 시선이 내 발끝에 고정되었다. 혹시라도 내가 떨어질 거 같으면 바로 달려오려는 듯 무심코 제 다리에 힘을 준다.

"세상 살면서 남에게 감춰야 하는 일, 물론 있긴 해. 나도 네 개인적인 일까지는 캐물을 생각 없다. 혹시 자꾸 눈길이 가고 사귀고 싶은 사람이 생겼다거나 몰래 연애 중이라면 말해 주면 참 좋긴 하겠다만."

"없어, 안 해."

좀 해라.

"하지만 네가 이러는 거, 또 틀림없이 나와 관련된 거 아니냐. 맞지?"

유현이가 입을 꾹 다물었다. 응, 역시 그렇구나.

"그럼 나도 알아야 하지 않을까, 유현아. 내가 네 일로 고민하면서 말없이 속으로 품고만 있으면 너도 싫을 거잖아. 아니야? 만약 너 걱정한다고 지금 내 몸이 진짜라는 사실을 감췄으면, 어땠겠어. 싫지?"

"…싫어. 하지만, 형."

동생은 망설이면서 쉽게 입을 떼지 못했다. 대체 뭐지. 도저히 짐작 가는 게 없었다.

"내가, 형에게 있어. 그러니까……."

내 발끝에 머무른 유현이의 시선이 올라올 줄을 몰랐다. 더 접근했다간 따라잡기도 힘들게 훌쩍 도망쳐 버릴 것 같아서 참았지만.

"해만 되는 거 같아. 아니, 실제로 그래. 내가 없는 편이—"

"야! 한유현!"

유현이가 흠칫 고개를 들었다. 이 자식이 할 말이 있고 안 할 말이 있지.

"그건 또 무슨 개소리야!"

"하지만, 알파의!"

알파가 뭐! 유현이의 목소리가 뚝 끊어지고 푸른 버들잎이 나타났다. 저놈 저거 진짜 작정하고 튀려고 하네! 이를 으득 갈면서 몸을 옆으로 기울였다. 건물 바깥, 바닥 쪽이었다. F급은 물론이요 C급 정도로도 추락했다간 절대 무사하지 못할 높이의.

"형!"

당연하게도 동생이 달려왔다. 나를 향해 손을 뻗는다. 내 몸이 완전히 바닥과 수평으로 기울어졌다. 그대로 뚝 떨어져야 정상이겠지만, 부츠 바닥은 직각으로 세워진 철판 옆면을 평탄한 바닥처럼 밟았다. 철판에 꽂힌 것처럼 버티고 선 채 와이어를 꺼내 들었다. A급짜리 튼튼하고 자동 포박 기능도 붙어 있는 아이템이다.

와이어를 내 손목에 휘감으며 동시에 동생의 몸을 묶었다.

"힘주면 내 손목 잘려 나간다."

"뭐, 형!"

A급 아이템이라고 해 봤자 SS급을 어떻게 이기겠냐. 그래서 일부러 내 손목까지 연결 지어 묶었다. 와이어가 당겨지면 내 손목이 조이도록. C급짜리 몸뚱이니 조이다 못해 살을 파고들고, 잘려 나가기까지 하겠지.

유현이는 자신의 상체를 휘감은 와이어를 끊어 낼 엄두도 내지 못한 채 멈추고 말았다. 나는 다시 철판 위쪽으로 올라가며 묶인 동생을 건물 안쪽으로 끌어당겼다. 내가 다치기라도 할세라 꼼짝도 못 하고서, 유현이의 몸이 옥상 위로 쓰러졌다.

동생을 내리누르면서 허튼짓하지 못하게 위에 올라탔다. 이린이 기어 나와 와이어를 끊어 주고 싶은 듯 주변을 배회했다.

"린이 너, 얌전히 있어."

린이가 눈을 깜박이며 머뭇거리다가 다시 동생의 목덜미로 돌아갔다. 그래, 착하네.

"…너무해. 형을 인질로 삼다니."

유현이가 볼멘소리를 했다.

"그건 미안하다."

잘난 동생 힘으로는 붙잡을 능력이 없다 해도 이런 방식은 잘못되었지. 하지만 동생 놈이 스스로를 칼로 찌르고 있는데 그냥 보낼 수도 없었다.

"네가 왜 나한테 해만 돼."

"……."

"한유현."

기다렸다. 언제까지라도 여기 이렇게 있을 듯이. 한참 만에 유현이의 입이 열렸다.

"…알파에게도 양육자가 있었어."

칭호를 가진 사람이 있었다고 동생이 말했다. 순간 나와 같은 칭호인가 싶었지만, 여긴 다섯 번째 근원이 있는 곳이 아닐 터였다. 태생 S급을 키운 양육자 칭호는 다섯 번째 근원의 세계에서만 나타난다고 했으니. 알파는 태생 S급이 아니었던 모양이다.

"그리고 살해당했어."

"유현아, 뭘 걱정하는 건지는 잘 알겠지만 양육자 칭호를 가진 사람이 살해당하는 건 흔한 일이라고 했어. 그래서 네가 날 멀리했었잖아. 잠깐 힘들긴 했지만 지금은 괜찮고—"

"효도중독자에게."

"…뭐?"

유현이의 눈가가 괴롭게 일그러졌다. 기억을 되새기기 힘든 듯 이를 악물었다가 다시 말한다.

"여기 아카테스는 이 세계의 효도중독자와 관련이 있어. 정확한 정보는 내가 받은 기억이 일부라서인지, 차단된 것이라서인지 알 수 없지만. 계약한 사람이 있다고 했어."

"그게 누구인지는 모르는 거야?"

유현이가 짧게 고개 저었다. 방위청 사람일 확률이 높겠지. 어제 일에 휘말려 죽었을 수도 있고 도망쳤을 수도 있지만, 체포당한 자들에게 캐물어 볼까.

"그놈이… 알파의 양육자를 살해한 놈이, 형이 방금 말한 것처럼 양육자 칭호를 가진 사람은 곧잘 살해당한다고 말했어. 패륜아들에게."

"…그런."

잠시 할 말을 잃고 말았다. 패륜아들에게라니, 잠깐만.

"…거짓말을 했을 수도 있잖아."

"알파는 그놈과 계약한 사람 옆에서 단순히 듣고만 있었고, 계약에는 거짓 정보를 줄 수 없다는 내용도 들어가 있었어. 알파와 다른 도시의 SS급 가드들에 대해 말하며 나온 이야기이기도 하고. 거짓말은 아닐 거야……."

효도중독자와 접선하는 데까지 데리고 갔다면 알파가 믿을 만한 상태였다는 뜻일 것이다. 정신조작이나 그런 걸… 해 뒀을까. 양육자 살해도 그 일환이었을지도. 그럼 효도중독자와 계약한 놈은 알파 관리자 중 한 명일 가능성이 높았다.

"패륜아들은 S급 각성자들의, 특히 태생적 S급 각성자들의 원활한 몬스터 사냥을 위해서 걸리적거리는 건, 정리하려고 든다고. 양육자를 보호하기 위해 웅크리고 있으면 비효율적이니까. 양육자가 사라진다 해도 보통 S급들은 쉽게 극복하는 데다가 몬스터에 의해 살해당한 것으로 조작하면, 더 열성적으로 세계를 지키려고 해서……."

심장이 두근거렸다. 속이 울렁거리는 것을 참고 최대한 차분하게 정보를 정리했다. 그러니까, 세상을 좀 더 효율적으로 지키기 위해 양육자를 제거한다, 이건가. 패륜아들이.

…나한테 거짓말한 건 아니구만. 살해당하는 경우가 많다, 라. 살해하는 주체를 말하지 않았을 뿐 사실이기는 했네. 씹어 먹을 것들이.

"내가 그 태생적 S급 같은데, 형."

유현이가 불안 가득한 얼굴로 말했다.

"다른 S급 헌터들과는 다르다는 거, 느끼고는 있었어. 세성 길드장과 리에트 헌터가 비슷한 느낌이었고. 태생적 S급의 양육자는 아주 드물고, 그리고, 패륜아들이 거의 다, 무조건 처리를 한다고……. 시스템에 지정을 해 놓아서 숨길 수도 없고……."

"유현아."

"형이 각성하자마자, 나 때문에 살해당했을 수도 있었다고, 생각하니까……."

"그게 왜 너 때문이야! 패륜아 놈들 짓이지!"

"하지만 내가 계속, 형을 멀리했으면 안전했을지도… 모르는데……."

패륜아들의 목적은 던전을 막아 세상을 구하는 것이다. 그러니 계속 나를 멀리한 채 길드와 세력을 키우는 데 집중했다면 굳이 형을 건드리진 않았을 거라는 유현이의 말에 가슴이 덜컥 내려앉았다.

설마.

설마 유현이도 이 사실을 알았을까.

"유, 현아."

내 목소리가 약하게 떨렸다.

"너 말이야, 나를 계속해서 멀리하려고… 했었어? 몇 년 뒤에도 계속?"

"…아니야. 각성했을 때 나는 아직 어렸고 형은, 너무 불안해하고 있었으니까. 길드가 자리를 잡고 형도, 사람들도 던전에 익숙해지고 나면 연락하려고 했어. 다시 예전처럼은 못 돌아간다고 해도… 그래도."

유현이가 미안하다면서 말했다. 미안할 거 전혀 없지만, 제대로 달래 줄 수 없었다. 머릿속이 복잡했다. 어지러웠다. 표정을 숨기기 위해 고개를 숙였다.

"…형?"

"아니, 생각할 게 좀 있어서."

모르기를 바랐다. 몰랐어야 했다. 제발. 만약 유현이가, 자기 자신의 존재 자체가 내게 위협이 된다고 생각하고 있었다면. 젠장.

웃고 있던 얼굴이 떠올랐다. 속이 아팠다. 왜 웃었지. 어째서. 죽어 가면서 뭐가 그렇게 후련한 듯이.

"유현아, 네 잘못이 아니야. 네가 잘못한 건 하나도 없어."

단순히 동생을 달래기 위한 것이 아니었다. 진심이었다.

"그냥, 단순히 그냥 나는 너를 사랑했고 너도 나를 받아 줬을 뿐이야. 누구도 잘못하지 않았어. 그저 어쩔 수 없이 운이 나빴고, 예상치 못한 재난 같은 거지. 잘못한 사람은 없어. 아니, 패륜아 놈들이 잘못한 거야."

그놈들도 세상을 구해야 한다는 명분은 있겠지만 알 게 뭐냐.

"그리고 이제는 괜찮잖아. 너도 봤잖냐. 패륜아들이 나한테 쩔쩔매는 거. 걔들 나 못 건드려. 오히려 보호해 주려고 했지. 그거……."

그거, 그게 다, 네 덕분인데. 네가 이렇게 만들어 준 건데. 속에서 자꾸 튀어나오려는 뜨거운 덩어리를 억눌렀다. 되삼키기 힘들었지만 불가능하지는 않았다. 어떻게든 웃을 수 있었다.

"걱정하지 마, 유현아. 다 잘될 거야. 같이 살게 되어서 좋다고 했지? 앞으로도 그럴 거야. 계속. 네가 바라는 만큼."

동생이 작게 고개를 끄덕였다.

"미안해 형, 말 안 하려고 해서."

"괜찮아. 앞으로는 꼭 말해 주고, 네 잘못이 아니라는 것만 확실하게 기억해 둬."

스르륵, 와이어를 풀어내며 자리에서 일어났다. 동생에게 손을 내밀었다.

"무엇보다도 내가 먼저 유현이 너한테 다가간 거야. 갓 태어난 아기가 뭘 알았겠냐. 내가 먼저 좋아해 주니까 너도 날 따른 거지. 그러니 더더욱 넌 잘못한 거 없다."

내 손을 잡고 동생이 몸을 일으켰다.

"하지만 형한테는 많이 미안한걸."

"내 선택이라니까. 네가 계속 미안해하면 나까지도 잘못 선택한 게 되잖냐. 그러니 미안해하지 말고, 음, 고마워해라."

미안해보다는 고마워가 확실히 좋지. 유현이가 확연히 밝아진 얼굴로 방긋 웃었다. 역시 표정도 웃는 게 훨씬 낫다.

"고마워, 형. 그래도 형이 결혼하거나 하면 피해 줄게. 너무 자주 찾아가는 것도 안 되겠지."

"…뭐? 갑자기 무슨 소리야? 아니 나 사귀는 사람도 없어!"

"형도 툭하면 나한테—"

"야, 그건 내가 네 보호자 같은 거니까 그런 거고! 그리고 피해 주긴 뭘 피해. 너 싫다는 사람은 나도 싫다."

"하지만 보통은 싫어할 거라던데. 그래서 미리 생각해 두는 게 좋을 거래서."

아니, 어떤 놈이 애한테 쓸데없는 소릴 지껄인 거야?

"누가 그래, 누가! 나도 그런 사람은 싫다니까? 신경 쓰지 마! 집 나갈 필요 없어."

애초에 결혼 같은 건 뭐, 포기했고. 유현이가 아니더라도 아래위로 몬스터도 득시글하지, 무엇보다 위험하기도 하잖아. 그거 다 받아 줄 사람 없을 거니와 있다고 해도 내가 미안해서라도 안 된다.

심지어 지금은 애들이 더 우선이기도 하고… 이런 마음가짐으로 누굴 만나겠냐. 서로에게 상처나 주겠지.

"그럼 진짜 계속 같이 살아도 돼?"

"당연하지. 네 마음이 변하면 몰라 난 안 변한다. 독립한다고 하면 아쉬워도 해 주마."

"형만 괜찮으면 독립 같은 거 절대로 안 해. 난 지금이 좋아."

"그래, 그래."

애초에 스물이면 학교 때문에 자취하는 게 아니고서야 대부분 가족과 같이 사는 나이이기도 하고. 길드장이니 S급 헌터니 해도 아직 애지.

"혹시 알파의 기억 중에 쓸 만한 건 더 없고?"

"기억을 다 받은 건 아닌 데다가 명령받는 위치라 별거 없어. 문현아 헌터가 더 많이 알고 있지 않을까."

그래도 아카테스 방위청이 효도중독자와 관계가 있다는 사실은 쓸 만한 정보였다. 시그마와 면담한 뒤 효도중독자의 계약자를 찾아볼까.

┌─ 아침 운동은 옥상에서! ─┐

옥상을 내려가려는데 퀘스트창이 반짝였다. 아, 진짜.
"갑자기 뭐 하는 거야, 형?"
"구경꾼을 위한 맨손체조. 아침에 가볍게 운동하는 게 건강에 좋단다."
보상 때문만은 아니고. 포인트가 꽤 짭짤해서, 흠.

5장 진짜와 가짜

5장
진짜와 가짜

 아침을 먹고 유현이와 함께 방위청의 멀쩡한 두 건물 중 한 곳으로 향했다. 하룻밤 만에 방위청 절반 이상이 날아가 버리다니, 이래서 사람은 착하게 살아야 하는 법이다. 전투계 가드들 핍박 안 하고 알파 잘 모시고 있었어 봐라. 내가 폭탄까지 던졌겠냐.
 유현이가 폭주한 것도 결국 아카테스 방위청 놈들 잘못이고. 지은 대로 잘 받았네.
 "한 소장님!"
 문현아가 나를 보고 반갑게 손을 흔들었다. 사람들이 바삐 오가는 곳을 피해 테라스 쪽으로 나갔다. 마침 중앙의, 마나 홀이 있는 방향이라 건물 잔해를 치우는 모습들이 내려다보였다. 지하층의 마나 홀이 희미한 빛을 발하고 있었다. 태양 빛이 강해 푸르다기보단 하얀색에 가까워 보였다.
 "둘의 관계에 대해서는 내가 대충 설명해 놨어."

문현아가 대낮부터 술병을 흔들며 말했다. 여기 술 중에는 SS급도 취할 수 있는 종류가 있다고 했다. 마나 홀로 발효를 어쩌고저쩌고라던데. 돌아가기 전에 유현이와 한잔해야겠네.

"알파 가족 중에 아버지가 살아 있는 거 알아?"

"기록 봤어요."

"한 소장님 총으로 쏜 사람이라더라."

그 말에 유현이의 표정이 싸늘해졌다. 뚜렷한 살의까지 흘러나왔다.

"어디 있습니까."

"유현아, 잠깐만. 그러면 안 되지."

"왜? 나와는 관계없는 사람인데."

"이유야 어찌 되었든 널 도와주려던 사람이잖아. 나 때문에 네가 너한테 호의를 보이는 사람을 해치는 거, 보고 싶지 않아. 애초에 내가 오해하도록 만들기도 했고."

"나는 알파가 아니야."

"그야 당연하지. 하지만 이번 한 번만 봐주자. 어차피 오래전에 죽은 사람이잖냐."

그리고 진짜 이 세계에서는, 알파를 구하지 못했을 가능성이 더 높았다. 여기서는 반란에 성공했지만… 입안이 씁쓸해졌다.

"저도 그노시 씨를 만나는 봐야 할 거 같은데요, 무사합니까?"

"힐러가 부족해서 입원 중이긴 하지만 목숨에는 지장 없다더라. 부상자가 워낙 많다 보니 말이야."

다행이다. 그때 테라스의 유리문 너머로 사람들이 다가왔다. 들어가도 되냐는 듯 어슬렁거리는 모습에 문현아가 손짓했다. 그들 중 대표자쯤으로 보이는 남자가 입을 열었다.

"잠시 후에 아카테스 시민들을 안심시키기 위한 방송이 나갈 예정입니다. 혹시 알파 님께서 출연이 가능하실까요. 전투계 가드들의 처우 개선을 위해서라도 SS급 가드가 대표적으로 얼굴을 비추는 것이 좋을 듯해서 말입니다."

"그야 그렇지. 도와줘라, 도련님."

문현아가 아카테스 저항 세력, 이제는 새로운 방위청 사람들을 거들어 주었다. 유현이는 내가 왜, 라는 듯 귀찮아하는 얼굴이었다. 알파도 아니고 진짜 세계도 아니고. 도와줄 필요 없긴 한데.

"잠깐만 거들어 주자. 솔직히 저 사람들보다 네가 그런 거 더 잘 알 거고. 경력이 다르잖아."

이미지 관리라면 아카테스보다야 우리 쪽 세상이 훨씬 앞서 있을 것이다. 이 동네는 관리할 필요도 없이 서열과 체계가 꽉 잡혀 있으니까. 내 말에 유현이가 하는 수 없다는 표정으로 이린을 내 어깨에 옮겼다.

"문현아 헌터와 함께 있어, 형."

"알았어. 걱정하지 마."

"방송까지 정확히 얼마나 남았습니까. 대본은요?"

"30분 후 예정이지만 조정 가능합니다. 대본은 여기 있습니다. 길지는 않고요."

유현이가 대본을 눈으로 휙 훑더니 못마땅하게 눈썹을 찌푸렸다.

"방송의 정확한 목적이 뭡니까. 방위청이 물갈이된 직후건만 이건 대충 인사나 하고 끝내는 수준이잖습니까."

"예? 하지만 전투계 가드가 대외적으로 나서는 일은 별로 없었으니……."

"그럴수록 더욱 첫인상이 중요하다고는 생각 못 합니까. 방송 시간 미루더라도 수정하세요. 코디는요?"

"네?"

유현이가 제 앞에 선 남자를 한심하다는 듯 쳐다보았다. 자기 기준에 영 미치지 못하는 모양이었다. 저 사람들로서도 당황스럽겠구만. 자기들이 아는 알파는 얌전히 명령이나 따르던 현장 전투요원일 테니까. 하지만 우리 유현이는 길드장이랍니다. 이미지 관리하며 방송 출연 하루이틀 한 게 아니라고.

유현이와 아카테스 사람들이 우르르 밖으로 나갔다. 다시 조용해지고 문현아가 인벤토리에서 술잔을 꺼내었다.

"형님도 한잔할래?"

"아직 오전입니다만."

"돌아가면 이런 거 없어. 나중에는 나오려나."

나옵니다. 문현아가 그리웠다면서 술잔을 가볍게 비워 냈다.

"성현제가 형님 보고 있다고 했지?"

"네. 심심하면 이상한 퀘스트 보내온다니까요."

"그래?"

문현아가 주위를 두리번거리더니 돌연 크게 외쳤다.

"야! 성현제! 역시 이십 대가 피부도 탱탱하고 귀엽더라! 세성 길드장 늙은 척하는 게 아니라 진짜 늙었어! 차이 확 나!"

…아니, 그렇게까지 많이 나진 않던데. 나까지 살짝 억울해졌다. 지금의 난 이십 대긴 하지만 원래는 삼십 대고. 피부가, 다르긴 하지만 그때야 고생한 탓이 컸지. …역시 석시명 말대로 신경 좀 쓸까.

"성현제 놈 밖으로는 못 나온대? 나란히 세워 보고 싶은데. 시그마 개 사진은, 영상은 못 찍어 가나? 그 대왕구렁이와 비교하면 애가 확실히 풋풋한 게 다르긴 달라. 송 실장님도 왔어야 했는데!"

"그건 저도 아쉽네요."

송 실장님이 봤으면 어떤 반응을 보였을까. 궁금하다.

"근데 시그마와 성현제, 대체 무슨 관계일까. 아무 상관 없다기엔 너무 복붙이잖아."

"진짜 똑같이 생기긴 했죠? 원래 이쪽 세상에 살다가 우리 세상으로 넘어오기라도 한 건지."

"그럴듯한데? 딴 세상 출신이라 과거 행적이 묘연한 걸지도."

"맞아요, 딱 들어……."

순간 침묵이 내려앉았다. 나와 문현아 모두 입을 딱 다물었다. 기분이 묘해졌다. 설마.

"…설마."

"설마요."

"같은 사람이라기엔 역시 성격이 많이 달라. 백 년은 더 숙성시켜야 성현제가 될 거 같다고."

"이 동네 가상현실 같은 데이터라니까 오류 나서 세성 길드장의 정보가 뒤섞였다거나, 뭐 그랬을 수도 있죠. 원래 시그마 몸에 들어갔어야 하는데 튕겨 나가면서 겉모습과 스킬만 남은 걸지도 몰라요."

"하긴 나도 그렇고 알파도 도련님 모습이 섞였으니까. 람다 머리색 원래 갈색이었더라."

문현아가 자신의 머리칼을 쓸어 올리며 말했다. 그래, 시그마가 원래 성현제와 좀 비슷하게 생겼는데 데이터 합쳐지다 말아서 똑같아진 걸 거야. 스킬도 그렇고.

…SS급이면 멸망한 세상에서 빼내는 게 가능하다고 했지만, 설마. 혹시나 싶어 퀘스트창을 열어 보았지만 시스템 속의 성현제는 잠잠했다. 으으음.

"저도 한 잔만 주세요."

술잔을 받아 단숨에 들이켰다. 와, 꽤 세네. 그래도 달달하니 맛있다.

"예림이와 노아 씨가 있는 곳 짐작 가신다고 했죠? 내일 바로 출발할까요."

"헬기와 안내인 붙여 줄 테니까 도련님과 함께 가. 아카테스 통신 장비가 망가져서 수리 중이라더라. 내일쯤엔 연락 가능할 테니 확인해 보고 출발하면 돼."

"어째 현아 씨는 안 가겠다는 말처럼 들리는데요."

"아카테스 꼴이 이런데 나까지 자리 비우긴 그렇잖아. 도련님 한 명이면 충분할 거고."

정말로 같이 안 갈 모양이었다. 물론 도시 상황이 어지럽기는 하지만.

"이미 사라진 세상이에요. 그렇게까지 신경 안 쓰셔도 됩니다. 너무 마음을 주는 것도 좋진 않을 거고요."

괜히 정 줬다간 힘들어질 뿐이다. 내 말에 문현아가 미소 지었다.

"알아, 형님. 하지만 그런 거 일일이 생각하며 행동할 필요는 없어."

"네?"

"멸망한 세상이고 데이터일 뿐이라고 해도 내가 여기 있잖아. 내가 보고 있고 느끼고 있으면 그게 진짜지."

"그래도… 지금 아카테스를 돕는다고 해도 실제로는 변하는 게 없을 텐데요."

끝난 지 오래된 이야기다. 여기서 무슨 짓을 하든 바뀌는 건 없다.

"가끔 보면 형님도 제법 딱딱하단 말이야."

문현아가 손을 들어 내 머리를 거칠게 비볐다. 아프다고. 누르지 마.

"왜 변하는 게 없어. 우리가 기억하잖아. 잠깐이지만 이 세계에서 살면서 영향도 받고 변하기도 하고. 여기서 얻어 가는 거 하나도 없어?"

"그건, 아니지만요."

"또 이렇게 도와주는 거 말이야, 기분도 좋고. 애들 기뻐하는 거 보니 속이 다 뻥 뚫리더라."

그녀가 속 시원하게 웃었다.

"복잡하게 생각하지 말고 간단하게 바라봐 봐. 형님도 나름 뿌듯하지 않아? 아주 화끈하게 부숴 먹었던데. 동생도 구했고."

"마지막에 삐끗했는데요."

"살다 보면 실수도 하는 거지. 도련님 표정은 좋던데? 최근에야 계속 좋았지만. 그 나이다워진 게 보기 좋더라. 딱딱할 때보다 훨씬 나아."

"그건 그렇죠."

마나 홀과 그 주위를 바쁘게 오가는 사람들을 바라보았다. 비테라가 감사를 표했을 때는 속이 답답해졌었는데 지금 돌이켜 보니 그리 나쁘진 않았다. 환하게 밝은 얼굴이었지. 다른 사람들도 짐을 덜었단 표정들이었고.

"게다가 우리라고 뭐 영원하냐. 언젠가 끝은 있고 우리 뒤의 사람들한테 영향을 미치고 기억으로 남고, 그런 거지. 그러니 나는 이 세계를 진심으로 대하고 있어. 최소한 나한테는 진짜야. 형님 생각이야 자유긴 하지만. 아, 그리고!"

문현아가 표정을 확 바꾸며 간절한 눈빛으로 나를 바라보았다. 갑자기 왜…….

"이쪽 세계 정보들, 내가 독점 좀 하면 안 될까? 예림이랑 노아 헌터한테도 내가 잘 말할게. 도련님은 형님 부탁이면 들어줄 거고. 세성 길드장도 대충 설득할 수 있을 거 같은데."

"네? 정보요?"

"그래, 정보! 여기가 마나와 가드, 헌터 관련으로는 훨씬 발전했더라고. 우리 세계와 완전히 같진 않겠지만 쓸 만한 게 많아. 잘만 이용하면 브레이커가 독립하기 한결 수월해질 거 같은데. 부탁할게, 한 소장님."

확실히 이 세계가 쌓인 연구자료 같은 건 훨씬 더 많을 터였다. 단순히 각성자가 나타난 후의 세월만 쳐도 열 배쯤 되니까. 그런 정보들을 가지고 간다면 유용하게 쓸 수 있겠지.

"어차피 전 원래 몸으로 와서 아는 것도 별로 없어요. 열심히 독립 응원이나 해 드리겠습니다."

"나중에 마음 바꾸기 없기다?"

"물론이죠."

브레이커가 홀로 서게 된다면 나도 환영이다.

문현아와 함께 아카테스 방위청 뒷정리를 도와주고 다녔다. 나는 주로 구경만 했지만 란체아의 가드들은 문현아를 무척이나 잘 따랐다. 원래의 람다도 인망 두터운 사람인 모양이었다. 슬쩍 람다의 변화에 대해 물어보자 전보다 좀 더 밝아지신 것 같아요, 라는 대답이 돌아왔다.

"술은 과해지셨지만요."

"바이크랑 창을 갑자기 애지중지하시고요. 취하셨을 땐 뽀뽀도—"

"이제르!"

"죄송합니다!"

람다의 장비가 마음에 쏙 들었나 보다. 하긴 그럴 만했어. 거창도 SS급이고 바이크도 특수제작 아이템이라고 하고. 여기 있는 아이템들 진짜 어떻게 못 가져가나. 아까워 죽겠네.

점심때쯤 방송이 끝나고 유현이가 돌아왔다. 동생 뒤를 줄줄이 따라붙는 사람들의 분위기가 마치 해연 길드의 것과 비슷했다. 갈 때는 내내 휘둘리기만 하던 알파가 뭘 알겠어 하는 눈빛들이 대다수였는데 지금은 확 변했다.

알파도 SS급 각성자니 환경만 제대로 갖추었다면 방위청의 중심이 되고도 남았을 텐데.

"저 사람들, 귀찮아."

유현이가 내게 작게 투덜거렸다.

"오래 있지도 않을 거잖아. 조금만 봐줘라."

뒤는 문현아에게 맡겨 놓고 예림이와 노아를 찾으러 가기로 했다고 동생에게 말해 주었다. 그전에 란체아에 들러 원반 설치도 해야지. 시그마를 잘 설득해서 같이 갈 수 있으면 좋겠는데.

'솔렘니스를 버려 둘 수도 없으니 그냥 사나흘 몰이사냥 정도로 만족해야겠지.'

어떻게 꼬신다.

점심을 먹고 약속 시간이 되어 시그마의 객실로 향했다. 유현이가 걱정스러워했지만 신체에 해를 입히지 않겠다는 조건 넣어 놓았다며 달랬다. 내 편인 SS급 가드가 둘이나 있는데 허튼짓 못 하지.

"실례합니다, 시그마 씨."

객실로 들어서자 가벼운 옷차림에 어째 퉁한 표정을 한 시그마가 맞이해 주었다. 확실히 많이 쳐줘야 20대 후반에서 서른 될까 말까 한 얼굴이었다. 그런데 내내 삼십 대, 그것도 후반 정도로 생각하고 있었으니. 선입견이란 무서운 거구나.

"얼굴 좀 풀어요. 딱딱하게 구니까 서른 살 넘어 보이지."

"C급 네가 보는 눈이 없는 거겠지"

"그래, 그래. 형이 미안해."

잘못 봐서 정말 미안해요, 하며 소파에 걸터앉자 시그마가 못마땅하게 눈썹을 올렸다.

"아무리 봐도 서른한 살은 아닌 듯한데."

"어제 들었잖아. 알파보다 다섯 살 많다니까? 내가 좀 동안이라서. 어서 앉으세요, 시그마 씨."

여전히 납득할 수 없다는 얼굴로 시그마가 내 반대편에 자리했다. 우선 계약서부터 꺼내어 테이블에 펼쳐 놓았다. 가치 있는 정보 말해 주고 세 가지 질문 받아 주고. 간단한데.

"음… 그러니까……."

원래는 그냥 넌 진짜가 아니고 이 세계도 멸망한 가짜 데이터일 뿐이다, 하고 말 생각이었다. 그런데 입이 잘 떨어지지가 않았다.

성현제라면 댁 가짜요, 해도 흥미를 먼저 보일 것이다. 하지만 시그마는 어떨까. 이십 대… 스물 몇 살이지. 그래도 알파보다는 나이가 많겠지. 처음 마주쳤을 때는 정말로 지루해 보였는데, 지금은 표정에 한결 변화가 많아졌다.

"…질문부터 받을게요. 뭐든 물어보시죠."

금빛 눈동자가 나를 바라보다가 천천히 입을 열었다.

"성현제가 누구지."

신경 쓰였나 보구나. 저 얼굴로 저 질문을 던져 오니 기분이 묘해졌다.

"당신과 똑같이 생겼지만 다른 사람입니다."

아마도. 시그마가 서늘해진 눈빛으로 더 자세한 설명을 요구했다.

"자잘한 건 전에 들었죠? 내 파트너라고."

"쓸데없는 정보뿐이었어."

그건 그랬지. 어디까지 이야기해도 괜찮을까. 성현제가 직접 소개해 달라고 퀘스트까지 보냈으니 개인정보는 신경 쓰지 않아도 되겠지.

"일단 S급 각성자입니다."

"고작?"

…내가 고작 소리 하는 건 괜찮지만 남이 하니 살짝 거슬렸다. 내 동업자라고. 패도 내가 팬다.

"그쪽보다 열 살쯤 많은 어른이죠. 외모는 비슷한데 역시 연륜이란 건 어쩔 수 없다니까요. 시그마 씨는 아직 어리고. 아, 또 삐치려고 든다."

"그런 적 없어."

"세성 길드의 길드장이기도 합니다. 대충 시그마 씨와 비슷한 위치예요. 스킬도 비슷하고 무기도 아마 같은 듯한데, 한번 아이템 설명창 봐도 됩니까?"

시그마가 의심스러운 눈길을 보내왔다. 내가 훔쳐 가기라도 할 줄… 많이 훔쳤구나. 의심받을 만하네.

확인만 하겠다며 끝부분 잡고 있어라, 아니면 계약서라도 쓰겠다고 말하고 나서야 시그마가 사슬을 꺼내었다.

고상한 수색자의 사슬 - 계약자의 등급+1(최대 신화급)
초승달의 가장 짙은 달빛으로 벼린 사슬. 금속으로 보이나 본질은 빛이다.

이전에 본 성현제의 사슬 상태창과 글자 하나 틀리지 않고 똑같았다. 진짜 뭐지.

"무기도 완전히 같네요. 이 사슬 어디서 어떻게 얻은 겁니까?"

"질문을 하는 건 이쪽이다."

"그 정도는 말해 줄 수 있잖아요. 출신지는 어디예요? 진짜 이름도 말해 주면 좋겠는데. 가족은요? 제가 시그마 씨한테 무척이나 관심이 많아서 그러는데 서로 신상명세서 교환하면 어때요? 일단 저한테는 착하고 귀엽고 사랑스러우며 완벽한 동생이 하나 있고 부모님께서는 오래전에 돌아가셨습니다."

성현제의 과거는 알 수도 없고 물어봤자 대답 듣기도 힘들겠지만, 시그마는 잘 달래면 털어놓지 않을까.

"내가 왜 말해 줘야 하지."

"원활한 커뮤니케이션을 위해서죠. 에이, 인상 찡그리지 말고. 그럼 가족에 대해서라도 이야기해 봐요. 나도 말했는데. 부모님은 혹시 살아 계십니까?"

"성현제는 지금 어디에 있나."

시그마가 내 질문을 씹고 물었다. 이거 두 번째 질문으로 쳐야 하나. 누구냐는 물음에 위치 정보는 들어가 있지 않으니까.

"시스템 쪽에 있습니다."

"…뭐? 분명 S급 각성자라고 했을 텐데."

"사연이 길어요. 방금 물은 거 두 번째니까 이제 하나 남았습니다. 잘 생각하고 질문하세요. 아니면 그쪽 신상정보랑 바꾸든가. 비싸게 쳐줄게."

시그마의 눈썹이 꿈틀거렸다.

"내가 세 번째 질문이라고 확실히 말하기 전에는 대답할 필요 없다."

그가 뒤늦게나마 제한을 걸었다.

"그리고 성현제에 대한 정보는 부족해."

"정확히 뭘 알고 싶은 건데요? 키? 몸무게? 그쪽이랑 비슷하지 싶은데. 생일은 8월 30일이고 저번 생일 때 크루즈 부숴 먹었고. 저도 자잘한 것밖에 몰라요. 생각할수록 진짜 아는 거 별로 없네. 결혼은 일단 안 한 거 같은데 모를 일이고, 그 얼굴에 그 나이니 연애는 해 봤을 거고. 시그마 씨는 사귀는 사람 있어요?"

"없어."

"얼굴이 아깝다. 그러게 좀 웃고 다니라니까. 스마일~"

시그마의 얼굴이 더욱 딱딱하게 굳어졌다. 참견이 좀 과했나 보다. 그래도 웃으면 훨씬 나을 거 같은데. 보나 마나 친구 같은 것도 없겠지. 유현이를 소개해 줘 볼까. 아니면 노아 씨나. 셋이 잘 어울리지 않나 싶었다가, 퍼뜩 현실을 떠올렸다.

현아 씨는 이곳이 진짜나 마찬가지라고 했지만, 역시…….

그때 차르륵, 사슬이 움직이는 소리가 들려왔다. 테이블을 넘어서 뱀처럼 기어 오는 것을 별생각 없이 쳐다보았, 윽.

"이거 계약 위반 아니냐."

"몸에 상처를 입혔다면 그랬겠지. 벗어나려고 발버둥 치다가 다치는 건 내 책임이 아니고."

시그마가 뻔뻔하게 말했다. 저럴 때는 성현제와 비슷하긴 하단 말이야. 사슬에 묶인 내 몸이 테이블 위로 끌어당겨졌다. 뭐가 거슬린 거지. 혹시.

"방금, 무슨 생각을 한 거지. 나를 보면서."

낮게 억눌린 목소리에 등골이 오싹해졌다. 속마음이 대놓고 표정에 드러난 건가. 내가 어떤 얼굴을 하고 있었지. 어쩌면 동정 비슷한 것을 느꼈을지도 모른다. 그건 완전 아웃일 거 같은데.

고개를 들어 시그마의 표정을 살펴보려 했지만 나는 테이블에 엎드리다시피 한 채고 녀석은 일어나 버려서 불가능했다. 다리밖에 안 보여.

"친애하는 시그마 씨가 친구도 사귀고 연애도 하고 결혼도 했으면 좋겠다는 생각."

"거짓말."

"대답해 줘야 할 의무 없는데. 마지막 남은 질문권을 쓰든가. 추천은 안 하겠지만. 아깝잖아."

시그마가 몸을 숙였다. 스카프가 풀려 나가고, 뒷목에 손가락 끝이 닿았다. 서로의 신체 안전을 보장하는 계약을 했음에도 소름이 살짝 돋았다.

"계약 조건을 만족시키지 못하면 C급, 넌 내 소유가 된다."

"김칫국 너무 마시면 짜단다. 아, 김치를 모르겠구나."

"죽지 않는다는 걸 알았더라면 그때 각인을 마저 새겼을 텐데."

"목숨이 수십 수백 개 되는 거 아니거든. 다음번에는 죽어."

"거짓말. 몇 번 남았지."

"몇 번은 무슨. 기회는 보통 한 번뿐이라."

"인체의 주요 마나 흐름은 뒷목만이 아니라 척추 전체로 이어진다."

뒷목을 가볍게 누른 손끝이 천천히 아래로 내려갔다. 인체 모형을 두고 강의라도 하는 듯했다.

"안전상 목 뒤쪽에만 작게 각인을 넣지만 척추 전체에 새기려는 시도를 해 보지 않은 것은 아니야."

허리 위에서 손이 잠깐 멈추었다.

"다만 단 한 명도 버텨 내지 못했다고 하더군."

"인체실험이라니, 최악이네."

"주요 마나 경로에 모두 각인을 새긴다면, 이론상 인체의 세세한 마나 흐름까지 모두 완벽하게 조작이 가능해진다고 하지. 스스로의 마나를 더 없이 섬세하게 다룰 수 있게 되어 스킬 효율이 높아지겠지만, 동시에."

멈췄던 손이 다시 움직였다.

"설정하기에 따라 타인에게 완벽히 조종당하게 될 수도 있지. 마나로 뇌를 건드리는 것도 가능하다는 말이 있더군. 정신계 스킬이 존재하니 터무니없는 소리는 아니야."

이번에는 시그마의 위압감이 아닌 내 상상력이 뒷목을 서늘하게 만들었다. 이론상, 이라고는 하지만 다른 사람도 아닌 시그마라면 그 정도 조작이 가능할 듯했다. 전류를 다루는 것만 봐도 컨트롤 능력이 장난 아니었으니.

"네 몸으로 직접 확인하게 해 주겠다, C급. 그때는 솔직해질 수밖에 없겠지."

…20대라는 소리에 내가 저놈을 너무 만만하게 봐 버린 듯했다. 막 나가는 부분은 성현제보다 더한 거 같은데. 친애하는 내 파트너 씨는 각인같이 한 방에 끝내는 방법보다는 툭툭 과하지 않게 건드리면서 조용히 옭아매어 죄이는 편을 더 즐길… 이쪽도 성격 좋지는 않구나.

하긴 전에 날 찍어 누른 적도 있긴 했지. 지금이야 많이 변한 거고. 그래도 내가 인격 없는 아이템으로 여겨진다더라도 저런 소름 돋는 각인을 새길 스타일은 아니지, 성현제는. 역시 젊은 놈이 거칠다.

'그러고 보니 파트너 씨, 너무 조용한 거 아니냐.'

구경하며 팝콘 씹고 있는 건 아니겠지. 댁 닮은 젊은 놈이 날 핍박하고 있다고.

"미안하지만 난 계약 조건 만족시킬 자신이 있어서. 나 대신 인형이나 끌어안고 있으세요."

"자신만만하군. 말해."

"일단 좀 풀지?"

시그마 놈은 꼼짝도 하지 않았다. 그래, 나도 그쪽 얼굴 보고 말하기 좀 그랬어.

계약 페널티에 유현이가 빠졌으니 그냥 조건 만족시키지 못해도 괜찮지 않을까도 싶었다. 시그마 소속이 되면 데리고 다니기 오히려 더 편할 듯도 하고, 어차피 이 던전 공략 끝내면 자연스럽게 풀려나게 될 테니까.

하지만 저런 각인은, 안 되지. 당장 해주 아이템을 사기엔 포인트가 약간 모자랐다. 사냥해서 포인트 모으면 되지만 그 전에 바로 끌려가서 각인 당해 버리면 곤란하다. 유현이랑 아침에 밖에 나가서 몬스터 사냥 좀 하고 올 걸 그랬나.

한숨을 삼키고 입을 열었다. 목숨 하나 쓸 각오도 했다.

"계약 대가인 정보를 말해 주죠. 이 세계는 이미 멸망했습니다."

돌아오는 말은 없었다.

"지금의 세계는 단순한 기록이고, 그 데이터를 바탕으로 해서 만들어낸 가짜입니다. 시그마 씨, 당신도 진짜가 아니에요. 그냥… 남은 데이터죠. 여기도 게임이 있는지 모르겠는데 게임 속 등장인물 같은 겁니다. 실재했던 인간의 정보가 그대로 들어가 있어 진짜에 가깝게 움직이고 말하고 생각하는… 뛰어난 가상현실 캐릭터라는 겁니다."

"가짜라고."

시그마의 목소리는 생각보다 담담했다.

"네."

"그럼 C급, 너는."

"저는 진짜입니다. 게임 속에 직접 들어온 플레이어 같은 거죠. 다른 세상에서 왔고, 언젠가는 나갈 겁니다. 그렇게 되면 이 세계는, 어떻게 될지 정확히는 모르겠네요. 사라질지 멈춰 버릴지."

"그 성현제도 너와 같은 곳에서 왔겠군."

"맞아요. 같이 왔죠. 한유현, 알파와 람다도 마찬가지입니다. 정확히는 알파와 람다의 몸에 우리 쪽 세상 사람이 들어간 겁니다. 형이 없는 알파가 제 형제가 된 것도 그 때문이고요."

침묵이 내려앉았다. 시그마가 어떤 기분일지 짐작하기 힘들었다.

"너는."

내 목덜미에, 그리고 머리에 손이 닿았다.

"C급 네게 있어 나는 처음부터 가짜였겠군."

"아니, 나는."

사슬이 풀어졌다. 몸을 일으켰다. 시그마는 나를 가만히 바라보고 있었다. 속내를 짐작기 어려운 표정이었다. 그가 냉정하게 말했다.

"진짜는 성현제고."

"그렇게 말할 건 없잖아!"

물론 내가 시그마를 성현제로 착각했던 건 사실이다. 짝퉁이라고 여기기도, 했었고.

"애초에 다른 사람이라니까? 성현제는 그냥 성현제고, 넌 너의, 그러니까 너 자신의 흔적 같은 거고……."

그냥 말하지 말 걸 그랬나. 굳이 이런 사실을 알려 줄 필요는 없었다. 하지만 계약의 대가가 될 만한 정보는 이게 가장 확실했다. 시그마와 깊게 관련되어 있고, 그가 알지 못했던 이 세계 자체에 대한 정보.

괜히 죄책감 느끼는 나와 달리 시그마는 겉으로만큼은 침착해 보였다. 그가 나를 관찰하다가 입을 열었다.

"너도 이 세계의 누군가에게 들어온 건가."

"…아니, 원래 몸입니다. 적어도 나는 온전히 진짜야."

나는 확실히 진짜다. 무심코 내 뒷목을 매만졌다. 손끝에 걸리는 건 없었지만.

"이것도 그대로 가지고 나가게 되겠지. 그리고 최소한 나한테는. 원래의 시그마가 어떻게 되었든, 나한테 있어서 시그마는 너 하나뿐이야. 진짜는 날 알지도 못했겠지. 나도 그를 모르고."

말하다 보니 기분이 더욱 이상해졌다. 내가 아는 시그마는 눈앞의 이 녀석뿐인데. 진짜고 가짜고 간에 한 명밖에 모르는데.

문현아의 말도 떠올랐다. 그녀는 이 세계에 진심이고, 그녀에게 있어 이 세계가 진짜라고 했던.

젠장, 가짜랑 진짜가 뭔데. 최소한 나한테 있어서는 지금 이 세계의 지금 이 시그마뿐이다. 진짜고 뭐고 없다. 한 놈뿐이다. 보지도 못한 누군가 따위 알 게 뭐냐.

"시그마."

금빛 눈을 마주 보았다.

"가짜라는 말 취소할게. 나한테 있어서 넌 한 명밖에 없고, 그러니 당연히 진짜야. 한 명뿐인 사람이 어떻게 가짜가 되겠냐. 내 배 걷어찬 놈도 하나고, 나한테 아이템 창고 털린 놈도 하나고, 여기까지 나 따라온 놈도 하나뿐인데."

시그마가 고개를 약간 기울였다.

"당연히 나는 진짜다."

…뭐래.

"야! 너도 네가 가짜랬잖아!"

"C급 네게 있어서, 였다만. 내 입장이 아니라."

"그래, 잘나셨어. 자존감 넘쳐 나서 좋겠네!"

아 정말, 성현제는 물론이고 성현제 비슷한 놈도 걱정 따위 할 필요 없는 건데.

"하지만 성현제라는 놈은 마음에 들지 않아."

"그건 나랑 상관없고요. 질문 하나 남았으니 물어나 보시지."

빨리하고 끝내자, 라며 다시 소파에 풀썩 앉는 나를 시그마가 웃음기 어린 눈으로 내려다보았다. 뭐지. 기분이 좋아 보이는데. 진짜 소리 들어서인가?

"결국 네가 준 정보는 잘못된 거로군."

"…어?"

"가짜라고 했다가 진짜라고 해 버렸으니, 거짓 정보 맞지 않나."

"뭐, 잠깐, 야!"

그, 그게 그렇게 되나? 아니, 그래도 이 세계가 진짜로부터 남겨진 데이터라는 건 사실인데? 시그마 놈이 더욱 짙게 미소했다.

"인형은, 한유현에게 선물해 줘야겠군. 대신할 것이 필요할 테니."

"그거 아직 안 버렸냐! 선물은 무슨 선물이야!"

울상을 지으며 급히 계약서를 확인해 보았다. 젠장, 진짜 계약 어겼다는 표시 떴잖아. 계약서 내용이 자동으로 페널티 조건 위주로 바뀌었다.

"각인은 봐줘!"

"내가 왜."

"안 그러면 해주 아이템 써서 튈 거니까."

성현제, 보고 있냐. 자잘한 퀘스트 좀 주세요. 딱 3만 포인트만 더 있으면 된다고. 시그마가 못마땅한 표정을 짓고.

– 키이이익!

돌연 몬스터의 괴성이 들려왔다. 소리가 가깝다. 우리 둘 다 반사적으로 거실 창을 바라보았지만, 낮의 도시 풍경만이 눈에 들어왔다. 그럼 반대쪽인가. 문을 향해 나가려는데 누군가 밖에서 크게 외쳤다.

"마나 홀에서 몬스터가 나타났습니다!"

대낮에, 마나 홀에서. 시그마도 이런 일은 처음이라는 기색이었다. 우리는 곧장 밖으로 뛰쳐나갔다.

황량한 공간이었다.

여섯 개의 날개를 가진 뱀이 독을 흩뿌렸다. 어두운 밤이 내려앉듯 피할 곳 하나 없이 진득하게 퍼져 나가는 독의 장막 속에서 남자는 태연하게 한눈을 팔고 있었다. 독기는 그의 근처에도 가지 못한 채 흩어져 버리고 달을 삼킬 듯 거대한 뱀 또한 공중에서 길게 꿈틀거리기만 할 뿐 먼저 접근할 엄두를 내지 못했다.

푸른빛이 흐르며 이번에는 크게 휘어진 금속성 뿔을 지닌 늑대가 나타났다. 허공의 뱀 못지않게 어마어마한 덩치의 몬스터가 천천히 주위를 배회한다. 이어 덩굴이 땅을 가르며 솟아올랐다. 상대적으로 작은, 그러니 인간의 서너 배는 됨직한 독충이 수백 마리 무리 지어 날카로운 턱을 탁탁 맞부딪치고 땅을 울리는 소리와 함께 얼음으로 이루어진 골렘이 사납게 으르렁거렸다.

"귀찮게도 구는군."

그가 나직이 중얼거렸다. 시스템에 이상이 생기면 틈이 만들어지고, 그 틈을 통해 근원의 힘이 담긴 몬스터가 나타난다. 세계를 삼키려는 근원의 영향력을 적절히 조절하는 역할을 지닌 시스템에 틈이 생긴 것이기에 나타나는 몬스터들은 평균치보다 더 강했다.

가장 약한 독충이 SS급. 나머지는 모두 SSS급, 그중에서도 상위에 속하는 괴물들이었다.

서서히 포위망을 좁혀 오는 몬스터들 가운데서도 남자, 성현제는 시스템창에만 시선을 두고 있었다. 주위를 감싼 복잡한 마나의 흐름에 이따금 눈썹을 치켜올리기도 했다.

까다롭다.

그가 들어간 몸의 힘을 빌린다 해도 시스템을 파고드는 것은 불가능했다. 지금 이 세상을 비틀어 놓고 있는 특이점인 한유진과 연관된 부분 정도만 겨우 손댈 수 있을 정도였다.

"시스템 제작자라."

패륜아 쪽에 있었던 누군가, 라는 정보 외에는 알아낼 수가 없었다. 얼마나 오래전에 존재했던 것인지, 단 한 명이었는지 혹은 여럿이었는지.

분명한 것은 세계를 삼키려는 근원에 대항하는 시스템을 구축하였다는 사실이었다. 해당 세계의 사람들이 감당 가능할 만큼 천천히 체계적으로 멸망을 향한 진도를 나아가는 시스템.

서서히 온도가 올라가는 물속의 개구리가 삶겨 죽을 수도, 끝까지 버텨낼 수도, 뛰어올라 도망칠 수도 있었지만. 어쨌든 끓는 물에 갑자기 던져지는 것보다는 나을 터였다.

[하지만 네가 이러는 거, 또 틀림없이 나와 관련된 거 아니냐. 맞지?]

성현제가 띄워 놓은 창에서 한유진의 목소리가 흘러나왔다. 선명한 그 목소리와 달리 한유현의 목소리는 뚝뚝 끊어지고 아예 들리지 않기도 하였다. 다른 사람들의 목소리 또한 마찬가지였다.

그나마 화면은 선명했기에 입술의 움직임을 읽어 대략적인 대화를 알아낼 수 있었다. 성현제는 형제를 비추는 창을 들여다보았다. 정확히는 한유진에게로 시선을 집중했다.

[유현아, 네 잘못이 아니야. 네가 잘못한 건 하나도 없어.]

다정하면서도 간절한 목소리였다. 짙은 애정과 진심이 뒤섞여 있다. 어떻게 저렇게까지 마음을 퍼줄 수 있을까 싶을 정도로. 그것도 한유현을 상대로.

금방이라도 울 것같이, 겨우 미소 짓던 한유진의 얼굴이 다시금 환하게 밝아졌다. 결혼에 대해 말하면서 인상을 약간 찌푸리기도 했지만, 그림자는 거의 없다.

언제 봐도 사이가 좋은 형제다. 성현제는 관람료라도 줄까 싶어 자신의 포인트를 확인했다.

"…이런."

어느새 또 포인트가 바닥나 있었다. 성현제는 하는 수 없이 먼저 줬던 퀘스트에 알림만 넣은 뒤 시선을 돌렸다. 그의 눈길이 금방이라도 덮쳐들 듯 으르렁거리는 몬스터를 향하였다.

하나뿐인 손끝이 가볍게 움직거렸다. 새하얀 빛이 모이며 양 끝이 뾰족한 창이 나타났다. 아무런 무늬나 장식 하나 없이 그저 길쭉한 막대 같은 모양새였다. 그것을 가볍게 한 바퀴 돌리며 성현제가 쇼핑 카트에 담긴 물건 목록 대하듯 몬스터들을 바라보았다.

- 크르르르.

금속 뿔의 늑대가 먼저 반응했다. 합공이라도 하자는 듯 주위의 몬스터들에게 한 번씩 눈짓을 하고는 송곳니를 드러낸다. 날카로운 이빨과 발톱에 검은빛이 어렸다. 공격력을 강화하는 능력에 이어 전신의 털이 단단하게 굳었다.

직후 늑대의 모습이 사라졌다. 순간이동이다. 늑대가 사라진 바로 그 순간, 성현제가 창끝을 가볍게 내밀었다. 허공을 향해 쿡, 별 힘도 들이지 않고 찌른 것과 동시에.

- 캬아아!

늑대의 한쪽 눈이 창에 꿰뚫렸다. 순간이동해 올 위치를 미리 짐작하고 공격을 가한 것이었다. 이어 그대로 빛이 터져 나갔다.

콰르르릉! 역류하는 폭포처럼 치솟아 오르는 빛의 물결이 사방으로 퍼졌다. 제아무리 등급 높은 몬스터 하더라도 눈을 제대로 뜨기가 힘들었다. 청각은 천둥소리에, 후각은 늑대의 몸뚱이가 타오르는 냄새에 가로막혔다. 전신의 감각 또한 촘촘한 거미줄처럼 퍼져 나간 전류의 방해로 발휘되지 못하였다.

순식간에 몬스터들의 감각을 차단시킨 성현제가 움직이기 시작했다.

늑대 다음 타깃은 뱀이었다. 전류가 순식간에 독의 장막을 흐트러뜨리고 가볍게 휘두른 손끝에 날개가 찢겨 나갔다. 사납게 치켜 들리는 뱀의 머리를 구두굽이 짓눌렀다. 덩치의 차이는 그야말로 코끼리와 개미 수준이었지만 뱀은 짓밟는 힘을 이기지 못하고 쿵, 요란한 소리와 함께 바닥에 처박혔다.

이어 서걱, 머리가 잘려 나가고 재생하려고 꿈틀거리는 상처 부위가 새카맣게 지져졌다. 그 모든 것이 순식간에 벌어진 일이었다.

소리도 제대로 못 낸 채 뱀의 숨통이 끊어지고 위기를 느낀 얼음골렘이 방어 스킬을 겹겹이 둘렀다. 반투명하던 몸뚱이가 검게 물들고 세 겹의 방어막이 골렘을 휘감았다. 그사이 성현제는 이미 골렘의 머리 위에 올라서 있었다.

- 키리리릭!

수천 마리의 독충이 전류의 그물에서 벗어나 그를 향해 날갯짓하기 시작했다. 귀 따가운 소리가 하늘을 뒤덮으며 검은 구름과도 같은 독충 무리가 한데 뭉쳐 움직였다. 한 마리 한 마리는 몬스터들 중 가장 약했지만 서로의 버프 스킬이 중첩되며 무시무시한 기세를 흘러 낸다.

그그긍, 골렘의 팔이 제 머리 위를 향해 움직였다. 적을 붙잡아 독충 무리의 공격을 도우려는 심산이었지만. 턱. 성현제는 한쪽 발을 들어 올려 자신을 움켜쥐려는 거대한 손을 막았다. 소리도 거의 나지 않았다. 그저 살짝 가져다 댄 것처럼 보였음에도.

으지직—

구둣발이 닿은 골렘의 손끝에서부터 빠르게 금이 가기 시작했다. 검게 물든 얼음덩어리가 조각조각 부서져 내리고 새하얀 창이 골렘의 정수리에 내리꽂혔다. 겹겹의 방어막도 소용없이 부드럽게 얼음덩어리를 파고든 창이 다시금 빛을 토해 냈다.

굉음과 번쩍임. 그 속에서 어느새 창을 거둔 성현제가 이번에는 기다란 실을 꺼내 둥글게 당겨 휘둘렀다. 무슨 스킬을 썼는지 핫핑크색 털실에 산산조각 난 골렘의 파편이 덕지덕지 달라붙었다. 그것을 그대로 덤벼드는 독충 무리를 향해 쏘아 내듯 던진다.

- 키이이!
- 키릭!

얼음파편을 휘감은 분홍 털실이 독충 떼 가운데를 가로질렀다. 그 직후.

쾅! 콰앙!

털실에 휘감긴 얼음들이 말 그대로 터져 나갔다. 마력을 잔뜩 머금은 몬스터의 잔해, 얼음, 물을 전기분해 후 역시나 마력을 쏟아부어 폭발시킨 것이었다.

무시무시한 폭발 속에서도 반수 가까이의 독충이 살아남아 성현제를 향해 몰려들었다. 그러나 털실도, 골렘의 파편도 그의 발치에 넘쳐 났다. 또다시 공중에서 폭발이 이어졌다. 독충들의 잔해가 비처럼 우수수 쏟아져 내린다.

튕겨 오는 잔해를 가볍게 전기를 일으켜 막아 내며 성현제가 입꼬리를 올렸다.

"눈치는 빠르지만."

그의 시선이 땅 아래를 향했다. 그것을 느낀 듯 지면이 희미하게 꿈틀거렸다. 성현제가 다시금 손바닥 위로 하얀 창을 만들어 냈다.

"내 파트너 뒷바라지하느라 포인트가 부족해서."

그냥은 못 보내 주겠군. 던져진 창이 땅을 깊숙이 파고들었다. 이어 뚫린 구멍 틈새로 체액이 분수처럼 치솟고 굵은 덩굴들이 지면을 가르며 튀어나왔다. 마지막 발버둥질을 하며 채찍처럼 휘둘러 대는 덩굴을 성현제는 그 경로를 예측하고 최소한의 움직임으로 피하였다.

얼마 지나지 않아 마지막 몬스터까지 잠잠해졌다. 침묵이 내려앉고 성현제는 몬스터들의 사체 위로 떠오른 포인트를 회수했다.

순식간에 수천만 포인트가 모여들었다. 독충의 포인트까지 거두자 1억을 가볍게 넘어섰다. 한유진이 보았더라면 어떻게든 뜯어먹으려고 열심히 머리를 굴려 댔을 어마어마한 포인트였다. 하지만.

'효율이 영 나쁘지.'

시스템을 움직이고 퀘스트를 보내는 것에도 포인트가 들었다. 만 포인트를 보상으로 주려면 수백만 포인트가 들어가는 수준이었다. 아이템 보상 또한 마찬가지였다.

성현제는 잠깐 닫아 두었던 창을 다시 열었다.

[그 대왕 비교면 애가 확실 풋한 게 다르 달라. 송 실도 왔어 는데!]
[그건 저도 아쉽네요.]

'나도 아쉽군.'
송태원이 이 세계에 들어왔더라면 재미있는 모습을 볼 수 있지 않았을까. 특히 아카테스 시에 대한 감상이 남다를 터였다. 어쩌면 그 딱딱한 태도에 약간이나마 변화가 생겼을지도 모른다.
성현제는 적당한 바위 위에 걸터앉았다. 한유진과 문현아가 시그마에 대해 이야기하다가 입을 딱 다문다. 이어 이 세계에 관해 말하기 시작했다.

- 그르르륵.

한동안 잠잠하더니 푸른빛과 함께 진흙덩이 같은 것이 기어 나왔다. 감히 접근치는 못하고 주위만 배회한다.

[얼굴이 아깝다. 그러게 좀 웃고 다니라니까. 스마일~]

그사이 한유진은 시그마와 독대하고 있었다. 사슬에 묶여 테이블 위로 끌려가는 그의 모습이 창에 비추어졌다.
"저런, 역시 젊은 놈이 거칠군."
어리다는 것만으로도 충분히 유리하게 끌어갈 수 있었을 텐데. 성현제는 시그마의 태도에 혀를 짧게 찼다. 겉으로는 태연한 척하고 있어도 성급하고, 또 불안정하다.

이해가 안 가는 것은 아니었다. 시그마에게 있어 솔렘니스는 좁은 우리와도 같았다. 똑같은 일상, 똑같은 사건만이 반복되는 좁디좁은 세계. 그곳에 갇혀 퇴색되어 가고 있던 그의 앞에 완전히 새로운 존재가 떨어진 것이다.

단순히 한유진의 행동만이 아니라 그 존재 자체가 이 세상엔 있을 수 없는 이질적인 것이라는 사실을, 시그마는 분명 직감적으로 느꼈을 터였다. 그것은 말라 죽어 가던 물고기 위에 쏟아진 시원한 물과도 같았다.

쫓아가는 수밖에. 그리고 손에 넣으려 하는 수밖에. 살아남기 위해서.

심지어 한유진은.

[나한테 있어서 시그마는 너 하나뿐이야.]

이 세계의 유일한 진짜다. 그 진짜가 긍정했다. 진심을 다해 가짜여야 할 것을 진짜라고 말하였다. 커다란 오류가 발생했다. 그 직후.

성현제는 세계가 흔들리는 것을 느꼈다. 그리고 또 한 명이 더 같은 것을 감지했다.

- 말했군요.

하얀 새였다. 몸집을 작은 매 정도로 줄인 흰 새가 꽁지깃을 길게 늘어뜨리며 얼음골렘의 파편덩어리 위에 내려앉았다. 성현제는 결코 호의적이지 않은 시선으로 하얀 새를 바라보았다.

"그래. 네가 예지한 대로."

미래예지종, 별을 헤아리는 새. 실제는 아니었다. 이 세계에 남은 데이터였지만 그녀는 지금의 이 미래 또한 알고 있었다.

- 제가 보았다고 해서 모든 것이 그대로 이루어지지는 않습니다. 단지

가능성을 높이려 노력할 뿐이죠.

하얀 새의 변명에도 성현제의 눈길은 차갑기만 했다. 심지어 살기마저 드러내기 시작했다. 금빛 띤 눈의 동공이 바늘처럼 가늘어졌다. 그러나 하얀 새는 아랑곳없이 날아올라 성현제의 한쪽 어깨 위에 자리 잡았다.

- 특히나 이번에는 어려울 거라고 생각했습니다. 저렇게 쉽게 받아들여 줄 줄은 몰랐어요.

"내 파트너는 다정하니까. 일정 선만 넘으면 그 무엇도 다 받아 주지. 인간이든 몬스터든 그 외의 것이든."

뭐든지. 한유현을 키웠기 때문일까. 한계가 없었다. 아직까지는. 성현제는 울상을 짓는 한유진을 들여다보았다.

심지어 자신까지도. 생일날 편의점에서 확실하게 느꼈다. 한유진은 성현제를 가로막고 있던 선을 지워 버렸다. 그 스스로는 아직 거리를 두고 있다고 믿는 모양이었지만.

"덕분에 꽤 곤란해."

한유진은 성현제를 이미 자신과 같은 사람이라고 생각하고 있었다. 그렇기에 파트너 요청도 받아 주었다. 그리고는, 어떻게 해야 할까. 성현제로서도 드물게 어려운 문제였다. 한유진은 여전히 F급이고, 약하고, 속은 썩어 문드러져 있고. 그런 주제에 한유진은 성현제를 평범하게 좋아하고 있었다.

혹여 그가 다치면 걱정할 것이고 위험에 처하면 구하려도 들 것이고 순수하게 생일을 축하해 주고 여상스러운 대화를 나누며 새해 인사도 해 올 것이다. 그리고 어쩌면 성현제를 변화시킬지도 모른다. 이미 영향이 없다고는 할 수 없을 터였다.

"그래도 한유현처럼 되지는 않겠지만."

이걸 어떻게 해야 할지, 길지 않은 고민 끝에 성현제가 선택한 것은 보호였다. 인제 와서 손에서 놓을 생각은 들지 않았다. 또한, 제 몸 하나 추스르지 못하는 지금도 이러한데 썩은 속이 완전히 아문다면, 한유진은 어떻게 변화할까. 그러니 한번 자신의 손으로 치료해 보려고 했었다.

거절당했지만.

성현제가 옅게 미소를 머금었다. 주위에 서서히 균열이 생겨나기 시작했다. 하얀 새가 날아올랐다가 이내 사라졌다. 그녀의 정보는 여기에서 끝났다. 진짜가 흘러들어와 가짜를 받아 주었다 해도 저 정도로 거대한 존재를 변화시키는 것은 불가능했다. 그녀가 성현제에게 건네줄 수 있는 정보에도 한계가 있었다.

성현제는 몸을 일으켜 진흙괴물을 가볍게 처리한 뒤 퀘스트를 보냈다.

┌─ 특별 메인 퀘스트! 시그마를 지켜 주세요! ─┐

'뭐야, 이게.'

┌─ 특별 메인 퀘스트! 시그마를 지켜 주세요! ─┐

내내 잠잠하던 성현제가 갑자기 퀘스트를 보내왔다. 아니, 메인 퀘스트면 성현제가 보낸 게 아닌가? 신입인가?

'그보다 지키긴 뭘 지켜. 도망쳐야 할 판에.'

은혜라도 있으면 모를까 C급이 SS급을 보호하겠답시고 나서 봐야 방해밖에 더 되나. 그래도 일단 퀘스트 내용을 확인해 보려는데 솔렘니스의 S급 가드가 다가왔다. 몬스터가 나타났다고 소리친 사람인 모양이었다.

"보고해."

시그마가 말하고 S급이 입을 열다가, 도로 다물었다. 나도 시그마도 그의 대답을 기다리고 있었다. 완전히 방심하고 있었다. 정말로. S급은 한 발짝 더 시그마에게 가까이 붙으면서.

기이익—

귀에 거슬리는 소리와 함께 바람이 일었다. 나를 복도 벽 쪽으로 밀어내는 손길이 느껴졌다. 피가 튀고 시그마가 자신을 공격한 S급을 강하게 걷어찼다. 복도 끝까지 밀려 나가며 S급이 소리쳤다.

"이 괴물! 시그마 님을 어떻게 한 거냐!"

…뭐? 시그마가 미간을 찌푸렸다. 그의 가슴팍이 길게 베여 피가 흘러 나오는 것이 보였다. 상처가 제법 깊었다.

"치료를—!"

"위험해."

카강! 뻗어 나온 사슬이 S급의 공격을 막았다. 아니, 저놈이 미쳤나 갑자기 왜 저래? 너네 상관이잖아.

"몬스터가 범인인 것 같으니까 일단 나가죠!"

갑자기 미쳐서 시그마보고 시그마를 어쨌냐고 외칠 리는 없으니까 정신계 스킬을 지닌 몬스터가 나타났을 가능성이 높았다. 얼른 포션을 꺼내 시그마의 상처를 응급처치하고 복도를 따라 달려 나가려고 했다. 하지만 시그마는 다른 쪽 길을 선택했다.

"이쪽이다."

"예?"

그가 내 허리를 낚아채며 벽을 향해 사슬을 휘둘렀다. 요란한 소리와 함께 벽이 와르르 무너지며 커다란 구멍이 생겨났다. 이편이 빠르기는 하겠지만 말이야. 남의 건물이라고 막 다루네. 시그마는 나를 들고서 망설임 없이 밖으로 뛰어내렸다.

– 키익, 키이이.

날카로운 괴성이 공중에서 들려왔다. 하늘을 뒤덮은 것은 회색 깃털의 거대한 새였다. 차르륵, 사슬이 주인보다 앞서 바닥에 비스듬히 내리꽂히며 팽팽히 당겨졌다. 그 위로 시그마가 내려섰다.

"형!"

유현이의 목소리가 들려왔다. 푸른 버들잎이 하늘을 뒤덮고 사방으로 퍼져 나갔다. 마나 홀 바로 근처라서인지 아낌없이 스킬을 쓰고 있다. 버들잎이 원래의 쓰임대로 괴조의 시야를 방해하며 정신을 분산시켰다.

"이제 좀 놓죠?"

"왜? 내 건데."

"그게 무슨 소리야, 형?"

버들잎을 밟고 우리 쪽으로 다가오던 유현이가 날카롭게 물었다. 자신만만하게 혼자 가 놓고서 계약 페널티 받게 되었단다, 하하하 하고 털어놓자니 살짝 쪽팔려졌다. 해주하면 될 일이긴 한데.

"어, 그게 말이다, 내가 계약 조건을 어겨 버려서……."

"괜찮아, 죽이면 돼."

유현이가 상큼하게 말했다. 아니, 좀 참아 주렴, 동생아.

"그냥 해주 아이템, 윽!"

쾅! 시그마와 나를 아슬아슬하게 스치고 지나간 탄환이 바닥을 파헤쳤다. 흙과 바닥재 파편이 튀어 오른다. 유현이가 못마땅한 얼굴로 연이어 날아드는 마탄을 칼끝으로 쳐냈다.

"저 S급, 솔렘니스 소속 아니었나."

"갑자기 애더러 괴물이라며 공격해 오더라. 정신계나 환각 스킬에라도 걸린, 아 좀 놓아 달라니까! 안 도망쳐, 지금은 못 도망쳐!"

아님 제대로 안아 들기라도 해라. 자꾸 흔들리니 어지럽잖아. 누구 씨와 달리 탑승감이 영 꽝이야! 시그마가 날 들고 있는 탓에 대신 충격을 막아 내던 유현이가 불길을 화악 일으켰다. 이어 솔렘니스 S급이 있는 곳을 향해 사정없이 검푸른 화염을 쏘아 보낸다. 요란한 소리와 함께 건물의 일부가 박살 나고 뜨겁게 불타올랐다.

이러다 방위청 남은 건물도 죄다 무너지게 생겼네.

"내놔."

유현이가 차갑게 말하고.

"싫다."

시그마도 냉랭하게 대꾸하고.

"너네 뭐 하냐."

어느새 나타난 문현아가 구경꾼의 자세를 취한 채 물었다. 마지막으로 우리 머리 위에서는 몬스터가 힘차게 키익거리고 있었다. 일단 몬스터부터 잡아야 하지 않을까 싶은데. 저거 SS급인데. 이봐요들.

"이거 좀 놓자, 응? 시그마 씨. 어차피 지금은 해주도 못 해요."

"내 형이다. 당장 손 떼."

"C급은 내 소유다. 네놈이야말로 포기해라."

"형님 인기 많네~ 싸워라, 싸워라!"

…말려 주지는 못할망정 부채질하고 있습니까. 술 꺼내지 마. 안주는 또 어디서 튀어나오는 거야.

"둘 다 진정하고 몬스터부터 잡자, 응?"

"형부터 풀어 주면."

"여긴 아카테스니 저놈이 해야 할 일이다."

"야, 너네 둘이 붙으면 저건 내가 해결해 주마."

아, 젠장. 설마 퀘스트의 지켜라가 내 동생으로부터 시그마를 보호하라는 뜻은 아니겠지. 서브 퀘스트면 그냥 보상 안 받고 말겠는데 하필 메인 퀘스트라. 일단 미처 확인 못 한 퀘스트 내용을 열어 보았다.

> 특별 메인 퀘스트! 시그마를 지켜 주세요!
> 당신에게 있어서 시그마는 진짜입니다. 이 세계의 유일한 진짜로부터 인정을 받아 가짜들로부터 배척받게 된 시그마를 책임지고 보호하는 것이 어른의 의무! 최소한 목숨은 붙여 주세요~^▽^
> 보상: 던전 공략을 위한 열쇠

…퀘스트 내용을 곧장 이해하지 못하고 재차 들여다보았다. 진짜가… 뭐? 유일한 진짜면, 나인가? 원래 몸으로 여기 들어온 건 나뿐이니까. 그러니까, 내가 인정해 줘서 시그마가 진짜가 되었다는 건가? 그게 말이 돼? 당신에게 있어서, 라니까 완벽한 진짜는 아닌 것도 같지만.

'가짜들이 배척한다고?'

그래서 솔렘니스 S급 가드가 괴물이라면서 시그마를 공격한 건가. 보상이 던전 공략템이라니, 퀘스트를 안 할 수는 없는데.

'…왜 정확한 조건이 없냐.'

언제까지 지키라고. 성현제인지 신입인진 모르겠지만 제대로 적어 줘! 원반 설치 다 할 때까진가? 아무튼 목숨만 붙여 놓으면 된다니 난이도는 낮긴 하지만. SS급 가드를 일부러 죽이기도 힘들겠다.

"유현아! 시그마 죽이면 안 돼!"

나부터 빼내기 위해 시그마의 팔을 노리고 있던 유현이가 인상을 확 찌푸렸다.

"왜?"

"던전 공략하려면 얘가 살아 있어야 한다더라."

"살아만 있으면 돼?"

"어, 음, 최대한 멀쩡해야지."

"알았어. 일단 팔만 자를게."

말이 떨어짐과 동시에 얇은 연검이 채찍처럼 휘둘러졌다. 햇살을 반짝 반사시키며 예측하기 힘든 궤도로 휘어져 오는 칼날을 시그마의 사슬이 가로막았다. 아니, 팔이 잘리면 멀쩡과는 거리가 멀다고 생각한다만.

"유현아, 진정, 윽, 현아 씨! 현아 씨이!"

구경만 하지 말고 말려 줘! 그래도 제일 연장자잖아! 람다 나이는 모르지만 아무튼 도와주세요! 그나마 둘 다 날 생각해서인지 스킬은 쓰지 않았지만 사슬과 연검의 부딪침만으로도 귀가 아프고 튀어오는 열기에 눈이 시려왔다.

내 부름에 문현아가 껄껄껄 웃었다. 도와줄 생각은 조금도 없어 보였다. 그때 어째서인지 떠나지 않고 하늘을 배회하기만 하던 괴조가 날개를 크게 퍼덕이더니.

- 키이익!

괴성과 함께 그대로 급하강했다. 정확히 시그마를 향해. 괴조를 힐끗 쳐다본 시그마가 크게 뒤로 뛰어 공격을 피했다. 콰가각, 부리가 땅을 꿰뚫고 발톱이 사방을 긁으며 흙먼지를 일으킨다. 괴조에 의해 앞이 가로막힌 유현이가 위로 솟구치며 흩날리는 버들잎을 디뎠다.

"귀찮게."

희미하게 짜증이 어린 목소리와 함께 유현이의 손끝에서 와이어가 던져졌다. 검은 광택이 도는, 내 것보다 등급 높아 보이는 강삭이 괴조의 목을 죄었다. 괴조의 등을 짓밟으며 내려선 한유현이 와이어를 강하게 당겼다. 소매 사이로 드러난 손목에 힘줄이 도드라지며 괴조가 부리를 크게 벌렸다.

― 키엑, 키이!

제 몸이 억지로 접히는 것에 괴조가 날아오르려는 듯 날개를 크게 펼쳤다. 하지만 그보다 먼저 팽팽히 끌어당겨진 목을 검이 찔러 들어갔다. 콰득, 부드러운 연검이 마치 창처럼 몬스터를 꿰뚫고 이어 작은 폭발이 일어났다. 목의 절반 이상이 터져 나간 괴조가 버둥거림을 멈추었다.

나한테 피해가 갈까 봐서인지 최대한 주위 영향이 없도록 몬스터를 처리한 유현이가 다시 시그마를 차갑게 노려보았다. 시그마 또한 지지 않고 눈을 마주쳤다.

포인트 상점에 사이 나쁜 놈들 친하게 지내게 해 주는 아이템 같은 거 없나. 술이라도 같이 마시게 해?

"저기야! 저놈이다!"

그때 솔렘니스 소속 가드들이 우르르 몰려왔다. 하나같이 무기를 든 채 시그마를 노려보고 있었다. 주위에 다른 시 가드들도 있었건만 유독 솔렘니스 쪽의 적의가 강했다.

시그마를 시그마가, 그러니까 저들 눈에 비치는 괴물이 해쳤다고 생각하는 건가.

"몬스터는 죽었는데."

시그마가 작게 중얼거렸다. 그의 얼굴에 옅게 당혹감이 어린 듯도 했다. 자신의 권속들이 갑작스럽게 공격해 오는 것은 그에게 있어서도 당황스러운 일인 모양이었다.

"일단은 피하죠. 현아 씨, 죄송하지만 막아 주실 수 있을까요?"

솔렘니스 가드들을 해치는 건 역시 내키지 않았다. 문현아가 고개를 끄덕이곤 거창을 꺼내 크게 휘둘렀다. 돌풍이 휘몰아치며 흙과 건물 파편을 끌어들이며 솔렘니스 가드들 앞을 막았다.

"유현아, 설명해 줄 테니까 따라와 줘."

동생이 불만스러운 표정으로 끄덕였다. 문현아가 일으킨 흙먼지가 가라앉기 전에 시그마가 빠르게 움직였다. 다시 건물 안으로 들어가는 그의 뒤를 유현이가 바싹 따라붙었다.

"알파 님! 그, 앞에 있는 놈은!"

사람들을 피신시키던 아카테스 가드가 놀라 외쳤다. 다른 도시 사람들에게도 시그마가 평범하게 보이진 않는 모양이었다. 솔렘니스 측처럼 바로 덤벼들지는 않았지만 불안한 눈초리를 향해 온다.

"내가 처리할 테니 건물을 전부 비우도록. 도시에 대피령도 내려."

"아, 예!"

유현이의 말에 아카테스 가드가 고개를 끄덕이고 돌아섰다. 그 뒤로도 마주치는 사람들마다 시그마를 몬스터라도 마주친 듯 깜짝깜짝 놀라며 쳐다보았다. 마치 불길한 무언가를 본 듯한 눈치였다.

'설명 좀 제대로 해 줄 것이지.'

내가 시그마를 진짜로 받아들였다고 해서 갑자기 이렇게 될 수가 있나. 이해가 잘 가질 않았다. 설사 가짜가 진짜가 되었다고 해도 저런 반응들은 또 뭐야.

건물을 빠르게 올라간 시그마가 도착한 곳은 다름 아닌 자신의 객실이었다. 솔렘니스 사람들이 이곳은 도리어 오지 않을 거라고 판단한 것일까. 안으로 들어간 시그마가 겨우 나를 내려 주었다. 으, 허리야.

"해주 아이템부터 써."

따라 들어온 유현이가 문을 닫으며 말했다.

"지금은 사용 못 해."

유현이가 못마땅한 얼굴을 했지만 눈치 빠르게 더 묻지는 않았다. 포인트에 대한 정보가 새면 시그마가 방해하려 들 수도 있으니까. 주위를 살피며 내 쪽으로 다가오던 동생이 우뚝 멈춰 섰다. 붉은색 두 눈이 동그랗게 커졌다.

"…저게, 뭐야?"

유현이의 목소리 끝이 살짝 떨렸다. 대체 뭘 본… 아. 내 도플갱어 인형이 너른 거실의 창 옆 의자에 얌전히 앉혀 있었다. 저거 좀 없애라, 제발.

"한유진이다. 네게 주지."

시그마가 말하고.

"…형, 역시 죽이는 게 좋을 거 같아."

유현이가 이를 갈았다. 하하, 나는 받지 않고 두었던 보상인 메드상 21주년 기념 샴페인을 받았다. 금빛 도는 샴페인 병이 내 손에 들렸다.

"일단 둘 다 앉아. 설명은 듣고 계속 싸우든 말든 해."

시그마는 소파에 앉았지만 유현이는 눈을 조금 찌푸린 채 인형을 바라보다가 천천히 다가갔다. 머뭇거림이 담긴 손끝이 인형을 건드릴 듯 말 듯 다가가다가 도로 거두어졌다.

"도플갱어 인형이야. 우리 세계에도 있어."

"…듣기는 했는데. 만져 봐도 돼?"

그걸 왜 나한테 묻냐. 원래 내 거긴 했다만. 고개를 끄덕이자 유현이가 인형을 툭 건드리곤 인상을 썼다. 그러곤 다시 슬쩍 매만져 본다. 신기한 건가.

"일단… 제가 시그마 씨를 진짜로 인정했기 때문에 문제가 생긴 모양입니다."

잔을 가져와 샴페인을 따르며 말했다. 향 좋다.

"잘은 모르겠지만 이 세계의 사람들이 시그마 씨에게 거부감 같은 걸 느끼게 되는 듯합니다. 솔렘니스 가드들은 아예 당신이 당신을 해쳤다고 생각하는 모양이고요."

샴페인과 같은 빛을 띤 눈이 느리게 깜박였다.

"내가 C급, 네 세계의 존재로 뒤바뀌기라도 했다는 건가."

"정확히는 모르겠습니다. 하지만 제 영향인 듯하니, 우선 죄송합니다."

"형이 왜 미안해해? 어차피 던전 속에 임시로 만들어진 세상이잖아. 우리가 나가면 사라지든가 리셋되겠지."

유현이가 냉랭하게 말했다.

"그야 그렇지만 일단은 멀쩡히 살아서 움직이고 생각도 하고 감정도 있는 사람들이잖냐. 현아 씨도 진짜라고 생각하고 대한다고 하더라. 그보다 유현이 너 뭐 하냐."

"얼마나 똑같은지 궁금해서."

음, 그래. 다시 시그마에게로 시선을 돌렸다.

"그러니 우선 솔렘니스 가드들은 돌려보내는 게 좋을 듯합니다. 괜찮으시다면 시그마를 살해한 괴물은 알파가 처리했다, 라고 발표해도 될까요?"

"…좋을 대로."

시그마가 나직이 대답했다. 표정은 차분했지만 역시 마음이 편치는 않겠지. 어쩌냐, 진짜. 유현이 말대로 리셋되거나 사라질 세상이라고 해도 영 찝찝했다. 여기 있는 동안은 내가 책임지긴 해야겠지.

"그럼 시그마 씨. …솔렘니스를 떠나게 되면 시그마라고 하기도 그러려나요. 진짜 이름이 뭔지 물어봐도 됩니까?"

"기억 안 나. 하지만."

그가 잠깐 생각에 잠기는 듯하더니 입을 열었다.

"작은 달. 그렇게 불렸던 것 같군."

작은 달이라니. 어릴 적의 애칭 같은 건가? 진짜 이름은 기억 안 난다고도 했고.

"어릴 때 말이죠? 부모님께서요?"

귀여운 애칭이잖아. 잘 어울렸을 것도 같고. 솔직히 어릴 때 진짜 엄청 귀엽기는 했겠지. 지금보다 동글동글한 얼굴에 통통한 볼, 피부가 하야니

뺨도 유독 도드라지게 붉었을 것이다. 거기에 커다랗고 예쁜 금안이니 우리 작은 달님, 할 만했다.

"…어릴 적 사진 같은 거 없나요."

"없어."

없구나. 아쉽다. 우리 유현이도 유치원 단체사진 같은 것밖에 없었는데. 그나마도 지금은 가지고 있질 않고. 한번 보상금 같은 거라도 걸어 볼까. 같은 유치원생 중에서 앨범 아직 가지고 있는 사람이 있을지도.

"그럼 달아, 애칭 말곤 기억나는 거 없니?"

"……."

"달님."

"원래대로 불러라."

"그래, 형. 어울리지도 않아."

웬일로 둘이 의견이 일치하는구나. 시그마가 뚱한 표정으로 말했다.

"각성하기 전의 기억은 흐릿하다. 어렴풋한 몇 가지밖에 없어."

"어릴 적 기억이 전부?"

시그마가 고개를 끄덕였다가 약간 갸웃 기울였다.

"지금 생각해 보면… 이상한 일이군."

"여태까지는 이상하다고 생각지 않았던 거야?"

"…아마도."

그가 석연찮아하며 말했다. 혹시 이 세계가 진짜가 아니었던 것과 관계가 있는 걸까. 어릴 적 기억까지 다 가지고 오기에는 정보량이 너무 많아서 삭제되었다거나. 다른 사람들에게도 물어보면 알 수 있겠지.

짧은 침묵이 흘렀다. 시그마도 마음이 복잡한 모양이었고 나도 여러모로 생각이 많아졌다. 메인 퀘스트 스토리 설명이 너무 부실한 거 아닙니까. 이게 게임 같은 거라면 욕 좀 하고 끝이겠지만, 나한테 있어서 쟤는 진짜 살아 있는 사람과 별다른 바 없이 느껴졌다. 그러니 대충 넘어가자 할 수가 없었다.

　성현제 씨, 면담 한 번만 더 해 줘요. 어차피 □투성이긴 하겠지만.

"앞으로의 일을 물어봐도 대답은 들을 수 없겠군."

"어, 음… 예. 우리는, 결국 이곳에서 나가게 될 겁니다. 그 후에 이 세계가 어떻게 되는지는 알 수 없어요. 시그마 씨가 정말로 진짜가 되었다면 어쩌면 같이 나가게 될 수도 있겠지만, 그게 불가능하다면……."

"남겨지는 건가."

　시그마는 담담하게 말했다. 하지만 내 귀에는 무겁게 두들겨 왔다. 그가 이곳에 남겨진다면, 어떻게 되는 걸까. 그를 배척하는 세상에서. 어쩌면 던전처럼 리셋될 수도 있다. 이 세계에서는 진짜인 새로운 시그마가 나타날지도 모른다. 그럼 결국, 지금의 시그마는 가짜에 어디에도 섞이지 못하고 계속…….

　그건 진짜 아니지. 아무리 혼자 잘난 사람이라고 해도 역시 아니다. 세상 모든 사람들에게 부정당하는 거나 마찬가지일 텐데. 지금처럼 나나 영향을 덜 받는 빙의한 사람들이 있는 것도 아니고.

"걱정 말라고까진 장담할 수 없겠지만, 내가 어떻게든 책임지겠습니다. 그냥 두고 갈 생각 없어요."

"형이 책임을 왜 져!"

　유현이가 버럭 소리쳤다. 싫은 기색이 가득한 얼굴이었다. 아니…….

"…근데 인형은?"

"인벤토리에."

　어, 들어가는구나. 하긴 아이템이니까 당연한가. 그래도 그걸 굳이 챙길 필요까지야.

"…돌아가면 도플갱어 인형 아이템 구해 줄까? 그건 가져갈 수 있을지 모르니까, 새로 만들어 줄게."

"아냐, 필요 없어. 이미 만들어져 있으니까 챙긴 것일 뿐이야. 진짜 형이 있는데 뭐 하러."

유현이가 그렇게 말하며 내 옆에 바싹 붙어 앉았다. 시그마를 바라보는 눈길이 차갑기 그지없다.

"애도 아니고 알아서 하겠지. 애초에 형이 왜 저놈을 신경 써. 공격도 받았다면서."

"뭐, 미운 정도 정이고… 무엇보다 공략하는 데 쟤가 필요하다니까? 메인 퀘스트야."

"퀘스트 세성 길드장이 보낸다며. 자기랑 비슷하게 생겼다고 거짓 퀘스트로 보호하려고 드는 걸지도."

"그건 아닐걸. 지키라고는 했지만……."

얼른 입을 다물었다. 하지만 붉은 두 눈에는 이미 의심이 어려 있었다.

"정확한 조건이 뭔데?"

"야, 성현제가 자기랑 얼굴 똑같다고 신경 쓸 인간이냐."

"숨기는 거 없기로 했잖아."

그… 야 그랬지. 어쩔 수 없이 솔직하게 다 털어놓았다. 목숨만 붙어 있으면 된다는 말에 동생의 눈에 이채가 돌았다.

"형, SS급은 튼튼해."

"그래도 자기 몸 자기가 지키는 게 낫지. 너, 내가 시그마 보호하면서 다니는 꼴 보고 싶냐? 조그맣게 만들어서 안고 다닌다?"

"그건……."

잠깐의 고민 끝에 유현이가 어쩔 수 없다는 듯 일으켰던 전의를 내리눌렀다.

"아무튼 기한도 없는 퀘스트입니다. 다른 이유들은 다 제쳐 두고 우리에게 필요한 일이라는 거죠."

내가 시그마에게 지켜 준다고 말하는 건 웃기지도 않는 소리고. 갑작스러운 상황에 당황하긴 했지만 제 몸 하나 못 지킬 사람도 아니다. 그러니까.

"제가 보호하게 해 주세요, 시그마 씨."

보호받는 쪽이 도와주는 셈이다. 그러니 부탁을 했다. 시그마가 나를 가만히 바라보았다.

"C급 주제에."

"그래서, 싫어?"

금색 눈이 살짝 휘었다.

"어차피 내 거니까 싫을 리가. 주인을 보호해 주겠다고 나서니 이럴 땐 기특하다고, 해야 하나?"

"어른한테 말하는 꼬라지 좀 봐라."

"네 옆에 있는 놈은 싫은 모양이지만."

시그마의 말대로 유현이는 잔뜩 골이 나 있었다. 던전 공략만 끝나면 죽여 버릴 거라고 으르렁거리는 걸 달래느라고 애를 먹어야 했다. 시그마 녀석도 얼마든지 환영이라고 도발을 해 오는 바람에 더 힘들었다.

저런 부분은 둘이 참 잘 맞아요.

"계약은 일단 유지하겠지만 각인은 절대 안 해."

시그마가 계약 페널티 없어지면 보호받을 이유도 없다는 소리를 해 대서 해주는 하지 않겠다고 대답했다. 솔직히 그런 거 없어도 나 쫓아오지 않을까 싶지만, 안 그래도 있을 곳 없어진 애를 괜히 괴롭힐 필요까지야.

"각인하려고 들면 바로 해주해 버릴 거야."

그렇게 말은 했지만 그 척추 전체 각인이라는 거, 살짝 끌리기는 했다. 남이랑 연결하지 않고 보호각인으로 새기면 도움이 많이 되지 않을까. 나는 마력 스탯이 낮은 탓인지 마력 제어 능력도 변변찮았다.

마력을 섬세하게 다룰 수 있게 되면 스킬 활용도도 높아지겠지. 저항 스킬만 해도 조절이 가능해질 테고.

'저항력을 SS 정도로 낮추며 대신 범위를 넓히는 식도 가능하지 않을까.'

내 주위 일정 영역에 독이며 저주 저항이 펼쳐지도록 말이다. 그 밖의 다른 스킬들도 응용할 방법이 있겠지. 목숨 하나 버리고 마력 제어 능력 얻는 거, 괜찮을 듯한데.

'유현이를 설득하는 게 가장 큰 난관이겠지.'

나한테 딱 달라붙은 채 성난 맹수처럼 시그마를 향해 살기를 풀풀 날려대는 동생을 바라보았다. 내가 좀 더 안전해질 수 있다고 잘 설명하면 받아들이려나. 진짜로 죽는 것도 아니고 마취 잘할 거고. 참, 유현이도 각인 수정해야 하는데. 마나흡수 스킬을 지닌 몬스터나 가드를 상대하게 될 수도 있으니.

"그럼 유현아, 솔렘니스 가드들에게 시그마를 살해한 괴물을 처리했다고 말해 줘. 도시에서 즉각 퇴거 요청도 하고."

"응. 근데 확실한 증거가 필요하지 않을까. 팔다리 하나 정도는 잘라 줘야 믿을 텐데."

"…불태웠다고 하고 그냥 보내. 참, SS급 가드가 갑자기 사라진 건데 그 사람들 무사히 돌아갈 수 있을까."

도시도 걱정이었다. 내 말에 시그마가 S급 가드들이라 해도 수가 많고 숙련되어 있으면 SS급 몬스터 상대로 도주하는 건 쉽다고 말해 주었다. 하긴 드라마에서도 S급 가드를 고용했다고 했었지.

"도시도 대책은 마련되어 있다. SS급 가드가 오래 부재중인 일이 없는 건 아니니까."

SS급 가드가 없는 상태에서 SS급 몬스터가 나타나면 사냥하는 대신 대피소에서 버티며 도시 밖으로 유인한다고 하였다. 도시 경제활동이야 어쩔 수 없이 바닥으로 떨어지겠지만 몇 년간 생활할 물자는 비축되어 있었다. 동시에 타 도시들의 협조를 구하며 마나 홀의 에너지 대부분을 S급 이상 각성자를 만들어 내는 데에 투자한다고 했다.
 데이터일 뿐이라 해도 신경 쓰였는데 다행이었다.
 "너는 여기 얌전히 있고, 형은 같이 가."
 유현이가 나를 붙잡고 일어나자 시그마도 몸을 일으켰다.
 "보호해 주겠다고 말하자마자 떠나려는 건가."
 "정말로 보호받기라도 할 심산이었던 거냐? 네놈 등급을 생각해. 양심도 없군."
 "C급이 먼저 말했다만. 그러는 너도 SS급 가드인 주제에 C급에게 달라붙어 어리광이나 부리고 있지 않나."
 "내 형이고 나는 동생이니까 당연한 일이지."
 유현이가 빼기듯 말하고 시그마가 어째서인지 머뭇거리다가 입을 열었다.
 "당연한 건가? 내가 본 형제는 사이가 그리 좋진 않던데."
 "형제인데 사이가 나쁜 쪽이 이상한 거다."
 …유현아, 기억도 없는 사람한테 잘못된 상식을 주입하면 안 될 거 같다만. 세상엔 사이 나쁜 가족도 많아.
 결국 시그마 혼자 남고 유현이와 함께 밖으로 나갔다. 솔렘니스 가드들은 의외로 쉽게 유현이의 말을 받아들였다. 시그마의 존재 자체가 변질되어서인가 모두들 그가 죽었다고 확실하게 인식하고 있었다.
 SS급 괴물에게 대신 복수해 주어 감사하다는 말까지 남기고서 솔렘니스 가드들이 출발 준비를 서둘렀다. 도시 방위를 위해 빨리 돌아가 대비를 해야 한다며 헬기들이 준비되는 즉시 아카테스를 떠나갔다.

 "나도 좀 석연찮네. 진짜에 가짜라니."
 나로부터 대략적인 설명을 들은 문현아가 느슨히 팔짱을 꼈다.
 "그런데 형님은 시스템 쪽에 대해 생각보다 더 잘 알고 있는 눈치다?

여기 공략 방법도 형님만 알고 있었고."

"아… 그게……."

그러고 보니 현아 씨는 신입과 만난 적이 없었던가. 이참에 그녀에게도 패륜아에 대해 말해 주었다. 세상이 멸망하는 것을 막기 위해 시스템을 다루며 각성자들을 보조해 주는 세계 밖의 강력한 존재들이 있다고.

"도와주는 건 고맙지만 엄청 수상쩍은 놈들이구만."

"수상쩍게 느껴져요?"

자세한 설명은 하지도 않았는데. 문현아가 크게 고개를 끄덕였다.

"당연하지. 공짜로 일해 주겠다는 놈들보다 수상한 게 어딨겠냐. 그것도 한둘이 아니라며. 한 명이면 앞날이 걱정될 만큼 착한 인격체가 드물게도 나타났구나, 하겠지만. 여럿이면 의심스럽지."

뭔가 원하는 게 있으니 공짜 노동을 해 주는 거야, 라는 말에 무심코 동감해 버렸다. 맞아, 세상에 공짜가 어딨겠냐. 단순히 세계를 구하겠다! 라는 정의감에 불탈 수도 있겠지만, 오랜 세월을 살아온 초월자들이다.

다른 목적이 정말로, 단 하나도 없을까. 진짜 순수하게 세계를 구하겠다는 이유뿐인 걸까.

"그래도 노력하면 멸망을 피할 수 있다는 건 좋네. 이거 더 열심히 포인트 모아야겠는걸?"

문현아의 기운찬 말에 입이 조금 써졌다. 영 믿을 만하지 않으면서도 쓸데없이 강한 놈들이 널리고 널려서 말입니다. 물론 나도 최선은 다하겠지만.

"내일 출발하기 전에 유현이 네 각인부터 수정하자."

그리고 나도, 각인 상담이라도 받아 봐야지. 아카테스는 전투계 가드들 대우가 좋지 못했던 만큼 각인 시술도 발달했다고 하였다. 그러니 여기서 받고 가고 싶긴 한데. 유현이를 설득하기 위해 입을 열려는 그 순간.

- 크르르르르.

몬스터의 으르렁거림이 들려왔다. 마나 홀이 있는 곳이었다. 셋 다 급히 마나 홀 쪽의 난간 너머를 바라보았다. 두 개의 머리를 지닌 사자가 위풍당당하게 서 있고, 연이어.

- 키륵, 키륵!

사마귀와 비슷한 몬스터가 마나 홀에서 모습을 드러내었다. 둘 다 SS급 몬스터였다. 우리는 잠깐 할 말을 잃고 말았다.
"…미친, 아카테스 망했네. 도련님 어쩌냐."
"제가 알 바 아닙니다만. 형, 조심해."
사자 머리 중 푸른 갈기를 지닌 놈이 고개를 치켜들었다. 형형한 눈이 향하는 곳은 정확히 반대편 건물 꼭대기, 시그마가 있는 곳이었다. 두 사자 머리의 입이 쩍 벌어지고 희고 푸른빛이 뭉치다 뒤섞였다. 그러곤 그대로, 한 줄기 레이저 포처럼 시그마의 객실을 향해 발사되었다.
콰과광! 건물 최상층이 아예 깔끔히 날아가 버렸다. 그러고도 빛이 하늘을 길게 가로지른다. 구름이 촤악, 놀란 양 떼처럼 흩어졌다.
"아이고 저런. 살아 있겠지?"
"아쉽지만 저 정도론 안 죽겠죠."
"한가하게 구경만 하시지 말고 잡아요! 유현이 너도!"
내 재촉에 문현아가 먼저 아래로 뛰어내렸다. 꺼내진 거창이 그대로 사자를 향해 치달았다. 무시무시한 파괴력을 담은 돌격에 사자가 맞설 생각은 하지 못하고 훌쩍 뛰어 피했다. 목표를 잃은 거창이 애꿎은 대지에 긴 상흔을 남긴다.

공격력은 장난 아닌데 경로가 단순하다는 게 문제다.

'잡아 줄 수 있는 팀원이 있으면 최고인데 말이야.'

예림이는 말할 것도 없고, 다른 사람 중에 고른다면 에블린도 잘 맞을 것이다. 전투 상성은 말이다. 성격은 안 맞는댔지. 원거리 견제로 발 묶어 주면 편하게 공격할 수 있을 테니까.

유현이도 따라 난간을 넘어서려는 그때.

쿠르릉!

벼락이 내리쳤다. 직격당한 사마귀가 괴성을 내며 날뛴다. 날개를 펼치며 날아오르려는 몬스터를 뻗어 나온 금빛 사슬이 휘감았다. 끝없이 길게 뻗은 사슬이 사자까지 함께 엮자마자.

콰가가각—!

기다렸다는 듯 문현아가 돌진했다. 두 몬스터의 몸뚱이에 커다란 구멍이 생기고 전격이 속살을 파 헤집으며 마무리를 지었다.

순식간에 정리가 되었지만.

"형, 저기."

새로운 몬스터의 그림자가 마나 홀 너머에서 일렁였다. 이번에는 S급의 몬스터가 열, 아니 십수, 아니 수십 마리 이상이 줄줄이 나타났다.

"…끝이 없네. 마나 홀 주위를 전부 비우는 게 좋겠다."

이것도 시그마 때문인가. 아무래도 그를 노리는 것 같으니. 유현이와 함께 문현아와 시그마가 있는 곳으로 내려갔다. 문현아가 눈가를 약간 찌푸리며 말했다.

"도련님 말고는 마나 때문에 곤란할 거 같은데, 형님."

"네?"

"뮤를 부르자."

"뮤요?"

"응. 메드상의 뮤. 내가 받은 기억도 완벽하진 않지만, 뮤가 있으면 반쯤은 해결이 돼."

문현아가 자신 있게 장담했다.

"보조계 중에서도 특수능력, 공간을 다루는 가드거든."

길고 긴 밤이었다.

그래도 해가 떠 있을 때는 마나 홀에서 몬스터가 튀어나오는 간격이 있었다. 길게는 30분 이상 잠잠하기도 했다. 하지만 해가 지자마자 쉴 틈이 없어졌다. 마치 디펜스 게임 난이도 보통에서 매우 어려움으로 올라간 것만 같았다.

두 개 남은 방위청 건물은 해가 지기 전에 완전히 무너졌다. 튀어나오는 몬스터들의 등급은 최저가 A급에, SS급도 심심찮게 등장하였기에 비각성자는 물론 B급 이하 가드들은 전부 피신시켰다. 다만 도시 간 통신기 수리를 위한 기술자들은 남아야 했기에 S급 가드들을 최대한 붙여 보호했다.

대피소 또한 방위청 근처의 것은 비웠다. 몬스터들은 대부분 시그마를 노리고 덤벼들었지만 바리케이드 밖으로 빠져나가는 놈들도 없진 않아 반경 1km까지 위험 지역을 늘렸다.

"아카테스 S급 가드 좀 살려 놓지 그랬냐. 걔들은 마나 보충이 쉬운데."

해가 있을 때까지의 문현아의 이 말은 농담조였다. 하지만 밤이 되자마자 마나 보충 문제는 더욱 커졌다.

타 도시 가드라 해도 아카테스 가드로부터 마나 보충을 받는 것은 가능했다. 문제는 일명 마나통은 B급 이하, 특히 C급 이하가 대부분이라는 사실이었다. 상급 몬스터가 득실거리는 곳에서 중하급 가드를 보호하기란 불가능에 가까워 결국 아카테스 A급 가드들이 마나 보충을 도와주는 수밖에 없었다.

당연하게도 마나 보충 가드의 수는 부족했고, 소속 각인이 다르다 보니 보충 효율도 훨씬 떨어졌다. 마나 소모량보다 보충되는 속도가 더 느려 휴식을 취해야 하는 S급 이상 가드들이 점차 늘어났다.

스킬 등급이 높은 만큼 마나 소모량이 큰 SS급 가드야 말할 것도 없었다.

"아, 이거 좀 위험하겠는걸. 형님, 마나 포션 얼마나 남았어? 좀 아껴야 할 거 같은데."

해가 지고 그리 오래 지나지 않아 문현아가 고개를 절레절레 저으며 말했다. 시그마는 그녀보다 더 상황이 좋지 못했다. 아카테스 소속 가드들이 그에게 마나 보충해 주는 것을 꺼린 탓이었다. 그나마 내가 긁힌 상처라도 내고 시그마가 잡은 몬스터의 포인트는 내가 전부 차지할 수 있었기에 마나 포션을 사들여 건네주었다.

결국, 마나 홀로부터 곧장 마나를 전해 받을 수 있는 유일한 SS급 가드 알파, 유현이가 가장 앞에 나서는 수밖에 없었다.

마나 홀 주위로 검푸른 불길이 끊임없이 치솟고 흩날리는 재가 밤하늘을 가득 메웠다. 퍼져 나가는 열기 탓에 아카테스 방위청에 있는 모든 화염 저항 아이템이 동원되었다. 화염 저항 없이는 근처에 머물기도 힘겨울 정도였다.

유현이가 선전하긴 했지만 위기가 없지는 않았다. 다양한 몬스터들 중에는 마나 흡수 스킬을 지닌 놈도 있었던 것이다. 마나 홀을 바로 곁에 두었다고 해도, 스킬 사용 마나에 빼앗기는 마나량까지 더해지자 마나가 차오르는 속도보다 소모되는 속도가 더 빨라졌다.

거기에 체력 소모 또한 무시 못 해, 자정 지날 때쯤엔 유현이도 휴식이 필요하게 되었다.

콰아앙!

마나 홀 주위로 폭탄이 터져 나갔다. S급 이상 몬스터들에게는 긁힌 상처만 남기는 수준이었다. 연이은 폭발음 속에서 나는 시그마에게 마나 포션을 우르르 넘겨주었다.

"잘 부탁해요."

시그마가 마나 홀 쪽으로 훌쩍 몸을 날리고 폭음에 이어 뇌성이 내리쳤다. 문현아 또한 휘하 가드들과 함께 몬스터들을 향해 돌진했다. 두어 시간 정도는 두 사람이 맡아 줄 수 있을 것이다.

"유현아, 수고 많았어."

지친 기색이 역력한 채 최전선을 빠져나온 동생을 부축하듯 안았다. 불내음이 짙게 코끝을 찔러 왔다.

"많이 피곤하지?"

"괜찮아."

"괜찮기는 무슨. 아, 저기 잔챙이들이 또 빠져나오네."

덩치 큰 SS급 몬스터들이 온몸으로 공격을 맞는 사이 A~S급 몬스터 몇이 도망쳐 나왔다. 유현이를 품으로 더욱 끌어당기며 포인트 상점에서 산 독연구슬을 던졌다. 각기 다른 방향으로 던져진 세 개의 구슬에서 연녹색 연기가 피어오른다.

S급 독연에 휘말린 몬스터들이 비틀거리고, 약화된 놈들을 향해 총을 겨누었다. 반수 이상이 픽픽 쓰러졌지만 몇몇은 빠져나갔다. 하지만 1번 바리케이드를 벗어나지 못하고 전부 퇴치되었다.

몇 번이나 생각했던 거지만, 역시 포인트 상점이 좋긴 좋단 말이야. 템빨이 최고다. 포인트 두 배 획득 덕분에 소모한 것 이상으로 들어오기도 하고.

S급짜리 트랩 세트를 몇 개 사다가 주욱 깔아 놓고 마나와 체력 회복력 증가 옵션이 붙어 있는 벤치에 동생과 함께 앉았다. 벤치를 사느라 포인트가 확 깎이긴 했지만, 지금은 정말 유용했다. 덕분에 현아 씨와 시그마의 회복이 빨랐지.

"잠깐이라도 눈 좀 붙일래? 뭐 먹기라도 해야 하는데."

"물이면 돼."

"건물 날아가기 전에 간단히 샌드위치라도 만들어 놓을 걸 그랬다."

저녁도 제대로 못 먹고, 그나마 점심은 잘 먹었지만. 땅울림 속에서 물을 꺼내 동생에게 주었다. 각인을 빨리 수정해야 하는데 여기서 시술하기엔 너무 위험했다. 마나 홀 근처가 아니면 각인을 새길 수도 없다 하고. 마나 흡수 스킬을 가진 SS급 몬스터가 나타났을 땐 진짜 가슴 철렁했지. 이린이 재빠르게 나서지 않았더라면 위험했을 것이다.

"린이 너도 수고 많았어."

내 말에 린이가 유현이 어깨 위로 올라와 꼬리를 살랑거렸다.

- 린이 열심히 유현이 도와줬으니까 더 칭찬해 주세요, 형!

"그래, 정말 잘했어. 특히 아까 순간이동 스킬 쓰는 몬스터, 진짜 깔끔하게 잘 막아 내더라. 우리 린이가 유현이 시야 사각지대까지 커버해 주니까 뒤를 잡힐 일도 없고. 정말로 대단해!"

이린이 입을 크게 벌리며 웃었다. 제자리에서 빙글빙글 돌더니 이번에는 한쪽 앞발로 유현이 어깨를 툭툭 두드린다.

- 유현이한테도요. 사랑한다고 해 주세요!

"…칭찬이 아니라?"

- 빨리요!

얘는 왜 이렇게 사랑한다는 소리를 좋아하는 거지. 불의 정령이라서 감정표현도 뜨거운 걸 좋아하는 건가. '별로 안 해 줬잖아요, 많이 해 달라고 했는데! 린이가 분명 그랬는데!' 하고 재촉하는 통에 약간 어색하게나마 입을 열었다. 주위에 S급 이상이 득시글거려서 작게 말해도 다 들을 텐데.

"내 동생, 사랑해."

아, 하는 김에 우리 애 스킬 써 볼 걸 그랬나. 아냐, 대기 시간이 무려 10일이니 아껴 두는 편이 낫겠지. 내 말에 유현이가 배시시 웃고 린이도 폴짝폴짝 뛰었다.

- 착하다고 해 줘요! 귀엽다고 해 줘요! 예쁘다고 해 줘요!

"아니, 린아."

- 그렇잖아요. 유현이 안 귀여워요?

"물론 귀엽지."

- 그럼 많이 말해 줘야죠! 말 안 하면 몰라요. 칭찬은 많이 하면 좋아요. 하는 사람도 좋고 듣는 사람도 좋은데, 왜 안 해요! 많이 말해 줘요, 형!

틀린 말은 아니긴 한데. 이린이 반짝반짝 눈을 빛내며 나를 올려다보았다. 정말로 작은 불티가 눈 주위를 맴돌고 있었다. 유현이는 별말 하진 않았지만 그래도 린이와 비슷하게 기대 어린 눈빛이었다. 어휴, 정말.

"귀여운 녀석들. 린이 너도 이리 와, 같이 안아 줄게."

그래, 귀여운 거 맞지. 착하기도 착하고, 예쁘기도 하지. 그때 쿠웅, 목에 가시를 두른 거대한 파충류가 우리 몇 발 앞에 쓰러졌다. 도마뱀의 머리를 짓밟고 선 문현아가 뭐 하냐는 듯 내려다봤다.

"셋이서 잘 논다. 형님, 동생 너무 물고 빠는 거 아니냐. 때와 장소는 가려야지."

"현아 씨도 대단하다고 생각해요."

"…어?"

"전에 브레이커 길드에 갔을 때, 정말로 감탄했습니다. 길드 분위기만 봐도 현아 씨가 얼마나 좋은 사람인지 쉽게 알 수 있었어요. 예림이 챙겨 주는 것도 항상 감사하게 생각하고 있고요, 저도 현아 씨가 무척이나 든든하게 느껴져요. 이번에도 현아 씨가 와 줘서—"

"아, 됐어!"

문현아가 손을 크게 내저으며 급히 자리를 떠났다. 시그마는 이쪽으로 안 오나. 지금 당장은 칭찬할 게 얼굴과 능력밖에 없지만. …많네. 하여간 잘났어.

> 칭찬은 좋은 거죠! 좀 더 해 봅시다^^

한동안 잠잠하더니 서브 퀘스트가 떴다. 자기도 칭찬해 달라 이건가. 포인트 넉넉히 주면 못 해 줄 거야 없지.

"뭐, 평소에 여러 가지로 고맙기는 했고요."

중얼거리며 퀘스트창을 열었다.

> 주위 사람에게 칭찬을 쏟아 주는 당신! 참 잘했어요. 하지만 깜박 잊은 사람이 있지 않나요? 자기 자신도 잊지 말고 칭찬해 줍시다!
> 보상: 200,000P, 따끈따끈 별사탕

…보상 포인트가 정말 많았다. 주머니 탈탈 털었다더니 그새 채워 넣었나. 이 정도로 준다면 시키는 대로 하는 수밖에. 그래도 막상 입 밖으로 꺼내려니 쪽팔렸다.

"음, 유현아. 나도 나름 잘했지?"

"뭐가? 뭔진 몰라도 형은 항상 잘했어. …형 스스로를 덜 아끼는 거 빼고."

"그래도 예전보단 낫지 않냐. 살다 보면 위험한 일은 어쩔 수 없이 해야 할 때도 있고……. 아무튼 여기 와서 열심히 뛰어다니긴 했지. 잘했어, 제법."

― 린이도 형한테 잘했다고 할래요! 형이 최고예요! 유현이만큼 린이도 형 좋아해. 형이 린이 안아 줘서 잘했어요, 유현이 칭찬해 줘서 잘했어요!

"아니, 그거야……."

…역시 좀 부끄러웠다. 진짜 잘한 거 맞나 싶기도 하고. 물론 실수도 있었지. 성급하게 굴기도 했고. 그래도 등급치곤 잘한 거 같다.

살짝 묘해진 분위기 속에서도 몬스터는 계속해서 쏟아져 나오고 있었다. 함정에 휘말린 몬스터를 이린이 튀어나가 순식간에 불태웠다. 달은 아직 높고 잠시간의 휴식 뒤에 유현이도 다시 앞으로 나섰다.

길고 긴 밤이 계속해서 이어졌다. 지쳐 가는 셋을 포인트를 아낌없이 써 가며 보조해 주었다. 갈수록 회수되는 포인트가 줄어들었지만, 성현제가 간간이 보상 포인트가 큰 퀘스트를 보내 왔다.

그렇게 간신히 어슴푸레한 새벽빛이 비쳐 들고, 몬스터의 등장 속도가 눈에 띄게 줄어들었다. 다들 한숨 돌리는 그때 통신 기기가 있는 쪽에서 커다란 외침이 들려왔다.

"통신기 준비되었습니다!"

반가운 소식이었다. 마침 몬스터의 출몰도 멈추었기에 우르르 통신기 쪽으로 다가갔다.

"영상 전송은 아직 불가능하지만 음성은 가능합니다."

기술자가 기계를 조작하며 말했다.

"메드상으로 바로 연결해."

유현이의 명령에 통신기가 가동되었다. 신호가 들어가는 것을 보며 문현아가 미간을 약간 좁혔다.

"근데 순순히 협조해 줄지는 모르겠네."

"네?"

"내 기억으로 뮤는, 메드상은 좀 배타적이거든. 안 그러냐?"

문현아가 시그마를 쳐다보고 시그마가 고개를 끄덕였다.

"뮤가 자신의 도시에서 나오는 일은 거의 없었다. 메드상 소속 가드 다수가 납치된 사건 때가 유일했었지."

"그래도 왠지 우리가 아는 사람일 거 같거든. 란체아와는 우호적인 편이니까, 내가 말하면 연결은 해 줄 거야."

우리가 아는 사람이라면… 노아일까? 보조계라고 하니까 그럴 가능성이 높지 싶었다. 유현이도 문현아도 자신과 비슷한 스킬을 지닌 가드의 몸에 들어갔으니까.

얼마 지나지 않아 통신기에서 약간 지직거리는 목소리가 들려왔다.

[메드상 시 외부 통신실입니다.]

"란체아의 람다다. 마나 홀 이상 현상으로 메드상의 뮤와 긴급 통신 부탁한다."

[란체아의 람다십니까? 통신 발신지는 아카테스 시로 확인됩니다만.]

"지금 아카테스에 와 있다. 란체아로 확인해 보도록."

[예. 잠시만 기다려 주십시오.]

잠깐의 침묵 뒤 다시 메드상 통신실에서 확인했다는 대답이 돌아왔다. 그리고 다시 짧은 기다림 후.

[메드상의 뮤입니다.]

불안정한 통신 상태임에도 맑게 울리는 목소리가 들려왔다. 정말로 노아인 걸까. 목소리만으로는 확인하기 힘들었다.
"란체아의 람다입니다. 아카테스 마나 홀에 이상 현상이 나타났습니다. 메드상의 즉각 지원을 바랍니다. 덧붙여서 혹시 노아 루히르라고 아시는지."

[잘 알지요. 문현아 헌터입니까?]

뮤가, 십중팔구 노아가 차분히 대답했다. 맞구나! 메드상은 가드 취급이 좋다니까 잘 지냈겠지. 정말 다행이다. 이제 예림이와 피스만 찾으면 된다.
"맞아! 노아 헌터, 지금 바로―"

[제가 노아인 것은 맞지만 지금은 메드상의 뮤이기도 합니다. 타 도시의 단순 요청만으로 지원을 보낼 수는 없습니다.]

"뭐?"

문현아가 당황하며 나를 돌아보았다.

"형님, 노아 헌터는 나보다 이 세계에 더 진심인 거 같은데?"

이럴 줄은 몰랐다는 그녀의 말에 나도 동감하며 고개를 끄덕였다. 진짜 도와주러 오지 않을 셈인가?

"저기, 노아 씨."

[네, 한유진 씨. 무사한 듯해서 다행입니다.]

"아직은 무사하지만 앞으로는 아닐 것 같아서요. 도와주러 와 줄 수는 없을까요? 노아 씨의 도움이 필요합니다."

여기는, 메드상은 진짜 존재하는 것이 아니지 않느냐, 하는 말은 꺼낼 수 없었다. 노아가 메드상을 선택한다 하더라도… 어쩔 수 없는 일이다. 그렇게 되면 아카테스 시를 포기하는 편이 낫겠지. 머릿속이 복잡해지던 찰나 노아의, 뮤의 대답이 돌아왔다.

[아카테스 시를 도와주기 위하여 제가 메드상 시를 벗어날 수는 없습니다. 다만.]

노아의 목소리가 이어졌다.

[한유진 씨는 제 소속이니까요. 메드상의 뮤는 단 한 명의 소속 가드도 소홀히 하지 않습니다. 하루만 더 버텨 주세요, 유진 씨.]

"아, 네! 고마워요, 노아 씨!"

[당연한 의무입니다. 제가 도착할 때까지 부디 몸조심하세요.]

통신이 끊어졌다. 하루라. 쉽지는 않겠지만 지금 수준 정도면 못 버틸 것도 없지.

"밤이 되기 전에 최대한 준비를 마쳐 둡시다!"

그나마 감당 가능할 때 포인트를 팍팍 모아서 마나 포션을 쌓아 둬야지.

다시 길고 지루한 전투가 시작되고 해가 지고, 새벽이 가까워져 갔다. 낮에 준비를 해 뒀다 해도 다들 전날보다 더 피로가 쌓였다. 유현이도, 문현아와 시그마도 어제는 없던 상처가 하나둘 생겨났다. 포션으로 바로바로 치료는 했지만 상처가 생긴다는 것 자체가 지쳤다는 증거였다.

셋째 날까진 버티기 힘들겠다는 생각이 들 즈음에.

"…저게 뭐야."

아직 어두운 하늘 저편에서 거대한 무언가가 빛무리와 함께 나타났다. 마치 SF 영화에서 보던 우주 함선 같은 것이 머리 위로 서서히 이동해 오고.

쾅, 콰아앙!

바리케이드를 벗어난 몬스터부터 노려 정확한 포격이 시작되었다. 아니, 진짜 저게 뭐야. 왜 메드상 혼자 시대가 다르나요.

유선형으로 매끈하게 잘빠진 함선이 마나 홀 위에 다다랐다. 비행하고 있지만 날개 같은 것도 없이, 말 그대로 배 모양이다. 이 동네 기술력으로는 불가능할 거 같은데. 스킬을 쓴 걸까. 타인 적용 가능한 비행 스킬을 지닌 보조계 가드들이 모인다면 저런 광경을 만들어 낼 수 있겠지.

'하지만 최소 수십 명은 필요할 텐데.'

무겁고 크잖아. 아, 혹시 무게를 줄이는 보조 스킬까지 적용한 걸까. 여러 보조계 스킬을 복합적으로 사용한다면 비교적 적은 수의 가드만으로도 거대한 물체를 비행시킬 수 있을 것이다.

- 키에엣!

포격을 아슬아슬하게 피한 몬스터가 함선을 향해 덤벼들었다. 하지만 공격 지점에 재빠르게 생겨난 방어 스킬이 몬스터를 막아 내고 함선 옆에 붙은 작은 문이 열리며 나타난 총구가 튕겨 나간 몬스터를 겨누었다. 요란한 총소리가 울리며 몬스터의 몸뚱이가 땅에 닿기도 전에 공중에서 박살 난다.

[메드상 제1전함 플로르호입니다. 아카테스 시 마나 홀 부근에서의 대피를 권유드립니다.]

방송이 흘러나왔다. 제1전함이라면 저런 게 더 있다는 소린가. 전함의 포문이 전부 열리고 일제히 마나 홀을 향해 움직인다. 유현이와 문현아, 시그마를 비롯해 마나 홀 부근에서 전투 중이던 가드들이 뒤로 물러났다.
"…예상과는 좀, 많이 다른데요."
내 말에 문현아가 어깨를 으쓱해 보였다.
"그러게. 나도 저런 게 나타날 줄은 몰랐지."
우리가 마나 홀로부터 멀어지기가 무섭게 또다시 포격이 쏟아지기 시작했다. 함선에 마나 홀을 싣기라도 했는지 마나를 듬뿍 머금은 마력 탄이 끊임없이 퍼부어지고 S급 이하 몬스터들은 말 그대로 녹아내렸다.
SS급 몬스터, 그중에서도 강한 놈들은 상처만 입고 빠져나오기도 했다. 마나 홀 반경 100미터를 벗어난 SS급 몬스터를 향해서 함선에서 굵은 줄이 쏟아졌다. 말이 줄이지 굵기가 거의 전봇대 수준이었다.

특수 아이템으로 보이는 줄이 SS급 거대한 곰을 휘감은 직후, 몬스터가 풀썩 앞으로 쓰러졌다. 죽은 것은 아니었다. 이어 함선 옆의 작은 문이 열리고 S급 가드들이 나타났다. 무슨 짓을 했는지 기절해 버린 SS급 몬스터 위로 가드들이 뛰어내렸다. 저항할 힘을 잃은 몬스터가 해체되는 데에는 그리 오랜 시간이 걸리지 않았다.

"정말 장난 아니네."

거들고 할 필요도 없겠다. 멍하니 구경이나 하는 사이 해가 떠올랐다. 새벽빛이 서서히 퍼져 나가고 마나 홀에서 튀어나오는 몬스터의 수도 점차 줄어들기 시작했다. 이윽고 완전히 날이 밝으며, 포성도 멈추었다.

소리도 없이 조용히, 함선의 선두가 우리 쪽을 향해 돌아섰다. 역시 기계가 아닌 스킬로 떠 있는 것이 맞는 모양이었다. 10여 미터 위쪽까지 내려왔음에도 별다른 소음은 들려오지 않았다.

"도와주셔서 감사합니다!"

일단 그렇게 소리쳤다. 지금은 노아 씨라고 부르면 안 되겠지. 내 외침을 듣지 못한 건지 함선은 잠잠했다. 반응을 기다리는데 함선 앞쪽의 일부가 덜컹 열렸다. 제복 차림의 가드 몇의 모습이 보였다. 아쉽게도 그중에 익숙한 얼굴은 없었다.

이어 SS급 몬스터를 얽매었던 줄이 발사되었다. 우리를 향해.

"형!"

유현이가 나를 감쌌다. 금빛 사슬이 줄을 가로막았지만 줄과 사슬이 뒤얽히는 순간 사슬에서 빛이 사라졌다. 퇴색된 수색자의 사슬이 힘없이 바닥으로 늘어졌다. 저 줄 설마, 마나를 흡수하는 아이템인 건가.

"유현아, 위험해!"

내 외침이 끝나기도 전에 굵은 줄이 가닥가닥 풀어헤쳐졌다. 손목보다 약간 가는 굵기의 줄들이 뱀처럼 꿈틀거리며 우리 주위를 둥글게 맴돌았다. 가장 먼저 영향을 받은 것은 다름 아닌 유현이었다.

"…읔."

"유현아!"

급격한 마나 소진으로 무너져 내리는 동생의 몸을 얼른 받쳐 안았다. 의식까지 잃진 않았지만 내 팔을 붙잡은 손에 힘이 없다. 문현아와 시그마 또한 섣불리 움직이지 못하고 있었다. 그 둘은 유현이와 달리 마나 보호각인을 가지고 있었지만 직접적으로 줄에 닿으면 위험할 것이었다.

"나는 노아 헌터와 잘 지냈던 거 같은데."

문현아가 함선 쪽을 힐끗 올려다보며 말했다.

"저 얼굴과 도련님 상대로 날 세우는 거야 이해 가지만. 참, 솔렘니스도 메드상과 사이좋은 편은 아니었지?"

"일방적으로 공격받을 정도는 아니야."

"그럼 역시 성현제와 도련님 때문인가."

아니, 우리 유현이가 왜… 라고는 나도 차마 말 못 하겠다. 그래도 이렇게 나올 정도는 아니었던 거 같은데.

"형……."

"잠깐만, 마나 포션 바로 사서―"

"아니야, 괜찮아. 형에게 손대진 않을 테니까."

유현이가 힘겨워하면서도 몸을 추슬러 일어섰다. 역시 빨리 각인을 수정해야 하는데.

[모든 무기를 인벤토리에 넣어 주시길 부탁드립니다. 위협적인 행동을 보일 시 발포하겠습니다.]

그때 함선에서 방송이 흘러나왔다. 무장을 해제하라는 말에 모두의 표정이 찌푸려졌지만 일단은 순순히 따랐다. 인벤토리의 무기야 언제든지 꺼낼 수 있으니까. 잠시 뒤, 메드상의 가드들이 아래로 내려왔다.

"다시 한번 경고하겠습니다. 수상하다 생각될 시 즉각 대응하겠으니 행동에 신중을 기해 주십시오."

"거참 까다롭네. 무슨 황제 폐하 알현이라도 하나. 도시를 지키는 수장이라는 건 그쪽이나 나나 마찬가지다만."

문현아가 투덜거렸다. 하긴 시그마는 버려졌고 아카테스는 도움받는 입장이지만 그녀, 람다는 다르지. 문현아가 불만을 표현하거나 말거나 메드상의 가드들은 묵묵히 옆으로 비켜섰다. 양옆으로 열을 지은 그들 사이로, 인영들이 나타났다. 공간이동이었다.

점점 더 짙어져 가는 새벽빛 아래, 황금색 머리칼이 가볍게 흔들렸다. 원래의 머리색보다 더욱 강렬한 금빛이었다. 두 눈 또한 마찬가지였다. 연회색이 섞였지만 동시에 어둡게 진한, 보랏빛을 띠고 있었다.

머리칼과 눈 색을 제외하면 외모는 유현이나 문현아에 비해 훨씬 더 원래 노아의 것에 가까웠다. 변화가 거의 없이 약간 더 성숙해진 정도였다. 키도 좀 더 커진 몸을 새하얀 제복이 감싸고 있었다.

"안녕하세요, 여러분."

뮤가, 노아가 옅게 미소 띠며 말했다. 그의 옆으로 선 사람 또한 SS급 가드였다. 한 도시에 SS급 각성자가 두 명이나 있는 건가.

"어, 뮤 씨. 우선 이 줄 좀 치워 주면 안 됩니까. 공격할 생각은 당연히 없습니다."

내 말에 노아가 아닌, 옆의 SS급 가드가 딱딱한 표정으로 나섰다.

"그 말을 어떻게 믿으라는 건가. 심지어 한 명은 정체도 알 수 없는 SS급 각성자이잖나."

그러면서 시그마를 차갑게 노려보았다. 도와달라는 의미로 노아를 바라보았지만 그는 미소만 지을 뿐 나서지 않았다. 저기, 노아 씨……?

"한유진이 누구지."

"…접니다만."

SS급 가드의 물음에 손을 살짝 들었다.

"틈을 만들어 줄 테니 나와라. 다른 자들은 안 돼."

"뭐라는 거야. 동생 두고는 못 가."

절로 인상이 찌푸려졌다. 나만 나오라니. 내가 메드상 시 출신이라서인가. 애초에 날 도와주기 위해 온다고는 했지만, 애들을 버려 두라고? 미쳤냐. 내 말에 SS급 가드 또한 표정이 험해졌다.

"뮤께서 일부러 여기까지 와 주셨건만 태도가 불손하다."

"도움 요청한 건 맞는데, 마나 홀에 이상 생긴 거 해결 못 하면 메드상이라고 무사할 줄 아나? 세상 혼자 지키고 살아남을 거 아니면 협력해 주셔야, 웃."

SS급 가드로부터 압박감이 확 느껴졌다. 등급 더럽게 높은 주제에 연약한 C급을 핍박하고 지랄이네. 내 공포 저항이 비록 S급이라지만 SS급 한둘 겪는 것도 아니고, 그래 잔뜩 쏘아 봐라. 기죽을 줄 아냐.

"한유진 씨."

메드상 SS급 가드와 눈싸움하고 있는데 노아가 드디어 입을 열었다.

"먼저 나오시죠."

"하지만."

"SS급 각성자들을 무방비하게 선내에 들일 수는 없습니다. 심지어 우리 쪽보다 수도 더 많지 않습니까. 적절한 안전조치 후 선내에서 휴식을 취할 수 있도록 해 드리겠습니다."

휴식이라는 말에 귀가 솔깃해졌다. 셋 다 쉬어야 할 필요가 있었다. 낮이라고 해도 몬스터는 수만 줄었을 뿐 계속 나올 것이다. 방어를 메드상에 맡긴 채 쉴 수 있다면 좋긴 하겠지.

"…알겠습니다."

노아의 저런 태도가 약간 섭섭하긴 했지만 맞는 말이었다. 타 도시 소속 SS급 각성자 셋을 그냥 들일 순 없겠지. 인벤토리 봉인이라도 하려나.

"현아 씨, 동생 좀 부탁할게요."

문현아에게 유현이를 맡기고 앞으로 나섰다. 마나를 흡수하는 줄 가까이 다가가자 미미하게 마나가 흘러나가는 느낌이 들었다. 각인이 없어서인가, 이 동네와는 다른 세상 몸뚱이라서인가 내게는 큰 효과를 발휘하지 못하는 모양이었다.

줄이 스르륵 움직여 틈을 만들어 냈다. 내가 빠져나가자마자 도로 닫혀 버린다.

"무사해 보여서 다행이네요."

노아가 다정한 목소리로 말했다.

"노, 뮤 씨도요."

"그냥 노아라고 불러도 돼요. 제 이름이니까."

노아가 본명이라고 말해 놓은 것일까. 그렇게 말해 주니 한결 마음이 놓였다. 메드상의 뮤가 아니라 노아라고 확실히 인식하고 있는 모양이었다. 혹시라도 노아가 아닌 뮤가 우선시되면 어쩌나 싶었는데.

"도와주러 와 주신 건 다시 한번 감사드립니다."

"천만에요. 유진 씨가 있는데 당연한 일이죠. 제압해."

마지막 말은 곧장 이해하지 못했다. 노아의 입에서 흘러나왔다기엔 너무 차갑고 단호한 목소리였다. 제압이라니.

"잠깐만요, 노아 씨!"

당황하며 돌아서자마자 완전히 의식을 잃은 유현이의 모습이 눈에 들어왔다. 동생을 부축하고 있는 문현아 또한 창을 지팡이 삼아 겨우 버티고 선 채였다. 시그마 또한 비슷했다.

"뭐 하는 짓이야!"

"괜찮아요, 유진 씨."

뛰쳐나가려는 나를 노아가 붙잡았다. 보조계라고 해도 SS급, 당연히 그의 손을 벗어날 수 없었다.

"다들 다치게 하진 않을 테니까 걱정 마세요."

"저렇게까지 안 해도!"

순간 전신이 꽉 움켜쥐어지는 듯한 느낌이 들었다. 그 직후, 주위의 풍경이 바뀌었다. 실내였다. 너른 방의 중앙에는 둥글게 구멍 같은 것이 뚫려 있었고, 그 너머로 푸른빛이 새어 나오고 있었다.

마나 홀의 빛이었다.

"메드상의 마나 홀입니다."

노아가 말했다.

"공간을 연결해서 어디에서든 마나 홀의 마나를 직접적으로 받을 수가 있지요."

즉, 메드상의 뮤가 함께한다면 메드상 소속 가드들에게 마나 고갈이란 있을 수 없는 일이었다. 몬스터들을 향해 비처럼 쏟아져 내리던 마력포들이 떠올랐다. 마나가 계속해서 보충되니까 그런 짓을 할 수 있었던 거구나.

"뿐만 아니라 일정 거리 내 메드상 가드들은 각인을 통해 저로부터 마나를 전해 받을 수도 있습니다. 마나 홀 바로 근처가 아니라 해도 무제한적으로 스킬을 사용 가능하지요."

그러니 걱정할 거 없다는 노아의 말을 흘려 넘기며 커다랗게 붙어 있는 창가로 향했다. 젠장, 반대쪽이야. 방을 가로질러 다시 창에 달라붙자 바깥 풍경이 보였다.

문현아와 시그마까지 정신을 잃은 듯 쓰러졌다. 줄이 거두어지고 메드상 가드들이 쓰러진 셋에게로 접근하는 것이 보였다. 단순히 구속만 할 거라지만 목 뒤가 쭈뼛거렸다. 누군가의 손이 유현이를 붙잡았다. 기분 나쁘다. 무심코 이가 갈렸다.

"…다른 사람도 아니고 유현이를 저렇게 대할 것까진 없잖습니까."

"화났어요?"

"기분 좋다고는 말 못 하겠네요."

고개를 돌렸다. 노아는 약간 곤란한 듯 웃고 있었다. 다른 두 사람보다 익숙한 얼굴이었지만, 오히려 더 낯설게 느껴졌다. 유현이도 문현아도 보자마자 내가 아는 사람이구나, 싶었는데.

"노아 씨, 좀… 변하신 것 같네요."

"사람이야 항상 변하죠. 하지만 전 그대로인걸요. 단지 새로운 사실을 알아 버린 것뿐이에요."

"알아 버렸다고요?"

"네. 보조계 각성자가 얼마나 많은 일을 할 수 있는지를요."

노아가 빙그르 몸을 돌렸다. 하얀 제복 자락이 가볍게 흔들렸다. 앞으로 걸어 나가며 보란 듯이 한쪽 손을 펼쳐 보였다.

"메드상에서는 보조계 각성자 위주로 팀이 만들어집니다. 물론 전투계도 필요하기는 해요. 하지만 다양한 보조 스킬을 적절하게 조합하면, 전투계 각성자가 자신의 등급 이상의 능력을 발휘할 수 있게 만들어 줄 수 있지요. 한 단계 이상까지도요."

노아가 자신 있게 말을 이었다.

"조금 전에도 직접 보셨잖아요. SS급 몬스터와 가드들을 쉽게 제압하는 모습을."

"…하지만 그건 이곳에선 마나 보충이 힘들기 때문이잖아요. 돌아가서는 적용할 수 없습니다."

"네. 그렇지만 마나 보충이 쉽다는 건 반대로 이점이 되기도 하죠. 이쪽에서는 저 없이는 마음껏 스킬을 쓸 수 없으니까요."

"동시에 던전 출입 인원 제한도 있죠. 다양한 보조계 헌터를 제한 없이 데리고 들어가는 건 불가능해요."

물론 보조계 헌터 조합이 도움이 되는 건 사실이다. 하지만 던전 안이라는 공간의 제약 때문에 헌터 팀에서 보조계가 중심이 되기는 어려웠다. 뿐만 아니라 수익을 나눠야 하는 머릿수가 늘어난다는 현실적인 문제도 있었다. 전투계 중심으로 인원을 줄일수록 개개인의 수익이 늘어나니까.

"저도 잘 알고 있어요, 유진 씨. 많이 봐 오고, 직접 겪기도 했으니까요. 저는 치유 스킬도 있어서 상대적으로 덜하기는 했지만요."

노아가 웃으며 말했다. 그 말에 조금 부끄러워졌다. 평소에 수줍고 여린 모습을 많이 보이긴 했지만 노아도 전 길드장이다. 헌터계의 현실을 모를 리 없었다.

"아, 우선 쉬시는 편이 좋겠어요. 피곤하실 텐데 너무 오래 붙잡고 있었네요. 다른 사람들은 걱정하지 마세요."

"…네."

괜찮겠지. 그래도 노아 씨가 맞으니까. 노아가 사람을 부르고 나를 방으로 안내하게끔 명령했다.

"필요한 게 있으시다면 이 버튼을 눌러 요청하시면 됩니다."

방으로 안내해 준 사람이 나가고 혼자 남게 되었다.

'…보조계라.'

노아가 원하는 대로 보조계 헌터들이 조명을 받으려면 특수각성센터가 반드시 필요했다. 회귀 전의 일반적인 각성센터는 대부분이 전투계나 방어계로 각성하게 되는 구조였으니까.

…그보다 유현이는 괜찮을까. 얌전히 굴 테니까 옆에 있게 해 달라고 부탁해 볼까.

- 형!

그때 내 옷 아래에서 불쑥, 이린이 튀어나왔다. 깜짝이야. 네가 왜 나한테 와 있는 거냐.

"린이 네가 왜 여기 있어? 유현이는 어쩌고!"

왜 의식도 없는 유현이를 내버려 두고 멀쩡한 나한테 온 거냐. 이린이 내 손등 위로 올라가 머리를 치켜들었다.

- 형을 지켜야 하니까요.

"난 보다시피 아무 문제 없어. 유현이한테 가 봐."

- 안 돼요. 린이는 형도 많이 좋아하지만 유현이를 제일 좋아하거든요.

"…그럼 더더욱 유현이한테 가야 하는 거 아니냐."

- 형, 형. 유현이가 행복하려면 형이 꼭 있어야 한다고요! 린이는 유현이가 웃는 게 좋아. 그러니까 형을 먼저 보호하는 거예요.

그걸 왜 모르냐는 듯이 이린이 앞발로 내 손등을 탁탁 쳤다.

- 린이는 유현이의 행복이 제일 중요해요. 형도 그렇잖아요.

"물론 그렇지. 하지만 유현이의 안전도 중요해. 살아 있어야 행복할 수도 있는 거잖아."

- 형은 몰라요.

"야, 모르긴 뭘 몰라. 태어난 지 얼마 되지도 않은 녀석이. 빨리 유현이한테나 가. 난 진짜 괜찮아."

이린이 토라진 듯 볼을 부풀리며 꼬리를 거칠게 내리쳤다. 도마뱀 주제에 표정 한번 다양하다.

- 유현이도 괜찮아요. 잘 자고 있어요.

"정말?"

- 응. 안심하고 푹 쉬고 있으니까. 빨리 회복해서 형한테 올 거예요.

그건 의외였다. 틀림없이 불안해할 줄 알았는데.
"노아 씨가, 뭐랄까, 좀 냉정하게 나왔는데 진짜 괜찮은 거야?"

- 그래서 든든하잖아요, 형. 강하기도 강해졌고.

"그, 그래? 나만 빼낸 것 때문에라도 싫어할 줄 알았는데."

- 당연히 형을 빼앗길 생각은 없어요! 하지만 싸울 엄두도 못 내고 웅크리는 사람은 더 못 믿어! 자기보다 강한 상대가 덤벼들면 금방 형을 빼앗겨 버릴 텐데, 어떻게 믿고 맡겨요.

음, 동생 녀석은 지금의 노아가 더 마음에 드는 건가. …노아 씨가 약한 걸 거슬려 하는 것 같긴 했지만. 아무튼 잘 자고 있다니 다행이긴 했다. 노아 씨가 장담한 대로 해를 입히거나 하진 않은 모양이었다.
'…노아 씨는 괜찮은 걸까.'
그대로다, 라고 말하긴 했지만 솔직히 이곳에서의 영향이 상당히 커 보였다. 그동안 내가 알고 지냈던 노아와는 많이 달라져서…….

'내가 봐 온 노아 씨가 전부라고는 할 수 없겠지만.'

돌이켜 보면 노아에 대해 잘 안다고 말하기 조금, 힘들었다. 한국에 오기 전의 일은 거의 모르니까. 그가 어떤 길드장이었으며 어떤 헌터였는지. 리에트로 인한 상처를 건드릴까 봐 쉽게 묻지 못한 탓이 컸지만, 그래도 아는 게 정말 없다 싶어졌다.

사랑받고 싶어 하는 아직 어린 청년. 그렇게만 생각했었다.

"어렵네."

- 뭐가요?

"사람이. 역시 제대로 대화를 해 봐야겠어."

물론 그 전에 유현이와 현아 씨, 시그마 확인부터 하고. 내 눈으로 직접 괜찮은지 봐야지.

벽에 붙은 버튼을 누르자 친절한 목소리가 흘러나왔다. 나와 같이 있던 사람들에게 가고 싶다고 말하자 뮤 님의 허락이 필요하다는 대답이 돌아왔다.

"그럼 허가받게 연결해 주세요."

[지금은 불가능합니다.]

잠시만 기다려 주세요~ 소리가 무척이나 익숙했다. 고객센터 대기음이 자동 재생되는구만. 이럴 때의 잠시만은 보통 n시간이지.

"외출은 가능합니까?"

[원하신다면 안내원을 붙여 드리겠습니다.]

감시겠지. 괜찮다고 말하곤 혹시 방에 감시카메라 같은 거 설치되어 있느냐고 물었다. 방에는 없고 복도에는 있다는 대답이 돌아왔다. 네, 그러시군요.

'자고로 환경조사는 암행이지.'

우선 방부터 살펴보았다. 공간을 효율적으로 써야 하는 전함 내부치고는 상당히 넓은 객실이었다. 욕실 따로 있고 침대도 푹신하고.

"린이 너, 계속 이렇게 따로 움직일 수 있는 거야?"

– 위아래로 마나 홀이 있잖아요. 여기선 충분해요!

"그럼 밖에 나가서 복도 감시카메라 좀 살펴봐 줄래? 문 열리는 게 비치는지 말이야."

이린이 대답하곤 복도 쪽 벽에 스며들었다. 잠시 후 돌아와서는 문틀에 가려져 안 보일 거라고 말했다.

"고마워. 누가 오진 않는지 감시도 부탁해."

– 네!

정령은 정말 유용하구나. 은신 스킬을 쓰고 만능열쇠로 문을 열었다. 복도로 나가자 신규 퀘스트가 떴다.

메드상 제1전함을 산책해 봅시다!
보조계 스킬 연구가 활발한 메드상에는 보안장치 역시 보조 스킬과 조합되어 있습니다. 곳곳에 깔린 보안 스킬에 걸리지 않도록 조심하세요!
보상: 10,000P

보조 스킬을 깔아 놨다니, 이거 위험할 뻔했네. 알려 주셔서 감사합니

다, 시청자님.

― 린이도 감지할 수 있어요.

방범용 보조 스킬이 있다고 하자 이린이 작게 속삭여 왔다.

― 린이는 정령이라서 마나에 더 예민하거든요!

"우리 린이 대단하네."
당연하죠, 하고 으쓱거린 이린이 내 손끝에 매달렸다.

― 유현이한테 먼저 갈 거죠?

"응."

― 이쪽이에요!

정말 편하네. 린이의 안내를 따라 복도를 걸어갔다. 몇몇 사람과 마주쳤지만 A급 이하라 나를 눈치채지는 못했다.
마나 홀에서 또다시 몬스터가 나타났는지 포격 소리가 아련히 들려왔다. 상급 몬스터들이 줄줄이 튀어나오고 있음에도 선내의 사람들의 표정은 여유로웠다. 몬스터에 대해 조금도 걱정하지 않는 모양이었다.
'이 세계에서는 메드상이 가장 오래 버텼을까.'
아카테스가 제일 빨리 망했을 거 같고. 지금의 아카테스처럼 도시 중앙의 마나 홀에서 몬스터가 쏟아진다 해도 메드상은 잘 버텨 냈지 싶었다. 몬스터 등급이 지금보다 더 높아진다면, 결국 뚫리고 말겠지만.

몬스터 등급은 어디까지 높아지는 걸까. 이 세계는 전투력만큼은 우리 세상보다 훨씬 높건만 그럼에도 멸망해 버렸다. 그렇게 생각하자 가슴이 무거워졌다.

'그나마 내 주위 사람들은 대부분 S급이니 탈출은 가능하겠지만.'

내 손등 위에서 방향 지시를 하는 이린을 바라보았다. 유현이는, 나를 놓아두고 떠나려 하지 않겠지. 이건 더 고민할 필요도 없었다.

"파트너 씨, 역시 세상을 구하긴 해야 할 거 같은데요. 기억 좀 잘 챙겨서 와 주세요."

이왕이면 패륜아들이 대체 나한테 뭘 원하는 건지 힌트라도 얻을 수 있다면 좋겠다.

계단을 내려가 복도를 따라 꺾어져 들어가자 S급 가드들이 지키고 선 문이 보였다. 보나 마나 저기군. 저렇게 지키고 있어서야 몰래 들어가는 건 불가능하고. 아쉬운 대로 린이에게 상황만 확인해 달라고 할까.

"이러실 줄 알았지만요."

"뭐―!"

바로 등 뒤에서 나지막한 목소리가 들려왔다. 깜짝이야!

"누구냐!"

내 외침에 S급 가드들이 이쪽으로 달려왔다. 그러곤 우뚝 멈춰서, 급히 고개를 숙인다.

"뮤, 뮤 님. 실례했습니다."

"아니, 갑자기 나타난 내 잘못이지. 유진 씨, 은신 스킬 푸셔도 돼요."

노아를 돌아보며 스킬을 해제했다. S급 가드들이 대뜸 나를 노려보았다.

"그냥 산책 겸 다른 사람들이 잘 있나 확인이나 해 볼 생각이었어요."

"깨어나면 바로 연락드렸을 텐데. 알았어요. 이쪽으로 오세요."

노아가 앞장서 걸음을 옮겼다. 지금 모습은 예전 그대로인 거 같은데. S급 가드가 얼른 닫힌 문을 열어 주었다.

"뮤 님, 어서 오세요."

"란체아의 람다 님은 방금 전 깨어나 식사하러 갔습니다."

"아카테스의 알파 님은 좀 더 휴식을 취하는 편이 좋을 듯해 수면 상태를 지속 중입니다. 해독 스킬이 통하지 않는 약물이 체내에 잔존해 있어—"

"괜찮은 건가요? 유현이, 알파는?"

약물이 아직 남아 있었다니! 내 말에 힐러로 보이는 남자가 고개를 끄덕였다.

"예. 지금 중화 중입니다. 각인 또한 수정하는 편이 좋을 듯합니다만 마취제를 써야 하니 우선 약물을 완전히 제거할 필요가 있습니다. 한두 시간이면 끝날 거예요."

"감사합니다."

아카테스 알파 담당자 그 망할 새끼들. 도망친 놈들도 싹 잡아들여야 하는데 상황이 상황이라 수색도 못 하고.

"그리고… 남은 한 명은……."

메드상의 의료진이 서로 눈치를 살폈다. 시그마에 대해 언급하기도 꺼리는 듯했다.

"신체에 별다른 문제는 없는 듯합니다만, 아직 수면 상태에 두었습니다."

"없는 듯하다니, 제대로 검사하지 않은 건가."

노아의 말에 의료진이 급히 고개를 저었다.

"기본적인 검진은 끝냈습니다! 다만, 그… 다들 이상한 기분이 든다고 하여 혹 저주나 기타 스킬에 걸린 것은 아닌지 확인해 보았습니다만 아무것도 알아낼 수가 없었습니다. 감지 불가능할 정도로 고등급 저주의 영향일 수도 있으니 접근하지 않으시는 것이 안전할 듯합니다."

시그마에 대한 거부감을 저주로 여긴 모양이었다. 노아는 괜찮다고 하며 나와 함께 안쪽으로 들어섰다.

"세성 길드장에게 뭔가 문제라도 생겼습니까?"

소리를 낮춘 물음에 나도 작은 목소리로 대답했다.

"세성 길드장이 아니에요."

"네?"

"얼굴은 똑같은데 다른 사람입니다. 성현제 씨는 지금 다른 곳에 있거든요."

노아가 놀란 듯 눈을 동그랗게 떴다. 지금은 확실히 여기 들어오기 전과 똑같다.

"그럼 설마 브레이커 길드장과 해연… 은 한유현 헌터가 맞겠지만요."

"둘 다 맞아요."

노아가 눈치 빠르게 주위 사람들을 물렸다. 나는 이곳에서의 일을 그에게 간략하게 설명해 주었다. 던전을 공략하고 나가야 한다는 말을 하면서 노아의 표정을 살폈지만 별다른 반응 없이 진지하게 듣고 있었다. 그래도 혹시 모르니 원반에 대한 것은 일단 숨겼다.

"노아 씨가 도와준다면 훨씬 빠르게 공략할 수 있을 거예요."

"물론 도와드려야죠."

망설임 없는 대답이 돌아왔다. 믿어도 되는 걸까. 아니, 그전에 어쩌다 노아 씨를 의심하게 되었담. 타 도시 소속 SS급 가드들을 무방비하게 들이면 안 된다는 거, 당연한 일인데. 메드상의 수장으로서는 분명 올바른 행동이었다.

…내가 괜히 섭섭하고 낯설게 느껴져서 그렇지. 노아를 너무 어리고 약하게만 본 탓도 크고. 옆에 선 노아를 새삼스럽게 바라보았다. 다른 S급 헌터들에 비해 약하다고 해도 S급은 S급인데. 눈이 마주치자 회보라색 눈이

살짝 휘어진다.

"왜 그래요, 유진 씨?"

"아뇨, 음… 제가 노아 씨를 어리게만 본 것 같아서요."

"네? 어린 거 맞아요."

맞긴 한데, 그, 귀여워해 달라거나 소형화 스킬 구해서 집에 들어오고 싶어 했다거나… 할 때와 지금은 좀 차이가 많이 나지 않나. 아직도 우리 집에 오고 싶을까. 소형화 스킬 살 생각 전혀 없어 보이는데.

그냥 내 선입견이고 뮤로서의 모습도 노아 씨의 일부였을 수도 있지만.

"유현아!"

병실로 들어서자 침대에 누워 있는 유현이의 모습이 보였다. 손목에 링거 바늘이 꽂혀 있었다. 이린의 말대로 안색은 좋았다. 진짜 몸은 아니라지만 너무 고생하는 거 아니냐, 내 동생. 침대 옆 보조의자에 자리 잡은 내게로 노아가 다가왔다.

"약물 중화에 시간이 걸릴 거라고 하니 먼저 식사라도 하세요. 제대로 쉬지도 못하셨잖아요."

"동생 깨어나면요."

짧은 침묵이 흘렀다. 가만히 서서 나와 유현이를 바라보던 노아가 입을 열었다.

"유진 씨는 한유현 헌터가 어떤 사람이었든 좋아했겠지요."

"그야……"

당연하다고 말하려다가, 회귀 전 기억이 혓바닥을 굳혔다. 무심코 주먹을 꽉 쥐었다.

"지금은, 요. 하지만 제 동생이든 다른 누구든, 상대에 대해 잘 모르면 결국 실망하는 일도 생기는 것 같아요. 지금의 저는 제 동생에 대해 완전히까지는 아니어도 잘 아니까, 무슨 일이 있어도 좋아할 겁니다."

내 말에 노아가 의외라는 표정을 지었다.

"유진 씨가 한유현 헌터에게 실망한 적도 있어요?"

"음, 제가 각성하기 전까지 잠깐 사이 나빴었어요. 노아 씨는 잘 모르겠지만 유현이가 각성하고 나서 꽤 오래 떨어져 지내기도 했고요. 정확히는 제가 일방적으로 오해하고, 있었지만요."

동생은 한결같았다. 정말로.

"유진 씨가 그렇게 말하니까 신기하네요."

"저도 보통 사람인걸요."

정말로 그냥, 동생이 귀여웠을 뿐이지. 그냥 그 이유로 열심히 살았는데, 어쩌다 보니 뭐.

"유진 씨가 제 가족이었으면 어땠을까 하는 생각, 여러 번 했어요."

"귀여운 동생이 한 명 더 늘어났었겠네요."

"한유현 헌터가 부러웠어요. 질투도 났어요. 왜 저 사람인가 싶기도 했고요. 누님과 비슷한 느낌인데. 뒤바뀐 거라는 생각도 들었습니다."

노아가 옅게 미소를 머금었다.

"이런 저는 별로 귀엽지 않지요? 한유현 헌터는 유진 씨에게 가장 사랑받고 있으니까 자신만만하게 절 받아 주기도 했었는데."

"노아 씨."

"그런데 지금은 메드상의 모두가 저를 바라보고 있어요. 진짜는 아니지만. 저는 가짜죠. 여기서도 결국 진짜로 사랑받는 건 아니에요. 남의 자리죠. 남의 자리만, 계속 부러워하고 탐하고."

뭐라고 말해 줘야 할지 모르겠다. 노아가 그런 생각을 하고 있는 줄은 까맣게 몰랐다. 일단 달래라도 줘야 할까. 머뭇거리는 그때.

"뮤가 이 자리를 바란다면 시도해 봐, C급."

시그마가 열린 문 너머로 모습을 나타냈다. 그가 노아를 냉랭하게 바라보았다.

"가짜라는 말을 인정해 준다면 뮤로서 여기 남게 될지도 모르지."

…무슨 말도 안 되는 소리야.

"노아 씨는 저한테 있어 언제나 진짜입니다. 인정이고 뭐고 애초에 가짜라는 생각 자체가 불가능하다고."

그 전에 내가 아, 저 사람 가짜네요 하면 정말로 가짜가 될 리가 있겠냐. 시그마는… 그, 좀 애매하긴 하지만. 확실하지는 않고.

"게다가 노아 씨가……."

여기 남고 싶어 할 리가 있겠냐는 말을 하려다가 삼키고 말았다. 만약에 여기가 멸망해 버린 세계가 아니었다면. 그럼 노아와 뮤 중에서 어느 쪽이 더 나은지는… 내가 입을 댈 부분이 아니기는 했지만, 노아 씨는 분명 부럽다고 말했었다.

노아를 향해 돌아보았다. 노아는 약간 굳은 표정으로 시그마를 바라보고 있었다.

"여기 남게 될지도 모른다니, 그게 무슨 말입니까."

"그 말 그대로다. 남의 자리가 탐난다면 차지하면 그만 아닌가. 이미 지금의 뮤는 네 녀석이고."

시도해 봐서 나쁠 건 없지 않느냐는 말에 노아의 미간이 살짝 찌푸려졌다.

"나는 진짜 뮤가 아니야."

"그게 어쨌다는 거지. 불가능한 일을 하라는 것도 아니고, 그 자리에 앉아 있는 주제에. 어리광이 심하군."

대놓고 한심하다는 표정을 짓는 시그마의 태도에 노아의 얼굴이 싸늘하게 식었다. 이거, 좀 위험하지 않을까. 방금 시그마의 행동은 누군가가 생각나는 것이었는데. 그러니까, 리에트라거나.

"정말 얼굴만 닮았네요, 유진 씨. 차라리 세성 길드장이 더 나아요."

"또 그놈의 성현제인가. 나와 비슷한 인간이라면 네 칭찬이 오히려 불쾌하겠지. 안됐어."

"적당히 해, 시그마!"

아주 대놓고 싸움을 걸어라. 노아한테 왜 저래? 강제로 붙잡혀 끌려온 것 때문에 기분이 상한 건가. …그럴 만하긴 하다만. 저 녀석도 뒤끝이 긴가 보다.

"세성 길드장도 아니면, 여기 둘 필요도 없겠죠?"

노아가 차갑게 말했다. 잠깐만.

"여기 환자 있어요!"

설마 여기서 싸울 생각은 아니겠지. 노아가 걱정 말라면서 한쪽 손끝을 들어 올렸다. 그와 동시에 시그마가 사슬을 꺼냈다.

콰득!

금빛 사슬이 병실 양쪽 벽에 박혔다. 시그마의 손이 팽팽하게 당겨진 사슬을 잡은 직후, 그의 발 아래로 둥그런 원이 나타났다. 원 너머로 어딘지 모를 수면이 흔들리고 있었다. 공간이동 포털이었다. 비행 스킬이 없는 시그마라 전투 예지를 쓰지 않았더라면, 꼼짝없이 다른 곳으로 떨어뜨려졌을 것이다.

"상대에게 손대지 않고 직접 이동시키지는 못하는 모양이로군."

시그마가 체조 선수처럼 가볍게 반동을 주어 사슬 위로 올라서며 말했다. 포털을 지워 내며 노아가 눈썹 끝을 올렸다.

"몸 성히 보내 주려 했더니. 어차피 이 선내에서 당신은 전투 스킬을 쓸 수 없습니다. 언행을 조심해 주십시오."

"확실히 지금의 나는 너보다 약하지. 그러니까 C급."

차그랑, 사슬이 거두어지며 시그마가 아래로 내려섰다. 그리고 앉아 있는 내 옆으로 바싹 다가온다. 금색 눈이 가늘어지며 웃음기를 띠었다.

"나를 지켜 줘."

…얼씨구.

"유진 씨에게 무슨 헛소립니까!"

"헛소리라니, C급이 먼저 날 보호해 주겠다고 했어."

시그마의 말에 노아의 표정이 잔뜩 흐트러졌다.

"저 거짓말 정말이에요? 아니죠?"

"어, 일단 맞기는 한데요……."

내가 보호하게 해 달라고 말하긴 했었지. 그래도 진짜 지켜 달라고 할 줄은 몰랐다. 공격 스킬을 봉인 당했다고 해도 스탯은 SS급일 거 아니냐.

"그리고 C급은 내 소유지. 그렇게 계약했다."

"유, 유진 씨?"

"…그것도 일단 맞는 말이긴 하지만요. 아까 던전 공략에 대해선 자세히 말을 못 했는데, 시그마 씨가 무사해야 한다더라고요. 그냥 그것뿐이에요. 우리가 나가려면 필요하니깐 보호도 하고."

"책임지겠다더니. 벌써 말을 바꾸는 건가."

"아니, 그게. 떨어져 봐, 좀!"

시그마를 옆으로 밀어냈다. 힘은 당연히 내가 훨씬 약할 것인데도 순순히 물러나더니 나를 빤히 쳐다본다. 노아도 뭔가 억울한 눈빛으로 나를 바라보았다.

"…저 사람이 무사하기만 하면 되는 건가요."

"목숨만 붙어 있으면 됩니다."

대답한 건 내가 아니었다. 유현이의 목소리였다. 어느새 깨어난 동생이 내 어깨에 턱을 얹었다.

"무슨 일인지는 모르겠지만."

"유현아, 괜찮아? 일부러 재워 뒀다고 했는데."

"이린이 깨워 줬어. …이건 뭐야."

링거 바늘을 빼내려는 동생을 얼른 말렸다. 중화제라는 설명에 거슬려 하면서도 뽑지는 않았다.

"그러니 마음에 들지 않는다면 얼마든지 공격해도 됩니다."

동생 녀석이 싸움을 부추겼다. 내가 끼어들지 못하게 팔로 감싸듯 붙잡기까지 하고서. 아니, 여기서 싸우게 돼서 어쩌려고. 게다가 지금은 손 하나라도 더 있어야 할 때가 아닌가. 무슨 일이 벌어질지 모르는데 SS급을 잃는 건 큰 손해다.

"…공격할 생각은 없습니다. 조금 전에도 내보내려고 했을 뿐이에요."

"노아 씨, 정말 죄송하지만 시그마를 곁에 두기는 해야 할 듯해요."

"유진 씨가 왜 죄송해요. 그리고 아주… 틀린 말은 아니었죠. 이미 제가 차지한 자리조차 제대로 쥐지 못한 채 불안해하고 있고."

"네? 아뇨, 저 녀석 말 듣지 마세요! 원래 뮤는 다른 사람이니까 껄끄러워하는 게 당연하죠. 노아 씨가 보통입니다."

시그마가 뻔뻔한 거지. 노아가 쓰게 웃으며 시그마를 그리고 다시 나를 바라보았다.

"한유현 헌터가 깨어났으니 우선 식사부터 하세요. 어제오늘 식사도 제대로 못 하셨다고 하던데. 아카테스와 란체아의 전투 인원도 모두 선내에 있습니다. 부상자는 치료 중이고요."

다른 사람들도 다 챙겨 줬구나. 자리에서 일어나 앞서 병실을 빠져나가려는 노아에게로 다가갔다.

"노아 씨, 전 절대로 노아 씨가 잘못되었다곤 생각하지 않아요. 노아 씨는 정말로 좋은 사람입니다. 최소한 저한테는 틀림없이 그래요. 명우나 연구실 사람들도 그렇게 생각하고 있을 거고요."

"…고마워요."

노아가 작게 말했다. 미소 띠고 있었지만 결코 밝다고는 할 수 없는 얼굴이었다.

"하지만 전 그렇게 좋은 사람이 아닌걸요. 유진 씨야말로 좋은 사람이라서, 그래서 절 그렇게 생각해 주시는 거죠. 제 어리광도 받아 주시고."

"아니죠, 그건! 노아 씨가 저한테 얼마나 잘해 줬는데요. 어떻게 사람이 일방적으로 받아만 주겠어요. 잠깐이면 모를까, 그런 건 오래 못 가기도 하고 금방 지치고 힘들어진다고요. 노아 씨도 좋은 사람이니까, 저도."

"한유현 헌터를 도와줘야 하지 않을까요."

노아의 말에 반사적으로 뒤를 돌아보았다. 침대에서 내려선 유현이가 걸려 있는 링거액을 빤히 쳐다보고 있었다. 그거 그냥 빼서, 이동식 링거대 없나? 병원에 입원한 적이 없었는지 잘 모르는 모양이었다.

"함께 오세요. 식당은 이쪽입니다."

내가 머뭇거리는 사이 노아가 병실 밖으로 빠져나갔다. 노아가 걱정되었지만, 어쩔 수 없이 유현이에게로 몸을 돌렸다. 구석에 있던 링거대를 찾아다 옮겨 주고 같이 밖으로 나왔다. 시그마도 얌전히 우리를 따라왔다.

"둘 다 일어났네!"

식당에는 문현아가 먼저 와 있었다. 식당이라고 해도 선내 공용 시설이라기보단 작은 고급 레스토랑에 더 가까워 보였다. 긴 식탁 하나와 개별 테이블이 둘 있었고, 주방에 요리사가 대기 중이었다. 주위 장식들 또한 고급스러워 보였다.

"여기 밥 맛있더라."

느긋한 손놀림으로 와인을 잔에 따르며 문현아가 말했다. 잡혀 온 게 아니라 손님으로 초대받기라도 한 듯한 분위기다. 그 여유로움이 부러울 정도였다.

"유현아, 앉아. 뭐 먹을래? 먹을 수 있겠어?"

주방이 오픈되어 있으니 뭔가 만들어 줄까, 하는 물음에 동생이 고개를 저었다.

"괜찮아. 형도 피곤할 텐데. 그냥 먹을게."

나한테 독 저항이 있으니 먹여라도 줄까. 노아 씨가 그런 짓을 하리라 생각진 않지만, 동생이 불안해할 수도 있으니까. 노아와 시그마도 자리에 앉았다. 주방장이 직접 나와 주문을 받아 갔다.

"급한 불은 꺼 놓았는데, 이젠 어떻게 하지? 이대로 마나 홀 지키기만 할 수는 없지 않냐."

식당의 사람들을 물린 뒤 문현이가 말했다. 그녀의 말대로 여기서 계속 붙어 있을 수는 없었다.

"예림이와 피스를 찾고 원반을 마저 설치해야지요."

원반에 대해 노아에게도 설명해 주었다. 아마 각자가 머물던 도시가 설치 장소일 거라는 말까지.

"메드상은 이곳에서 상당히 멀어요. 하루 만에 도착하기는 했지만, 그건 중간중간 공간 이동을 했기 때문이죠. 게다가 제 공간 이동 스킬 등급이 높긴 하지만, 마나 홀과 연결한 채로는 초장거리 이동이 불가능합니다."

그렇다고 마나 홀과의 연결을 끊으면 마나 소모가 너무 크다고 노아가 말했다.

"메드상 마나 홀과 연결되어 있다고 했잖아요. 그곳으로 들어가면 안 될까요?"

"그게, 마나와 질량을 지닌 생명체는 달라서… 어떻게 될지 모르겠어요. 마나 홀과 연결된 통로는 제가 만든 게 아니거든요."

원래의 뮤가 만들어 놓은 걸 쓰고 있다면서 노아가 작게 말했다. 아직 공간이동 스킬이 서툴다는 것도.

"제대로 익힌다면 쓸모가 많을 겁니다."

내가 썰어 준 스테이크를 먹고 있던 유현이가 노아를 바라보며 말했다.

"여러 가지로 응용하기도 좋을 거고요. 특히 노아 헌터는 독을 쓸 수 있으니 상대의 몸에 직접적으로 독을 주입하는 것도 가능하겠지요."

유현이 녀석 좀 부러워하는 느낌인데. 하지만 동생의 말대로 공간이동 스킬은 정말 쓸모가 많았다. 단순 보조로도 좋겠지만 전투 스킬과 결합하면 장난 아니겠지. 유현이의 말에 노아가 시선을 테이블로 떨구었다.

"그건 솔직히 힘들 겁니다. 너무 어려워요. 뮤의 특성과도 관련이 있는 것 같고요."

"특성이요?"

"네."

내 물음에 노아가 고개를 끄덕였다.

"소문으로는 뮤의 조상 중에 정령이 있었다나 봐요."

- 맞아, 정령!

이린이 불쑥 튀어나와 소리쳤다.

- 린이도 느꼈어요. 이 세계에 린이랑 다른 정령이 있어!

"정말? 무슨 정령인데?"

- 아마도 물이요. 불은 없는 거 같아요. 마나 홀도 물의 기운이 강했거든요. 그래도 정령에게 친화적이라 린이에게도 도움이 되었고요!

물의 정령이라니. 예림이가 절로 떠올랐다. 여기서 정령 하나 데리고 갈 수는 없을까. 린이만 봐도 무척이나 도움이 되는데 예림이에게도 마찬가지겠지.

"그래서 원래 세계로 간다면 공간이동은… 쓰지 못할 거 같습니다."

유독 자신 없는 목소리가 가슴 쓰라렸다. 그런 노아의 모습에 유현이가 한마디 하려는 걸 얼른 막았다. 노아 씨에게 채찍은 충분하다 못해 너무 과하다. 마음 같아서는 뮤로 있는 동안에라도 편히 대우받았으면 싶은데, 진짜 자신이 아니라며 선을 긋는 그가 안타까웠다.

지금보다 훨씬 더 자신감을 가져도 될 텐데. 그럴 자격도, 능력도 있는 사람인데.

"그럼 우선 형님이 원반을 설치하러 가는 게 낫겠지? 여긴 우리한테 맡기고 말이야."

문현아가 잔을 마저 비우며 말했다.

"란체아까지는 금방이야."

헬기로 몇 시간 걸리지 않는다고 하였다. 문제는 메드상과 남은 두 곳이었다. 떨구었던 시선을 다시 올리며 노아가 차분한 어조로 말했다.

"역시 아카테스는 포기하는 편이 나을 거라고 생각합니다. 지금 상태로는 어차피 도시의 기능을 제대로 할 수 없으니까요."

"그래, 안타깝긴 하지만 아카테스 시민들은 우선 란체아로 옮기게 하자고. 마나 홀의 이상 현상을 당장 어떻게 할 수도 없으니. 다행히 란체아에 난민을 받을 여력이 있거든."

그렇게 말하며 문현아가 시그마를 힐끗 쳐다보았다. 나 역시 그를 향해 시선을 옮겼다. 마나 홀에서 몬스터들이 튀어나오는 거, 역시 시그마와 관련이 있겠지. 노리는 상대도 시그마였고.

구운 호박 비슷한 채소의 껍질을 나이프로 섬세하게 도려내고 있던 시그마가 뭐냐는 듯 우리를 마주 봐 왔다. 저 녀석도 식빵 테두리 떼고 먹는 거 아닐까. 먹여 보고 싶다.

"어떻게 생각해, 형님. 쟤 데리고 란체아에 가면 란체아 마나 홀에서도 몬스터가 튀어나올까, 아닐까."

"굳이 실험해 보고 싶지는 않네요. 아카테스로 충분해요."

란체아까지 뒤집어지면 엄한 시민들은 어쩌라고. 아무리 진짜가 아니라지만 그 난리통을 보고 싶진 않다.

"노아 헌터, 쟤 도시 밖 멀리 잠깐 내다 버릴 수 있을까?"

문현아의 말에 시그마가 살짝 뚱해진 표정으로 채소를 입에 넣었다. 골고루 잘 먹네. 유현이도 채소 챙겨 먹여야지. 과일은 없나.

"여기서 반나절 거리까지 가능합니다. 지금 버릴까요?"

"밥은 먹이고 보내요. 이건 단순 실험이니까, 계약을 어기는 건 아니야. 알지?"

"…뮤를 믿을 수 있는 건가."

"시그마 씨보다는 당연히 믿거든요. 그리고 노아 씨."

"네."

"유현이 각인 수정하면서 저도 각인을 받을 수 있을까요."

"받으실 수야 있지만 유진 씨는 진짜 몸이라고 하셨잖아요. 돌아가서는 수정도 삭제도 못 할 텐데요. 마나 홀은 물론 그럴 기술도 당장은 없으니까요."

"지울 생각 없습니다."

유현이 눈치를 살피며 말을 이었다.

"주요 마나 통로인 척추 전체에 새기는 각인도 있다고 들었습니다. 그걸 시술받았으면 싶어요."

"네? 유진 씨!"

노아가 깜짝 놀라다 못해 자리에서 벌떡 일어났다. 시그마도 포크질 하던 것을 멈추었다. 반면에 유현이와 문현아는 잘 모르는 건지 의아한 표정이었다.

"각인받기 싫다고 하더니."

"그쪽과 연결되는 각인이 싫다는 거죠. 노아 씨는 그 각인에 대해 알고 있는 건가요?"

"…예. 전체는 아니고, 3분의 1 수준은 메드상에서는 곧잘 시술하곤 합니다. 저도 목 뒤부터 날개뼈 사이까지 각인이 새겨져 있고요. 하지만 보통 사람에겐 거기까지가 한계예요. 치유계 가드들을 동원한다더라도 그 이상은 목숨이 위험해집니다."

"형!"

유현이가 탓하듯 소리치고 문현아도 눈살을 찌푸렸다.

"몸 좀 아끼시지, 한 소장님. 동생도 걱정하잖아."

"여분 목숨이 있으니까 하겠다는 거예요. 유현아, 나는 밖으로 나가서도 계속 적용이 되는 거잖아. 그러니 기회를 놓치기 너무 아까워서 그래. 당장 내 몸에 부담이 가긴 해도, 마력 제어능력이 올라가면 이후로는 더 안전해질 수도 있으니까. 스킬 활용도도 높아질 거고 어쩌면 등급 상승도 가능해지겠지. 내 스탯으로 상급 스킬 등급 올리는 거, 원래라면 불가능에 가까운 일이잖아."

스킬을 계속 사용해서 익숙해지면 등급이 상승하게 된다. 하지만 내 보잘것없는 마력 스탯으로는 중급 스킬만 되어도 익숙해진다는 것 자체가 불가능했다. 스킬의 움직임, 마력의 흐름을 제대로 느끼지 못하기 때문이었다.

"은신 스킬이 한 등급 더 오르게 되면 유사시에 몸을 피하기 얼마나 쉬워지겠어."

"그래도……."

여전히 탐탁잖은 표정을 짓던 유현이가 노아를 돌아보았다.

"많이 위험합니까? 부작용 같은 건요?"

"3분의 1까지는 확실히 안전합니다. 자체 회복류 스킬을 지닌 각성자는 등의 가운데까지도 성공한 사례가 있고요. 그 이상은 메드상에서는 아직 시도해 본 적이 없습니다. 유진 씨, 3분의 1 정도로도 효과가 있어요. 마력 조절 능력만큼은 D급 가까이 상승할 겁니다."

D급이라. 나한테는 높긴 했다. 하지만.

"유현아, 이번 한 번만 더 고집부릴게. 진짜 마지막이야."

각인을 받아야겠다고 마음먹고 나서도 여러 번 망설였었다. 무엇보다도 동생을 생각해서라도 그만둘까 싶기도 했다. 유현이가 아닌 나를 보호하러 온 이린의 말에도 마음이 흔들렸었다.

하지만 동시에 스스로를 지킬 수 있는 힘을 더욱 가지고 싶어졌다. 좀 더 먼 미래까지 내가 무사할 수 있도록.

몇 번 더 말이 오간 뒤, 결국 전체는 아닌 허리까지만 각인 시술을 받기로 했다. 여분 목숨은 단 한 개만 쓴다는 조건을 달아서.

"마나의 흐름은 사망 후 평균 30분까지 유지됩니다. 마나 흐름이 멈추면 시술 자체가 불가능해져요. 그러니 유진 씨가 잘못되면 시술은 20분 내로 끝마치겠습니다. 원하시는 만큼 각인이 새겨지지 않았다고 해도요."

"제 몸이 최대한 오래 버텨 주길 바라야겠군요."

부활은 사망 후 25분에서 30분 사이에 하기로 했다.

각인 시술 준비는 곧장 이루어졌다. 마취가 이루어지고 의식을 잃은 채 얼마쯤 지났을까.

"이곳을 방문해 주는 건 한 번으로 충분하다 생각하네만."

어두운 눈앞이 흐릿하게나마 밝아지며, 익숙한 얼굴이 시야에 들어왔다. 성현제가 나를 내려다보고 있었다.

장갑 낀 손이 내밀어졌다. 잠깐 머뭇거리다가 그 손을 잡고 일어났다.

"죽었나 봐요, 저. 죽을 때마다 이곳으로 오는 겁니까?"

"현재 한유진 군의 사망은 시스템적인 처리를 거치게 되는 거니까. 정확히는 내가 이곳으로 들어온 것이라네."

그러고 보니 저번에는 부르기 전엔 나타나지 못했었지. 이번에는 괜찮은 건가. 성현제를 향한 시선 끝에 사라진 한쪽 팔이 걸려들었다. 그때는 팔을 잃었다고 했는데.

"눈은 멀쩡합니까? 이번에는 별일 없는데 괜히 눈 걸고 온 거 아니죠?"

성현제의 눈앞으로 손을 흔들어 보였다. 한 쌍의 금안이 모두 내 손길을 따라 움직인다. 멀쩡한 거 같지만, 혹시 보이는 척하는 거 아니냐. 이 인간이라면 충분히 가능하다.

"한쪽 눈 감아 봐요. 이거 몇 갭니까."

"두 개군."

"다른 쪽도요."

"다섯 개."

다행히 무사한 모양이었다. 눈 말고 다른 델 날려 먹은 건 아니겠지. 귀두 개고, 남은 팔 멀쩡하고, 다리도 둘이고, 말 잘하니까 혀도 멀쩡할 테고. 주위를 한 바퀴 돌며 검사하는 나를 성현제가 약간 난감한 듯 바라보았다. 낯선 표정이네.

"지금 걱정받아야 할 사람은 내가 아니라 한유진 군이네만."

"전 사지 다 멀쩡하거든요. 진짜 몸뚱이가 아니라고 해도, 지금은 댁이 쓰고 있으니까 좀 아끼십쇼. 다 큰 어른이 왜 자기 몸 하나 못 챙기고 그래요."

"그 말 그대로 돌려주지."

성현제가 나를 붙잡아 돌려세웠다. 각인 시술을 위해 훤히 트여 있는 등판 위로 손이 닿았다.

"벌써 여기까지 각인이 새겨졌군."

심장이 있는 부근이었다. 문득 예전 일이 떠올랐다.

"참, 거기 예약 걸어 두셨었죠. 죄송하게 되었네요. 각인에 물리적인 손상이 가도 괜찮은지 물어볼까요?"

아마도 자기가 쓸 기승수를 키워 줬으면 싶었을 텐데. 성현제는 대답 대신 손을 거두었다. 동시에 주위 풍경이 바뀌었다. 텅 빈 공간이 바람이 살랑살랑 불어오는 정원으로 변했다. 등나무 꽃이 드리워진 테이블에는 다과 세트도 놓여 있었다. 보랏빛 꽃송이가 하나둘 떨어져 내린다.

"앉으시죠."

정중하게 의자를 빼 주며 성현제가 말했다.

"…뭡니까, 갑자기."

"차를 대접할까 해서 말이네."

"지금 상태로 마실 수 있긴 해요?"

"꿈속에서 음식을 먹는 것과 비슷하지."

하긴 그렇겠네. 갑자기 왜 이러나 떨떠름해하면서도 자리에 앉았다. 테이블 옆에 선 성현제가 찻주전자를 들어 올렸다. 찻잔에 차가 따라지고 부드러운 향이 퍼져 나갔다. 차 같은 거 별로 마셔 본 적 없는데. 유자차나 율무차나 보리차 같은 거면 모를까, 이건 틀림없이 비싼 종류겠지.

"각인 새기는 게 마음에 안 들었으면 퀘스트라도 보내지 그랬습니까. 심장 위쪽은 피해서 새길 수도 있었고요."

"내 말을 들어줄 거라고 생각했다면 보냈겠지."

성현제가 찻잔을 내 앞에 내려놓았다. 이런 서빙 같은 거 해 볼 일이 없었을 텐데도 각이 잡힌 움직임이다. 이런 차라는 게 낯설긴 했지만, 향에 홀려 한 모금 마셔 보았다.

"…마, 맛있네요."

"솔직하게 말해도 되네만."

"…정성이 맛있다고 해 두겠습니다."

뭐야 이게, 이상한 맛이다. 향은 좋은데, 색도 곱고. 차를 내려다보다가 한 번 더 맛보았다. 으, 오만상을 찌푸리는 내게 성현제가 과자를 내밀었다. 받아먹어 보니 혓바닥 위에서 사르르 녹는다. 입안에 남은 차의 미묘한 맛과 풍부한 향이 뒤섞여 더욱 부드럽고 달게 느껴졌다.

"이건 맛있긴 한데, 너무 단데요."

"그럼 다시 차를 마셔 보게."

같이 먹으면 맛있나? 찻잔을 들어 마셨, 으엑!

"더 이상하잖아!"

성현제 놈이 웃었다. 내미는 과자를 얼른 받아먹었다. 와, 과자는 진짜 맛있네.

"이거 퀘스트로 몇 개 못 보내 줍니까? 애들도 주고 싶은데."

"보내 주지. 하지만 따로 먹으면 맛이 다를 거라네."

이상한 차로 혀를 헹궈야만 이 맛이 난다는 건가. 다시 차를 마셔 볼까 하다가 관뒀다. 아까보다 더 이상한 맛이 난다면 토해 버릴 것 같았다.

"제 혀를 괴롭히는 짓은 이쯤 하겠습니다."

"다행이군."

성현제가 과자를 건네곤 반대편 의자에 앉았다. 과자는 적당히 맛있었다. 굳이 괴로울 필요 없이 이 정도로도…….

"잠깐만, 이거 설마 저더러 보상에 혹해서 몸 굴리지 말라는 잔소립니까?"

"깨어날 때까지의 휴식 타임이네만."

"아닌 거 같은데."

의심스러운 시선 속에서 성현제가 자신 몫의 차를 마셨다. 정말 더럽게 우아하시네. TV 속의 만날 일 없는 사람이었다면 순수하게 감탄할 정도이긴 했다.

"저도 이번에는 고민했어요. 쉽게 몸 내던진 거 아닙니다. 앞으로는 이럴 일 더더욱 없도록 할 거고요."

"도련님이 위험해지더라도?"

잠시 입을 다물었다가 다시 열었다.

"제가 있어야 유현이가 행복해질 수 있다네요."

"그렇겠지. 물론."

"저는 그냥 동생이 무사하기를 바랐는데."

두 번 다시는 나를 위해 위험에 처하지도, …떠나가 버리지도 않기를 바랐다. 그랬지만.

"그런데 역시, 행복한 게 더 좋을 테니까요."

만약 또다시 같은 일이 벌어진다면 절대로 버틸 수 없을 것이다. 차라리 내가 대신하고 싶다. 나를 감싸지 말라고, 감싸 봤자 너 보내고 나면 나도 못 살 거라고, 협박에 가까운 다짐이라도 받아 두고 싶었다.

하지만 어떻게 그럴까. 린이 녀석의 모른다는 말이 머릿속에 맴돌았다. 계속 모르고 싶었다. 동생이 왜 웃고 있었는지, 같은 건.

"아무튼 저는 최소한 동생보다는 오래 살아야 할 거 같으니까요. …어쩌다 이런 말을 하고 있지. 그래서 뭐, 몸도 더 아껴야 할 거고. S급이면 수명도 길 텐데 걱정이네요. 건강 관리를 해야 하나."

"차가 식었군."

응? 아직 따뜻한데. 새로운 잔에 새로운 차가 따라졌다. 이번에는 향이 그리 짙지 않았다. 쓴맛은 전혀 없이 약간 고소하고 거부감 없이 넘어가는 차였다. 좀 보리차 같은데, 설마 아니겠지. 그것보다는 고급스러운 거 같다.

"성현제 씨도 S급이라지만 건강 관리 잘하시고요. 오래 사셔야죠."

"한유진 군보다는 오래 살도록 노력하지."

"그건 당연한 거 아닙니까."

마실수록 속이 따뜻해지는 게 좋구나. 그보다 시간이 얼마 없는데 쓸데없는 소리만 잔뜩 하고 있다. 성현제와 다시 만나면 물어보고 싶은 게 많았는데.

"시그마 말인데요. 정말로 진짜가 된 겁니까? 퀘스트 보낸 거 성현제 씨 맞지요?"

"진짜라고 인정한 것은 한유진 군이네만. 퀘스트는 보냈지만 그 녀석에 대해선 별다른 말을 해 줄 수가 없어."

"…제가 인정했다고 진짜가 되는 게 말이 됩니까?"

"분명한 건 이 세상이 그 녀석을 제거하려 들고 있다는 사실이지. 이제 겨우 시작이라네."

…몬스터가 몰려드는 것이 시작이라니. 난이도 너무 높은 거 아니냐.

"어, 만약에 시그마가 죽으면 어떻게 되는 겁니까. 공략 실패하고 영영 못 나가는 건 아니죠?"

"원반만 전부 설치하면 빠져나가는 것이야 가능하게 되겠지. 하지만."

성현제가 입을 다물며 소리 없이 미소했다. 지금은 말 못하는 부분이라 이거구만. □로 떠 버리는 정보.

"제 책임이니 쉽게 포기하지는 않겠지만요, 많이 중요합니까? 시그마의 문제 말입니다."

"보통 특별 메인 퀘스트는 보상도 특별하고 크지."

보상은 그냥 던전 공략 열쇠였는데, 숨겨진 추가 보상이라도 있는 걸까.

"그밖에 더 말해 줄 수 있는 건 전부……."

쿠르릉, 돌연 주위가 흔들렸다. 푸르른 하늘 위로 커다란 금이 쩌저적 갈라지는 것이 보였다. 성현제가 눈을 들어 그것을 바라보았다.

"움직이기 시작했군."

"예? 뭐가요?"

"이 세계에도 당연히 패륜아와 효도중독자의 정보가 남아 있다네. 그리고 그중에서도."

콰직, 콰드드득. 금이 더욱 크게 가다 못해 하늘의 조각이 부서져 내렸다. 사방으로, 내 위로도 쏟아져 내리는 파편을 향해 성현제가 걸치고 있던 코트를 벗어 가볍게 휘둘렀다. 무수한 파편이 쓸려 나간다. 코트가 내 머리 위로 내려앉았다.

"충고하자면, 꼬마 아가씨를 찾아가게."

"예림이를요?"

"지금 이 세계에서는 가장 강력한 각성자이니."

예림이가? 우리 예림이야 원래도 강했지만, 가장 강력하다는 말이 붙다니. 그것도 성현제 입에서.

쿠구궁!

하늘에 난 구멍이 더더욱 커졌다. 새파란 조각들이 떨어져 나간 바깥으로 어둠이 흔들리고 있었다. 밤이다. 여린 달빛이 새어 드는 밤하늘.

[여기 있었구나, 시스템 □□□□□□□□□□.]

그 너머로 나직하게 울리는 목소리가 들려왔다. 패륜아 혹은 효도중독자인가. 하늘의 틈에서 퍼져 나오는 위압감에 몸이 절로 떨려 왔다.

"이곳에서 만나는 건 마지막이길 바라겠네."

빈 잔에 차를 따라 주고, 성현제가 사라졌다. 깨진 하늘도 정원도 모두 순식간에 흩어지고 내 손에 들린 찻잔과 의자, 코트만이 남았다.

잠시 멍하게 앉아 있다가 차를 마셨다. 역시 따뜻하다.

"…혼자 뭘 하고 있는 거냐고, 진짜."

괜찮겠지, 저 인간. 하는 거 보면 역시 양 세력 중 하나의 몸에 들어간 모양이었다. 하여간 만날 혼자 튀어요. 팔도 하나 날려 먹었는데 진짜 괜찮은 건가 몰라. 원래 몸이 아니라 죽지 않는다고 해도 걱정을 아주 안 할 수는 없었다.

적막감 속에서 차를 홀짝였다. 혼자 있으려니 쓸쓸하다. 언제 돌아갈 수 있는 거지. 찻잔이 완전히 식고도 조금 더 지나고 나서야 드디어 주위 풍경이 바뀌었다. 마취되기 전 본 각인 시술실……

"5백 미터 근방까지 접근했습니다!"

"다시 고속이동할 준비를 하도록."

"네!"

인데, 못 보던 얼굴들이 늘어나 있었다. 제복 차림의 메드상 가드들이 분주하게 움직이는 가운데 노아가 우뚝 서 있었다. 유현이는 각인 수정을 끝마쳤는지 시술복 차림으로 내가 누워 있는 옆에 붙어 앉아 있었다. 되살아날 거라는 걸 알면서도 얼굴이 어둡다.

일단 곧장 부활 메시지를 눌렀다.

"무슨……."

"형!"

말을 채 내뱉지 못한 채 굳어 버렸다. 전신에 소름이 쭈뼛 돋아났다. 마력을, 마나를 아예 못 느끼는 건 아니었지만, 지금은 그 모든 흐름이 너무나도 생생했다. 몸속의 감각은 물론이요 공기 또한 무거웠다. 마치 물에 빠진 것만 같았다. 혹은 태풍 속이라거나.

특히 노아를 중심으로 마나가 무섭게 움직이고 있었다.

"괜찮아?"

"이거 기분, 이상하네."

익숙해지면 괜찮아지겠지만. 와, 주위 가드들의 기척이 보지 않아도 느껴졌다. S급들이 예민하게 굴 만했다 싶었다. 동생에게 부축을 받으며 몸을 일으켰다.

"무슨 일이야?"

"아카테스 마나 홀에서 SSS급 몬스터가 나타났어."

"뭐?"

"그대로 상대했다간 승산은 둘째 치고 아카테스 시가 괴멸될 상황이라 바로 이동했고 보다시피."

유현이가 한쪽에 세워진 대형 모니터를 눈짓했다. 그곳에서 화면에 다

들어오지도 않는 거대한 무언가가 움직이고 있었다.

"얌전히 잘 따라오는 중이라 최대한 멀리 유인하는 중이야."

SSS급 몬스터라니. SS급 가드들이 여럿이니 상대 못 하지는 않겠지만 그래도 부담은 되었다. 성현제의 이제 시작이라는 말이 이런 뜻이었나. 설마 L급까지 튀어나오는 건 아니겠지.

"노아 씨, 현아 씨!"

내 부름에 두 사람이 고개를 돌려 바라봤다.

"예림이가 있을 만한 곳이 어디죠?"

그럼 충고에 따라 예림이를 찾아가 볼까. …설마 또 박대당하는 건 아니겠지.

6장 북쪽 바다 (1)

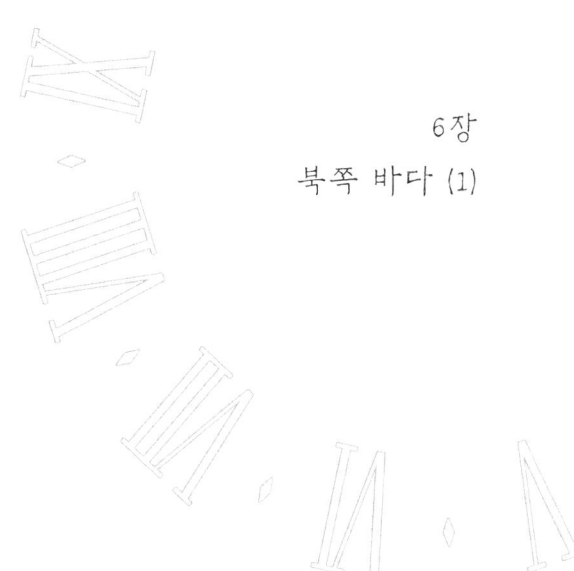

6장
북쪽 바다 (1)

 얼어붙은 바다 위로 살을 에는 바람이 휘몰아쳤다. 그때마다 눈송이가 높게 흩날렸다가 하늘하늘 아래로 떨어져 내렸다. 두껍게 쌓인 눈 사이로 간간이 드러난 빙판이 햇살을 받아 잘 닦인 거울처럼 반짝거린다.
 바다와 맞닿은 드로시아 시의 가드들은 해변을 순찰하고 있었다. 그들의 주위로 다양한 모양새의 정령들이 춤추듯 제멋대로 날아다닌다.
 드로시아의 마나 홀은 바닷속에 자리 잡고 있었다. 인간은 다가가기 힘들었지만 대신 바다의 무수한 정령들이 그 주위로 몰려들었다. 드로시아의 가드들은 대부분 정령과의 친화력을 지녀, 정령과의 연결로 마나 홀로부터 마나를 공급받고 도시와 바다를 지켰다.
 정령과 계약하는 사람이 아주 없는 건 아니었지만 보통은 단순한 협업이었다. 서로를 지키기 위한 협동전선을 펼칠 뿐 계약까지 가는 경우는 극히 드물었다. 무엇보다도 정령이 굳이 인간에게 속해야 할 이유가 없었다.
 인간과 달리 정령에게는 스킬이 없었다. 정교한 마력 제어 능력도 떨어져, 지닌 속성의 힘을 단순히 뿜어내기만 할 뿐이라 능력을 다루는 효율이 상대적으로 낮았다. 스킬이 잘 갈린 칼을 정교하게 휘두르는 것이라면 정령은 둔탁한 쇳덩이를 던지는 것과 비슷했다.

그렇기에 인간에게 협력해 자신들의 힘을 빌려주고 있었지만, 그건 계약을 하지 않아도 가능한 일이었다.

"동쪽 B-1에서 지원 요청이 들어왔습니다. 얼음이 많이 녹았다는군요."

무전을 수신한 가드의 말에 몇몇 가드가 스노모빌의 방향을 틀었다. 새하얀 해변을 지나 얼어붙은 바다 위를 스노모빌들이 경쾌하게 가로질러 간다.

밤마다 나타나는 몬스터들은 정령 또한 적대시했지만 수많은 사람이 모여 있는 도시를 먼저 노렸다. 때문에 바닷속에서 출현한 몬스터의 대부분이 해변으로 기어오르려 들었기에 드로시아 가드들과 정령들은 해변으로부터 일정 거리의 바다를 얼려 붙였다.

그 강력한 한기에서 SS급이나 높은 냉기 저항을 지니지 못한 몬스터들은 전부 바닷속에서 동사했다.

"이제 곧 해가 지겠군."

보온병에서 따뜻한 차를 따라 마시며 드로시아 가드가 중얼거렸다. 냉기 저항 스킬은 기본에 장비도 갖추었지만 빙속성 스킬이 끊임없이 펼쳐지는 바닷가에서는 어쩔 수 없이 추위가 느껴졌다. 냉기 저항 스킬이 최소 C급 이상 되지 않고서야 오래 서 있기도 힘든 곳이다.

그 옆의 가드 또한 추위가 지겹다는 표정이었다. 그래도 도시 내부는 정령들이 냉기를 흡수해 줘 사시사철 봄날과도 같았다.

"SS급 몬스터 출현 경보 떴었죠. 그것도 둘씩이나요."

"이번엔 바닷속이니 다행이지. 도시 내면 피해가 클 수밖에 없으니까."

"그래도 열심히 얼려 놓은 거 죄다 박살 나겠네요. 한동안 추가 근무 해야 하려나."

이미 얼려져 있는 바다를 관리하는 건 비교적 쉬웠으나 한번 녹아 버리면 다시 굳히기 힘들었다. 부디 덩치가 작은 편이기를. 그렇게 기도하는 사이 하늘이 어두워져 갔다. 짙은 붉은빛 사이로 보랏빛이 뒤섞이고 희미한 별빛이 하나둘 나타났다.

전투 능력이 없거나 낮은 해빙 관리 가드들이 일제히 해변을 벗어나기 시작했다. 정령들만이 바다 위를 배회하는 그때.

- 왔어!

높은 목소리와 함께 정령들이 일제히 움직임을 멈추었다. 바람결을 타고 헤엄치는 물고기 떼도, 눈밭을 가볍게 뛰어다니던 푸른 영양도, 빙판을 마치 수면처럼 들락거리던 돌고래도, 그 밖의 다양한 모습의 정령들이 모두 한쪽 방향을 바라보았다.

구우우웅—

묵직한 울림이 공기를 흔들었다. 어두워지는 하늘을 가르며 푸른빛을 띤 새하얀 물체가 나타났다. 거대한 고래였다.

느릿이 움직이는 고래 주위로 무수한 정령들이 맴돌고 있었다. 바다 위의 정령들 또한 하얀 고래를 향해 몰려가기 시작했다. 그 모습을 보며 드로시아 가드들이 경탄 어린 표정을 지었다.

"언제 봐도 신기하다니까."

"정령들이 저렇게까지 목을 매다니. 원래는 안 그랬다고 했죠?"

"델타 님이 강하기는 하니까 정령들이 호의적이긴 했지. 저 정도는 절대 아니었지만."

가드들이 말을 주고받는 사이 고래가 얼어붙은 바다 위로 미끄러지듯 내려왔다. 고래의 등에 타고 있던 전투계, 보조계 가드들이 하나둘 아래로 뛰어내린다. 이어 고래의 형체가 흐트러졌다.

반투명한 푸른빛 거대한 물덩이가 구물거리며 가운데부터 천천히 갈라졌다. 중앙의 일부만 남긴 채 양옆으로 물의 벽이 세워지고 그 남은 일부분이 흔들림 없이 부드럽게 지상을 향해 내려앉았다.

마치 엘리베이터처럼 아래로 내려온 물의 받침이 완전히 흩어지며 하얀 부츠 굽이 눈 위에 디뎌졌다.

"그냥 뛰어내려도 된다니까."

작은 고래의 형상으로 돌아간 물의 정령을 향해 델타, 박예림이 말했다. 비행 스킬도 있는데 괜한 수고다. 하지만 고래는 머리를 휘휘 저었다.

박예림은 천천히 주위를 돌아보았다. 그녀의 눈길이 닿을 때마다 수많은 정령이 자세를 바로 하며 눈을 빛낸다. 부담스러울 정도로 쏟아지는 관심과 호의에 박예림이 어깨를 작게 으쓱했다.

'어차피 돌아가야 하는데.'

어째서인지 정령들은 델타의 몸에 들어간 박예림에게 깊은 관심을 보였다. 말도 제대로 못 하는 작고 어린 정령들은 물론이요, 수백 년 이상 묵은 오래된 정령들까지 하나같이 그녀의 눈길을 끌려 애를 썼다.

그들이 원하는 것은 단 한 가지, 박예림과의 계약이었다.

말을 할 수 있는 정령을 붙잡고 이유를 물어보았지만 명확한 대답은 없었다. 그냥 그러고 싶어서. 그뿐이었다.

"델타 님!"

먼저 내려선 가드들이 스노모빌의 시동을 걸며 박예림을 불렀다. 박예림은 가볍게 몸을 띄워 스노모빌에 올라탔다. SS급 몬스터의 정확한 출현 장소까지는 감지할 수 없었기에 주위를 순찰하는 그녀를 정령들이 우르르 뒤따랐다.

- 우리가 살펴봐도 되는데!
- 맞아, 쉬고 있어도 돼요!

"그러다가 또 멋대로 덤벼들어서 다치려고."

박예림이 자신의 앞으로 다가온 커다란 꽃송이를 손가락 끝으로 툭 쳐서 날리며 말했다.

- 방해하면 안 됩니다. 앞을 가로막지 마세요.

길고 화려한 지느러미를 지닌 열대어 모습의 정령이 차분한 목소리로 말했다. 그 옆으로 하얀 털의 늑대가 뛰어올랐다. 박예림이 탄 스노모빌의 뒤를 바싹 따르는 것은 무시무시할 정도로 거대한 바다뱀이었다. 괴팍한 성격에 협조도 잘 하지 않아 기피의 대상이었던 바다뱀 정령을 근처 가드들이 불안스레 힐끔거렸다.

- 이쪽이에요, 이쪽! 여기!

저만치 떨어진 곳에서 바다제비가 높게 솟아오르며 외쳤다. 박예림은 능숙하게 스노모빌의 핸들을 꺾었다. 정령 몇이 달라붙어 날듯이 속도를 올려 주고 순식간에 바다제비가 있는 곳으로 도착하자마자.
쩌저저적!
단단히 얼어붙은 빙판에 금이 가기 시작했다. 박예림은 스노모빌을 버리고 공중으로 몸을 띄웠다. 텅 비어 있는 그녀의 손이 펼쳐지고 서로 눈치를 살피던 정령들 중 하나가 재빠르게 뛰어들었다.
박예림의 손에 쥐인 정령의 형체가 흐트러지며 긴 창으로 변화했다. 정령의 마나가 박예림에게 전해지고, 날카롭게 정제되어 다시 정령, 창으로 되돌아갔다. 마력이 휘몰아치는 얼음창이 금이 간 바다를 향해 쏘아졌다.
콰아앙—!
빙판이 움푹 꺼지며 커다란 구멍이 뚫렸다. 성벽처럼 두꺼운 얼음이 단숨에 꿰뚫리며 저 아래 자리 잡고 있던 차디찬 바닷물이 힘에 밀려 용솟음쳤다. 그 사이로 비늘 덮인 머리통이 불쑥 튀어나왔다.

– 크르르르.

돛처럼 거대한 지느러미가 등을 따라 돋은 몬스터가 사납게 이를 드러냈다. 그 한쪽 눈이 얼음창에 꿰뚫려 있다. 몬스터의 지느러미가 양옆으로 갈라지며 날개처럼 펄럭이기 시작했다. 밤하늘 위로 순식간에 떠오른 몬스터의 주위로 열기가 일렁였다.

"야, 나 너랑 비슷한 놈 알아."

박예림이 입꼬리를 올렸다. 몬스터가 더더욱 공기를 데우고, 끓어오르게 만들었다. 수증기가 뿌옇게 피어오르며 몬스터 아래의 바다까지 녹아내리기 시작했다. 하지만 그 지독한 열기는 박예림의 머리칼 끝조차 건드리지 못했다.

차마 접근하지 못하는 드로시아 가드들과 무수한 정령들이 지켜보는 가운데 박예림이 한 걸음 앞으로 나섰다.

"이름이 뭐였더라, 가구? 걔보단 네가 더 강하긴 하네. 가구가 주전자 물 끓이는 수준이라면 넌 목욕탕 물 정도는 쉽게 데우겠어."

– 캬르륵.

살을 녹일 듯 뜨거운 증기가 띠처럼 몬스터의 주위를 둘렀다. 정령들은 감히 다가가지 못한 채 박예림의 뒤쪽으로 피했다. 얼음창으로 변하였던 정령 또한 멀찌감치 몸을 물렸다. 몬스터의 비늘이 달군 쇠처럼 달아오르고 거대한 열 덩어리가 크게 날개 치며 박예림을 향해 내리꽂혔다.

그와 동시에.

콰아아!

바닷물이 치솟았다. 얼음조각 섞인 차디찬 물기둥이 몬스터의 돌진을 가로막았다. 수증기가 짙은 안개처럼 사방을 뒤덮는다. 물기둥을 뚫고서 아직 열기를 유지한 몬스터가 빙판 위를 덮쳤다. 얼음덩어리가 부서지고 튀어 올랐지만 그 자리에 이미 박예림의 모습은 사라지고 없었다.

대신 빙판 위로 바다뱀이 치솟았다. 한기 어린 푸른빛 비늘 돋친 긴 몸뚱이가 몬스터를 단숨에 휘감았다. 꾸드득, 몸을 옥죄는 소리와 함께 비늘과 비늘이 맞부딪친다. 붉게 달궈진 비늘과 차갑게 얼어붙은 비늘이 서로 비벼지며 힘겨루기를 시작했다.

- 캬아아!

몬스터가 열기를 뿜어내며 자신을 휘감은 정령을 뿌리치려 했다. 원래라면 SS급 몬스터를 상대하기에 정령의 힘은 많이 부족했지만.

바다뱀의 머리 위에는 박예림이 올라타 있었다. 물의 힘을 정교하게 자아낼 수 있는 그녀가.

오래 묵어 커다랗게 덩어리 진 정령의 힘이 박예림의 지휘에 맞추어 퍼져 나갔다. 몬스터의 열기를 삼키고 자신의 전신에 강한 냉기를 흐르게끔 만들었다.

박예림 또한 지시만 내리고 있지 않았다. 그녀의 손이 뱀의 비늘에 닿고.

차라라락!

푸른 비늘 위로 일제히 날카로운 가시가 일어섰다. 수천 개의 얼음가시들이 몬스터의 비늘을 갉고 찌르고 꿰뚫었다. 발버둥 치던 몬스터가 돌연 제 위로 뒤덮이는 그림자를 느끼고 고개를 치켜들었다. 몬스터의 두 눈 가득.

- 크륵.

물이 비쳤다. 어느새 높게 치솟은 물의 벽이 뚝, 끊기듯 앞으로 넘어지며 몬스터를 덮쳤다. 수증기는 더 이상 일어나지 못했다. 상처 난 비늘 사이로 물이 스며들기 무섭게 얼어붙었다. 몬스터의 몸뚱이가 이내 뻣뻣하게 굳어 가고, 괴성도 열기도 모조리 차디찬 바닷물에 삼켜졌다.

"다음 놈 나왔어?"

몸에 물 한 방울 묻히지 않고 하늘 위로 솟구친 박예림이 주위 정령들에게 물었다. 물에 반쯤 잠긴 몬스터에게 다른 가드들이 마무리를 위해 달려들었다.

- 아직 바닷속에 있어요!

팔랑이는 나비들의 말에 박예림이 거침없이 바다로 뛰어들었다. 정령들이 우르르 그 뒤를 따라붙고 얼마 지나지 않아 커다란 뱀장어 같은 몬스터가 물 위로 끌어내졌다. 온갖 방어 스킬을 두르고 끈적하게 달라붙는 점액질을 토해 내며 발악하던 뱀장어도 이내 처리되었다.

살뜰히 포인트를 챙기는 박예림에게 얼음창으로 변했던 정령이 다가가 살랑거렸다.

- 계약을 하면 지금보다 훨씬 더 편해지실 거예요. 직접 우리 힘을 조절해 주실 필요가 없으니까요.

계약을 하면 정령 스스로가 계약자의 능력에 맞춰 힘을 조절하는 것이 가능했다. 지금처럼 박예림이 일일이 이끌어 줄 필요가 없었다. 계약에 대한 이야기가 나오자 정령들이 기대 어린 시선을 보내왔다. 박예림이 가볍게 손을 내저었다.

"됐다니까. 지금은 생각 없어. 고맙지만 사양할게."

박예림은 웃으며 정령들을 바라보았다. 자신에게 끊임없이 호감을 보내

오는 존재들이 당연히 싫지는 않았다. 솔직히 기껍고 혹하기도 했지만.

'집에 가야지.'

책임지지도 못할 텐데. 이 세상이 진짜가 아니라고는 했지만 그래도 자신을 좋다고 해 주는 이들에게 무책임하게 굴고 싶진 않았다. 특히 이득 때문에 그런 짓을 하는 건 더더욱 싫었다. 곁에 둘 거라면, 끝까지 제대로 책임을 져야지.

'아저씨는 잘 있을까.'

다른 사람들은 별로 걱정되지 않았지만, 한유진은 신경이 쓰였다. 이 세계는 평균 등급도 더 높은데 괜찮을까.

'찾아보고 싶은데 자리 비우지도 못하겠고! 한유현이면 바로 아저씨 찾아갔겠지만.'

도시에서 가장 강한 SS급 가드가 자리를 뜨는 것은 그렇다 처도, 문제는 정령들이 죄다 그녀를 쫓아오려 든다는 것이었다. 정령이 갑자기 사라진다면 드로시아 시는 얼마 버티지 못하고 무너져 버릴 터였다.

그렇게까진 역시 못 하겠다며, 박예림이 한숨을 내쉬었다. 그래도 여기서 죽어도 진짜 죽는 건 아니라니까 다행이지만. 진짜 몸이었다면 도시고 뭐고 한유진부터 찾으러 나섰을 것이다.

"델타 님!"

그때 드로시아 가드가 그녀를 향해 다가왔다.

"메드상 시에서 연락이 왔습니다."

"메드상? 거기가 어디더라."

"보조계 가드들이 많기로 유명한 도시입니다. 드로시아에도 메드상 출신 가드들이 여럿 있죠. 그런데 메드상의 뮤가 아닌 한유진이라는—"

"아저씨?"

박예림이 단숨에 가드 앞으로 순간이동했다. 가드가 움찔 뒷걸음질 쳤다.

"한유현은 없대? 분명 옆에 있을 텐데."

"예? 그건 잘……."

"화염 스킬 쓰는 SS급 가드 있다고 했잖아, 누구랬더라."

"아카테스의 알파입니다. 동행 인원 중에 알파도―"

"한유현이네! 맞네! 역시 아저씨랑 같이 있었구나."

"그, 한유진 가드의 이름으로 메드상의 함선 방문 허가 요청이 들어왔습니다. 그런데 일행에 메드상의 뮤는 물론 아카테스의 알파와 란체아의 람다 그리고 이름 없는 SS급 가드도 한 명 더 있어 아무래도 위험 요소가 클 듯합니다만."

"괜찮아! 다 오라고 그래!"

박예림이 활짝 웃으며 말했다.

"아무 문제 없어. 어차피 다 덤벼도 여기선 내가 제일 강해!"

그러니 손님맞이 준비나 하자는 자신만만한 태도에 소식을 전해 온 가드도 불안을 덜며 고개를 끄덕였다. 이곳에서라면 모든 도시가 연합한다더라도 승자는 드로시아의 델타일 것이다.

"아아, 여러분. 준비 다 되셨죠?"

확성기를 들고 소리쳤다. 주위에 포진한 란체아 가드들 몇몇이 작게 끄덕였다. 내 양옆으로는 유현이와 문현아가 버티고 서 있었다.

예림이가 있을 것으로 추정되는 드로시아 시로 연락을 보낸 뒤 우리는 두 팀으로 나누어졌다. 몬스터에게 쫓기는 시그마는 노아와 함께 함선에 남았다. SSS급 몬스터를 유인하는 사이 나와 유현이, 문현아는 원반을 마저 설치하기로 했다.

가장 가까운 란체아부터.

"SS급 몬스터 최소 세 마리 이상 나올 듯하니 대비들 잘하시고."

만에 하나 감당 불가능한 수준의 몬스터가 튀어나온다면 도시 밖으로 길을 열어 나가게 할 예정이었다. 메드상의 함선으로 연락을 보내면 바로 근처로 와 유인해 주기로 했다. 부디 SSS급 몬스터 두 마리를 달고 다니는 일은 없어야 할 텐데.

"형도 조심해."

"걱정 마. 쿠키부터 먹고 누를 거니까."

안전이 제일이지. 미니미니 쿠키를 먹고 나서 원반의 버튼 위에 올라가 폴짝 뛰어 눌렀다. 이내 공간이 흔들리는, 슬슬 익숙해지는 느낌과 함께 몬스터들이 나타났다. SS급 세 마리. 무난하네.

유현이가 나를 재빠르게 낚아채 가슴주머니에 넣고 문현아가 시동이 걸려 있던 바이크에 올라탔다. 바이크가 요란한 소리와 함께 돌진하고 불꽃이 피어올랐다.

여기 처리 끝나면 다음은 메드상이다. 세 번째 원반 설치를 축하라도 하듯 서브 퀘스트가 도착했다.

감기 조심하세요!
드로시아 시는 북쪽 얼어붙은 바다 근처에 위치해 있습니다. 감기에 걸리지 않도록 단단히 대비를 해 주세요! 포근하고 따뜻한 털목도리로 목을 감싸 봅시다~☆
보상: 100,000P, 수제 핫핑크 롱카디건, 딸기 맛 감기약

…그새 카디건도 만들었냐. 대단하다. 딸기 맛은 별론데.

8권에서 계속.

초판 1쇄 발행 2025년 07월 10일
초판 2쇄 인쇄 2025년 09월 17일
초판 2쇄 발행 2025년 10월 13일

지은이 근서
펴낸이 김주형
마케팅 한재혁

펴낸곳 제이플러스미디어(주) | **이메일** jplusmedia@hanmail.net
출판등록 2017년 5월 25일 제25100-2022-000077호

주소 서울특별시 구로구 디지털로 288, 2층 204호(구로동, 대륭포스트타워 1차)
전화번호 02-322-6076 | **팩스번호** 02-332-6076

ISBN 979-11-396-4977-2 (04810)
ISBN 979-11-396-3514-0 (set)

정가 13,000원

*저자와 협의하여 인지는 붙이지 않습니다.
*이 책은 제이플러스미디어(주)가 저작권자와의 계약에 따라 발행한 것으로
본사와 저자의 허락 없이 어떠한 형태나 수단으로도 내용을 이용할 수 없습니다.